草原文学

优秀蒙古文文学作品翻译出版工程 ★ 第九辑

蒲公英

敖·娜日格勒／著

朵日娜／译

作家出版社

前　言

内蒙古文学作为我国社会主义文学事业的重要组成部分，是祖国北疆亮丽文化风景线上的一颗璀璨夺目的明珠。自古以来，内蒙古文学精品佳作灿若星河，绵延接续，为构建多元一体的中国文学版图贡献了应有的力量。

蒙古文文学创作是内蒙古文学的一抹亮色，广大少数民族作家用自己生动的笔触创作出了一大批讴歌党、讴歌祖国、讴歌人民、讴歌英雄的优秀蒙古文文学作品。鸿雁高飞凭双翼，佳作共赏靠翻译。这些优秀蒙古文文学作品并没有局限于"酒香不怕巷子深"，而是通过插上翻译的翅膀"飞入寻常百姓家"，乃至走向更广阔的世界舞台。

为集中向外推介展示内蒙古优秀蒙古文文学创作的丰硕成果，为使用蒙古文创作的作家搭建集中亮相的平台，让更多优秀蒙古文文学作品被读者熟知，自2011年起，由内蒙古党委宣传部、内蒙古文联、内蒙古翻译家协会联合推出文学翻译出版领域的重大项目——"优秀蒙古文文学作品翻译出版工程"。该工程旨在将内蒙古籍作家用蒙古文创作的优秀作品翻译成国家通用语言文字，面向全国出版发行和宣传推介。此工程是内蒙古自治区成立以来第一次大规模、全方位、系统化向国内外读者完整地展示优秀蒙古文文学作品成果的重大举措，是内蒙古自治区蒙古文文学创作水准的一次集体亮相，是内蒙古自治区文学翻译水平的一次整体检验，是推广普及国家通用语言文字工作的生动实践。

民族文学风华展，依托翻译传久远。文学翻译是笔尖的刺绣，文字的雕琢，文笔的锤炼。好的文学翻译既要忠于原著，又要高于原著，从而做到锦上添花，达到"信达雅"的理想境界。这些入选翻译工程的作品都是内蒙古老中青三代翻译家字斟句酌的精品之作，也是内蒙古文学翻译组织工作者精心策划培育出来的丰硕果实。这些作品篇幅长短各异，题材各有侧重，叙述各具特色，作品中既有对英雄主义淋漓尽致的书写，也有对凡人小事细致入微的描摹；既有对宏大叙事场景的铺陈，也有对人物内心波澜的捕捉；既有对时代发展的精彩记录，也有对社会变革的深入思考；既有对守望相助理念的呈现，也有对天人和谐观念的倡导。它们就像春夜的丝丝细雨，润物无声，启迪人的思想、温润人的心灵、陶冶人的情操，为我们心灵的百草园提供丰润的滋养。

　　该工程实施以来，社会反响强烈，各界好评如潮，为读者打开了一扇了解蒙古文文学创作的重要窗口，部分图书甚至成为多家高等院校及科研院所重要的文献资料。此项功在当代、利在千秋的工程，为促进各民族作家、翻译家交往交流交融发挥了重要作用，为满足人民文化需求和增强人民精神力量提供了坚强支撑，对铸牢中华民族共同体意识、构筑中华民族共有精神家园做出了积极贡献。

　　石榴花开，牧野欢歌。时光荏苒，初心不变。在开启建设社会主义文化强国新征程之路上，衷心祝福这些付梓出版的作品，沐浴新时代文艺的春风，带着青草的气息、文学的馨香、译介的芬芳，像蒙古马一样，纵横驰骋在广袤无垠的文学原野之上。

内蒙古文联党组书记、主席　冀晓青

第 一 章

一

两个女人坐在沙发上聊得很欢。

"我听说她口口声声地说，活到四十才尝到恋爱的滋味儿，我爱他，就要跟他一起过，为了他我死都愿意。又哭又闹，谁劝都不听，非跟他不可。"

又黑又瘦的女人前仰后合地笑着，一看就是说话利落的人。

长相白净的漂亮女人坐在她旁边抿嘴笑。

"嫂子，看你说得，好像就站在她旁边亲眼看见了。她说活到四十才尝到了恋爱的滋味儿？可怜的，说不准就是这么回事呢。她那个男人看上去就像个粗人哈。"

"哎哟！她可是俩孩儿的妈呀，还恋什么爱呀。她男人也倒了大霉了，娶了这么个跟小男人跑的下贱坏子。魂儿都被勾走了吧……"

"快来找我呀……"忽然传来了小孩儿的喊声。

热聊被打断了。两个女人略显惊讶地循着声音，同时把目光转向了客厅东南角。

那里放着挂满衬衣、敖吉①、蒙古袍等衣物的衣架。小女孩儿龇着豁牙的小嘴，咯咯笑着从一件蓝色敖吉的衣角后面探出了小脑袋。

---

① 敖吉：蒙文音译。意为"齐肩长褂""马甲裙"。

黑脸女人捂住胸口说："哎哟，吓我一跳。"

白净的女人也连忙说："可不是呢。这孩子刚去她爷爷家了，啥时候回来的呀？"

"你俩没发现我藏在这儿吧？我施地行术进来的。妈妈，大妈，我再藏一次，你俩找我吧。"小女孩儿用一块蓝绸子捂住了眼睛。

坐在沙发上的两个女人聊得前仰后合，把松软的皮沙发坐出了许多皱褶。

浅红色的大理石茶几上，摆着好几个非常可爱的黄色小竹盘，里面上尖地盛着秋天的新鲜奶豆腐、奶酪干、手指厚的奶皮子、包着亮晶晶糖纸的俄罗斯巧克力、芝麻糖等等。奶茶早就凉了，碗里凝着一层奶油，溺进一只苍蝇在里面瞎挣扎。

黑脸女人说："微信这东西不知祸害了多少个家庭。有微信之后，咱们艾里①的好几个媳妇跟人家说着'在吗，在吗'，东聊西聊着扔下家都跑了不是吗？"

"是啊，微信这东西，对我这样的文盲来说也有好处，通过微信我可是开眼了。但是也不好，有了微信，不管好事坏事，干啥都方便了。"白净的女人幽默地说着讽刺地笑了笑。

"跟人跑的都是些不知深浅的半瓶子醋。轻浮。扔下家庭和孩子说跑就跑了。正经女人让她走她都不肯走。"

黑脸女人边说边要起身，接着又说："不说人家坏话了，得回去了。我来的时候跟他们说趁打草之前的这个空闲好好逛逛。他们父子俩又修又磨，捣鼓打草机已经忙活两天了。但愿这二十来天，老天爷千万别下雨。"

"大妈，别走，快来找我吧。"小女孩儿无精打采地蹲在地上，低着头用小手指在地板上瞎画着什么。

"嫂子，吃了午饭再回吧。打起草来，咱俩个把月二十天都见不着面。"白净的女人挽着袖子站起身向厨房轻盈地走去。

"你们找到打草的人了吗？"黑脸女人向厨房喊道。

---

① 艾里：蒙文音译。意为"牧户人家，村落"。

"倒是雇了三辆打草机，还没找到司机呢。"锅碗瓢盆叮当作响，从厨房飘来了白净女人那悠扬的声音。

"我把昨天剩的包子热上了，一会儿就好了。每年打草的时候，都雇不着人，这个着急呀。"她用纸巾擦着手从厨房很快就出来了。

"现在真不容易找到合适的人来帮忙。掏着钱，叫着爷爷奶奶都不好找。我们跟往年一样，不雇人了，自己干。我们老两口啥时候干不动了再说，到那时三个小子还不得想辙呀。"黑脸女人伸了伸懒腰。

"哎呀，两个聋子，快来找我呀。"小女孩委屈地喊着。

"快出来吧。这孩子，别藏了。"白净的女人有些责怪地说。

"妈妈，你就知道训我。我不喜欢你了。"小女孩儿喊了一声，又说，"你俩刚才说我爷爷来着，我都听见了，哼……我去告诉爷爷。"

"小孩家家的，别乱说。"被女孩叫做妈妈的白净女人有些着急了，拉下脸压低声音带着训腔说，"你给我过来，别调皮了。"

女孩的母亲叫萨仁图雅，是这家的女主人。黑脸女人叫哈布尔玛。

"两个聋子，两个聋子，就告诉，就告诉。"失去耐心的女孩儿大声叫喊着。

"没说你爷爷，我们说别人家的爷爷呢。大人说话小孩别乱插嘴。"萨仁图雅向女孩走去。这时放在茶几上的手机响了起来。

"聋子？你说谁是聋子？玛努琪琪格，过来，我的孩子，让大妈看看。"哈布尔玛安详地笑着叫女孩。

"这孩子净说一些人家听不懂的话。"萨仁图雅刚要摁通话键，手机却脱手掉在了地板上。掉在地板上的手机依旧在响。

"这个年龄的孩子就愿意说一些人家听不懂的有意思的话。据说，她昨天还特别好奇地问她大伯，为什么我管你们叫爸爸的人叫爷爷？他大伯给我学的时候还一直在笑呢。"哈布尔玛笑了笑，向孩子张开手臂，"玛努琪琪格，到我这儿来。"

女孩儿挥着手里的蓝绸子噘着小嘴说："不，我不去。除非你能找到我……"

哈布尔玛神秘地眨巴着眼睛说:"过来吧,大妈告诉你个事。"女孩儿立刻变得欢快起来:"大妈,你要告诉我什么呀?"从衣架后面钻出来了。

将一双虎头鞋穿反了的五六岁模样的棕发小女孩儿甩着头上的许多根小辫子一阵风似的跑到了哈布尔玛身边,桌角上的几块糖纸微微颤动着落在了地板上。

"大妈,你要告诉我什么?快说呀。"女孩儿黏着哈布尔玛问。

哈布尔玛摸着孩子头上的小辫子,模仿着她那尖细的声音说:"你爷爷要给玛努琪琪格找一个奶奶。玛努琪琪格愿意不?"文得又黑又粗的眉毛在堆满笑容的脸上格外出彩。

"嗨呀,别告诉她呀,你又不是不知道她这张小嘴啥话都敢接,啥话都敢学。"萨仁图雅捂住手机转头向哈布尔玛喊。

这通电话是买奶食品的人打过来的。她在客厅来回走动,跟对方讨价还价,身影在光亮的地板上晃动着。

这间舒适宽敞的客厅窗明几净,墙壁、顶棚、地板一尘不染,墙壁上还镶了形状不一的各种大镜子。这样一来,整个房间仿佛比实际面积大出了许多,既亮堂又漂亮,如同古时候的宫殿。屋里只有三种颜色。白瓷砖的墙面,煤黑色的木地板,沙发、桌子、椅子、电视柜、窗帘,就连放在门口的鞋柜都是浅红色的。横着摆放的大理石餐桌上,靠里侧摆着一个蓝色的细脖子花瓶,里面插了几枝绢花,八把餐椅的椅背上罩着绣有碎花图案的白绸子椅套。

通完电话的萨仁图雅从窗子看到有人推着摩托向这边走来。

"我以为是谁呢,原来是我家的牛倌。许是又把车轱辘扎破了?怎么还推着走呀。难怪苏德巴特尔说他,净走那些有碎石和树疙瘩的破路。"解开窗帘绑扣顺着褶子重新整理好之后又扣上了。

头戴鸭舌帽的一个男人在弯弯扭扭的小径上推着红摩托穿梭在牛粪堆中间,快到她家后又向东拐去了。

山很近,从窗口伸出手仿佛就能触摸到那些峻峭的山尖。现在正是野果成熟的季节。成熟的野果挂在枝头汁液饱满,山谷地带随处可见。过些日子,山榆、杏树、杨树、枫树的叶子将陆续变黄,变红,到那时山峦就像燃烧了似的火红一片，激情四射。随着季节的变换，这座山有着千万种姿态，春天朴实，夏天骄纵，秋天仿佛火一样燃烧，冬天却又变得端庄起来了。

关于这座山，萨仁图雅具体说不出什么，但她知道只有这个时节，这座山才最让人激动，也最容易让人产生伤感。她喜欢看山，喜欢安静地坐下来看那些岩石嶙峋、悬崖峭立的山岗。

从山里传来了打草机的作业声。浇绕河①仿佛就在眼前，顺着山脚弯弯曲曲地流淌着。河套上零星地长着几棵榆树，两三匹马甩着尾巴站在树荫下。

"给我找奶奶？大妈，从哪儿找呀？"

孩子的声音打断了萨仁图雅的思绪。于是转头看了过去，只见玛努琪琪格充满好奇地盯着大妈，仿佛要钻进她嘴里一样着急。

"小孩家家的怎么这么好事。我不是说过，大人说话小孩儿别插嘴嘛。回你自己的屋吧。"萨仁图雅训着女儿拿起遥控器打开了电视。电视画面反射在墙壁的大镜子和屋顶上，屋里瞬间变得五彩斑斓起来。

"哎呀，你们刚才说来着。大妈，是真的吗？爷爷怎么了？"女孩儿不依不饶地继续追问。

"这丫头，怎么不听话呢？好事的毛病也不知随谁了。"萨仁图雅的话音刚落，女孩儿就说："随我大妈了。妈妈，你不是说过我随大妈爱说话爱好事吗？我随大妈了，我是大妈的女儿。"她喋喋不休地说着，用胖乎乎的小手抓挠着哈布尔玛身上的毛衣，在一旁躺着的小猫崽蠢蠢欲动地盯着她那从针织缝里钻出来的小指头。

"你爷爷他？"笑声连连的哈布尔玛皱了皱文黑的眉毛，瞥了一眼笑得很不自然的萨仁图雅，靠近玛努琪琪格压低声音说，"爷爷要给你找奶奶呢。"

玛努琪琪格也学着大妈的样子压低了声音嘀咕着问道："要从哪儿找呀？"

---

① 浇绕：形容马等动物对侧步走的一种步伐。浇绕河为潺潺流淌的河流。

"爷爷结了婚，玛努琪琪格就有奶奶了。"

"结——婚？"女孩儿惊讶地发着长音问了一嘴，又说，"哦，我知道了。结婚就是娶媳妇吧？"声音仿佛银铃般叮当作响。

两个女人笑得前仰后合都倒在了沙发上。

女孩儿更加兴奋了，连蹦带跳地说："哦、哦、哦，爷爷要娶媳妇了。他的媳妇应该也像别人家的新媳妇一样穿着白色的婚纱，染着红色的指甲吧。我要当托婚纱的花童，阿努跟我争的话，我说啥也不会让她。哦、哦、哦……"

"你在爷爷家是不是又吃烤肉了？快去洗手吧。"萨仁图雅笑得喘不过气来，捂着女儿的小嘴说，"再不听话，明天就不带你去城里了。"推着她去卫生间洗手。

哈布尔玛还在笑，抱着肚子笑出了眼泪，脸都贴到膝盖上了。即使收回了笑声，肩膀还在一上一下地轻轻抖动着。

她缓缓抬起头用衣襟擦了擦黑脸上的晶莹眼泪。萨仁图雅从桌上的纸抽盒抽了张纸巾递给了她。

哈布尔玛说："听说鲁叶玛老太婆又跟了个汉族老头。她老伴之后，这是第三个还是第四个了？"

"要让我说，她就是为了钱。要不为什么总是离来离去的呢？六十多岁的人了，跟她搭过伙的这几个老头都是有钱的主。没让咱爸跟她过就算对了。只是，咱爸他……有点想不开呗。"

"那个老太婆啊……"哈布尔玛反复唠叨着，忍俊不禁地看着拿电视遥控器的萨仁图雅，想喝点茶往前挪了一下身子，"苍蝇游泳呢。"伸进手指挑了挑碗里的苍蝇。

"刚才有只苍蝇飞来飞去的，现在看不着了，原来是掉你茶碗里了。别喝了，再盛一碗吧。"萨仁图雅起身去拿茶壶。

她拿来茶壶的时候哈布尔玛已经喝光了碗里的凉茶，盯着碗底说："没死，还在挣扎。"将苍蝇弹到了脚边。

萨仁图雅给她续上热茶，弯下身用餐巾纸捏住地上的苍蝇边往外走边说："奶食品就爱招苍蝇蚊子，怎么小心都不行，撵都撵不净。"

"可惜了餐巾纸。你这是要厚葬它呀？在你这儿我不好意思下手，要是在家我早就把它给捏死了。"哈布尔玛撇着嘴说。

萨仁图雅换着电视频道说："我都忘了今天是星期天。星期天有王厨师教做菜的节目。"电视里戴眼镜的男人头上顶着水桶似的白纸高帽在炒菜。

哈布尔玛说："嗨,那是因为你不识字的缘故吧?要不的话不是从网上很容易就能搜到这些教程吗?想什么时候看就什么时候看。铁木尔巴图和钢巴图他俩也会炒菜了,都是从网上学的。"说着拿起手机捣鼓了起来。

萨仁图雅笑着说："唉,不识字的文盲,就是个瞪眼瞎。"调高了电视声。

哈布尔玛瞄了眼萨仁图雅笑着说："哎呀,快得了,你就知足吧。苏德巴特尔的媳妇不识字还这么厉害,要是识字那还了得。你看着电视就把炒菜、裁衣服、做头发全学会了。我这个识字的人都比不上你。学啥都慢,屏幕上要是没字幕,我连人家的话都听不明白。看着字幕才能一知半解。"

"你们有文化的人看着字就能懂了。像我这样的文盲除了死记硬背没别的办法。"萨仁图雅使劲摁了下遥控器把电视关了。随着噗的一声,电视里的人和音乐逃跑了似的瞬间消失得无影无踪。

哈布尔玛惊笑道："关电视还用杀牛之力?"跷着二郎腿靠在椅背上,用食指摁着手机屏幕说："苏德毕力格,你们到苏木①了吧?给我捎瓶治羊羔尾巴生蛆的药。"

萨仁图雅往自己的茶碗里续上茶,从盘里拿了块亮纸糖递给了哈布尔玛。"用夏尔斯②做的吧?我都懒得做了。熬煮夏尔斯太麻烦。"哈布尔玛接过奶渣糖,沙沙地拧着糖纸的两头放到桌角没吃。

萨仁图雅把热气腾腾的包子端上来,摆好凉拌木耳和淋香油的猪肝等凉菜,又把昨天剩的汤菜热好了端来了。

"玛努琪琪格,吃饭吧。"她叫女儿吃饭。

---

① 苏木:内蒙古行政区划名,相当于乡。苏木达为乡长。

② 夏尔斯:做奶豆腐、干酪、酸奶渣时分解出的黄色汁液。

"我不吃。在爷爷家吃了。"

她俩开始吃饭了。哈布尔玛的手机响了一声，是苏德毕力格发来的语音。

"治生蛆的药多了去了，你要哪个？"

"等会儿啊，这就给你发药瓶的照片。"

哈布尔玛回了话就从手机里找那张照片。"我存了呀，怎么找不着了呢。哦，找到了，你们家的信号不好，还是我不会发，这张图片怎么发不出去呢。"哈布尔玛拿着手机嘀咕着。

"大妈，我会，我教你。"玛努琪琪格跑到她跟前，噘着小嘴对着手机喊道，"杀蛆大王。"

"嗨呀，玛努琪琪格真厉害，比大妈强多了。我就是弄不好这东西，你看看，又不知该摁哪个了。"哈布尔玛说。

"我洗完头再来好好教你。"玛努琪琪格搂着她的脖子边撒娇，边又向母亲喊道，"妈妈是个大聋子，大聋子。"伸出舌头做鬼脸，脑袋上全是洗发膏的白沫子。

"没大没小的瞎说什么呀你，不懂礼貌。再这样胡闹下去，以后谁都不疼你。这孩子，整天让我着急，我跟疯子似的天天跟她嚷嚷。一点也不听话，昨晚不是给你洗澡了吗，怎么又洗起头发来了？花了一早晨的时间给你编了那么多小辫子，白搭了。"萨仁图雅说。

"还是丫头孩儿好。看那小样多可爱。我那三个秃小子，哪怕有一个是丫头该多好。"哈布尔玛稀罕着玛努琪琪格，呵呵地笑着说，"刚才我还说她的故事来着，你接电话没听着吧？这个年龄的孩子就愿意说一些人家听不懂的话。据说，她昨天还好奇地问她大伯，为什么我管你们叫爸爸的人叫爷爷？她大伯给我学的时候还一直在笑呢。"

"呵呵，她净说人家听不懂的话。敢问敢说的性格随你了。就你俩啥都不怕。"萨仁图雅嚼着嘴里的站起身用纸巾擦掉了地板上的洗发膏泡沫问道，"你们的羊羔还生蛆呢？"

"没有，早都好了。是那个喂养的牛犊，也不知被哪头爱顶的大牛用犄角戳着眼睛发炎流脓了，前几天又一直下雨不见太阳，那地方就生蛆了。喷青霉素不管事，还得用大红药啊。"

哈布尔玛的手机又响了。她拿起手机贴在耳朵上听却没动静了。

"你别把耳朵贴得太近，太近了就黑屏了。你看，手机的扩音器在这儿呢，像蜂窝似的这个东西就是。"萨仁图雅站在她跟前手把手地教她。

"我找找看，不知道有没有啊。"微信里传来了苏德毕力格的声音。

"也不是啥稀罕药，怎么会没有呢。苏德毕力格你总是这样，每次捎东西不是说忘了就是说没找着。这次你要是不给我把药买回来，下次别说羊腰子，一口肉汤都不给你喝。知道了吧？"哈布尔玛对着手机喊了起来。

饭后，她俩各自拿起了手机。

"我对这些新鲜玩意儿可不习惯了，总是犯糊涂。今天在你这儿可是好个待呀。哦……这张图片好看，你从哪儿找的？"哈布尔玛戳着手机屏幕说。

萨仁图雅在朋友圈发了一对天鹅的漂亮图片。

"我也是转发的，昨天发的。"

"给你送枝花吧。我是学不会了。人家教我就会，自己发就不会了。你大哥比我强，有好几个好友呢。一到晚上就在吗，在吗，跟那些人大喊大叫地聊。还进了好几个群，什么民间艺术家群、发小群，他那个手机一到晚上净是些乱七八糟的声音，可热闹了，不过有几个人唱歌唱得倒挺好。"

"那让大哥教你呗。"

"他倒是教过我几次，教着教着我俩就吵吵起来了，还不够打嘴仗的呢。"萨仁图雅咯咯笑了起来。

"下雨了，快把衣服收回去吧。"从屋外传来了男人粗粝的声音。

"真下了啊，山头都白了。微信这东西可上瘾了，玩起来就放不下，天塌都不知道。"萨仁图雅放下手机连忙向屋外走去。

"爸爸，知道了。"玛努琪琪格也跟着母亲跑了出去。

"老天爷啊，刚要打草，就让下雨。难道不想让人活了吗？但愿这个秋天不要阴雨连绵啊。回去喽。"哈布尔玛从旁边拿上墨镜和车钥匙站起了身。

二

说起霍日格①艾里，大家都知道，那是山沟里的地方。说起霍日格艾里的人，大家也都知道，那是些土生土长的山里人。

要是有人问霍日格艾里的人，什么是生活？面对这样稍有些哲学概念的问题，他们会满不在乎地回答：生活？生活就是爬山呗。

因为生活在这里的人打娘胎里就爬山，奔波了一生还要在山的怀抱里长眠。

霍日格这个名字跟山有关，源自霍日格图山。据说，在无风的静谧夜晚，从山里会传来呼隆、呼隆的声音，既像是拉风箱，又像是深深地喘息，缓缓连绵清晰不散。这个艾里于是就落下了这个名字。

在这地方两样东西特别费。一个是穿在脚上的鞋，另一个是寒冷的冬天。

不管是谁穿多结实的鞋，不到三两天工夫鞋头准会漏洞。

冬天就更不用说了，尤其是山窝里的冬天，寿命短而又短。在这里秋天的乐章长而又长，春天的梦醒得很早，数九后也就冷那么二十来天，凛冽的寒风便渐渐势弱，特别是在山窝地里，气温回升很快，眼瞅着从积雪下面就会冒出嫩芽来。

在这里两样东西最丰富。一个是树，另一个是蛇。

这地方的人总爱夸口说，世界上的珍稀树种都在我们这儿呢。孩子们最喜欢玩的游戏是抱大树。几个孩子把手连在一起环抱着一棵大树，欢笑的声音久久回荡在山谷之中。山羊也喜欢树，杂技演员似的在蓬松的树杈上跳来跃去，挑着汁液最多的树叶和嫩芽，趴在树上啃食得不亦乐乎。山羊是聪明的动物，总是有法子爬到树上，找到最好吃的果实。剥果壳的技术一点不亚于人类，嘴唇翕动，果壳落地，嘴

---

① 霍日格：蒙文音译。意为"风匣、风箱、风囊、鼓风机"。

和胡须都被野果的汁液染红了。比起山羊，绵羊就乖顺多了。它们不会爬树，只能在树下、沟里，团成一团捡食山羊弄落的野果子。

居民的院里也有树。向哪儿望去，都能看到蓬松的旱柳、枝叶茂密的榆树等等。不管是做桩子，还是做晾衣绳的杆子，人们利用的都是这些野生树。

在这地方蛇是常见的动物。荒草丛里、棚檐和墙上，经常会出现滑动爬行的蛇。这地方的人把它们叫做我们的蛇，还说我们的蛇对人无害，不咬人。

这里流传着许多跟蛇有关的传说。谁谁的祖上因为杀了蛇，遭到诅咒，死后不得托生变成了鬼；很久以前，有人杀了一窝蛇，回来的路上遭到蛇群袭击，尸体被机枪扫射了似的全是窟窿；谁家的孩子被狼驮走后找不见了，后来找到的时候那匹狼被一条蛇缠住脖颈早已断命，孩子却含着蛇舌睡得可香了，找孩子的那些人快到跟前时，忽然飘起一团青雾，那条蛇就消失不见了；等等。

霍日格艾里有百十来户人家，七百多口人。依山而居的这个艾里，从外面看上去显得非常安静，仿佛只有雾霭连绵的层层山峦。

在山谷、在林地，五户一聚，十户一集，渐渐形成了这个艾里。不认路的人，凭着牲畜走出的小径、袅袅升起的炊烟或是狗吠声才可以找到要去的人家。从外面来的人，要是向当地人打听，谁谁家在哪儿，听到的回答往往是哈拉嘎·哈达布奇的东山脚、乌兰·刚根那边、哨如勒济山脚、黑拉嘎图山谷等地名。

这里曾经是交通不便的地方。两年前才修通了一条穿山越岭的高速路，终于将这里与外面的世界连接了起来。

这条高速路仿佛戴绿冠的长龙或蛇一样盘曲蜿蜒，每天都很热闹。五颜六色、大小不一的各种车辆穿梭往来。

今天有一辆白色奥迪Q5跟其他车辆比赛似的在这条路上驰骋。开到岔路口后，拐上山路继续向前行驶。从打开的车窗里传来了粗粝的男声歌曲《遥远的蓝色草原》，窗外母牛的哞叫声此起彼伏。

山里也回荡着母牛的哞哞叫声。

秋天是霍日格艾里卖牛犊的时节。到处都回荡着母牛的叫声，沙哑的、郁闷的、低沉的、拉长音的，甚至还有唠叨似的种种叫声不绝于耳，在山谷、在林间、在院落此起彼伏。

近几年随着市场上公牛犊的售价上涨，一到秋天这里的牛犊就被一车一车地拉走了。母牛们舍不得牛犊孩子，眼睁睁着那些腱子肉已经圆滚精实的牛犊孩子，那些昨天还让自己舔舐着脖颈，围着自己撒欢嬉戏的孩子已经被拉走，总是会忧伤地哞叫不停。

忧伤的叫声久久地回荡，躲在雾霭那边参差不齐的山岩、耸立的峭壁似乎也跟着它们在颤抖。无论如何也留不住已经上了牛贩子卡车的牛犊孩子了。牛妈妈与牛犊孩子再也无法相见了。母牛的脸上滚落着泪珠，富饶的秋季在它们的忧伤中连绵。

行驶在沙石路上的奥迪奔着峻峭的亚希拉图山疾驰而去。

山脚下的榆树林中隐约出现了一处院落。逐渐减速的奥迪来到院落前停下了。毛色一致的红白花母牛从抹着石灰的院墙里面，一长排棚圈外面探出脑袋，东张西望地哞哞叫着。

车门开了。苏德巴特尔和妻子萨仁图雅，还有两个女儿阿努琪琪格和玛努琪琪格从车上下来了。

苏德巴特尔家今年也跟往年一样，卖了三十多头公牛犊。这次用卖牛犊的钱，从盟府所在地把这辆奥迪 Q5 接回了家。

萨仁图雅跟孩子们拖着行李拿着包裹，叽叽喳喳地说着什么从自动大门鱼贯入院。

苏德巴特尔没跟她们进院。瞅了会儿新车，又围着新车转悠了一圈，然后用崭新的长毛刷掸了掸车窗上的浮土。

院外停放着用来运输、打草、推土、切草、压饲料的好几种三轮和四轮。有白色的、有蓝色的，有大的，也有小的。现在又多了一辆奥迪 Q5。他把新车挪到黑色丰田旁边，停在了最显眼的地方。脸上浮现着淡淡的笑容，长长的睫毛一张一合，深邃的眼里闪动着喜悦的光芒。

这可是四十多万的车呀，创下了霍日格艾里车价最高的历史纪录。

院外很快就出现了各种车辆，邻里乡亲纷纷来看他家的新车。苏木的几个干部也来了。他们不是来看新车的。那两个女干部前些日子让萨仁图雅给孩子做了蒙古袍今天来取，顺便也想好好喝一顿有新鲜奶食的奶茶吧。

大家围着新车大嚷小喊地议论起来。你们从盟里出来的时候，我就从微信上看到你们的新车啦；实车比微信图片里的要高，看图片的话没这个高；谁谁家前几天也把新车接回来了，跟你们这个没法比呀；他家的那个起速慢，动力也不够，走远道还行，近道的话根本提不上速；有人摇头晃脑地说，车膜就五千多，高档车就是不一样。有人干脆钻进车里，开上一圈过了把瘾。

拴在桩子上的两条狗一个叫拉布嘎尔，另一个叫勒格斯格尔，个头足有牛犊那么大。孩子们在人群中跑来跑去，两条狗几乎要挣断拴绳似的吠叫着。真是好不热闹呀。

一辆红色雪佛兰轿车来到了门口。从车上下来了四十多岁的俊朗端庄的男人和又黑又瘦的女人。他俩是苏德巴特尔的大哥巴尔齐德贵和大嫂哈布尔玛。

他俩走进人群，一唱一和地跟大家说笑着。巴尔齐德贵声如洪钟，哈布尔玛笑声不断。没过一会儿，哈布尔玛就离开人群向屋里走去。

哈布尔玛刚到门口，大门就自动张开了，一条火红的地毯首先映入她的眼帘。哈布尔玛吓了一跳，情不自禁地嘟囔道："昨天听她说安上这样的门了，还真安上了。又不是机关单位，普通人家安这样的门有啥用？可惜了银子，怎么还铺上地毯啦。"

这条地毯从院门延伸到屋门，再从铺黑松木地板的客厅一直到厨房门口。

她推开了厨房门，煎炒烹炸的食物香味儿扑鼻而来。

萨仁图雅围着一条棕红色的碎花围裙在灰烬上烤肉干，白色的衣领和白色的袖口露在围裙外面，在雾气腾腾的厨房里，她看上去既干净利落又美丽漂亮。

大女儿阿努琪琪格喷嚏连连地在电锅上煎韭花牛血肠。

"丫头，别弄了，一会儿我煎吧。看你那鼻子，太难受了吧。"萨仁图雅边忙活边对女儿说。

依墙的橱柜上面，大盘小盆地码放着已经洗好或切好的备菜。有海带丝、香菇、兔心、去了壳的蛤蜊等等。

母女俩只顾忙活，并没发现有人进来。

哈布尔玛进来之后也没跟她们打招呼，径直走到炖锅跟前就掀起了锅盖。

萨仁图雅转过身跟女儿说："火大了吧？味道不对呀。"这才惊讶地发现热气腾腾中，有个人掀开锅盖看着锅里呢。

吓了一跳的她失声说道："哎呀，你哪会儿进来的？"

哈布尔玛并不理会她的惊讶，故意咽了咽口水说："哈，牛肉炖萝卜干。"接着又说，"新车挺漂亮，漂亮哈。现在你们两口子一人一台车。"

"赶上星期天了吧？"哈布尔玛随口问着阿努琪琪格，从放煮鸡蛋的盘子旁边拿了个橘子掰开后吃了一牙，皱着黑脸说，"哇，太酸了。"

"牛犊卖什么价了？"

"跟去年一样。"

"过两天我们也去卖牛犊。先卖牛犊，还是连羊羔一起都卖了，还没拿定主意。昨天还卖了几只羊羔呢。虽说零散，但总是有人要。秋天比春天馋，这句话说到点上了。都说要最肥的，最好的，电话不断啊。"

"春荒才厉害呢。青黄不接，饥不择食。说的不就是春天嘛。谁有那么多闲钱买羊羔呀？"萨仁图雅抖着肩膀不好意思地笑了笑，又说，"哇呀，我是不是瞎明白了？孩子的姥姥常这样说。"

阿努琪琪格弯着腰边忙活锅里的边说："现在都小康社会了，根本不存在春荒之类的情况。"

哈布尔玛说："真是孩子话。现在过穷日子的人多了去了。你以为世界上的人都像你爸妈一样富有？"

"哎哟，大妈，还说我家富。你们可是出了名的富户呀。大妈，回来的时候，我晕车晕得吐了一路，再好的车也坐不了。"脸色煞白的阿努琪琪格将煎好的血肠往盘里码。

"还是年轻好。我要是那样吐一路，在这油烟子里都站不住，就别说准备饭菜了。你可真是你妈的好丫头，厉害。没喝晕车药吗？"

"耳朵后面贴药膏了，这次没管事。"

萨仁图雅摁着抽油烟机的开关说："这台不好使，得去换了。还不如原来那个旧的好使呢。嗡嗡直响，吸烟效果也不好，弄得满屋都是烟子。"忽然想起了什么忙对女儿说，"哎呀，我差点忘了，快去，快把奶豆腐从冰箱里拿出来。快点，快点。说好要给你大妈做蜜汁奶豆腐，差点给忘了。"催促着正往炉子里添煤的女儿。

哈布尔玛说："你上次做得可好吃了。"

萨仁图雅说："上次的火大了，没成功。我再试试，在电视上看人家做来着，这次肯定能成功。"

阿努琪琪格没有找到奶豆腐，向厨房喊道："妈妈，没有啊。我要不去温都茹娜姨那儿拿一块吧？"

萨仁图雅来到女儿身边，翻着冰箱悄悄说："你大妈总是那样，一进屋就掀锅盖看。吓我一跳。她也不改改这个毛病。要是让你爸看见了，又有叨叨的话题了不是？"

阿努琪琪格用胳膊肘悄悄杵了下母亲，向厨房努了努下巴。

"有五块来着。哦……想起来了，进城的头天晚上让我给卖出去了。丫头，去吧，去牛倌家拿几块新鲜的。告诉他们别做饭了，上这儿来吃。"

阿努琪琪格一路小跑着把奶豆腐拿来了。

"温都茹娜姨说已经吃过饭了。"

"这块好，黄澄澄的冒油呢。"萨仁图雅把奶豆腐拿在手里端详着。

"温都茹娜姨听到母牛的叫声不住地擦眼抹泪，眼睛都哭肿了。"阿努琪琪格揉着鼻子说。

"你们让牛倌两口子做奶豆腐？"哈布尔玛从一角掰了一小块送进了嘴里。

"没有。怎么能让他们做呀。这两天我们去城里卖牛犊，他们两口子给挤奶来着，顺手就把奶豆腐给做了。"萨仁图雅将这块奶豆腐均匀地切成了若干个筷子条状备用。

阿努琪琪格拿起手机说："在呢，在呢。帮我妈打下手做菜呢。亲爱的一会儿打给你啊。"

"现在的孩子，张口闭口都是亲爱的。"哈布尔玛笑了笑上下打量着阿努琪琪格不由自主地摇了摇头。

阿努琪琪格穿了一条露膝盖的破洞裤，蹬着一双一红一绿的运动鞋，鼻子和嘴唇上还粘着亮晶晶的叫不上名的饰物。

她伸出留着长指甲的五个手指，在哈布尔玛眼前比画着说："大妈，不多不少我刚好有这些亲爱的。"

哈布尔玛以宠爱的腔调嗔骂道："快得了吧你。"

萨仁图雅却说："丫头你真行。都领回来让我们也看看呗。"

哈布尔玛说："看人这当妈的，也是一种教育方式哈。要是让外人听到了，还以为你俩是姐妹呢。萨仁图雅你快愁死我了，怎么一点也不见老。你以前不是最担心孩子早恋吗？耽误学业不说，女孩子家有点闪失可怎么办。"

"学着恋爱，学着跟人家相处，也不是什么坏事。通过恋爱才能知道什么人适合自己，怎么去爱别人，不是吗？"

"说得也是哈。一会儿恋爱，一会儿又失恋，一会儿被爱了，一会儿又被甩了，折腾那么几回，就长记性了。"

"哎哟，我丫头怎么会失恋呢，我丫头才不会被人家甩呢。"萨仁图雅抬高了声音。

哈布尔玛看了一眼萨仁图雅，故意转移了话题。

"那两个漂亮女人是从苏木来的吧？我从大老远就看到了那两张大白脸。一看就不像咱们山里人。苏木的公务员吧？坐一辆漂亮车来的。刚才开上你们的新车去兜风了，现在还围着车转悠着看呢。哦，对了，怎么看不见玛努琪琪格？"

"刚回来就去爷爷家了。给她买了个玩具飞机，一路小跑着给爷爷显摆去了。苏木的那辆车也不咋地呀。"

"是啊，没法跟你家的比。"哈布尔玛拉着长音说。

"我说的不是这个意思。说那两个白脸女人呢。刚才说上厕所就进屋了。外面有厕所，非要上屋里的。我们家的马桶是给玛努琪琪格准备的，没让她俩上。"又对阿努琪琪格说，"阿努，把卫生间锁上了吧？一会儿喝起酒来，都要上屋里的，弄得满屋臭味儿。锁上吧。"萨仁图雅手上拿着一条鱼，用刀子麻利地刮鱼鳞。

"这两天怎么不见你上微信了？"萨仁图雅问哈布尔玛。

"我不是用儿子换下来的旧手机吗，坏了。"哈布尔玛用筷子拌了拌盘里的毛肚和尖椒丝儿，文得又黑又粗的眉毛虫子似的蠕动了几下。

"大妈，换新手机吧。都卖那么多羊羔了，可别存了。"阿努琪琪格说。

"哎呀，你奥齐尔巴图哥哥快娶媳妇了。还要供铁木尔巴图和钢巴图上学……三个秃小子呀，不存点能行吗？"

"那也没事，大妈家底子厚着呢。奥齐尔巴图哥哥的女朋友可漂亮了。"

"唉，都备齐全了，就等他把媳妇领回来了。大妈呀，天天都盼着儿媳妇快点进门。对了，萨仁图雅，你的手机铃声可好听了。我也想换，那天晚上捣鼓了半天也没找到那个铃声。奥齐尔巴图后来告诉我，人家嘎嘎①婶子用的是苹果，你这个破手机上没有那样的铃声。名牌就是不一样哈。"三个人都笑了。

"把菜叶捡起来。"萨仁图雅瞅着掉在地上的几片白菜叶和葱叶，向女儿努了努下巴。

"习惯都是从小养成的。用完菜刀和勺子要放回原处，利利索索的，别养成马马虎虎的习惯。告诉你多少次了，别这样拿刮皮刀，多吓人。拿来，给我。"接过女儿手里的土豆，用刮皮刀麻利地削着皮，削了皮的土豆眼瞅着就堆满了一盆。阿努琪琪格在一旁把土豆切成块放了沸腾的锅里。

从客厅隐约传来了小孩子的咿呀叫声。

萨仁图雅推门看了一眼，小妯娌乌日柴呼来了，背着三岁的儿子

---

① 嘎嘎：漂亮好看的意思。

格根呼站在客厅中央。

乌日柴呼三十来岁，黄白净子脸高颧骨，脑袋后面扎着一根很长的马尾辫。

乌日柴呼没有进厨房。她想把孩子放下来，那孩子却粘住了似的贴在她的后背上说啥也不肯下地。

站在客厅的她看着大镜子，这才发现儿子的一只鞋不知丢在哪儿了。

"弟弟把鞋弄丢了吧？"阿努琪琪格从厨房一出来就看到了。

"看着火就行了。这几道菜够吃了吧？等他们进屋，咱们就上菜。"萨仁图雅跟在哈布尔玛后面也来到了客厅。

哈布尔玛说："准备那么多，还不够吃呀。我们不吃，忙着呢。奥齐尔巴图今天跟捆草车去捆平原地上的草了。他太老实，那些干活的净糊弄他，我有点不放心，怕他们净给捆些小捆。我昨天先回来一趟准备饭，再去的时候，那些人快捆完西山沟里的了。干的那是啥活呀，捆得太松了，刚一提就要散了。我好个骂，告诉他们不好好干的话，就不给算工钱。今天你哥他俩去打西边围栏里的了。老天爷总是让刮风，也不让好好干呀。我们昨晚把青贮压窖里了，一晚上的工夫总算都弄利索了。"

哈布尔玛的两条腿不直，有点往里歪，今天还穿了裙子。萨仁图雅从她身后盯着她那露在裙子外面的歪腿肚子，背着她的眼睛，情不自禁地瞄了眼出现在大镜子中的自己的腿。萨仁图雅向来会穿，打小就喜欢打扮，漂亮的衣服比谁都先穿，贵重的首饰比谁都先戴。跟人家错身而过的工夫就能发现，这个人的项链配在三角领上格外显脖颈白皙。她从阿努琪琪格看的杂志封面上也能发现美的东西，打眼一看就说，外国人吧？裙子上的褶子打得漂亮。她不管穿什么出去，都会引来大家的议论。她背的包是什么品牌的，跟哪个明星的一模一样；她那个耳环，一看就不是便宜货；她那个皮衣呀，不像是从近处买的，我去旗里盟里，逛遍商场也没看见同款的；等等。

她最喜欢象征兴旺的大红色。人家都穿黑色的敖吉或墨绿色的蒙古袍，她却最先穿上了鲜艳的红色蒙古袍。红礼帽、红手包、红珊瑚项链、红珊瑚耳环，有时还穿红裤子。艾里的人们不喜欢着一身红装的"鬼"，都骂她没教养、没管教。

其中也有人替她说话：你们就别嫉妒萨仁图雅了，人家就有那个福分去享受最好的玩意儿。那是老天爷专门把她派给了苏德巴特尔，告诉她，去享福吧，去享受苏德巴特尔的福分吧。苏德巴特尔可就惨了，光有挣钱的手，没有花钱的福。他挣多少银子都不会享受，只对汽车感兴趣。这就叫做"福浅的去张罗，福大的坐享其成"。

萨仁图雅最先买了摩托车。艾里的男女老少看着她骑着摩托来回奔驰，眼睛都快瞪出来了。有指指点点的，有捂嘴偷笑的。但是没过两年艾里的女人们也都买了摩托，跟她一样在艾里来回飞奔。

萨仁图雅在屋里装了厕所，装了洗澡间。大家听说后又沸腾起来了。天啊，听说她要在家里洗澡，在屋里尿尿。那段时间来她家串门的人都不敢碰她家的茶碗。有人说，端起碗就能闻到一股尿骚味儿。有人还说，看到了萨仁图雅光着身子一边洗澡，一边推开门跟人家聊天。其中最让大家愤恨的是，她竟然在城里买了楼房。

"她那是转移苏德巴特尔的财产呢。听说把户名都落在自己名下了。要是打离婚，房产证上写着谁的名字，房子就判给谁。这些年她没少往娘家搬人家苏德巴特尔的财产。现在好了，把名字直接就写上去了，白纸黑字呀。苏德巴特尔太可怜了，摊上这么一个能作的老婆，倒霉透了。"艾里也流传过这样的传闻。

后来霍日格艾里的人纷纷在城里购买起了楼房。萨仁图雅这时早都买下临街的商铺了。在这个艾里，她是最先把头发焗黄的女人；最先学会开车，最先拿到驾照的女人；最先穿貂皮大衣的女人；最先在婚宴上拿着麦克风唱歌的女人；最先做蒙古袍、做刺绣的女人；最先卖奶食品的女人。萨仁图雅在这个艾里，创下了诸多"最先"，是最先吃到螃蟹的女人。如今每家每户几乎都在屋里装了洗澡间。把头发焗成五颜六色的女人出现在婚宴上也不是什么稀罕事了。大家似乎也都忘了曾经那么憎恨地骂过萨仁图雅的往事。

在诸多指责谩骂中，只有"萨仁图雅不干活，整天就知道照镜子"这句批评依旧像影子似的跟随着她。几乎所有人都认为，叫萨仁图雅的那个女人，不干活，在家就知道洗手。

"你把孩子快放地上吧，都三岁了，还整天背着。我都替你累得慌。"哈布尔玛把贴在乌日柴呼后背上的孩子拖了下来，惹得那孩子哭闹不止。

"他有点发烧，流清鼻涕呢。"乌日柴呼怯懦地看着哈布尔玛嘀咕了一声。哈布尔玛听都没听见。

"哎哟，还把一只鞋给丢了。鞋丢了都不告诉妈妈，打屁股。"哈布尔玛把孩子抱到沙发上，往他嘴里塞了一牙橘子。

"丢哪儿了呢？说不准就掉在路上了。去找找吧。"萨仁图雅弯下身摸了摸孩子的额头。

"发低烧呢，多给他喂点水。阿努，快去给弟弟凉开水。"萨仁图雅嘱咐女儿去凉水。

孩子没嚼橘子，嘴角流着黄色汁液，咧嘴哭叫着："妈妈，妈妈，我找妈妈。"

哈布尔玛把孩子抱起来给了乌日柴呼。

阿努琪琪格拿来碗，给大家盛奶茶。

乌日柴呼说："你的围裙真漂亮。这样的围裙你有十几条了吧？这种样式，跟原来的那些还不一样哈。"

"用阿努琪琪格不穿的裙子改的。你喜欢？喜欢就拿去吧。"萨仁图雅说。

"不用，不用。上次给我的那个带水纹的云蓝色的还搁着呢。上次……"乌日柴呼慢悠悠地一个字一个字地说。

哈布尔玛不等她把话说完就插嘴道："不爱吱声的乌日柴呼倒是比谁都眼尖哈。我都没发现她戴了新围裙。"说着挨到乌日柴呼身边摸了摸她的珍珠项链说，"你这个珠子穿得不好。三角四角啥样的都有。"

阿努琪琪格搭话道："大妈，这你就不懂了。这才是真玩意呢。这条项链是我送给老婶的。"

乌日柴呼从阿努琪琪格手里接过已经凉凉的开水，用小勺一口一口地喂孩子喝。

"你别喂了，让他自己喝。我们的格根呼，乖啊，来，自己端着喝。"哈布尔玛从乌日柴呼手里拿过杯子给了孩子。

"一会儿上菜时做蜜汁奶豆腐就赶趄。做早了就凉了，不好吃了。"

萨仁图雅站在镜子前面擦着脸上的锅灰，从镜子里看到了温都茹娜赶着牛群从窗前经过。于是赶紧走到窗前，从窗口喊道："嘿，温都茹娜，今天别挤奶了，明天我挤吧。把它们赶到平原地就行了。"

温都茹娜穿了件绿色的衣服，脑后编着一根辫子，提着奶桶往前走着。萨仁图雅喊了两三声，她都没听见。

阿努琪琪格来到窗前，扯嗓子喊了一声："温都茹娜姨。"她这才转身看过来，把奶桶放在墙边，赶着牛群向平原地走去。

"前几天有几个开路虎的汉族人没找见你家，跑到我家去了。说是要买奶食品。来了吗？这阵子卖得咋样？"哈布尔玛问萨仁图雅。

"来了。谁知开的是路虎，还是壁虎，我也没记住他们开的车叫啥。都来过好几次了，还是迷路。说是一进这山里就犯迷糊。家里当时就剩了点黄油。他们不知道夏天的黄油和秋天的黄油不一样。说是颜色不正，肯定是掺东西了，嚷嚷了好半天。还说就因为你家的奶食品不掺假，纯天然，我们才专程进山来买。每次迷路绕来绕去，光油钱就不少花。买了八千多块钱的。跟上几次一样，把后备厢塞满了才肯走。把我秋天做的奶豆腐都收走了。入秋后，牛奶里面的奶油多。那天我炼了四袋稀奶油，收了十六斤黄油。我妹妹说想吃稀奶油，我就没炼奶油，要是炼了，还能多收不少黄油呢。"

萨仁图雅接着说："牛犊也卖了，明天我就开始挤亥达嘎①。前几天还取了二十多头母牛犊的鼻栓呢。"

"奶不好的话，不如趁早让它们干奶呢。干奶两周母牛就能进入发情期。因为正在回奶，所以还是不等了哈。"哈布尔玛敷衍着萨仁图雅，打开微信扬声器听起嘎查②群里的语音。有个尖细的声音在喊：宝音图在吗？在的话，好好给我听着。你们又到我们地里，把我

---

① 亥达嘎：死了崽畜仍能出乳的母畜。

② 嘎查：内蒙古行政区划名，相当于村。嘎查达为村长。

们的青贮给打走了。是谁把我们埋在田头的那块界石给挪走的？每年都发生这样的误会，总是从我们田里多打几垄青贮。今年我们可不让着了啊。还有人说：卖六十多头母牛犊。有要的跟我联系。另外有个沙哑的男人喊道：昨天在平原地上放牧，晚上跟回来三只喂养的羊羔。右耳朵上都打着抠挖耳印呢。丢羊羔的人家来认领吧。弄丢了我可不负责。

苏木的两个女干部进来了。哈布尔玛这才关掉那些乱糟糟的语音。

涂着鲜红的唇膏、染着火红色指甲的两个女的一进屋就要换拖鞋，但很快又把高跟鞋给穿上了。说是怕"长虫"会钻进鞋里。还说下车的时候就看到了一条盘曲的红蛇，现在还直打哆嗦。

她俩来到沙发跟前，坐在了哈布尔玛身边。两张白脸跟哈布尔玛的黑脸形成了鲜明的对比。"打老远就看到了两张大白脸。"萨仁图雅想起哈布尔玛刚才的形容，在心里不免笑了起来。

两个女人刚从怕蛇的惊悸中有所平静，看到哈布尔玛之后又被吓了一跳，所以面对哈布尔玛的问候只顾惊讶，都没能好好地回礼问候。

说来也是，没看习惯的人，与哈布尔玛初次见面的人，都会被她吓一跳。"哈布尔玛的眼睛"曾经震撼过所有人。像衣兜似的那双眼睛并不是天生的，是被她后天改造出来的。社会上的流行有时很奇怪。有阵子忽然流行起了文眉文眼线的热潮。女人们纷纷追随这个时髦，将眉毛文成墨黑色的蚕眉那样的"女将军"在远近几个艾里越来越多。有的文成了高低眉；有的要文柳叶弯眉却没按照原来的眉形去修结果出现了四条眉。这样的笑话比比皆是。哈布尔玛正是在这个时候忽然心血来潮盲目跟风去文了眉。从此粗筷子似的两道墨黑色的眉毛，代替了她那浅淡而稀疏的似有非有的眉毛。没过多久又不时兴黑的了。大家纷纷去洗原来的纹绣，重新文棕色或暗红色的。然而文眉是将金属或植物颜料通过刺破皮肤来渗透入真皮层下的，怎么洗都不可能洗回原来的肤色。就这样又出现了很多有六条眉的女人。哈布尔玛不喜欢棕色，也不喜欢暗红色，认为浓浓的黑眉最适合自己，也就没跟风去洗眉。

文眉洗眉的热潮刚消停下来，紧接着又流行割双眼皮。尝到文眉的好处之后，哈布尔玛跟着大家又去割了双眼皮。她为了省钱，去了一家专业技术不咋地的美容店。正所谓"便宜没好货"，钱虽然省下了，手术却失败了。割出来的那两道切口过于上提，挨到了眉毛，却不在眼睛上面。美容店的专家解释说，这样做是为了长远考虑，人老了之后皮肤会松弛，皮肤松弛眼皮就没年轻时候紧致，要是割得太窄，到那时做得再好的双眼皮都会消失。真让人恼火。可是又有什么办法呢？美容院的还说，刚做完手术都这样，消肿后自然就好看了。哈布尔玛当然希望会是那样的。随着时间一天天过去，她那向往拥有一对漂亮大眼睛的希望还是破灭了。艾里的人们都拿她的眼睛当笑话议论。有人说，她割的不是眼皮而是眼睛。也有人说，与其说是眼睛还不如说是衣兜似的两道伤疤。不管谁家的媳妇，只要跟自己的男人提起想文眉割双眼皮的想法，立马就会听到这样的讽刺：想变成哈布尔玛第二就去吧。

好好的一双眼睛，忽然之间就变成了一对毫无精神的死鱼眼。哈布尔玛简直快愁死了。真是花钱买罪受啊。刚做完手术那阵子，她根本没有勇气照镜子。随着时间的推移，她也只能慢慢接受这个现实了。能让有钱人可劲儿嘚瑟的这个世界，着实跟她开了个不大不小的玩笑。

萨仁图雅看出来了，哈布尔玛今天特意打扮好了才来。又黑又瘦的她上身穿着墨绿色雪纺衫外套黑绸马甲，下身穿了紫色的半裙。脸上抹了厚厚一层廉价美白霜，涂了亮粉色的口红，还戴了一条穿着大金珠子的金项链。这条金链子在她那粗糙的脖颈上显得特别突兀，会让人对金子这种东西顿时产生反感。

萨仁图雅给那俩女人用稀奶油和炒米拌好奶油拌饭递了上去。

"孩子们的蒙古袍已经做好了，你们回的时候我拿给你们。"又笑着说，"先垫吧垫吧，咱们待会儿喝酒。"

两个女人没有客气，往前挪了挪屁股，自己动手往碗里添着白糖、红糖，抿着红唇吃了起来。

其中的一个问:"你们挤的都是奶牛吧?"

"奶牛有十来头。大群里另外还有三十多头产奶的母牛。"

"也喂市场上的那些利于下奶的饲料吗?"

"山里草场好,不用喂那些东西。远处和近处的人都愿意来我家买奶食。喂饲料的咋也没有自由放养的好吃。"

阿努琪琪格忽然欢快地笑着说:"看啊,哈仁嘎乐队的拉布哈苏荣来了。"屋里的人都向外面看了过去。

院外果真出现了一位能让人联想起哈仁嘎乐队的拉布哈苏荣的男人。他扎着马尾,留着一撇胡须,戴着圆框墨镜跟大家一起围观新车。

他就是苏德芒莱。

哈布尔玛说:"你二伯这是又来蹭饭吧。昨天一大早就去我家了,一身臭烘烘的酒味儿。我说他这么早就开始溜达,人家都没起床呢。他却说,我已经逛完五户人家了。喝了几碗凉酸奶,有了人样才回去的。"屋里的人都笑了。

阿努琪琪格颠颠小跑着去书房拿了本白封皮的书走到窗前,从窗口喊:"二伯,二伯。"把书贴在了窗玻璃上。

从厨房传来了一阵哨声。"阿努,水开了。"萨仁图雅喊道。阿努琪琪格听到喊声,把书藏在窗台上的花盆后面,说着"老头子哼哼哼,坐在火里不起身",向厨房欢快地跑去。

苏德芒莱离开围观的人群,从院门进来了。这时他的手机响了起来,他接听着电话在那条红毯上晃晃悠悠地走着。

屋门两侧的花坛里有花盛开。这些花在秋色中显得没有以往鲜亮,只有菊花依然饱满,装点着初秋的色彩。高贵又倔强的菊花才不顺从季节的变换呢。

苏德芒莱弯下身闻了闻花朵的芳香,用手机拍了几张照片,这才进屋来。他把墨镜摘下来挨个看了看坐在屋里的这些人。

"我正说你呢。看见人家烟囱里的烟子稀了,踩着饭点不请自来了哈。"

"又到了让母牛伤心的时节。"苏德芒莱走到沙发跟前没有坐下,挪了几步到了椅子旁边抱起在上面打盹的栗猫坐下了。栗猫喵喵叫着伸出又红又薄的舌头围着嘴边舔了舔，从他怀里挣脱着跳走了。

"什么？等烟子稀了再来就晚了。现在不用生烟起火就能做熟饭。"

"你除了看书，就知道走家串户蹭饭吃。哪如给你弟弟家放一冬羊呀。说不准还能捞个旧车开开。你弟弟他们现在都有两台车了，你还骑那两个破轱辘呢。"哈布尔玛喝了一口茶。

"我那两个破轱辘可是用宝马都不换的老物件啊。不吃油不花钱，不排尾气不污染环境，还有健身的功能。"苏德芒莱撇了撇胡须。

"过日子没攀比心的人就是没出息，也肥不起来。"哈布尔玛说。

苏德芒莱点着一根烟，吐出一个烟圈，眯缝着被烟子熏着的眼睛，看着哈布尔玛慢吞吞地说："好啊。我没出息也没耽误你去肥啊。牛肥了能卖个好价，人肥了就是个废物。像你这么矮矬的人肥起来就是一坨肉球，你男人会嫌弃你的。今天晚上你家附近下霜了吗？嫂子的脸色不好啊。这才刚立秋呀。"

那两个漂亮女人不声不响地吃着奶油拌饭，年纪稍轻的那位忽然呛着了，急得脸都红了。

"你大哥娶了我这样的老婆才风光无比地当上了全旗首富。长得好看的，皮肤像去了皮的熟鸡蛋、剥了皮的嫩葱白那样的女人中看不中用。每月用在脸上的花销，就能抵你一年的饭钱。"哈布尔玛从两个女人的头上看过去故意抬高了声音。

"攀比心？攀比这个东西可是没边。你都跟谁攀比？东边的邻居巴达玛戴上了穿大颗金粒的金链子；前院的乌日娜买了新头巾。收秋的活儿要赶在所有人家前头；打草比谁都要多打几车；把白天的活儿干完了夜里不睡不眠还要继续干。你不就攀比这些吗？围着门前的灰堆瞎攀比啥呀。你怎么不跟演员巴达玛攀比攀比？人家获得了"金鸡奖"。刘晓庆六十多了，保养得还像个十八岁的少女。我的文友在呼和浩特有两百多万的房子，一到夏天就去库斯古尔湖边度假。都是女人，你怎么不跟她们攀比攀比？"

哈布尔玛被噎得一句话都说不出来了。过了一会儿她才拧着眉毛清着嗓子说："我就是瞎攀比了，怎么着吧？你好，你目光远大。你长着一双都蛙·锁豁儿①的眼睛。行了吧？那你怎么就不跟莫言攀比攀比？你们不都是写东西的人吗？不多打点草，冬天用啥来喂那些牲畜？谁像你呀，一人吃饱全家不饿。"

苏德芒莱说："你怎么知道我没有跟他攀比？我觉得在东方最先获诺贝尔奖的应该是蒙古族人。我跟你不同，不像你似的整天就知道谁谁又买了一堆生锈的破铁。"吧嗒着嘴喝了一口茶。

"你还好意思跟莫言攀比？参加苏木和旗里举办的诗歌比赛都没有拿过奖的人，还好意思跟获世界大奖的人攀比。"

苏德芒莱习惯性地往后捋了捋鬓角上的头发说："这个你就不懂了。我那次参加比赛没有获奖是因为评委不懂诗。诗是贵族文化，真正的诗老百姓听不懂。更不能像你似的用奖金来衡量一首诗的好坏。参加了那么一个水平很差的比赛，真是侮辱了我那首高贵的诗。"龇着牙笑了。

"这个没文化不懂艺术的老百姓，是不是说萨仁图雅这样的人呢？一个大伯子咋就那么愿意惹弟媳妇呢。你这可是指桑骂槐啊。"哈布尔玛说"惹"这个字的时候哈哈笑着故意把音调拉长了。

"莫……什么？"萨仁图雅说，"我不懂你们在说什么，跟我有啥关系。你们这些有文化人说的话，我都听不明白。"

苏德芒莱捋着鬓发坐在那儿不再吱声。

"弟媳妇一说话，他就没动静了。这个大伯子懂事哈。"哈布尔玛靠近萨仁图雅，呵呵笑着对她说悄悄话。

苏德芒莱即使没看萨仁图雅的表情，凭着感觉就已猜到她的脸上已经泛起了红晕。

"格根呼，过来，来二伯这儿。"苏德芒莱向那个爱哭的孩子张开了手臂。孩子伸手要拿放在桌上的像白鹤一样的烟灰缸。

"不能拿，一会儿给人家打碎了咋办。"乌日柴呼抱住孩子不让他动。

---

① 都蛙·锁豁儿：历史人物名字，此处比喻千里眼。典故出自《蒙古秘史》"都蛙·锁豁儿的额中生了一只独眼，能望见三程远的地方"，三程，即三天行程远的距离。

"刘姥姥带板儿进荣国府。"苏德芒莱想到了这句话，情不自禁地笑了。

他捋了捋头上的马尾辫，看着放在花盆旁边的龙雕流水摆件，伸手掬了掬从龙口里喷涌而出的清水说："阿努，书呢？"

"二伯，不喜欢汽车的人肯定不是为了看新车而来，是想跟莫言先生聊聊天吧？"阿努琪琪格喷嚏连连地从厨房出来，把花盆后面的那本书拿了出来。

书的封面是长得很丑的单眼皮男人的大头照。

苏德芒莱接过书说："指甲太长了，上学的学生……"

阿努琪琪格笑着说："茴香豆的茴字有四种写法，知道吗？"用透亮的长指甲在二伯的手心上划拉了几下。

伯侄俩有说有笑地向书房走去。"又到了可怜的母牛伤心叫的时节。昨天晚上尤其厉害，我听着它们的叫声一整夜都没好好合眼。"掩门的那一瞬隐约传来了缓慢而平静的声音。

没过一会儿就从那间屋传来了并不熟练的马头琴声。

萨仁图雅走近窗台戴上了苏德芒莱放在那儿的墨镜，向墙上的大镜子看了过去。镜中的自己仿佛女拉布哈苏荣一样对着镜子外的自己咧嘴笑。

"你这个弟媳妇胆子也太大了。谁让你随便乱动大伯子的东西了。"哈布尔玛说。

小妯娌乌日柴呼耸着高颧骨悄悄地笑。

"乌日柴呼看你，笑就笑呗，咋还仰着脸笑呀。"哈布尔玛虽然这样说，却没有看她，张望着窗外，"你们的奶牛往回来了。"

看车来的十多个人先后进了屋。带孩子来的没进屋，已经回家了。

"哈呀！人家这装修多带劲儿。这种黑地板也挺新颖的哈。这是啥材料呀？走起路来还咯吱咯吱响。"有人边说边参观屋里的装修。

"这是松木，可贵了，说是从俄罗斯进口的。萨仁图雅才能淘到这些稀奇的东西。别人家都往地上铺白瓷砖，就她特别，铺黑松木地板。"哈布尔玛说着就向厨房走去。

收茶桌时那两个女的从盘里各拿了一块炸果子，其中的一个边吃边说："从外面买的没这个好吃。她炸的这个酥脆可口，甜度适中，油还不大。"

戴金手镯的那个嚼着嘴里的问："我在家做过好几次，都没成功，也不知是什么问题。你都放什么了？"

萨仁图雅说："鸡蛋、白糖、苏打、两勺黄油，就这些东西。用夏尔斯和面。不能把面和太软，擀面条的面似的和硬点。"

"哦，我用的也是这些原料。可能是把面和太软了，粘在面板和菜刀上一点也不好使。"

"那就是和软了。和好之后也不能醒太长时间，半个小时左右正好。"萨仁图雅慢悠悠地解释着。

萨仁图雅、哈布尔玛、乌日柴呼三妯娌在厨房与客厅之间来回穿梭，不一会儿工夫就把饭桌给摆满了。最后上的是撒着白糖沁着黄灿灿油脂的蜜汁奶豆腐。

苏德芒莱跟阿努琪琪格从书房出来了。巴尔齐德贵也从外面进来了。眉眼清秀的他格外引人注目，尤其是两个耳垂长得很长。他吐了口烟雾来到电视柜旁，翻了翻放在上面的黄历本说："还有四天就是白露，该卖羊羔了，已经喂两个月了。"

"大伯，卖完了就给我大妈买个苹果手机吧。"阿努琪琪格说完后吐出舌头躲到了大妈身后。

哈布尔玛说："这些孩子怎么都怵她大伯呀。只有玛努琪琪格不怵，黏上去就扯他的大耳垂撒娇。其他孩子都远远地绕着他走。"说着笑了笑，"这丫头这么大了，还往我身后躲。我可不要那些名牌。去牧场干活就弄丢了。还是给你大伯买一个吧。"

"大妈你要改改这个习惯了。为什么你就不能用名牌？你可是有千万资产的富婆。什么好东西都先让给我大伯，真是奇了怪了。"阿努琪琪格在大妈的耳边嘀咕了几句就向厨房走去。

苏德巴特尔也进屋了。他换下工作服问萨仁图雅：

"饭菜准备得充裕不？给咱们拉草的那四辆车在路上走着呢，快到了。"

萨仁图雅说："足够了。你满屋嚷嚷，客人们怕不够都不好意思吃了不是。"满屋子人都笑了。

大家围桌而坐开吃开喝起来。苏德巴特尔向来滴酒不沾，倒了一杯果汁，其他人都把酒杯斟满了。

那两个女的又赞美起了灰烬上烤的肉干好吃。

"外焦里嫩真好吃，是怎么烤的呀？"

"把肉干在植物油里滚一下再烤。关键不在烤，在晒。挂在通风的阴凉地，早晚沾点露水，不能直接放在阳光下晒。"萨仁图雅边说边给从苏木来的那个男的夹了块熏鸡肉，"尝尝这个。跟上次的肯定不一样，用冰糖水熏的。我知道你喜欢吃这口，今天特意为你准备的。花了可长时间呢，弄得满屋都是熏鸡味儿。"

"他喜欢吃的，人家了如指掌。怪不得齐伦巴特尔就爱往亚希拉图跑呀，都跑出一条路来了。真有福气。下辈子我也当学校的老师，而且是会唱歌的嗓子好的老师。一定要托生为像齐伦巴特尔一样的人。"两个女人叽叽喳喳着把筷子伸向了熏鸡。

这时歪戴着一顶有网眼的帽子的男人进来了。乌日柴呼怀里的那个孩子伸出小手，向他喊道："爸爸。"

他就是苏德毕力格。

苏德毕力格把孩子抱起来，为孩子揩了揩脸上的清鼻涕。

"噫嘻，四叔净这样。给！"阿努琪琪格赶紧给他递上了手纸。

"手纸会弄痛他的鼻子。"苏德毕力格又说，"我是最后一个看到新车的人吧？是这个颜色的啊。"

哈布尔玛说："看见石头哥哥就心花怒放。这句歌词就是说苏德毕力格的。精神不错呀，今天赢钱了？"

苏德毕力格把孩子给了妻子，弹着手指刚要说什么，巴尔齐德贵却皱着眉头拉下那张俊秀的脸说："闭嘴。别提要钱的事，让耳朵根清净清净。"

苏德毕力格把顶到喉咙的话又给咽了回去，低下头悄悄看了看大哥，向哈布尔玛伸出了五个手指。哈布尔玛心想：不可能是五百，苏德毕力格才不在乎五百块钱呢，也不可能是五万，他要是赢了五万，怎么可能这么稳当地坐在这儿呀。应该是五千。看着乌日柴呼使了个眼色撇了撇嘴。

"嘎嘎爸爸快给苏德毕力格斟酒呀。"萨仁图雅对苏德巴特尔说。"遵命。"苏德巴特尔立刻站了起来，大家都被逗笑了。

哈布尔玛说："就数苏德巴特尔最疼老婆。老婆的话，就是命令。"

苏德毕力格坐上桌开始夹菜喝酒。

"嘎嘎爸爸倒茶！嘎嘎爸爸斟酒！"萨仁图雅在酒桌上不停地指挥着自己的男人。

苏德巴特尔小心翼翼地端着一碗汤向饭桌走去。这碗浮着淡淡的油，撒着绿葱花的汤看上去色香味俱全。这时从他头顶飞过了一架玩具飞机。闪着红绿灯的银白色的遥控飞机紧贴着哈布尔玛的耳边飞过，在客人们的头顶盘旋了一圈，飞到装在银盒里的檀香木马鞍和摆在旁边的鹰雕上面，碰到水晶吊灯的吊坠后落到了地板上。吊在屋顶上的水晶吊灯缓缓晃动着，无数个吊坠叮叮当当地响了起来。

"飞吧，飞吧。"玛努琪琪格不知何时已经脱了鞋，用手里的遥控器指挥着飞机，穿着雪白的袜子在地板上来回蹦跳。

"哇，漂亮的飞机。"大家被遥控飞机吸引住了。

"给大伯看看，拿过来。"巴尔齐德贵最先喊道。

"我爸爸从盟里给我买的。"玛努琪琪格拿起掉在地板上的飞机，心疼地摩挲了几下，抱着它向饭桌跑了过去。

"卖牛犊那天，这孩子哭了一路。刚一停车就从车窗探出脑袋盯着车上的牛犊又喊又叫：我的花牛犊被挤得舌头都吐出来了。花鼻子红牛犊在叫呢，肯定是想妈妈了。你们这些大人，心真狠呀。把这么可爱的牛犊都给我卖了……嚷嚷了一路，闹腾得我耳根子都疼。为了哄她开心，就给她买了这么个玩意儿。"苏德巴特尔说。

"别说小孩儿了大人们都舍不得呢。可怜的牛犊眼瞅着就被拉走了。"苏德芒莱哧溜一声喝下了杯中酒。

玩具飞机虽说只有拳头那么大，但是很沉。机头、机翼、机尾上装着闪闪发光的红绿灯。机舱内有机长模样的人，客舱里还坐满了乘客。真是灵巧又可爱。

"真正的飞机就是这个样子吧。"乌日柴呼说。

"没坐过飞机的我也看看飞机这东西到底是啥玩意儿。"哈布尔玛向玩具飞机伸出了手。大家手递手地好奇着这架小东西。格根呼呜呜喳喳地伸着小手喊："我要，我要。"

"让弟弟玩一会儿吧。"苏德巴特尔的话音刚落，乌日柴呼就说："快别价。挺贵的东西，一会儿让他给弄坏了。"

哈布尔玛问："多少钱啊？"

"一大把钱呢。"玛努琪琪格的回答又把大家给逗乐了。这个小女孩儿看到大家都在新奇自己的飞机，兴奋得不得了。

"快穿上鞋吧。袜子都脏了。"萨仁图雅督促着玛努琪琪格，阿努琪琪格这会儿已经给妹妹拿来了一双拖鞋说："一千块呀。我爸就是偏心眼。"

萨仁图雅把飞机拿给了格根呼。小男孩儿的眼睛笑成了一条线，抱着飞机就啃起了机翼。

"你爸的新车都赶不上你的飞机气派。"有个客人说。

"玛努琪琪格，你会开飞机吗？有没有飞行证啊？"大家七嘴八舌地说着，纷纷议论起现在的孩子真是幸福，回忆并感叹着小时候除了骑柳条马没有其他可玩的东西。

"我会开飞机。我还要开上飞机去香港、澳门呢。我爸已经答应了，要给我办飞行证。"小女孩儿更加兴奋了。

有人感慨道："看看现在的孩子多聪明。人家说是要去香港、澳门。她才六岁吧？六岁的孩子就知道全世界的事情了。我到现在都不知道香港、澳门在哪儿。"

"让叔叔坐你的飞机不？"

"当然让坐了。爸爸、妈妈、阿努，还有你们所有人都可以坐我的飞机。"女孩儿环视着在座的大家说。

"奥齐尔巴图哥哥要娶媳妇了。你很快就要有一个漂亮的嫂子，让这个嫂子坐你的飞机不？"哈布尔玛问。

"嫂子？"女孩儿忽闪着眼睛，"奥齐尔巴图哥哥要娶新媳妇吗？"

"是啊，是啊。"

"我爷爷也要娶新媳妇。爷爷的新媳妇、奥齐尔巴图哥哥的新媳妇，我都让坐。"小女孩儿亢奋得不得了，没边没沿地说了起来。

萨仁图雅的脸唰的一下红到了脖颈。

哈布尔玛被噎着了似的装模作样地假笑了几声。

苏德巴特尔拿起暖壶要倒茶却是一个空壶，用力过猛差点举到天花板上。

苏德毕力格刚好夹了一筷子菜，没等送到嘴边就掉在了膝盖上。

苏德芒莱捋着凌乱的长发，紧盯着装在盘里却依旧瞪着眼珠的那条鱼说："你咋这么固执呢，死不瞑目。你在海里游过泳吗……"没有理会方才的童言无忌和众人的尴尬。

"人上了年纪就跟之前不一样了。我爸他这是晚节不保啊，弄得满城风雨，非要娶晚老伴。"巴尔齐德贵反复唠叨着这句话，被老婆掐疼了大腿才肯住口。

从苏木来的那个叫齐伦巴特尔的男人这时站起身，举着戴串珠的手给大家敬起了酒。

"你们应该摆几桌庆祝买新车的席，到时候我给你们主持。在座的大家首先把这一杯干了吧。这两口子简直太优秀了，日子过得是越来越富有，挣回来的钞票是数也数不完呀。"

"哎呀，不能摆了。前阵子刚摆了新楼席。再有两年大丫头就要高考，到那时还得摆升学席不是吗？总让亲朋好友随礼，多不好意思。今天这桌就当是庆祝买车的了。"萨仁图雅干了一杯。

稍后，巴尔齐德贵和哈布尔玛站起身要回去。另外几个人跟着他们也要离席。秋天活多，每家都忙。像苏德巴特尔家这样雇人干活的人家毕竟不多。

苏德巴特尔给苏德毕力格盛来一碗饭说："吃完饭你也早点回去张罗张罗吧。人家都打完草往回拉呢，你才刚打完打草场的。今年可别跟往年一样拉回几车被霜浸过的湿草了。你那几头牲畜也够可怜的。咱们又不是没有打草机，辛苦几天就干完了。这些天想用打草机的人天天来电话问腾出来没有。今晚你开回去先用着。"苦口婆心地督促着弟弟，让他把打草机开走了。

酒桌上就剩下了苏德芒莱和从苏木来的一男两女。他们继续喝。

地上东倒西歪地躺着被他们喝光的空酒瓶。几个人红光满面声音高亢。萨仁图雅要唱歌了。苏德芒莱拿来四胡，弹了弹落在上面的灰尘，要为她伴奏。

"兄弟你咋还手颤呢？"他们在调侃之余，还议论着今年的牲畜售价、谁家卖了几头牛犊、谁家卖出了万元一头的好价钱等等。紧接着有人起头唱《白虎哥哥》，一开口就跑调了。另一个说："白虎哥哥是我姑姑。"马上有人接过话茬："胡说什么？白虎哥哥不是男人吗？""可不是呢。我喝醉了。"几个人又哄堂大笑起来。

苏德芒莱把四胡调好了。萨仁图雅唱了起来："一个广阔的世界从恩和敖包山脚下兴盛……迈着矫健的步伐，甩着过肩的长发……"随着嘹亮的歌声，阿努琪琪格唱和道："阿日德勒黑①。"

热闹红火了好一阵子之后准备上饭了。

萨仁图雅进厨房去加热汤菜。这时她听到从打开的东窗传来了说话声。萨仁图雅已经有些醉意，听到悄悄嘀咕的声音，立马醒酒了似的关掉换气扇竖耳倾听起来。

"萨仁图雅的那身衣服可不是便宜货啊。"

"那可不。人家不是有银子嘛。咱们要是跟她一样有银子，说不准比她打扮得还好看。谁不会打扮呀。萨仁图雅真有那么好看吗？不就长着一张大白脸嘛。这些男人就喜欢她这样的。"

原来是苏木的那两个女人。她们互相搀扶着去上厕所。

"嘿，小点声。一会儿让人家听见了。"

"没事。她都快钻进齐伦巴特尔的嘴里了，不停地给他敬酒献歌，哪有工夫顾咱们。萨仁图雅的老公跟咱们单位那个看门的聋子老头一样，啥都不知道。你忘了吗？咱们单位那次被偷走了好几台电脑，那老头啥都不知道还呼呼大睡呢。他这个老公跟他也没啥区别了。"

---

① 阿日德勒黑：蒙文音译，意为"北疆大地"。《阿日德勒黑》是一首科尔沁蒙古族短调民歌，整曲表达的意思为感谢父母养育之恩，趁父母健在要及时行孝。

"真是死守了哈。"两人笑了起来。

"你说对了。死守这词用在这里再恰当不过了。今天咱俩可是开斋了，好个吃。骑马的人……那句话是怎么说的来着？"

"步行的借了骑马的光。"

"对了，对了。咱俩今天可是沾了齐伦巴特尔的光，又坐桌，又喝酒。上次来做蒙古袍的时候，她连一碗茶都没给咱们喝。整天围着牛群忙活的这个女的可不简单。别说是苏木的，就连旗里盟里的，她都能忽悠一阵子。咱们的直男齐伦巴特尔被她要得也是团团转呀。他还说要给人家主持新车席。哎呀，真是开眼了。她要是跟咱们一样是国家公务员，不定咋嘚瑟呢。"

"嘿，小心点，别踩着蛇。一会儿让齐伦巴特尔给说说，蒙古袍的钱能行就别掏了。"两个人悄悄笑了起来。

"人家跟咱们不一样，有武功，会利用身体办事。要不苏德巴特尔挣的那点算啥呀，都供不上她买包的。"

萨仁图雅听得太投入，手指被热汤烫着了都没觉得疼。她浑身颤抖不止，但还是努力让自己平静下来了，端着汤碗走向饭桌时瞅着大镜子中的自己微笑起来。她其实也喝醉了，两条腿直打飘，却在心里不停地提醒自己：千万不能醉在她俩前头……

大家又斟上了酒。萨仁图雅站起身，给那两个女的敬酒献歌。

《黑眼睛女人》《天上的女人》《采摘露珠的女人》……她一首接一首地唱，一杯接一杯地敬。没一会儿工夫，两个女人就被她灌醉了。

拉草的车到了。四个司机坐上了桌。他们家其实今天下午就该去拉草。

两个女人再要去厕所的时候，腿都不听使唤了。萨仁图雅就给刚来的司机小伙儿说：

"你陪着两个姐姐出去一趟吧。我家的狗可厉害了，挣断拴绳就麻烦了。"

她俩口齿不清地反复感谢着萨仁图雅，走到厕所门口时却在门槛上绊倒了。陪她俩出来的那个司机看着她俩在地上光着屁股站不起来，只好承担起为她俩提裤子的重任。

萨仁图雅进厨房洗手，听到从身后传来了两个司机的哈哈笑声。

酒糟鼻子的司机满脸嫌弃地说："看那两个女醉鬼，趁他们家买新车，真是好个喝，看样是喝饱了。"宽额头的卷毛司机也从鼻腔里发出哄哄的声音笑个不停。

萨仁图雅说："你俩在这儿看人家的笑话呀？"

苏德巴特尔等司机们吃完饭，就带着他们去草场了。

萨仁图雅还在不依不饶地敬那两个女人喝酒。她们被灌得一塌糊涂，走的时候连拿蒙古袍的事都给忘了。萨仁图雅把蒙古袍拿给了齐伦巴特尔说：

"先说一件要五百。后来用了从蒙古国进口的上好绸缎，又钉了纯银的扣子，一件算一千得了。她俩都喝醉了，现在也没法算账，你先替她们垫着，等她们酒醒后再问她们要吧。"

她就这样顺利地收下了两件蒙古袍的钱。

"苏木的那两个女的昨天喝尿裤子了。"

第二天满草场都在传这个笑话。

第 二 章

三

小孩儿。刚会走路的小孩儿。一个又矮又小的小家伙步履蹒跚着爬向额德勒音敖包①。

老人眨了下眼睛。这个小孩儿却化进他眼里了似的，突然消失不见了。老人觉得眼睑又痒又热，于是用手掌摁了摁眼睛。

刚才那个穿着短袄的雏鸟似的毛头小孩儿不见了。只有匍匐在大地上的浓雾从额德勒音敖包那边缓缓向上升起。

老人想起了父亲曾经说过的话：月光莹莹的夜晚，我看见了刚会走路的一个小孩儿在额德勒音敖包上玩耍。没过多久你母亲就有了身孕生下了你。父亲还说过：我命中注定只有你这么一根独苗。

大约在七十年前，孩童时期听过的这个故事，今天却真真切切地出现在了老人的眼前。真是太奇怪了。

老人坐在炕沿边上喝早茶。他从敞开的窗口往外看了会儿，又往火里添了些碎柴火。

这个老人叫侬乃扎布。他就是那位被儿媳妇们笑话的"要娶媳妇

---

① 敖包：做路标和界标的堆子，用石、土、草等堆积而成；为祭祀神灵在山岗上堆起的石堆。

的爷爷"。侬乃扎布住得很简陋。屋里有一张饭桌、一个黑柜子、一台破电视机。对于这位独居老人来说，这些简单的家具足够用了。但是他却把这个砖瓦结构的六间房住成了文物遗址似的地方，让人无法落座。炕上随处可见沾满锅灰的锅、没洗净荤油的碗、漏窟窿的炒米袋子、结了厚厚一层茶锈的瓷杯子。"尘土、烟熏、怪味"这六个字就能准确概括屋里的情景。用松木打的门框和窗框掉漆掉得早已失去了原来的颜色。窗子有二十四个格，但是玻璃脏得已经看不清外面的世界。

火上烤着盘肠下水等，滴在碎柴火上的油脂发出滋啦滋啦的声音，散发出一股焦煳味儿。乌烟瘴气的屋里弥漫着烧香的烟子，柴火的烟子。炕上有四只猫，地下有芒哈尔、斑哈尔两条老狗。芒哈尔是条大尾巴的胸白花狗，斑哈尔是条棕毛狗，右眼有翳子没尾巴。壮年时期大概是为了争"爱人"把尾巴给弄没了吧。炕上的四只猫均是黄花猫，是一窝的。母猫跟猫崽们接受军训似的屈着前腿排成一排，目不转睛地盯着火上的烤食。芒哈尔、斑哈尔两条老狗比这窝猫沉稳，蹲在地上平静地看着主人的一举一动。狗和猫早已经习惯了屋里的烧烤味儿，哪个都没有忙着抢食。

在这弥漫着各种烟子，散发着各种怪味儿的屋里，侬乃扎布老人仿佛遨游在云里雾里一样，盘腿坐在炕沿边上喝早茶。

他从火箅子上拿了几块滴着油脂的盘肠，先是放在桌角上的盘里，然后往炕上扔了过去，"毛孩子们，吃吧。"猫们叼上食物，有钻进桌子底下吃的，有躲到被垛后面去吃的，偶尔还传出几声抢食物的叫声。"别抢，作孽啊。我的毛孩子们最懂事了。"老人往地下又扔了几块，"你们兄弟俩也吃吧。"胸白花狗随着食物落地就要抢。"嘿，你不能先吃，得让着哥哥。别抢，作孽啊。按规矩来……"老人眯缝着眼睛看着它。芒哈尔总是在分吃喝的关键时刻仗着视力好的优势，想抢在眼里有翳子的斑哈尔前面去争。为了公平，老人就立下了"斑哈尔先吃"的规矩。对他来说，给两条狗拉架，正确判断孰是孰非，可是一件不小的大事呢。

老人前阵子为了娶晚老伴引起了不小的风波。

他怎么就不能娶呢？妻子去世已经整整有二十六年了啊。如今这个时代什么事都有可能发生。配偶去世不到一个月就有找到新人忙着结婚的。在这个艾里跟比自己大十岁、大十一岁、大十二岁，甚至大十七岁的女人结婚的男人都有啊。

可是娶老婆这件事偏偏在依乃扎布老人这儿就成了大家的笑料。也许是因为拿他当笑料这件事早已成为习惯了吧。

艾里的人们背地里都笑话他，都叫他"野人"。

每次过河他都会跳入河的正中央，却并不往对岸爬，而是退出来，再跳进去，反复好多遍之后身上的衣服都湿透了，他还没有过了河。在旁边放羊的小孩儿看到后跑过来告诉他："阿爸，您不要总是往后退，跳进水里往前走就能上岸。您把衣服都弄湿了。"他一脸懵懂地眯缝着小眼睛，盯着小孩儿看了好半天才想明白了似的说："孩子，说得在理啊，我应该往前走。"

放牛时他看见牛撒尿，就说："我渴。"趴在牛肚子下面去喝牛尿。有人看见了忙对他说："附近有河，咋不去喝呀？"他却说："都是一样的水，没啥区别。"用袖子擦嘴起身。

妻子有一次怎么也找不见孩子的一只鞋。依乃扎布晚上放羊回来脱身上的山羊皮大衣时，那只鞋从他身上掉了下来。他呼噜呼噜地喝着茶说："怪不得一整天胳肢窝里总有个东西鼓囊着。"

他妻子是患肺结核去世的。要是在现在，这个病并不致命。他妻子去世那年才三十六岁。依乃扎布的父亲说，儿媳妇这是没能蹚过本命年的坎。当时都咽气了还不肯闭眼。会算卦的活佛喇嘛来了之后给她闭上了眼，但眼珠还瞪着。活佛喇嘛一边念经，一边让依乃扎布挨到她耳边连说三次："你就放心走吧。我会把孩子们抚养成人。"他妻子的眼珠这才闭上。

妻子留下了五个孩子。最小的苏德莫日根还在摇篮里，老四苏德毕力格围着图拉嘎①刚会爬。孩子们喊着妈妈每天往西南方向哭闹。因为出殡那天让这些孩子跟母亲跪别之后，就拉上棺材往西南方向去

---

① 图拉嘎：蒙古语，"灶"的意思。

了。这个方向深深铭刻在他们幼小的心灵之上，想妈妈的时候就会向着西南方向哭闹。

孩子们是被散养大的。石砬子下面、灌木丛附近、院子外面，到处都有他们爬过、睡过的痕迹。有一次他把小儿子苏德莫日根放在灌木旁边去放羊。等他回来时孩子不见了，他顺着孩子爬过的痕迹一路找下去，在另外一丛灌木旁边找到了眼睛鼻子耳朵嘴里满是尘土的小家伙。哭累的小家伙在树丛中间睡着了。

回家后擀面条吃。用肉炝上锅等大锅里的肉汤烧开。切好的面条在柜子、炕沿边、桌上都挂满了。孩子们顽皮，把面条团成团弄得黑乎乎的。在大锅里翻滚的肉汤里面除了面条，有时还会出现染着颜色的沙嘎①、山羊羔绵羊羔的毛耳朵尖、牛角奶瓶，有一次竟然还出现了孩子的一只鞋。

就这样，他把五个孩子养大成人，把他们养成了顶天立地的五个大男人。

依乃扎布那时才四十，满可以续弦的。艾里的人，跟他父亲同辈的几个人，向他提起过一两次关于续弦的事。

父亲却对他这样说："你老婆临死都没闭眼，你不能做无情无义的人。"

他母亲去世之后，父亲也没再娶，是父亲把他养大的。

父亲又说："你把孩子们扶上马背，再考虑也不迟……"

他们家当时可是全旗有名的五个富户之一。一年四季过着游牧生活，逐水草而居。孩子、牲畜、家里家外忙乎不过来，依乃扎布曾有一度差点失去生活的方向。在生活的巨浪当中，父亲大人起到了重要作用，不但是他的有力后盾，还是这个家的旗帜。旗帜指向哪儿，全军就向哪儿进发。就像每年春节一样，父亲说初一"出脚印"好，他绝不会等到初二。父亲说，寅时好，他绝不会卯时出去。父亲说，把香插在二十步的地方，他绝不会插在二十一步的地方。依乃扎布就是这样的人。

---

① 沙嘎：羊拐骨。

他的同龄人有时跟他打趣："侬乃扎布，你还不娶媳妇？"他认真地挖着鼻孔说："我爸知道。"还有人问："侬乃扎布，你家有多少只羊？"他的回答是："我爸知道。"有人想请他帮忙："侬乃扎布，帮我驯一匹三岁子马吧。"听到的回答依旧是"我爸知道。去问我爸吧"。侬乃扎布说着"我爸知道。去问我爸吧"，过了大半辈子。

他父亲信佛，是虔诚的佛教徒。每天向佛祖叩拜无数次。早晚、屋里屋外、野外放牧、院里干活，无论何时，无论何地，都能看到他跪拜的身影。他是远近几座寺庙最尊贵的施主。他还会看风水。侬乃扎布的妻子死后，他父亲说："咱们住的这个地方有故事。很早以前有位活佛从这儿路过，歇脚时遇见一个牧马的小伙儿，对他说，这地方有灵气。选这儿当家乡的话，肯定越过越富有。把墓地放在这儿也好，子孙后代里会出现学者文人。只是那两座山头中间的探头岭会影响风水，不过也有镇压的法子，冲那个方向把全身漆黑的牤牛头埋下就好了。然后就用手里的棍子敲了敲歇脚的地方。过阵子等活佛再返回来时，看见自己所说的那个地方果真堆起了一个坟包。他在惊讶之余默默祈祷这地方肯定会出现读书人。其实那不是坟包，是座假坟。牧马小伙儿按照活佛的话，等他刚抬屁股离开，就拉来几车石头埋在那里了。小伙儿后来在这里住下了。他就是我爷爷。咱家好几代人都过上了富足的生活，离不开这片土地的护佑。你妈和你媳妇走得都早。咱们的羊群从来没有超过两千头，这是因为那个探头岭在作怪。后来也埋过好几次黑牤牛头进行化解，但效果一般。我就想以法事镇压那股邪气，一辈子都在拜佛，但是也没多大效果。"父亲说完眺望着远处的两座山头之间的探头岭。

侬乃扎布将父亲说过的这些话深深记在心里。只要看见那个探头岭，心里就感到不舒服。他家的羊群果真没有超过两千头。隔上一两年，就会死伤丢失两三百头。为了孩子们侬乃扎布决定要将那个探头岭给填满。打那之后人们总能看见一个背着石头的身影经常出现在悬崖之上山峰之间。无论是酷热的盛夏，还是寒冷的隆冬，他坚持不懈，用了十五年的时间终于把那个探头岭给填平了。那个探头岭不会再影响孩子们的美好生活。侬乃扎布总算放心了。艾里的人们纷纷议论着取笑他。说他竟然把探头岭都能用石头填平，真是名副其实的野人。

娶晚老伴的事是由他二儿子苏德芒莱挑起的。

"我觉得该给咱爸找一个晚老伴了。前天我去咱爸家，他往锅里揪面片，手抖得那个厉害呀，弄得锅里锅外都是面片。得给他找个做伴做饭的人啊。咱妈和爷爷一定也在天上看着他呢。把孩子们都抚养成人了，也该娶个晚老伴颐养天年了。咱们的爷爷不是不让咱爸一生不能再娶，只是说等孩子们都大了再说不是吗？"

依乃扎布也表达了自己愿意娶老伴："要说一个家，有夫有妻才算完整，才有过日子的样子。"

这句话他父亲也说过，他父亲只是没有按照自己所说的那样过日子。

苏德芒莱只是随口说了一句，但苏德毕力格第二天就落实到位了。苏德毕力格的老丈人的艾里有个寡居老太婆。苏德毕力格的老丈人在中间做媒，领着依乃扎布去相亲，老爷子和那个老太婆一见面就看对眼了。但是让依乃扎布没想到的是，除了苏德芒莱和苏德毕力格，其他的孩子都不赞成这件事。

"都多大岁数的人了？"

"咱们听听老爸的意见，他愿意在谁家就让他在谁家过呗。"

"孙子都要娶媳妇生孩子了，他还……"

孩子们七嘴八舌地表示不同意。

苏德巴特尔出门几天回到家，听说这件事是二哥苏德芒莱挑头张罗的，更是气不打一处来：

"我看你还不如给自己张罗张罗呢，快娶个媳妇安生过日子吧。该娶媳妇的儿子不着急，上了年纪的老子急什么……怎么还办起颠倒的事来了？"

依乃扎布老爷子的美好愿望被孩子们踩得稀碎，就像踩死一只蜘蛛那样一脚就给踩碎了。老人看着孩子们的脸色，只能默默地接受……

依乃扎布用啃干净的肋骨条将碗里的炒米划拉到嘴里，打着饱嘱把剩在箅子上的碎渣往地上抖了抖，把箅子放在灰坑旁边关上了炉门。

芒哈尔、斑哈尔两条狗从主人的一举一动上已经看出今天的早茶到此为止。伸出薄薄的红舌头围着嘴边舔了舔，惬意地伸了几个懒腰，芒哈尔摇着大尾巴，斑哈尔眯缝着翳子眼，叫了几声出去了。

侬乃扎布把茶碗端到嘴边，往前倾着身子，对着灰坑吹了吹碗里的茶水。不知是落了猫毛还是狗毛。他从膝盖下面拽出来一条分不清啥颜色的脏毛巾，擦着谢了顶的光头上的汗珠，眯缝着眼睛听着外面的动静。然后用手肘杵着油光锃亮的枕头，把脏衣服盖在膝盖上，用弯曲的拐杖从桌子底下把遥控器扒拉出来，歪在炕上打开了电视。

四

据说，侬乃扎布瞎了，两个眼睛啥都看不见了。

发生这么严重的事，最先知道的却不是他的几个儿子，而是去他家借小平底锅的人。

那个人的老婆生病了，他请来艾里的萨满给老婆瞧病。萨满给了一道符，说是把这道符用平底锅煮的青铜镞水服送下去就会好起来。

那个人走家串户找遍了全艾里也没有找见萨满所说的小平底锅。有人就告诉他，去野人家看看，他家没准就留着这样的老物件呢。那个人到他家时侬乃扎布扶着墙往外挪蹭，听到有人进屋的动静就说："孩子啊，我去解手，你把我领出去吧。"

老爷子的几个儿子听说后都慌了，先后来到了父亲家。院外车来车往，冷清的院子顿时热闹了起来。

经过一番商量最终决定带父亲去旗医院看病。

老人却犯了倔脾气，说是哪也不去，就死在家里头。紧闭双眼躺在炕上一动也不动。

孩子们急得团团转，又说那就把医生请到家里来吧。

老爷子却忽然发话道："你们说的那些医生看不了我的病。我连着好几个晚上都梦见了蛇，所以才会这样。把我送到东河边的泉眼那儿，我要去祭龙王。"

孩子们大眼瞪小眼不知如何是好。

老爷子紧闭双眼摸起拐杖东甩西甩火气更大了。三儿子苏德巴特尔于是就答应跟父亲一起去祭祀。

依乃扎布的家族历来就有祭祀龙王的传统。他听父亲说，他们祖上是有名的萨满，经常请有造诣的喇嘛来祭奠龙王。几个儿子现在还依稀记着当时的情景呢。穿绛红色喇嘛袍的喇嘛用五碗鲜奶、五块红布、五束鲜花、五炷香、五片柳树叶，五五二十五件祭品，站在泉头一边念经一边祭祀。父亲说过，不知在哪一辈上因为祭错了，还发生过主人的眼睛啥都看不见的事情。所以一再嘱咐，在他之后用白巴灵①简单祭一祭就行。不懂规矩乱了礼节谁都承担不起。

苏德巴特尔领着父亲来到了河边。在盘里盛上大米，把奶豆腐切成三角形码在上面摆出塔状进行了祭祀。祭祀完毕之后在回家的路上，老人的眼睛就好了，跟原来一样啥都看得见了。

父子俩回来时屋里坐满了人。孩子们看到父亲重见光明高兴得不得了，纷纷议论："竟然有如此神奇的事情。要不是亲眼所见，说啥也不会相信。"

大儿子巴尔齐德贵跟老婆哈布尔玛，长子奥齐尔巴图；二儿子苏德芒莱；三儿子苏德巴特尔跟老婆萨仁图雅，小女儿玛努琪琪格；四儿子苏德毕力格跟老婆乌日柴呼和小儿子格根呼挤在屋里，有坐在炕上的，有站在地上说话的。苏德毕力格好像刚从赌桌上下来，眼角沾着眼屎哈欠连连地倚着黑柜子在凳子上坐着。

老人看着围在身边的孩子们不由得想起了大年初一。每年的除夕和初一，孩子们都像今天一样把这个屋子填得满满的。老人按照过去的习俗，除夕夜里不睡觉有守夜的习惯。

每年都煮一大锅肉。儿媳妇们包饺子，炸果子。孙子们在外面放

---

① 巴灵：用米、面、酥油制成的供佛的供品。祭祀山水的巴灵是白色的，用的材料也必须是白色的。

炮仗。老爷子也干活，他熬茶。孩子们说他熬的茶好喝，都愿意喝他熬的茶。他就更加认真地去熬这锅茶，尝一口好像是盐多了，再尝一口又觉得盐少了。巴尔齐德贵爱吃羊尾尖，他忙前忙后亲自为他煮。苏德毕力格爱吃羊腰，他就把早就备好的包着肥油的羊腰大方地拿出来。苏德巴特尔喜欢吃烤肉，他就准备烤肉用的灰烬。

在老人失明的这些天里，儿子和儿媳妇们放下手里的活儿，纷纷来他家忙前忙后地伺候。就算有事来不了，每天也会打来电话问长问短。真是好不热闹呀。

儿媳妇们要给他收拾屋子擦窗玻璃，他没有答应。每次要给他打扫卫生，他都不愿意，说是"多余的活儿，没用"。

儿媳妇们给老爷子做了酸奶饭、小米粥、肉汤面条，力所能及地尽着孝道。

孩子们虽然各过各的日子，但在平日里，不管谁家只要做了好吃的饭菜，总是最先给老父亲送过来。几个孩子都给父亲零花钱，而且是大把大把地给。但是对老爷子来说，钱这个东西似乎也没啥用处了。自从大儿媳哈布尔玛进门，依乃扎布几乎没有踏过商店门槛。米面粮油茶盐，甚至牙签等小东西都给他备好送过来。老爷子根本就没地方去花钱。枕头和褥子底下、空茶叶罐里边、桌子下面总能看见五十或一百的钞票。"咱爸说钱这个东西没用是什么意思啊。"孩子们经常拿父亲的这句话来说笑。"家里来小孩儿或特别的客人，你也给点，别让人家空手出去。"孩子们这样告诉他，他就按照他们说的去做。孙子们开学、过生日时他都给钱，过年时还给他们包好几百元的大红包。

他跟小儿子苏德莫日根有二百多头羊、二十多头牛。现在由大儿子巴尔齐德贵替他们侍弄管理。

他有些年头不干外面的活儿了。以前还会帮孩子们捡冻牛粪、收垫摇篮的细沙。他那时一大早就起来，到儿子家给他们捡冻牛粪。一冬天能把木篱笆圈儿围满，还能垒十几垛蒙古包那么大的牛粪堆。夏秋两季就给他们晒干牛粪。捡回来的牛粪从房子周围延伸到附近的草坪，一排一排地码着非常好看。他是出了名的捡牛粪能手。平时去野外根本闲不着，看见湿牛粪就顺手铲起来翻个面晒上。"爷爷，下次来能捡到自己晒的牛粪吗？"孙子们笑着问他。他就说："谁捡去不都一样嘛。把晒干的牛粪拿回去烧火多好啊。"自从有了暖气之后，老爷子就失业了。烧锅炉需要煤炭，牛粪失去了用武之地，被人们一车一车地拉出草场当废物扔掉了。这几年又有了变化，挂在屋里的那个一条一条的铁家伙，逐渐被埋在地板下面的地暖管所取代，跟依乃扎布老爷子一样似乎已经被这个时代所淘汰。苏德巴特尔家那天宰羊，他去吃饭。吃完饭穿鞋时鞋里可热乎了。小孙女看他吓一跳，捂着嘴咯咯笑了好半天。

孙子们小时候铺在摇篮里的细沙是由爷爷背回来的。铺在摇篮里面的细沙必须是干净的，不能铺被人畜踩踏过的，否则小孩儿的脸上会长东西；不能取地表上的浮沙，孩子会变得爱哭。依乃扎布记住了这些老话。他不让别人去，总是独自去很远的地方，到那些人畜罕至的地方，掀开沙堆从里面掏最干净的背回来，给孙子们垫摇篮。苏德毕力格有了孩子之后就不再用细沙了。毕竟时代不同了，育儿用品不像过去那样紧缺，也不像过去那样大人们整天把孩子放在摇篮里出去干活。现在的人把养孩子当成了生活中的重要事情，所以谁都不会让小孩儿长时间躺在摇篮里。刚尿湿就赶紧抱起来给换尿布。再说现在的小孩儿都贼着呢，湿一点就又哭又闹，容不得大人半点马虎。

依乃扎布老爷子现在闲得发慌整天没事可干。往西瞅是苏德芒莱家，往南看过去是苏德毕力格家。谁家几点关灯，谁家的烟囱几点冒烟，老爷子都看在眼里。从后窗能一览无遗地看到巴尔齐德贵家。进进出出、忙忙碌碌、喂牛羊的身影清晰可见。东边是苏德巴特尔家。不但能听到院子里的说话声，还能看到轿车开进开出，甚至都知道他们这次出门用了几天。现在对他来说，每天只有两件事可做：一是从近处旁观孩子们的生活；二是每天为他们向佛祖祈祷。

数香是依乃扎布每天必须要做的事。他把香数出来，分成二十根和三十根一组。每天还要捻二十根佛灯芯。准备好了，得给孩子们分呀。

他每天给罕山的神祇上二十炷香，给供奉的佛祖上三十炷香，给灶神爷上七颗红枣。拜佛上供的习惯延续好几代了，不能在自己这一代上给断了呀。其实可在大香炉里一把一把地上香，这些年由于上了年纪行动变得迟缓，他就直接放入灶火里面了。他父亲说过，"人正才能心善"。他相信这句话。罕山的神祇、供奉的佛祖，还有灶神爷，一定看得见这位老人的一片赤诚之心。

"请保佑孩子们生活幸福美满、身体平安健康。"这些年来侬乃扎布老爷子念经似的将这句话在心里反复祈祷了无数遍。

侬乃扎布的眼睛彻底好了之后，孩子们又各自忙活各自的日子去了。从轮流来家里看望到一天打好几通电话，逐渐逐渐地就不怎么来了，电话也越来越少。

双目失明的风波刚过去二十来天，孩子们就接到了老父亲的电话。老爷子说自己得肝硬化了。他们又都跑到了父亲家，着急地问到底是怎么回事。

侬乃扎布吞吞吐吐地说："胀肚，不愿吃带油水的食物……你们的爷爷就是得这种病走的，没准是家族遗传吧。"

孩子们这次说啥也要带他去盟医院好好检查检查。

他却说："苏木医院已经诊断了，不用再去外地看了。"

孩子们这次没有顺着他。苏德巴特尔、萨仁图雅，还有玛努琪琪格和苏德芒莱，给老人穿戴好，把他裹得像个放在热炕头上的酸奶坛子似的安顿在车里，奔着盟府所在地就出发了。到医院之后做了头部、腹部、验血等全面检查。

检查结果出来了。年轻的医生看着检查单微笑着说："老人家的身体挺好的。心律、血压都正常，跟年轻人一样。活到一百岁都没有问题。有点手抖也无大碍，毕竟是上岁数的人，是神经性的。"

孩子们却不放心，向医生申请着非要让老父亲住几天院，说是想观察观察看看情况。

苏德芒莱留下来陪床。可是刚住两天，老爷子就闹着回去了。苏德芒莱把父亲送到家就去苏木医院，要看看老父亲的检查单。苏木医院只有三个医生。他们不认识侬乃扎布，却认识他的几个儿子。院办主任打开电脑怎么查都没查到侬乃扎布这个名字，于是就问："你们确定是在这儿检查的吗？"

孩子们谁都搞不明白这到底是怎么回事："咱爸为什么要骗咱们？"没过几天又都各自忙活各自的事情去了。

在这之后依乃扎布一会儿眼睛疼一会儿肚子疼，如此这般地又"病"了好几次。"咱爸老糊涂了吗？越老越怕死，这句话看来是真的。他怀疑自己生病，就是害怕死呢。"孩子们再听到父亲生病的消息就仿佛听到狼来了的故事一样，也不怎么当回事了，笑一笑就过去了。

苏德芒莱说："让咱爸学着玩微信，他也许就不会再装病了。"苏德巴特尔立马就给老父亲买来了一部两千多块钱的新手机。老人对新手机并不感冒，拿着旧手机说："这是苏德莫日根给我买的。我不用新的，就用这个，直到他回来我都用这个。"说啥也不肯换手机。

他现在用的手机是当兵的小儿子苏德莫日根探亲回来时给他买的。苏德莫日根去当兵已经有八年了。

依乃扎布不会用手机。孙子们手把手地教他，他也记不住，后来总算记住了摁绿键就能接听别人打进来的电话。虽然会接听了，但还是不会往外打。在远方当兵的儿子每周六都会来电话。老爷子在这之前不知道还有周六周日的说法。小儿子在每周六的固定时间才能打来电话，他这才知道周六是多么珍贵的日子，特别怕错过。铁木尔巴图给他买来了一本黄历，告诉他："每天翻一页，翻到红色的那页，老叔就该来电话了。"

一到黄历逢红的日子，依乃扎布老早就起来，点上佛灯、上上香、祭上供品，将这些重要事情一一完成后，坐等儿子来电话。每周六都会来电话的儿子，大概有一年多没来电话了。孩子们告诉他：

"弟弟去日本了，要在那儿学习两年。军队纪律严明，这两年不让他回家，也不让他跟家里人联系。"

艾里的人们也说："是啊。他不仅仅是你的儿子，还是国家的军人，担负重要使命的国家的人。"

老人把这些话都记住了。孩子们带他去盟医院看病时，他坐在车里从车窗看到了站岗的卫兵。看到穿军装的年轻士兵挎着一把枪站在那里时，他激动得浑身颤抖，就想去他跟前行个礼。于是就说："孩子啊，把车停下。我去给那个军人行个礼。"一车人都被他逗笑了，但是开车的萨仁图雅还是把车停在了路边。苏德芒莱领着父亲到站岗的士兵跟前，让他站好后拍了一张照片。老人在那一瞬间想到了人们常说的："军人是国家的栋梁。你儿子就是那栋梁中的一员。"当时在车里除了玛努琪琪格以外的三个大人却都感觉到老爷子想小儿子了，他也许真得了不治之症。

老爷子最近只要打盹就做梦。梦见当兵的儿子回来了，解不开门栓在喊："爸爸，爸爸。"同样的梦做了好几次，惊醒之后心里总是忐忑不安。想找个人说说吧，也没有那么一个合适的人啊。每次梦到小儿子，他就往佛灯里添点油，轻声祈祷："请保佑我的孩子幸福美满平安健康。"家里的门栓是后换的，梦见小儿子进不了屋之后，他把门栓又换成了原来的皮梢绳。这还是苏德莫日根去当兵之前做的呢。老爷子不愿离开老房子，一直守在这儿也是为了等苏德莫日根回来。儿子退伍回来，我就把所有事情都交代给他。就算闭眼走了也没啥可牵挂的了。

他还经常梦见在佛前磕长头的父亲、面容模糊的母亲、牵着牛车迁徙的妻子。有时并不像梦，就在拿牛粪的那一瞬间会突然出现那些画面。有一次竟然看到了母亲牵着一长串牛车向这边走来。挎着牛粪筐的他愣愣地站了好半天才回过神来。

我老了，已经是土埋到脖子上的人了。他总是这样想。父亲去世之前也常说这句话。他那时还年轻，听父亲这样说心里可不高兴了。如今自己也把这句话常挂在嘴边了。每次梦见当兵的儿子，总是心跳慌慌的。于是就对自己说："说啥也要等儿子回来。不能死。"啥时候死好像自己说了就算。

秋风习习地吹着。在常年不断香火味儿的侬乃扎布老爷子的院里，这阵风吹得正欢。沿着东墙的几排老杨树仿佛叹息一般呼啸，扔在狗窝上的空饮料瓶吹口哨似的咻咻叫，经幡、破布条、压牛粪堆的塑料布也随着秋风舞动起来了。

对侬乃扎布来说，有太阳的日子就都是好日子。像他这样整天盘腿坐在炕上从窗户往外看世界的人，跟天气和气候似乎也没什么关系了。

老爷子这几天上火了。舌头疼、鼻子长疮、嘴上还起了水泡。喝茶都喝不好。他有药，成包的、袋装的、成盒的，大包小包都在墙上挂着呢。苏德芒莱用区分羊群的耳印分别在药盒、药包、药袋上做了标记。不认字的老爷子看着这些用抠挖耳印、三角耳印等标记的药包药盒就能分辨是什么药。可他现在一粒药都不想吃，就希望生病，还希望病得越重越好。再一想觉得这样不好，便连忙祈祷：佛祖啊，罪孽啊。

依乃扎布打着饱嗝剔着牙，用炉钩子扒拉了几下火苗，上了七颗红枣。红枣冒着徐徐的烟子，散发着呛鼻的焦煳味儿。他又把数好的二十炷香放进炉中，向罕山方向默默祈祷了一会儿。再把三十炷香放进去，向供奉的佛祖祈祷了一阵。从炉门散出来的烟子特别呛。他干咳了几声，眨巴着流着水的小眼睛，往熏香盘里又放了些柴火炭。

盘腿坐着的他把手伸向后背就摸索了起来。然后用那潮虫钻进去了似的青筋凸起的枯槁的手熟练地拿起弯曲的拐杖勾开了窗子。满屋的烟子从窗口向外散去的同时也把外面的尘土吹了进来。墙上的黄历沙沙作响，插在窗台上的小孙女的风车懒洋洋地转了几下。老爷子就喜欢看小孙女玛努琪琪格的这个玩具。小孙女也最愿意让爷爷给叠这样的风车。有时拿来彩纸，有时拿来硬塑料，让爷爷给叠风车。不管用什么叠，只要小孙女喜欢，爷爷就跟着一起喜欢。她喜欢纸风车，他也跟着喜欢纸风车；她喜欢塑料风车，他也跟着喜欢塑料风车。小孙女这两天忙着玩那架亮闪闪的遥控飞机，没工夫来拿这些风车，被她冷落的这些风车在老人的屋里到处都是。老爷子每天都盼小孙女来家里玩。她一来就给她烤肉吃。小丫头坐在炕沿边，耷拉着两条小腿吃得可香了。每次都会把听到看到的事情告诉给爷爷听。熊哥哥今天干什么了；聪明的小羊羔差点就上大灰狼的当；羊倌家今天来了一个跟我差不多大的小孩儿，两条绿鼻涕跟她妈妈的绿耳环一个颜色；我妈让我俩一起玩了，这次没训我；我爸昨天卖奶食品收了张假钱；我妈在学新歌；等等。紧接着还会对新买的衣服和新买的玩具发表一阵议论。

她把水枪投进水缸抽完水就满屋乱喷，还说我妈不让我在家这样玩。每次都会把爷爷的供香、熏香给弄湿。爷爷也不说她。只有一次她尝到了拐杖的滋味儿，那是因为她用水枪把爷爷的佛灯给喷灭了。打那之后就再也不敢了。

门栓在响。老爷子听到了。他不耳背，听力可好了。听力好的原因或许是在一年四季的每日每夜里都在倾听着外面的动静吧。风声、鸟鸣、蛙叫、车声、牛羊的叫声，这些声音可都是他离不开的伴儿呀。

他没有听错。来了一个小孩儿，不是玛努琪琪格，是苏德毕力格的大儿子格根诺姆①。他今年十二岁，姥姥陪读着，在旗里上学。这次是利用国庆长假回来的。格根诺姆这个名字是他二伯苏德芒莱给起的。依乃扎布不喜欢这个名字。

他说："就算起了格根诺姆这个名字，要是不好好学习，还不照样跟现在的苏德芒莱一样没出息。还不如起个狗蛋、猫蛋那样的贱名呢。"

为了开关门方便，老爷子从皮梢绳上接了根绳子拴在了炕桌脚上。格根诺姆迈过那条绳子，把手里的烧香、熏香、章嘎②等送给了爷爷。老爷子用双手恭敬地接过来放在了佛前。

这是孩子的姥爷给依乃扎布的礼物。

亲家的电话没一会儿就打进来了，说是他们老两口去佛教圣地五台山了。章嘎是活佛加持过的，香是黑紫檀香。特意从五台山给他带回来的。依乃扎布放下电话，站起身向孙子拿来的章嘎和熏香双手合十地拜了拜，又面向西北，也就是五台山方向磕了长头。他连想都没想五台山究竟在哪个方向，家里的佛像摆在西北方，他就默认为五台山就在西北方。向五台山方向磕头时他也没忘在嘴里嘟囔："保佑我

---

① 格根诺姆：蒙文音译。"格根"有光明的意思，"诺姆"为书。这个名字有明智好学之意。

② 章嘎：喇嘛教徒朝拜活佛后接受的护身结。

的孩子们……"

"你怎么长这么高了，还戴上眼镜了？我差点都没认出你来。"他看着孙子说。

"这是保护眼睛的护目镜。"

他弄不明白护目镜是什么东西，眨巴着眼睛看了看大孙子，伸手摘下了墙上的大包小包。

发霉的奶豆腐、月饼、皱皱巴巴的苹果、梨、红枣，还有几个被老爷子叫做满洲点心的四方块糕点，这些都是孩子们平时送过来的。格根诺姆拿了几块饼干尝了一下就撇嘴说："不好吃。"扔在一旁。"多不吉利啊，真是把嘴都吃肥了。怎么能说吃的东西不好吃呀。以后口福会绕着你走。"老爷子嘟囔着，孩子连听都不听。

格根诺姆玩了一会儿玛努琪琪格放在这儿的玩具，又找了把塑料剑假装当成琴弓拉着爷爷的拐杖押韵地吟诵道："狗吃萝卜是去年之后的事情，偷听人家说书是今晚之后的事情。"

依乃扎布被逗乐了，问他："又是从你姥爷那儿学来的吧？"

格根诺姆说："据说是说书人朝亦邦编的。他说书时总爱编笑话打趣围观的听众。有几个老奶奶不想让他说，就到屋外去听。他知道后就编了刚才那两句话。"

"你姥爷啥嗑都知道啊。"依乃扎布稀罕地看着孙子，又说，"你过十三岁生日时，爷爷给你买一把四胡。我大孙子没准能成为一名说书人呢。"

"给我买四胡？爷爷，现在就给我买行不行？"孩子央求起来了。

"爷爷，爷爷。"欢快的声音从院里传了进来，是玛努琪琪格。她熟练地钻过那条绳子来到了爷爷跟前。

"爷爷，我刚才看见一条绿花狗从你家门前过去了。"小孙女给爷爷送饺子来了。透明的塑料饭盒里装着还冒着热气的七个油煎饺子。玛努琪琪格送来的不只是饺子，还送来了欢乐和喜庆。她刚踏进门槛就叽叽喳喳地说个不停，还说看见了一条绿花狗。真是太可爱了。这丫头今年秋天就要去艾里的幼儿园了。

"我们抱了一条狗崽，黄花的，叫希那嘎。你知道希那嘎这个名字吗？"格根诺姆用衣袖擦了擦鼻涕看着玛努琪琪格说。

"黄花的？"玛努琪琪格重复着哥哥的话，眼神和语气当中有些嫉妒的样子。

"别用袖子擦鼻涕。给，用这个。"小丫头从裙子的口袋里拿出一块叠得整整齐齐的手纸递给了哥哥，"希那嘎？杨戬①的那条黑狗的名字吧？会七十二变呢？"撇了撇嘴。

"哇！这个你也知道啊？二伯告诉你的吧？"

"不是。我自己就知道。"小丫头得意地说，"胡仁·乌力格尔②里边不是总出现吗？"

"你们的狗崽会抓跳鼠吗？它晚上跟谁睡呢？"她又好奇地问着跟狗崽有关的话题。

"二伯说这条狗将来肯定跑得快。等它到……"格根诺姆用手比画着膝盖说，"这么高，就训练它抓跳鼠。"

俩孩子见面后可是高兴坏了。格根诺姆把爷爷的帽子翻过来给玛努琪琪格戴上，让她扮演"日本鬼子"；自己把长短不一的玩具枪乱七八糟地挎在肩上当起了"兵"。

"我像不像老叔？要是能穿上跟老叔那样的一身绿军装就好了。"格根诺姆看着放在电视上的相框里面的照片说。照片里穿军装的老叔特别精神，正瞅着他微笑呢。

格根诺姆领着玛努琪琪格要出去玩，玛努琪琪格咯咯笑着跟在他身后跑了出去。

"外面刮风呢，别出去了，就在屋里玩吧。"老爷子的话他俩听都没听。

"爷爷，我想吃烤肉。烤好了叫我们啊。"格根诺姆跑回来从门缝探着小脑袋说了一声又跑掉了。

孩子们出去之后老人躺在炕上打了会儿盹。醒来时嗓子里好像有痰，于是就坐起来，拿了四片止咳化痰的黄药片放进嘴里嚼了嚼，随

---

① 杨戬：中国古代神话人物。

② 胡仁·乌力格尔：用胡琴伴奏的说书。

后喝了几口茶。

艳阳高照时侬乃扎布老人披着羊羔皮袄来到了院里。风有所平息了。拉草的卡车装着满满登登的草捆陆续来到了苏德巴特尔家院外。他们家每年都雇四五辆车，三四天里就能把一冬的储草给拉回来。苏德毕力格家的院里看不见人影，也许是去草场了吧。孩子们的生活各不相同。大儿子巴尔齐德贵家，春冬两季都接羔，却从来不雇人，一年四季无论啥活都是他们两口子自己干。苏德巴特尔家正好相反，干啥活儿都愿意雇人。苏德芒莱就不用说了，没有老婆孩子，光棍一个。

侬乃扎布慢悠悠地走到柴堆旁边，弯下腰捡了几根碎柴火夹在了胳肢窝底下。这时忽然听到了妻子在说话。

他激灵一下就挺起了腰抬起了头。绿幽幽的草原上，清澈的河边，好多人在剪羊毛。头上裹着围巾的、把袖口撸到胳膊肘的人们，用手里的剪刀咔嚓、咔嚓地剪着羊毛。雪白的羊毛小山丘似的被堆成了好几垛。他看见妻子骑马而来，从大家面前经过时勒住缰绳踩着镫子坐在马鞍上喊道："莫德格、森色勒玛，你俩不用回家奶孩子了。我替你们奶过了。"两个女人也向她喊："知道了，知道了。还是嫂子麻利呀。"妻子的两个乳房随着颠跑的马步颤动着，犹如在怀里揣了两只小兔子。

露出洁白的牙齿微笑的样子，扯住缰绳用力蹬马镫的样子是那么清晰。侬乃扎布眨巴着眼睛刚要说点什么，却忽然看见了屋门。他愣怔了好一会儿，才推门进屋。那时的集体劳动……剪羊毛是要计工分的。妻子干活麻利，总能抽空回家奶孩子，有时还顺便为来不及回去奶孩子的女人奶奶孩子。

侬乃扎布把柴火放在地上，噼里啪啦的声音让他吓了一跳。

他呼呼地喘着坐在炕沿边用炉钩子翻了翻炉火。火快灭了。他从牛粪筐里捡了几根猫胡子似的隐子草和白蒿放在余烬上吹了起来。灰烬冒着几缕稀稀的青烟，快把耳朵吹聋了也没点着火。于是用青筋凸起的两只手颤抖着划着了一根火柴扔了下去，炉子很快就呼隆、呼隆地着起来了。他从碗橱里把早晨吃剩下的肉端到了炉子边上。

脱下皮袄时身上沾满了皮毛。这是他父亲穿过的皮袄，被耗子啃得已经不成样了。那天翻东西时看见了，抖搂了几下披在身上就再没脱。铁木尔巴图见爷爷穿这么一件破烂玩意，就说："刚入秋您就穿上带毛的皮袄了，冬天穿什么呀。快脱了吧。"老爷子怎会听得进他的话呀。

烤在火箅子上的肉滋啦、滋啦地滴着油脂。他出去叫孙子孙女回来吃。

两个孩子跟艾里的其他几个孩子聚在一起正在玩轰炸灰堆的游戏。男孩子的玩法跟女孩子的截然不同。他们就喜欢玩枪炮、士兵土匪等等。刚听到玛努琪琪格的笑声，没过一会儿又听到了她的哭声。她才六岁呀，跟那些比自己大好几岁的男孩儿玩不吃亏就怪了。

他俩还要跟那几个孩子去河边继续玩。侬乃扎布没让他俩去，把他俩哄回了家。那些孩子像草原上的黄羊似的穿梭在树丛中间，吱哇喊叫着刹那之间就跑得无影无踪了。

两个孩子回到散发着烧烤味儿的屋里，吃起了爷爷给烤的肉。

"你爸干什么呢？"

嘴边沾着灰的玛努琪琪格吧嗒着小嘴，啃着一条肋骨说："我爸感冒了。咳嗽、打喷嚏，还放屁。"

老爷子被逗得哈哈笑着说："这感冒真厉害啊。"

"二伯家的两岁子牛在水槽边儿上把大腿筋割断了。"玛努琪琪格嘴不着闲地说着，"我爸都骂人了。他说牲畜随主人了。饮了一百头牛都没事，偏偏饮他家的就出事了。还说，那个犟劲儿也随主人了。那个牛犊非要从水槽上跳过去才受伤的。"

玛努琪琪格不住地说着。

"我想吃块带筋的。"刚吃完一块霍吉尔亥①的格根诺姆晃动着火箅子说。被他晃得几块羊肝羊肺从箅子缝掉了下去。

"爷爷的猫都去哪儿了？"玛努琪琪格问。

"觅食去了吧。"格根诺姆说。

---

① 霍吉尔亥：瘤胃的括约肌，即胃折纹厚处。

"抓耗子去了？爷爷，你家的耗子在哪儿养着呢？"玛努琪琪格问爷爷。

老爷子笑了，笑得嘴上的水泡都破了。

"我家的耗子在碗橱里养着呢。"格根诺姆吊斜着眼睛诡异地笑着问玛努琪琪格，"你家的呢？"

"我家的在仓房里呢。"

格根诺姆和爷爷听到玛努琪琪格的回答都哈哈笑了。

"小心点，凉凉了再吃。别烫着手。"老爷子把烤好的给两个孩子分着。

"昨天交给你的任务完成了没有？给你爸妈说了吗？没忘吧？"老人夹了块空肠放进了他的龙纹茶碗里。

玛努琪琪格趴在盘子上面噘着可爱的小嘴噗噗吹着一块烤肠，向爷爷反问道："什么？"

她只顾吃烤肉，根本没仔细听爷爷的话。爷爷昨天让她给爸妈捎回去的那句话，她早给忘到脑袋后面去了。

"爷爷要死了。告诉你爸妈了吗？"

"哦，哦……"小丫头忽然想了起来，"我说了。我告诉他们爷爷都吐了。给他们说的时候，我自己都吐了。"

"你爸妈说什么了？"

"哦，他们……"小丫头转动着眼珠想了一会儿，"我爸说该给干活的人算工钱了。我妈让我漱了漱口，还看了看我嘴里是不是有什么东西。"

想从孙女的嘴里听到点消息的老爷子大失所望地转过头，向灰坑使劲儿吐了口痰。

"唉，你这个孩子，我不是让你告诉他们，爷爷吐了，得噎症了。也没让你学着我吐呀。"老爷子把嘴里嚼了半天的食物咽下去的时候，喉结一鼓一鼓地动着。

"爷爷，你要是噎得慌，我这就给你捶捶后背。"格根诺姆攥紧吃肉的小油手给爷爷捶起了背。玛努琪琪格也要跟着他一起来为爷爷捶背。

"爷爷，你跟羊一样，身上都是毛。"两个孩子站在爷爷身后推推搡搡地闹腾着。

老爷子笑了，蠕动着一双长眉毛，小眼睛更小了。

他们把电视打开了。这个电视平时都设在蒙古语频道上，可是玛努琪琪格一来就看动画片，看完了也不把频道给换回来。她回去之后老人不会找蒙古语频道，只能看这些动画片。看着看着也愿意看了。虽然不懂都说些什么，只看那五颜六色千奇百怪的画面就足够了。跟小孙女一起看动画片时孙女还给他解说故事内容呢。老爷子心想，自己都没有六岁小孩懂得多，多少有些自卑。

侬乃扎布眯缝着眼睛看起了电视。

两个孩子吃饱了，划拉着残渣跑出去要喂狗。屋里的烟子也散尽了。

老爷子伸出拐杖关上了窗户。

"爷爷，爷爷，大伯在电视里。"从屋外跑进来的格根诺姆喊道。

"大伯，大伯……"两个孩子叫嚷了起来。

老爷子仔细一看，大儿子巴尔齐德贵果真在电视里面站着呢。还是小孩子的眼睛尖，要不然他根本认不出站在电视里的是自己的儿子。巴尔齐德贵好像又得了什么奖，穿着蓝色蒙古袍，新郎官似的站在里面不知在说什么。

"大伯怎么进去的？难道跟孙悟空一样有七十二变的本领？"玛努琪琪格蹦跳着。

"上电视了。富了。出息了。当大人物了。我这个亲爹都见不着他的影子，只能从电视上瞅一眼。"侬乃扎布噗的一声往灰坑里吐了口痰。

第 三 章

五

山影变得越来越长的傍晚时分，天气渐渐凉起来了。

一辆雪佛兰在长着榆树、杏树、山榆树、杨树等树木的山沟边上疾驰。

哈布尔玛的那张黑脸隐约出现在摇下来的车窗里。

她在野外跟着羊群忙活了一整天，这是把羊群赶进围栏里之后正在往回走。从后视镜里看着白花花的羊群，五六百只羊逐渐停在了附近的空地上，今晚要在那儿过夜吧。

从苏德巴特尔家的围栏旁边经过时她这样想：他们的草场今年比我们的好。虽说没有我们的亩数大，打的草却比我们的多。唉，今年勉强拉了七十车草。比去年也就多了那么几车吧。这个冬天许不是要起雪灾，这些沙半鸡为什么成群结队地飞呀？

来到沙石路上，她看见了苏德芒莱骑着自行车披头散发地在路上走着。看他那倒霉样儿，怎么还把头发给烫了？他真是没个好了。想到这儿差点哈哈笑出声。

从他身边过去时，哈布尔玛故意摁了摁喇叭。苏德芒莱听到喇叭声，在扬起的暴土中咧嘴笑着向她招手。

她不太情愿地踩住了刹车。

苏德芒莱的脸通红通红，跨着自行车站在路边把头靠近了车窗。

哈布尔玛闻到了一股酒味儿。

"你真有福呀。大家都在忙秋，就你整天喝酒……"哈布尔玛说。

"那当然，我也没有养孩子的任务。"苏德芒莱笑着看了一眼放在副驾驶座上的半口袋东西，"又挖药材根了？巴尔齐德贵的老婆真能过。这是要用挖药材根的钱换吃换喝？你们的日子还没穷到这份儿上吧？好几百万地存那么多，还不知足。贪欲大了……"

哈布尔玛听到这儿就急眼了。她挖药材是为了解闷，在野外跟着羊群待一天也没啥可干的。霜降之后防风这味药材的叶子变黄了特别好认，挖起来也不费事。

"闭嘴。哈布尔玛不需要你来指手画脚。"她说着就要踩油门。

"嘿，等等，给你通知一个重要的事……"苏德芒莱撤着胡子笑着说，"你手机是不是没电了？你老头打不通你的电话，急得像热锅上的蚂蚁，怎么都联系不上你。大儿子领着对象回来了，在班车上呢，快到了。"

"啊……什么？"

"领对象回来不是好事吗？看把你吓得，又不是狼来了。"

"不是，这……这奥齐尔巴图怎么不提前往家捎个信儿呢。不爱吱声的人可真麻烦。快把手机给我。"哈布尔玛向苏德芒莱伸手要手机。

她最先想到了萨仁图雅，拿起他的手机就给萨仁图雅打了过去。

萨仁图雅已经到她家了，接电话时不慌不忙地说："慌什么呀，不就是准备一桌饭菜嘛。这个不是问题，问题是你赶紧回来，好好收拾收拾屋子。"

"着急时还是萨仁图雅靠谱。"她长舒了一口气，想都没想应该请苏德芒莱去家里吃饭，踩上油门就走了。

刚走出去一会儿她就看见了乌日柴呼背着孩子慢悠悠地在路边走着。

哈布尔玛最不愿意让两个人坐自己的车。一个是苏德芒莱，他净在车里抽烟，还好把烟头扔车里，满不在乎地用脚给蹍灭。另一个是乌日柴呼，陷车的时候她都纹丝不动地坐着，都不带下车的。哈布尔玛现在看见这个被自己说成是"睡不醒，扶不起，净拖后腿的人"，也顾不了那么多，到她身边就把车停下了。

"苏德毕力格又不在家吧？咋没骑摩托，怎么还步行呢？哦，对了，你们的摩托还在我们院里停着呢。"

"苏德毕力格正往回赶呢。我没等他，先忙着出来了。"乌日柴呼抱着孩子钻进车里坐到了后排。

到门口时她们看见公公也在忙着打水。老爷子都跟着忙活起来了，看这样子这些人早就忙成一团了。

依乃扎布向孩子们宣布得食道癌之后，大儿子巴尔齐德贵就把他接回来一起住了。

"咱爸没得病，他也不是怕死，怕得病，是感到孤独了。"还是读书人苏德芒莱厉害，摸准了老父亲的脉，找出了他的真正病因。

"感到孤独也不能装病呀，多不吉利。咱爸的性格向来就古怪，年纪越大越明显。"孩子们在议论之余，商量起今后应该如何照顾老父亲的问题。经过讨论，大家都觉得不能再让老爷子自己过了，于是就问他愿意去谁家住。

依乃扎布不言不语地闷了好半天才说："苏德莫日根回来之前，我就住在巴尔齐德贵家吧。"

巴尔齐德贵于是就把老父亲接来了，同时也把他的狗和猫一起带回来了。

老人来到儿子家之后，啥毛病也没了，每天尽心尽力地忙前忙后，只想帮他们做点什么。

哈布尔玛一进屋就看见了地中央的圆桌上铺着崭新的台布。原来那个被热锅烫黄了的硬塑料垫已经被黄色的锦缎台布所代替。

"萨仁图雅。"哈布尔玛喊了一声，额头上沁着汗珠的巴尔齐德贵从里屋探出头来说："她准备饭菜呢。乌日柴呼你俩赶紧去收拾卧室。"

哈布尔玛看着乱糟糟的屋子真是又气又急。他们忙着打草，最近连被子都不叠了。

大儿子没有告诉家里要领着对象一起回来。是阿努琪琪格给妈妈打电话时说的。她周末坐班车回来时，在车上遇见了奥齐尔巴图哥哥和他女朋友。

巴尔齐德贵和哈布尔玛有三个儿子，奥齐尔巴图、铁木尔巴图、钢巴图。奥齐尔巴图不爱学习，初中没毕业就辍学在家了。另外那两个儿子在盟里上学。

我儿子领对象回来了。我儿子长大成人了。巴尔齐德贵感到十分高兴。哈布尔玛只知道着急，都分不清自己到底是在高兴还是在生气。

"这孩子也不知随谁了，怎么这么不懂事？领着人家姑娘第一次来，也不提前告诉家里。提前吱一声，我们也好准备准备呀。"哈布尔玛进进出出，唠叨不休。

今天的班车比以往来得都晚。奥齐尔巴图领着女朋友点灯时分才进屋。奥齐尔巴图长得眉清目秀随父亲。他低着头跟在女朋友身后，不好意思地看着父母。哈布尔玛看在眼里，不由得心疼起儿子来了：他可能知道我不高兴了。领对象回来是件好事，为什么还像个犯错误的人似的低着头呀。身为母亲的这颗心一下子就软下来了。

这个姑娘皮肤白皙，个子高挑，长相中等，不丑也不俊。

他们这时已经把放在屋里的乱七八糟的东西挪到仓房去了，屋里却依旧是暴土扬烟的样子。就这样在飘着灰尘的灯光下，他们将儿子的对象轰轰烈烈地迎进了屋门。

这个姑娘穿了一身白衣服，才住了一宿就脏了。

与其说是衣服脏了，还不如说是她那要当富人家的儿媳妇，要嫁给英俊男人的美好向往脏了。刚住三天，她就彻底嫌弃了这一家人。

"这么出名的富户人家竟然过得这么邋遢。东一间西一间地向四面八方接出去了许多屋子。脸盆还是漏窟窿的，洗脸时不斜着放的话就漏水。连个水舀子都没有，竟然用没把儿的杯子来舀水。碗不是豁了口的就是裂了纹的，连一根笔直的筷子都没有。哪像有钱人家呀？我从来没见过住得这么邋遢的人家。"姑娘撇着嘴笑话着这家人，拍了拍屁股就走了。

她竟然嫌弃有名的富户巴尔齐德贵一家？发生了这么一件哭笑不

得的事，奥齐尔巴图好几天没有出屋，窝在自己的屋里不死不活地躺着。哈布尔玛鼻涕一把泪一把，巴尔齐德贵一根接一根地抽闷烟，差点没被家里的沉闷气氛给憋死。

"都怪你这个闷葫芦！领她回来，为什么不提前告诉我们？现在咋办？"哈布尔玛大嚷大叫着就去把儿子的被子给掀开了。

奥齐尔巴图无精打采地坐起来说："我没打算领她回来。她非要跟我一起来。我还没答应，她就上班车了。怕你不高兴，就没敢往家里捎信……"

"我也没说不愿意呀，只说了一嘴她的家庭条件不咋地。是不是？生在那么穷的人家，还那么傲气十足？还敢嫌弃我们，我们还看不上她呢。家里穷嗖嗖的，谁稀罕呀！"哈布尔玛没完没了地叨叨着。

没过几天发生了更雷人的事情，奥齐尔巴图去吃婚席时遇见了她。大概是为了解气，他就把母亲说过的那句话说了出来："你们家穷嗖嗖的，我才不稀罕呢！"姑娘气得嘴唇都哆嗦了："你，你……"结巴了好半天喊了一嗓子，"你没舔过我的××吗？"

在场的所有人都惊呆了。"多厉害的姑娘。天啊！要是在旧社会，哪个男人敢娶这样的姑娘当老婆。"议论之余，有人还说："这门婚事要是成了，这丫头的这张嘴，这股厉害劲儿，跟哈布尔玛可真有一拼啊。正所谓婆在前，媳在后啊。"

这个用"可怕"的话语惊四座的姑娘，没过几天就找到了新男友，在各种婚席上跟着新任手拉着手表现得可欢实了。

时代变了，变得越来越奇怪。

恼羞成怒的哈布尔玛没地方撒气，最后把这股气使给了苏德芒莱，说他是"不吉利的家伙，就是因为他多嘴才把这件事给搅黄的"。苏德芒莱听说后，跟嫂子在电话上又吵起了嘴仗。

奥齐尔巴图领对象回来的那天晚上，家里准备了一桌家常便饭。除了巴尔齐德贵的几个弟弟和弟媳妇没请其他人。他们家向来不怎么跟别人家走动。再说大家都在忙秋，所以一个外人都没请。

那天苏德芒莱把消息传给哈布尔玛之后，去吃了一顿升学席，所以就来迟了。他在那边喝了不少，到这边之后刚坐上桌没喝几杯就醉了。哈布尔玛忙前忙后地张罗，他越看越不顺眼，还想起了老父亲昨天跟他说的："你再给我买鞋的话，别买鞋底纹太深的，容易沾土。"

他当时听父亲这样说时心里特别难受。我老爸啥时候在乎过鞋底子沾土这样的小事？从父亲特别当回事地跟自己嘀咕的这句话上，他猜出老爷子在大哥家过得并不舒服，心里有压力，如坐针毡般难受。心里难过的他本来就对嫂子有所不满，那天晚上借着酒劲儿就说了些不中听的话。

"嫂子，你可是要当婆婆的人了。"苏德芒莱话里有话地道出了不满。

"我不好，就你好，行了吧？我这个儿媳妇不好。那你这个好大儿怎么不把咱爸接回去伺候伺候？"哈布尔玛也没让着他。

苏德芒莱被这句话噎老实了。他很少开火做饭，总是在几个兄弟家蹭饭吃。就算把老父亲接回家亲自照顾，也不可能比大嫂哈布尔玛照顾得好。再说了，老父亲也不可能跟这个披头散发的儿子一起生活。嫂子跟小叔子就为这个事弄了个半红脸不欢而散。

苏德芒莱第二天非常后悔，向嫂子赔了不是道了歉，说是自己喝多了。不管怎么说，他也是孩子的二叔，那天晚上不应该跟嫂子拌嘴。儿子的对象黄了之后，哈布尔玛越想越气，把所有的不是都扣给了苏德芒莱，拣着最难听的话骂他。苏德芒莱知道大嫂的脾气，却没见过像这次这样发作得如此厉害。

哈布尔玛的小儿子钢巴图在微信上说："我二叔有啥错？人家那姑娘说得也在理。你们有福不会享，不被人家嫌弃就怪了。给你说多少遍了，盖个像样的房子，跟别人家似的好好装修装修。你就是不听。在乡下现在找个媳妇多不容易。像我哥那样老实巴交的人好不容易找了个对象领回来了还弄出了这样的笑话。妈妈，你不从自己身上找原因，净从别人身上挑毛病。"

"你说我有福不会享？站着说话不腰疼啊你。我省吃俭用，辛苦劳作是为了谁？不都是为你们哥仨吗？别人说你爹我俩吝惜、小气我不管。你们这些狗崽子好意思说这样没良心的话吗？"哈布尔玛向微信里的儿子喊道。二儿子铁木尔巴图在微信里插了一嘴："狗崽子们想妈妈了。"故意把"狗"这个字拉得很长很长，还发了几副咧嘴笑的表情。

哈布尔玛两口子是出了名的勤快人。不分黑介①白天，屋里屋外总是不停地忙活。这两口子还特别小气，特别会过，真是"多喝口水都舍不得"。在家里，很少能看见他俩坐在饭桌前好好吃饭的样子。经常是走里忙外，热一口凉一口，随便吃点东西就忙着出去干活了。像他们这样的富户都是雇人帮忙，他们却很少雇人。不雇人的原因一是两口子干活麻利，看不上一般人。人家可是从全旗首富的大户人家分出来单过的长子家啊。不说牛和马，单说羊就有近两千只。以前分两个群放牧，现在虽然减到了几百只，冬春两季依旧接羔，还从外面买来羊羔用饲料喂大后再卖出去。所以就更富了。他们曾经获得过"科学养畜致富先锋"的荣誉，报纸上发过他们的照片，电视上播过他们的致富事迹。这两口子前些日子还在内蒙古卫视的一档栏目里出现过。二是他俩太会过，太小气。偶尔请人来家里帮忙，还给人家吃有馊味儿的肉。这样的人家，谁愿意来啊。他俩却节俭惯了，过惯这样的日子了。

他家房前垒着好几垛长长的牛粪堆。被艾里的人们叫做"哈布尔玛的牛粪堆"。陈年的牛粪已经发白发酥，好几年都没有被动过，里面有好几窝老鼠。艾里的人们都说，牛粪堆里住着黄鼠狼。他家就供着那玩意呢，要不怎么会富得流油呀。

他们住的是砖房。分家单过时盖了这两间房，现在像獾子窝似的，往东往西往后被接出许多间。有人建议他们把老房子推翻后盖座新的。哈布尔玛怎么会听得进去啊。直到去年好不容易决定要重新装修屋里，可是一头奶牛生病了，为了医治花了不少钱，又买了台四轮。这样一来支出不就大于收入了吗，装修房子的事情也就黄了。

两口子没日没夜地操劳着，落下了一身毛病。有时，早晨都起不来，一个拉着一个才能勉强起来。孩子们却不理解父母，还责怪起母

---

① 黑介：方言，指夜晚或黑夜。

亲大人来了。哈布尔玛怎能不生气怎能不憋闷？

哈布尔玛哭了。跑到萨仁图雅这儿来哭诉委屈。她开车来到萨仁图雅家，听到从东屋传来了踩缝纫机的嗒嗒声。听到这个声音哈布尔玛在一般情况下即使到了屋门口也不会进屋，会原路返回去的。萨仁图雅做缝纫活儿的时候不喜欢被打扰，虽然不说脸上却摆出一副爱答不理的表情。可这次哈布尔玛也顾不了那么多了，快气炸的人怎么会在乎萨仁图雅高兴还是不高兴呀。

"他们现在都怪我，我成罪人了。"哈布尔玛向萨仁图雅道出了满腔的委屈，黝黑的脸上滚着泪珠，衣兜似的眼睛更难看了。

萨仁图雅没想到哈布尔玛一进屋就会哭，有些不知所措地看着她，刚从缝纫机上把脚抬起来，就看见了哈布尔玛的眼泪已经夺眶而出了。

哈布尔玛说一阵哭一阵。萨仁图雅并不吱声，抽了几张纸巾递给了她。

"唉，做梦都没想到啊。

"听说儿子有对象的时候我可高兴了。对方的家庭条件一般，但我心想只要人好就行。正准备给他们张罗婚事呢。现在……

"她坏了我儿子的名声呀。我儿子太老实了……"

萨仁图雅给她盛来了茶。

哈布尔玛快说半个小时了。萨仁图雅啥也没说，边听边缝帽子上的绣片。哈布尔玛哭的时候最好别吱声，哪句话一旦说不对了，劝不中听了，就等于是给她火上浇油，使她终身不忘，想起来就会跟你找巴这句话是什么意思。

哈布尔玛哭差不多了，萨仁图雅这才开口说话。

"不成就不成呗。对象这个事谈不成也是正常的，哪有处了对象就能成的。再说了，她那么厉害，没把她娶进家门说不准倒成好事了。"

哈布尔玛听到萨仁图雅这样说立马就精神了。

"你最会看人了。你也觉得她不咋地吧？她太过分了是不是？"

"要让我说，她的性格跟咱们不一样。跟咱们不是一路人。"

哈布尔玛挪了挪屁股伸着脖子说："我其实也没太相中。"抬高嗓音瞪大眼珠子又说，"一看就是厉害人，这桩婚事没成说不准还真变成好事了呢。成了的话那么厉害的人还不整天敲打我儿子的脑袋呀。"

"是啊。咱们奥齐尔巴图是好孩子，哪能找不到媳妇呀。"

哈布尔玛端起茶碗喝了几口问萨仁图雅："做什么呢？"向她把手伸了过去。萨仁图雅在缝帽子。哈布尔玛进屋之前，她正在缝纫机上缝绣片。她把手里的绣片递过去时，上面的几颗珍珠叮当响着落到了松木地板上。她就弯下腰来从窗台下、花盆边、大嫂的脚边捡起了落在地上的珍珠。哈布尔玛不知何时已经把鞋给脱了，又黑又脏的趾甲从漏洞的袜子里面都冒出来了。萨仁图雅看到后很不舒服。站起身来时好像第一次看见嫂子戴金项链似的，盯着她的脖颈看了好半天。她记得这个项链是哈布尔玛过三十六岁本命年时，下了很大的决心好不容易买的一件饰物。

"我有好几颗这么大的珊瑚。"哈布尔玛比画着，"听说奥齐尔巴图处对象了，我翻箱倒柜地都找出来了，还想给你送过来，让你给好好做个额箍来着。"说着说着就哽咽起来眼眶也发红了。

"唉，也不知这孩子会找个啥样的媳妇。孩子大了操心的事越来越多。奥齐尔巴图这孩子本分、听话，就是有点窝囊，太老实。我最担心的就是他在外面被人欺负了咋整？幸亏是哥三个，有人替他撑腰。想起他呀，我就心疼。你大哥更是闹心，这几天都不好好吃饭。看着他那样子，我也不好受……"哈布尔玛无精打采地叹息道。

萨仁图雅的眼前这时又出现了那个漏洞的脏袜子，不由得心疼起这个嫂子来了。看着她那一脸愁容，还有那起茧的粗糙的黑手指，情不自禁地想起了曾经跟她一起玩耍的童年时光。

哈布尔玛跟萨仁图雅是从小一起玩大的。她俩现在谁都记不清是从几岁上认识的了。萨仁图雅的母亲女红做得好，是有名的巧手。哈布尔玛的母亲经常请她给家里做些刺绣等女红活儿。两家人因此经常走动，两家的孩子也经常在一起玩。她俩小时候常去野人家的灰堆上捡碎碗片，拿回来玩过家家游戏。艾里的孩子们那个时候都愿意去野人家的灰堆上挖东西玩。随手一挖就能挖到一些好看的发亮的碎碗片。挖到碎碗片时的惊喜与激动是无法用语言来形容的，每个孩子都像挖到了宝贝似的高兴。侬乃扎布家的灰堆曾经给艾里的孩子们赠送过许多次这样的惊喜和激动。他家是富户，家里又都是秃小子，灰堆里经常有打碎的碗盘等瓷器碎片。他家当时还有十多只种公羊。那些种公羊个头大还好顶人。看见穿红穿绿的人，从大老远就晃着大盘角跑过来了。艾里的孩子们也最愿意逗那些种公羊玩。羊群从牧场上回来的傍晚时分，总能听到孩子们的笑声、故意喊出来的惊叫声、夹杂在笑声当中的哭声。欢快而稚嫩的声音久久在山林中回荡。

"野人阿爸——"小时候的哈布尔玛和萨仁图雅跟艾里的孩子们一样调皮，看见侬乃扎布就这样喊他。她俩觉得这样喊着玩是一件非常有趣的事情，而且还知道"野人"不是这个人的真名，艾里的大人也不会当着这个人的面这样叫他。她俩只要看见侬乃扎布，从大老远就合着嗓子，拉着长音喊："野——人——阿——爸——"跑到他跟前，互相推搡着咯咯笑。谁都没承想这两个调皮的小姑娘后来竟成了野人的两个儿媳妇。生活有时就是这么充满戏剧性。

哈布尔玛和萨仁图雅嫁到这家之后，俩人的关系却没有从前那般亲密了。分家单过那会儿每个人心里都有数。分大畜的时候，哈布尔玛牵上那些既老实产奶量又高的母牛就往自己的群里拉。萨仁图雅打那时起不再直呼哈布尔玛这个名字，自觉不自觉地就开始叫她为"嫂子"了。

"嫂子，咱们的孩子怎么可能找不到媳妇呀。你就别胡思乱想折磨自己了。"萨仁图雅说。

"我整天往死里干，不就是为了这三个秃小子吗？"哈布尔玛说。

"三个儿子呀。这三个儿子可要命啊。哪怕有一个是丫头呢。"这是哈布尔玛常挂在嘴边的话，尤其是在萨仁图雅面前说这句话的时候总是嘴角上扬笑容满面。今天将这句话说出来的时候却表现得比较沮丧。

"孩子只要找到合适的对象，我就给他买楼房。大家现在都从城里买楼房呢。我们也给孩子买。你哥我俩早都商量好了，我们老两口不去城里住那高楼大厦。跟牲畜打了一辈子交道，都在这儿住习惯了，哪都不去，就住老房子。所以才没盖新房啊。"

"给孩子买楼房是必须的呀。不过也不能总是孩子孩子的，也学着让自己享受享受吧。我就愿意给自己花钱。一个人能活多久啊，该吃就吃，该穿就穿。谁知道自己啥时候死。谁都不知道自己有没有下辈子。在这有生之年舒舒服服地、光鲜亮丽地活着过着就对了。"萨仁图雅边说边擦缝纫机，把那台缝纫机擦得几乎都能照脸了。然后又往白皙而修长的手上擦手霜，擦完手霜轻轻拍打着闻了又闻。

"你把日子过得已经是漂亮至极了。就像保养这台缝纫机似的，把日子过得呀，真是亮亮堂堂。咱们艾里的人都说你整天在家就知道享福，啥活儿都不干。可我知道，你一刻都没闲着，不是做蒙古袍，就是洗刷整理。你们的晾衣绳上一年四季哪天都挂满了五颜六色的洗得干干净净的衣服。我刚才一进院就看见了，挨着墙根摆得整整齐齐的那些大大小小的水靴。洗得多干净，过得多带劲儿。我看你把鞋底子洗得都快成新的了。对我来说，生活的意义就在于每天都有忙不过来的活儿去做。偶尔有一天起晚了，看见别人的烟囱已经冒烟了，我一整天都不舒服。生活本身就是努力奋斗的一个过程。我这个人就喜欢养牲畜，还喜欢攒钱。钱也好，牛羊也好，只要有让我数的东西，我就开心，我就高兴。最大的毛病就是不会享受。"

萨仁图雅听到哈布尔玛这样说，情不自禁地笑了笑，说："我的天啊！快把那些文绉绉的话赶紧给我咽回去吧。听你这么一说，我这个没文化的人不想自卑都不行。要让我说，生活的意义就像我做的这些帽子和靴子，关键是在于如何把颜色、绣片、花纹都搭配好。"

哈布尔玛好像从来没进过萨仁图雅的这个缝纫间，仔细地看着屋里的摆设。

这个缝纫间乍看上去跟商店有些相似。有两台擦得锃亮的不同型号的缝纫机。东西两面墙上挂满了各种各样的绸缎布匹。玻璃柜子里满满登登地摆着男人的、女人的、孩子的、冬天的、夏天的、圆的、方的、尖顶的各种帽子，绣花靴子、贴花靴子、盘花靴子、没做完的烟荷包半成品、枕头套、丝线、纸样子等等。

"装修我那房子得花多少钱？"哈布尔玛问了一嘴之后去看其他房间。

萨仁图雅家的房子有一百三十平方米。室内装修跟城里人的楼房没啥区别。虽说已经装修四五年了，但依旧保持着亮亮堂堂干净整洁的样子，犄角旮旯都一尘不染。有客厅、佛屋、厨房、三间卧室、书房、缝纫间、洗漱间、卫生间、储藏室等十多间。

孩子的书房里放着书橱、电脑、电子琴、马头琴、小提琴，敞亮又整洁。哈布尔玛从落地窗看到了外面的景象。白云飘在蓝天上，秋天的山林斑驳着红黄棕三种颜色，仿佛精美的油画那般动人。林中空地上的草被割得干干净净，只剩下了光秃秃的草茬。她从书房出来后顺着走廊回到了缝纫间。

萨仁图雅家的日子越过越兴旺。其实哈布尔玛早就看在眼里了。萨仁图雅两口子从一针一线开始，往家里不断地搬运劳动果实，才拥有了如此丰厚的家当。萨仁图雅只要出门就会一车一车地往回拉东西。"买那么多东西有啥用处，浪费钱。"哈布尔玛看她往家搬东西的时候，仿佛看到了渺小的蚂蚁搬着比自身大好多倍的"巨物"回来，说着这样的风凉话冷眼旁观过他们。但今天将她家重新参观了一遍之后，忽然发现自己的生活有多么"贫穷"。于是就像看陌生人似的盯着萨仁图雅好奇了好半天。

六

装修工人来到家里叮叮当当地只忙了几天就把哈布尔玛的家打造成了"天堂"。以乳白色和咖啡色为主的整体装修风格，使这个"獾子窝"看上去比之前豁亮多了，变得既亮堂又整洁。

漏窟窿的脸盆、没把儿的杯子、豁口的碗、裂纹的盘子统统不见了。地上铺了瓷砖，墙上镶了白砖，还购置了大理石桌椅、衣柜、衣橱、沙发、细瓷的碗具，床上用品都换成嘎嘎新的了。垒在炕上的那垛高到天花板的大被垛也不见了，被收纳到新买的衣柜里面去了。现如今谁还会稀罕那些绸缎被面呀。

花了三十多万人民币呀。他们用秋天卖牛犊的全部收入，换来了这一飞跃性的进步，从"原始社会"一下子迈进了"新社会"。

哈布尔玛那天从萨仁图雅家出来之后，在回家的路上下定决心要装修房子。装修工人是由萨仁图雅给联系的，只拨了一通电话，她就把新社会召唤过来了。这个新社会仿佛就在萨仁图雅的手机那边微笑着等她召唤来着。

"地上的人"在"天堂"里居住起来却遇到了一系列的麻烦。不能随便吐痰、不能在室内抽烟、地板上一滴水都不能洒、进屋必须换拖鞋……巴尔齐德贵、奥齐尔巴图、依乃扎布老爷子的一举一动仿佛都被哈布尔玛看在眼里，老少三代稍不留意就会遭到她的批评与责怪。每个人都小心翼翼地注意着，生怕违反这些规矩。其中最难熬的就是依乃扎布老人。

嗵嗵……嗵嗵……

哈布尔玛坐在东屋的炕沿边上给巴尔齐德贵的上衣钉扣子。

"这个扣子才两个眼，却比四个眼的都费线。"哈布尔玛自言自语着又扯了一段拃巴长的线。

嗵嗵……嗵嗵……

从公公的屋里传出来的这个声音搅得她心神不宁。"他这是该吃药了吧？"公公最近在吃治疗手抖的药。她以为公公是在捣药粒。这个声音却越来越响，震得墙壁都在颤动。她坐不住了，放下手里的针线向老爷子的屋走去。

老爷子拿着锤子正在往墙上砸钉子。

"爸，这是做什么呢？为什么往墙上砸钉子？"

老爷子头上包着儿媳妇给买的新毛巾，身上披着那件掉毛的旧皮袄，又短又硬的头发茬在毛巾下面扎挲着。他听到儿媳妇的声音，蠕动着眉毛，瞪着发红的小眼睛惊讶地看了过来。

"这……"老人拿起钢巴图给买的痒痒挠说，"挂这个。"

"不能啊。不能往墙上砸钉子。"哈布尔玛看着被老爷子砸出小洞的墙壁心疼得不得了。

巴尔齐德贵也瞪着眼珠一脸讶异地进来了。

他看到妻子拉下的黑脸，老爸惊慌失措的表情，转身出去连忙拿了个非常可爱的塑料粘钩，贴在了被老父亲砸落墙皮的那块小洞上。

"爸，现在都用这个东西呢。看，贴上了不是？有了这个东西，就不用往墙上费劲砸钉子了。如今的这个时代变化可快了，这些新奇的玩意层出不穷。别说是您了，我们瞪大眼珠都好奇不过来呢。您还记得吗？我们小时候，咱们净往墙上砸钉子，墙上都是被砸进去的细针粗针。臭虫都在钉子眼里筑窝了……那次是谁家的孩子来着，来咱家玩不小心撞到墙上，屁股蛋上扎进去一根针不是吗？"巴尔齐德贵把那个痒痒挠挂在了粘钩上。

"巴达玛姑娘呗。你没看她现在走路的姿势都变了吗？往前倾着身子快要摔倒了似的。唉，可别提那个时候了。那些医生也没啥技术，可能是用蛮劲儿把那根针给拔出来的吧。反正她现在走起来就是那个姿势。"老人用粗糙的大手划拉着落在炕上的水泥渣和灰土。

"巴达玛姐姐腿瘸的毛病是那样落下的呀。真是可惜了。要是现在发生那样的事情，医疗条件这么好，根本不是问题。那天电视上的那个女的全身上下扎进去了十二根针。爸您也看了吧？现在都能解决，都不是什么解决不了的问题了。"哈布尔玛面带笑容地看着丈夫说了一大堆话。

"可不是呢。哎哟，身体里扎进去那么多根针都没啥事呀。"侬乃扎布把那个竹痒痒挠一会儿拿下来，一会儿又挂上去。

"你快帮咱爸脱下这件皮袄吧。"哈布尔玛当着公公的面杵了杵自己的男人。

巴尔齐德贵面带笑容地对父亲说："爸，在屋里穿皮袄太热。"抬头时从右窗口看到了儿子。白云飘飘的蓝天、枝叶蓬松的柳树枝仿佛就在他的头顶上。还看见他向自己悄悄点头示意，便猜到肯定发生什么事情了，下意识地看了一眼哈布尔玛。哈布尔玛弯着腰低着头帮着老爷子在打扫水泥渣。

巴尔齐德贵清了清嗓子对老婆说："给爸拿件衣服去吧。"

"昨天就拿过来了。"哈布尔玛说着就去开衣柜。

"在这儿呢。"老爷子从枕头底下拽出一件钉着盘扣的团花图案的棕色缎子袄。这件绗线均匀的棕色缎子袄被他压在枕头底下都皱巴了。

老爷子边脱身上的皮袄边说:"这可是你爷爷穿过的皮袄呀。"

巴尔齐德贵帮父亲换好了新衣服。哈布尔玛将公公脱下来的皮袄叠好后拿出去放在储藏间,又回来打扫满屋的皮毛,这才回到自己屋里。

"我以为咱爸是在捣药,原来是费劲巴拉地砸钉子。咱爸上年纪之后变得越来越怪。刚把药抓回来的头几天整天就知道捣药,喝得可勤了。现在倒好,我把药煮好了给他送去,他都不喝,净拿出去往外倒。不信的话,你就去房后看看。"哈布尔玛用牙咬断了钉扣子的线头。

"不可能吧。倒药渣子呗。你去看看羊群吧,我饮羊羔。"巴尔齐德贵说。

"你刚才不是还说要去看羊群,顺便再检查检查围栏吗?"哈布尔玛说着就要出门,说话间已经穿上外衣,换下拖鞋了。

"住好房子就是麻烦,一天不知要换多少次鞋。我现在才知道萨仁图雅为什么总是唠叨苏德巴特尔不知道拖地,不愿意换鞋。咱家以前熬两暖壶茶就够了,自打咱爸来住,熬三壶都不够。昨天我给羊羔扔完饲料想回来喝会儿茶,进屋一看暖壶是空的。人啊,上了年纪可能都这样吧。盛上一碗,忘了喝了,想喝的时候已经凉了,那就倒了再盛呗。咱爸净在门口吐痰。他怎么就不能多走出去几步呢?看电视也是,声音那么大,夜里睡觉都不关,一早就被电视声吵醒。再这样下去,我都快要疯了。"

巴尔齐德贵装作没听见似的,将钉好扣子的上衣叠好了往衣柜里收,手上的红铜镯子别在了柜门的把手上。

戴好口罩和帽子的哈布尔玛全副武装着刚要出门,又回到衣柜跟前仔细端详了一阵把手,又让巴尔齐德贵看了又看,才嘟囔道:"可不能刚买回来的新家具没等好好用就弄上划痕呀。手上的痛痹见轻了,就把那破玩意摘下来吧。"

哈布尔玛骑着摩托渐渐走远。巴尔齐德贵来到房后的草垛附近与儿子会合。儿子长得俊朗清秀，与父亲面貌酷肖。他穿着一件领子发黑的白衬衣没有系扣，右手上拿着一块羊耳朵，站在高耸入云的大草垛后面等父亲。这几天他在修缮倒塌的几处围栏。

"我在山沟里发现了一只死羊，看耳印是咱家的。"

巴尔齐德贵从儿子手里接过羊耳朵端详了起来。是一只右耳，看耳印的确是家里的羊。

巴尔齐德贵皱着眉头不声不响地看了一会儿："是只三岁子。嗯……应该是被狐狸掏了。"

"狐狸能撂倒一只三岁子羊？"

"能。狐狸可厉害了，它们以前净来抓羊羔。后来数量变少了，才不发生这样的事情了。现在林木植被又恢复起来了，它们也跟着繁殖起来了。"

"今年秋天丢的那三只羊的下落我也知道了。你妈生说是被别人偷走了，有名有姓地怀疑过好几个人呢。"巴尔齐德贵拿着羊耳朵刚要转身回去，又说，"这事别背着你妈，就告诉她吧。狐狸掏了，谁也没办法。"

"嗯，行。"

"在哪边的围栏里发现的？"巴尔齐德贵走了两步又停下了。

"额日严·脑海图那边的围栏里。"

"为什么会在那儿？唉，还是别告诉你妈了。咱们去卖牛犊的那几天，是你二叔替咱们放羊。他把羊群赶进那里之后，许不是溜出去玩喜塔尔①了？这要是让你妈知道了，还不得跟你二叔又闹起来呀。你二叔呀，真是成事不足，败事有余，总是惹麻烦，净干挨骂的事。就发现一只吗？"

"嗯。"

"那就拉到穆瑞沟那块扔了吧。给你妈说，在那儿被狐狸掏了。反正也不知道那几只羊是怎么没的。"

———————

① 喜塔尔：蒙古象棋。

"这样告诉我妈行吗？她要是知道了真相……"

"你现在就去处理吧。你妈去看羊群了，得一会儿才能回来。"

"我不去。我害怕。"

巴尔齐德贵没好气地回头看了一眼跟在身后的儿子，看到他那懦弱的样子没再吱声，走到门前才说："行了。我来处理吧。你给我找个破麻袋。你妈回来问我的话，就说我去修缮倒塌的围栏。饮羊羔的时候，别忘了给点盐巴。它们这两天把院门上的塑料绳都给啃了，可能是缺碱了。"

七

依乃扎布站在门口看着外面。拴在桩子上的芒哈尔和斑哈尔在地上躺着。刚来的时候老爷子的这两条狗不习惯被拴，整天吱吱咛咛地叫唤，可把他心疼坏了。从最近开始总算不吱咛了。狗还好说，可以拴在外面。猫就可怜了。他这个儿媳妇不喜欢猫，讨厌它们。

他们家没有猫窝，老爷子却带来了一窝猫。这几只猫一到夜里就进进出出地忙活起来了。老爷子刚来的那几天哈布尔玛听到猫叫，还会起来给它们开门，后来就不管了。围着羊群忙活一天的人，晚上总得睡觉吧，怎么可能给这些猫去站岗。有一次家里来客人，哈布尔玛把他们送出去，刚转身回来就看见这些猫在舔桌子上的碗盘。把她气得呀，拿起筷子就要打，巴尔齐德贵却上前制止道："不能用筷子打猫。"哈布尔玛恶心得都快吐了，骂骂咧咧地说："我今天看见了才知道，咱们吃的东西都被它们舔过了。这些家伙天天吃耗子，不知带来了多少细菌。真恶心，脏死了。"黄花大母猫故意跟她作对似的，还蹲在她前面用毛茸茸的爪子洗起脸来了。

"它们以前不这样，最近可能是没吃着烤肉馋了。"公公替自己的猫辩解着。

"那就给这些有功的爷爷奶奶卧一头苏白①呗。"

老少三口听到哈布尔玛的大喊大叫谁都不敢再吱声。

老爷子养的这几只猫都是打猎高手。大母猫往回抓过兔子。其他的几只也是经常往家叼耗子。从脖颈处叼着，拖着那细尾巴的长着浅色指甲的四条腿的灰毛耗子就回来了。

哈布尔玛只要看见就会大声叫嚷着制止它们进屋。它们叼着嘴里的却非要从门口或窗子往屋里钻。

老爷子看在眼里急在心里：唉，可怜啊，人也好，动物也罢，活在这个世上不都是为了填饱肚子吗？我可怜的猫呀，好不容易打上食，却不能安安心心地吃到肚子里。

哈布尔玛他们常在外面干活儿，老爷子趁此机会就让猫们进屋了。桌子底下、沙发跟前，经常出现灰毛耗子皮、细尾巴、带血迹的皮毛等。这几只猫不但往回叼耗子，还叼麻雀、喜鹊、鹌鹑，屋里还出现过各种颜色的羽毛和翅膀呢。哈布尔玛看到就会发呕。这几只猫于是就失去了在暖屋里睡觉的惬意生活，被她撵到仓房去了。仓房有好几扇小窗子，它们可以随便出入。

老爷子却非常想念它们。毕竟跟它们在一起待惯了，没有猫狗做伴的日子他无论如何都过不习惯呀。

搬到儿子家之后，让老爷子不习惯的事还真不少。首先面临的就是如何烧香礼佛。屋里没装修之前，巴尔齐德贵给他准备了一个图拉嘎，他就在这里面完成烧香礼佛的规矩。装修之后还怎么好意思用烟子去熏这崭新的屋子呀。

铁木尔巴图为解决这件事还专门从盟里的学校请假回来过一趟。

为了爷爷他向妈妈请求道："爷爷住的屋，从地板到墙壁都镶上瓷砖吧。被烟子熏黑了也好擦，容易打理。我以后专门负责擦爷爷屋里的墙壁。上香上供是爷爷多年的习惯，咱们就顺着他吧。"在他的一再央求下总算得到了解决。即使这样老爷子每次上香上供都不能安心，因为儿媳妇净来给他关门。

---

① 苏白：不生育的、不受孕的、不产崽的母畜。

在这种心神不宁的状态下完成这么神圣的事情，对老爷子而言总觉得心里缺点什么。

自己住的时候屋里烧炉子，可以在炉火上烤东西吃。到儿子家之后，一天连一顿烤肉都吃不上了。这还叫做生活吗？想吃点烤肉还得去厨房。厨房那么遥远，得穿过洗漱间、衣帽间、餐厅才能抵达那里。

他住在西北间。窗户开在右侧，不到中午不进阳光，屋里又没有炉子，他一整天里都暖和不过来。他们又不让他披那件皮袄。睡觉的炕还不能烧火。

"爷爷冷呢。咱们把锅炉烧起来吧？"奥齐尔巴图有一天看着妈妈的脸色请求道，却没有得到批准。

妈妈说："刚入秋烧什么锅炉，屋里也不冷。"

铁木尔巴图回来时看见爷爷冷呵呵的样子，临走前跟妈妈说："看把我爷爷给冻的。该烧暖气了。"这样早晚才能烧一会儿锅炉，屋里总算有了点热乎气。

铁木尔巴图返校之后，奥齐尔巴图每天都不忘给锅炉添火。

他们安装了地热，地板是热乎的。老爷子就把小桌子搬到地上，坐在地上数香、搓佛灯芯。儿媳妇来给公公送茶送水的时候看见他坐在地上每次都会吓一跳。

地板干净得像面镜子，不能随便吐痰。老爷子自己住的时候，灰坑就在膝盖下面，随时都可以吐痰，根本没人管。现在可不行，儿媳妇只要发现他把痰吐在地上了就让奥齐尔巴图来擦。

"哎呀！刚拖的地板，谁又吐痰了？"儿媳妇的目光总会落在公公的脚下。这还不算，刚拖完的地板上也不能随便乱走。老爷子不知道还有这个规矩，儿媳妇就告诉他。他记住了，没过几天又给忘了，把大脚印子留在了光亮的地板上惹儿媳妇不高兴。

"让您穿拖鞋您怎么就不穿呢？"儿媳妇笑着对公公说。

"拖鞋那东西不跟脚呀，孩子。"老爷子说。

老爷子站在门口往门外吐了几口痰。这几天他总是咳嗽，嗓子眼里痰还多，也许是冷热不均了。老爷子刚要吐口里的痰，却看见儿媳妇哈布尔玛推着小推车进院后往这边走来，于是赶紧把嘴里的痰给咽了回去。

太阳快落山时天边开始发灰，夜里就刮起了大风。风声呼呼地响着，好像一夜之间不把树上的叶子全刮干净就决不罢休。

侬乃扎布听着风声，翻来覆去怎么也睡不着，总觉得那窝猫在外面叫唤。他忍了又忍最后还是忍不住坐了起来。自己躺在热炕上，不能让它们在外面挨冻呀。猫是怕冷的动物，它们就喜欢热炕头和大太阳。老爷子趿拉着鞋，打着电筒出屋了。夜深风高，听不见猫的叫声。仓房门从外面上着门插，老爷子费了好大劲儿才把门打开。仓房里装满了盛粮食的麻袋、饲料，各种木篓、木筐、铁制工具等。

老爷子晃着电筒，喵喵喵喵地轻轻叫了一声，四只猫就向他跑来了。有摇尾巴的，有耸后背的，有呼呼叫的，也有喵喵叫着撒娇的，围着他的膝盖转来转去，好像在表达思念之情，又像是在诉说委屈。老爷子的心一下子就软了。在电筒的光亮下，他觉得它们的皮毛都失去了光彩，远不如从前那般光亮。

仓房里冷飕飕的。他往筐里铺上羊皮为它们做了窝，即使这样心里还是觉得过意不去。

老爷子却怎么都没想到自己竟然惹出了一个大麻烦。从仓房出来时，没把门关紧，这扇门被大风吹开了。一头二岁子牤牛钻进仓房，把麻袋里的原粮全给吃了。哈布尔玛黎明时分起床去仓房，这头小牤牛还在吃呢。牲畜就是牲畜，见着食物就会往死里吃。这头小牤牛哀叫了一天，挣扎了一天，没有被救活，撑死了。

侬乃扎布的两条腿一下子就软了。作孽呀作孽。

"终于如愿了？白白搭进去一头牛啊。快晒成牛肉干去喂你那些猫吧。"哈布尔玛哭哭啼啼地说。

老爷子从窗户看见儿子和儿媳妇打起来了，面对面地站在那里指指点点地闹着。奥齐尔巴图不但没上前去劝父母，还躲到了牛粪堆后面。他害怕了，不敢出来了。

哈布尔玛夫妇大嚷小喊地吵了好一阵子之后，巴尔齐德贵甩着手，沙沙地踩着满院的落叶就从院门走了出去。

看着此情此景的依乃扎布轻轻嘟囔了一句："罪孽呀，罪孽。"

八

深红色的雪佛兰在树林中若隐若现着渐行渐远。看到远去的车影，哈布尔玛的身体不由自主地颤抖了一下。她知道自己的男人又犯"七天之痒"的老毛病了。这不等于是平静的日子忽然遭遇到了西伯利亚寒流吗？

"死吧，死吧。拿去喂狗吧。"哈布尔玛喊道。

奥齐尔巴图倍加小心地走近僵硬的死牛跟前，要把绳子从下面塞过去，费了半天劲儿也没成功。

"你要干什么？"哈布尔玛冲儿子喊道。

"不是让拿去喂狗吗？"奥齐尔巴图攥着手里的绳子不知所措地看着母亲。

"傻啊，你。"

落在房檐下的两只麻雀被哈布尔玛的喊声吓跑了。

奥齐尔巴图哆嗦了一下，手里的绳子掉在了地上。

哈布尔玛的脸抽搐了几下。她向儿子轻声说道："行了，儿子，咱俩弄不动，叫几个人来帮忙，拉到南边的农村卖给农民吧。"

"我爸你俩别吵架了。"儿子蹲下身子，用掌心捂着脸哭了。

哈布尔玛勉强装出笑脸走到儿子身边，摸了摸他的头，拍掉了落在他肩头上的一片落叶说："儿子，你是大男人了，就快娶媳妇了。别像孩子似的哭了。我把你爸惹恼了。你爸他也够可怜的。唉……"长长地叹了一口气。

哈布尔玛打了好几通电话，也没找到帮忙的人。最后还是拨通了萨仁图雅的电话。

萨仁图雅说："有上门收购的，没必要拉到那么远去卖。我打电话把他们叫来吧。你别着急。"

太阳快落山的时候来了一辆车把死牛给拉走了。哈布尔玛攥着五张百元钞票只觉得嘴里发苦。她长长地叹了一口气，把五张票子蔫蔫地揣入内兜后来到了仓房。麻袋里的狗饲料明显见少了。她家养着两条狗，公公又带来了两条狗。她一撮一撮地往桶里添着饲料给狗拌食儿。搅动一下觉得放少了，再搅动一下又觉得加多了。这是她的习惯性动作。给牛扔草时她也这样。看一眼，觉得给多了，赶紧往回拿一半。再看一眼，又觉得给少了，再从拿回来的里边添一把。往桶里一撮一撮地添饲料搅拌时她心想：连喂狗的破饲料我都这样省着用，是不是有些变态啊。忽然觉得特别烦躁，把手里的勺子撇了出去。

她又一次长长地叹了一口气。一万五买回来的二岁子牤牛只给她换来了五张票子。比这更难受的是，每次遇到急事难事，他们家连个帮忙的人都找不到，真是人脉耗尽啊。

刚才她跟儿子抬不动那头死牛，想叫娘家弟弟来帮忙，但是没敢给他打电话。弟媳妇前几天来家里，说是庆祝装修房子，给她扔了一百元，还是两张五十的。哈布尔玛明镜似的知道，弟媳妇不是来贺喜的，是来寒碜她的。去年弟媳妇过三十六岁本命年，哈布尔玛的礼物就是两张五十元。

为了草牧场哈布尔玛跟娘家亲戚摩擦不断，早就不怎么走动了。父母去世之后，她跟娘家人更是越来越疏远。真是因小失大。估计这辈子都不可能跟娘家人修复和好了。

有一次她家的拉草车，过渡口时陷车了。哈布尔玛打了好几个电话都没找到肯为她家出力的帮手。正在搓着手着急时萨仁图雅只打了一通电话就叫来了好几辆车。前天有人来借她家的牤牛。现在不让养牤牛，在霍日格艾里却有几家在偷着养。艾里还有个不成文的规定，需要的人家给一百块钱就可以借去用。

哈布尔玛家的牤牛却从不往外借。他们知道一旦被配种站的发现了会引来一连串的麻烦。可是那天那个人来她家央求了好半天，所以就借出去了。不巧的是他们在路上偏偏被畜牧站的人给抓着了。萨仁图雅东南西北地打了好几通电话，才好不容易把这头牤牛给他们要回来。

事后苏德毕力格夸赞起了萨仁图雅："还是嘎嘎嫂面子大呀。"

哈布尔玛却顺口说了一句:"人家长得好看不是吗……"

苏德芒莱就说:"以后人们会贫穷到除了钱啥也没有。"

"只要有钱,还怕没有其他东西?"

"有钱就能拥有一切?蠢话。以后稀缺的不是钱,是人。"

哈布尔玛倒着狗食儿,不由得想起了那天跟苏德芒莱曾经这样辩论过。

她把四条狗喂完之后来到了牛圈的小推车跟前。车里依旧堆着满满的粪土,铁把手冰凉冰凉的,她不禁打了个寒战。

巴尔齐德贵他俩是要倒这车粪土时吵起来的。想到当时的情景哈布尔玛真想把这个小推车给掀翻了。但她看见了儿子在晚霞中牵着马回来了,于是就忍住了。

"就算人脉耗尽了,我家的日子过得也不错。他们不愿意来是因为眼红嫉妒我们过得富裕。我们的财富是用劳动换回来的,又不是抢来的。我们只是不舍得花钱,要是像萨仁图雅那样舍得花钱,我就不信找不到帮忙的人。哼,等着瞧吧,有钱能使鬼推磨。这车粪土先不倒了,大晚上倒灰不吉利。"哈布尔玛这样想着笑容满面地向儿子走了过去。

奥齐尔巴图拿着装了几块石头的破脸盆把这匹马给骗回来了。哈布尔玛走过去时,这匹灰马打着响鼻,蹬着有力的四肢,把地上的土皮都给刨起来了。

奥齐尔巴图又晃了晃盆里的石头,灰马抬起头伸着脖颈低声嘶鸣了一声就跟着他走了过去。

"牲畜这东西真可怜,它跟我来的时候并不知道放在盆里的是石头。每天被我这样骗,它都不知道。请你不要怪我啊。"奥齐尔巴图往盆里扔了几把黄灿灿的大玉米粒,顺着它的脖颈、后背、后胯挠了又挠。

"看它有多威风。这一冬要是让它在野外自由活动,没准就会成为谁都制不住的家伙。"哈布尔玛虽然在说马,目光却一直在儿子身上。

她满是疼爱地盯着儿子的背影心想:我的这个儿子长得可真像他

爸啊。淤积在内心的那股火气渐渐消散开去。

大家都说哈布尔玛有文化。她自己也说就差那么一点点没有迈进大学门槛。其实她只读了三个月的高中。

在她十八岁那年，她父母就给她把婚事订下来了，要把她许配给她舅舅的儿子。初中毕业后刚回到家，她就发现母亲背着她悄悄地缝被褥。几个姐姐就是这样被嫁出去的，她猜到这次轮到自己了。她不想跟姐姐们一样，毫不知情地被蒙上脸，哭哭啼啼地嫁给不喜欢的人。于是就问母亲："你们是不是要让我嫁人呢？"母亲张了张嘴没说啥。她又问："要把我许配给谁？"母亲支吾了好半天才说："你表哥。"

第二天她就坐上艾里的拉盐车离家出走了。那是由好几辆四驾马车组成的拉盐车队。哈布尔玛坐上马车之后跟驾车的叔叔说："您把我放到旗中学门口吧。"这个叔叔却把车停在了小学门口。

哈布尔玛没有害怕也没有退缩。她知道害怕和退缩的结果只有一个，那就是回家给表哥当媳妇。"表哥娶表妹，亲上加亲？我才不想亲上加亲呢。"她呸地吐了一口，在小学校园里闹腾了好一阵子。后来有位老师把她送到了旗高中。

就这样旗高中的高一班里多了一名胖乎乎的小黑姑娘。

她没有注册，也没有课本，每天趴在光秃秃的课桌上上课。刚好混了一学期，就听到表哥退婚的消息，这才敢回家。她有名无实地只当了一学期的高中生，却用实际行动改变了命运，成功摆脱了包办婚姻。

第二年她就跟巴尔齐德贵结婚了。要说在这之前，哈布尔玛并没有在意过巴尔齐德贵。

秋高气爽的一天，哈布尔玛在河边洗衣服。巴尔齐德贵赶着一辆驾着一对黄花牛的水车，拉着大铁桶来河边取水。

巴尔齐德贵一桶一桶地取着，很快就把车上的大铁桶给装满了。

坐在近处洗衣服的哈布尔玛看到巴尔齐德贵不免有些惊讶，觉得他越来越英俊，越来越有男人味儿。看那拉水的动作多干练，是那么麻利那么优美。她仿佛看见了英姿勃发的男子驰骋在马群中央，伸出套马杆以灵敏的动作将一匹生格子马套住的画面。

拉水车走远了，铁桶里还荡漾着水波呢。哈布尔玛站在河边一直目送到看不见为止。于是轻声喊道："我要给这个人当媳妇。是的，我要嫁给这个男人。"看着头顶上鸣叫的百灵鸟和身边芬芳四溢的花草不由得羞红了脸。

打那天开始巴尔齐德贵每次来拉水，哈布尔玛都会出现在河边。巴尔齐德贵赶着牛车来的时候，哈布尔玛已经端着洗衣盆，抱着包袱皮里的衣服在河套边上站着呢。

"嘻嘻，才几步远的路程，也不至于赶着两驾牛车来呀？"哈布尔玛最先挑起了话头。

"这两头三岁子牛不让套扣绳，这样使役一阵子就听话了。以后垦荒或游牧，也能听使唤。"巴尔齐德贵站在老远处用鞭子指着两头牛说。

"哎哟，肯定是你驯的吧？牛脾气不小呀。"

"不是我驯的，是苏德巴特尔驯的。他驯的牛脾气都不好。"

"把所有不是都往别人身上推，可不是男子汉的性格。"

"不是，我说的都是实话。"巴尔齐德贵着急地辩解道。

哈布尔玛看见他被自己冤枉后那么着急，也跟着急了。于是就问："你驯的牛脾气咋样？"

"我驯的牛？脾气倔，个个都是倔脾气。"哈布尔玛听到后欢快地笑了起来，笑声一直在河边回荡。

哈布尔玛故意离开河边去洗衣服，因为这样的话巴尔齐德贵就会给她送水来。一来二往她就让他把衣服拿到河边，开始给他洗衣服了。巴尔齐德贵穿在身上的衣服越来越干净，衣领越来越白。这时两个年轻人已经开始谈婚论嫁了。

那年秋天风和日丽。

哈布尔玛告诉妈妈自己有心上人了。巴尔齐德贵却难以向爷爷和爸爸开口说想结婚这件事。哈布尔玛就给他出主意："你请却吉阿爸给他们去说。咱们艾里的年轻人都找他做媒人呢。你先告诉他，再让他给你爷爷和爸爸传话不就得了吗？"

他俩结婚了，一连生了三个孩子。

"我驯的牛？个个都是倔脾气。"这句话原原本本地道出了巴尔齐德贵的缺点。一生气就要驴脾气，离家出走好几天才会回来。

我难道看错巴尔齐德贵了吗？

没有。

"他再折腾也逃不出我的掌心。"哈布尔玛自言自语着不禁笑出了声。

吃晚饭的时候，哈布尔玛母子俩怎么也找不见依乃扎布老爷子。他俩怎么会知道老爷子这会儿已经回到了自己的家，在朦胧的灯光下坐着呢。

九

燃烧的火。

大火包围了整座山林，冒着黑烟的熊熊火焰肆无忌惮地扩张着，使周遭变成了一片火海。

哈布尔玛拼命地往家跑。热浪扑面袭来，呛得她喘不过气来。

"拦住哈布尔玛。不能顺风跑，太危险了。"

有几个人跑过来把她拽住了。

"钱，钱……"

"钱啊……"

哈布尔玛在自己的喊声中惊醒了。

原来是梦。醒来时她发现自己躺在炕上，身上的被子被踢到了一旁。

没拉窗帘，下弦月仿佛就挂在窗口上方。

月光照在脸上才会做如此奇怪的梦吧。知道方才发生的是一场梦之后，她长舒了一口气，心口却依旧怦怦直跳。

于是翻身下地，拉上窗帘，打开了灯。

她向门口警惕地看了一眼，又听了听外面的动静，这才谨慎地来到了后屋。

又听了听外面的动静，这才动手挪衣柜。衣柜几乎是空的，就挂着那么两三件衣服。

挪动衣柜时发出了吱嘎吱嘎的响声，她吓了一跳，连忙用手捂住了嘴，然后才把衣柜缓缓推到一边。下面的地板露出来了，她盯着这块铺着瓷砖的地板看了一会儿，觉得没有任何可疑之处，这才长舒一口气，将地板砖掀开从里面拿出一块砖，一个黑洞就出现在眼前了。

她趴在地上把手伸向这个洞，摸到了存钱的保险箱，确认保险箱的铁板和保险锁安然无恙，这才站起来，把砖头按照原样放好，将衣柜挪了回去。高高地抬着双腿，好像是怕被地球给吞进去似的，她蹑手蹑脚地回到了卧室。

唉，真让人发愁。我的三个儿子呀，你们赶紧结婚成家吧。你们把该花的都花了，我也就放心了。哈布尔玛想着这些事情，已无睡意。她不相信银行。把钱存在别人口袋里，哪如攥在自己手里放心。她忽然觉得床铺在摇晃，还发出了吱嘎吱嘎的响声，便赶紧坐了起来。这是要地震？还是要山崩？发洪水该怎么办？房子被冲走了怎么办？耗子把我的钱掏了怎么办……钱、钱……哈布尔玛睡不着了，她听着外面的风声、树叶的沙沙声，辗转反侧无法入眠，数着时间好不容易挨到天蒙蒙亮就起床了。她来到屋外，仰头望向天空，若隐若现的星光在渐渐隐退，暗淡的下弦月挂在天边忽隐忽现。

她开始喂羊喂牛，忙活出了一身汗。散发着柔光的太阳从高高的山顶缓缓升起来了。这么冰冷的季节，我竟然担心发生洪灾。她想到了自己在夜里所担心过的问题觉得很可笑。夜里产生的那些可怕的念头，白天回想起来有时真像笑话。

哈布尔玛在家跟儿子费劲巴拉地处理那头死牛的时候，巴尔齐德贵却坐在人家的酒席上畅饮美酒。

巴尔齐德贵有个"七天之痒"的老毛病。这个毛病一年会犯那么一两次。只要跟老婆吵架，他就会离家出走，消失七八天之后才会回家。

这次从家出来之后，他几乎一场不落地坐了各种婚席和新房席。兜里一分钱都没揣，便叫苏德巴特尔给送来了一些。

"嘿，哈布尔玛的男人，过来，过来。你是怎么溜出来的？"

"大家快看，这个圈养的家伙被放出来了。好可怜啊，毛色发乌气色无光啊。"

"哈哈，哈哈，圈养的家伙？这个形容非常到位。"

"你是从墙窟窿里钻出来的吧？来来来，咱们喝酒。今天你可不是哈布尔玛的男人，是巴尔齐德贵。巴尔齐德贵是个人，还是个大男人。大男人不能不喝酒，不能不跟亲戚朋友来往走动。"

巴尔齐德贵刚掏出一根烟，有人立马就说："嘿，嘿，哈布尔玛的男人，你老婆同意你抽烟了吗？你这是不想回家了？别抽了。你老婆今天批准你抽几根？千万不能超标啊，小心被夫人敲脑袋。"

还有人说："抽一根烟手还哆嗦什么呀。心疼钱了？"

巴尔齐德贵这次却掏钱请客了。他痛痛快快地"大方"了一把，换了好几个馆子请朋友们吃了好几顿。

喝也喝饱了，浪也浪够了，得回家了。哈布尔玛的男人再怎么要驴也不能不回家呀。自由自在地在外面混了七八天之后，巴尔齐德贵还是回来了。

下雪了。雪花微微地飘着，天气却很冷，冷得手指肚像被扎着了似的疼。秋天的脚步渐行渐远，随着这场微微飘落的雪，冬天在一夜之间骤然降临。牛和羊仿佛无法接受这样的突变，团着身子找背风的地方取暖。

巴尔齐德贵鬼鬼祟祟地拉开结实的大铁门刚一进院，就看到了哈布尔玛。哈布尔玛从墙头上一捆一捆地往里扔草料。随着初雪的来临，给牛加饲料的活计将会持续一个冬天。

哈布尔玛没有戴头巾，也没有戴帽子和手套，头发被风吹散了。她一口气扔了十来捆草，仿佛是累了，杵着二齿叉子站了一会儿，就往墙头上爬，爬了几次都没爬上去。巴尔齐德贵看到这一幕心里一下子就软了，从心底深处霍地涌起了一股强烈的自责感。唉，我还算男人吗？她也可以像我似的啥也不管，扔下这个家回娘家自由自在地好好轻松几天呀。她却从来没有这样过。我可怜的老婆哈布尔玛。

　　哈布尔玛十九岁上嫁过来之后，为了让这个家蒸蒸日上，一直不停歇地奔忙劳累。自从巴尔齐德贵的母亲去世，他们家就过上了没有女人的生活。哈布尔玛进门后，这个家庭才算有了家的样子。他俩婚后的第二天早晨，巴尔齐德贵看见哈布尔玛屈腿坐在图拉嘎的左边，也就是母亲常坐的那个地方用牛奶兑茶，顿时无比地想念过世的母亲。那一刻他鼻子发酸一股暖流涌入了心间：我的爱人，你将在我家度过余生。我会好好地爱你一辈子。新婚妻子给爷爷、父亲、自己和弟弟们挨个盛茶时，他仿佛看到了黎明时分母亲掀开幪毡时屋里就会出现的那一道明亮的光芒，感到整个房间、整个生活都亮了起来。从那天开始，二十多年以来，妻子没有一天不早起生火，没有一天不操劳辛苦。

　　他俩那时跟爷爷、父亲，还有弟弟们挤在一个蒙古包里住。

　　"我要睡在新人旁边。"弟弟们都愿意睡在妻子两旁。新婚的巴尔齐德贵总是"抢"不到新婚的妻子。

　　"大哥夜里往新人的被窝里钻来着。"吃早饭的时候，不是苏德毕力格就是苏德莫日根会说起这样的话题。哈布尔玛害羞得两个脸蛋像燃烧的火一样通红，碗里的奶茶都洒到衣服上了。

　　有天傍晚，为了准备第二天早上兑茶用的牛奶，哈布尔玛要去牧场挤没有停奶的空怀乳牛，巴尔齐德贵也要去看马，他俩错身而过时，哈布尔玛对巴尔齐德贵说："晚上咱俩住篷车吧。"声音不高却非常清楚。性格腼腆的巴尔齐德贵怎么好意思在家人的眼皮子底下抱着妻子在篷车里过夜。可他回来时哈布尔玛已经在马桩上等他了，他刚下马就牵着他的手走向那个篷车。篷车里存放着油、肉、粮食等许多生活用品。他俩晚上把东西搬出来腾出睡觉的地方，早晨再把东西搬回去。即使这样他俩都很开心。早晨醒来，有时打霜的被子都会粘在脸上。就这样新婚燕尔的两个人在篷车里住了一冬。

　　到了春天接羔时节，弟弟们又跟到篷车里跟哥哥嫂子凑热闹来了，真是让他俩哭笑不得。牛喜欢在车辕上磨蹭身子，他们的篷车在夜里就变成了摇篮。春天的暖阳下，哈布尔玛将毛毡、皮袄等拿出来晾晒。巴尔齐德贵从车辕和横掌上摘下牛毛团成团给弟弟们。弟弟们也学着他从车辕和横掌上一边摘着牛毛一边问："牛为什么喜欢在车辕上磨蹭身子？"小两口看着彼此心领神会地笑着，巴尔齐德贵就说："捣乱呗。跟你们一样都是捣蛋鬼。"苏德巴特尔结婚时，他俩才分出来单过。

巴尔齐德贵趁哈布尔玛不注意，出溜一下就溜进了羊圈。

浓烈的粪便味儿向他袭来。二百多头羊羔从栅栏里探出黑花小脑袋在吃草料。他们将羸弱的羊羔买回来，饲养一段时间再卖出去。以这种方式饲养羊羔已有七年。

这个八百多平方米的棚圈很暖和。两排铁栅栏面对面地被安装成若干个小格子，里面单独圈着羊羔。每只羊羔一天喂一斤八两的育肥饲料。按时喂按时饮。一个羊羔能有三四百元的纯收入。冬春两季圈养，夏秋两季就可以在草场上放牧了。到那时就没这么多活儿了。冬天接羔最累人。只要开始下羔，夜里几乎连睡觉的工夫都没有。两个人轮流往这个棚圈里跑。头一年的时候损失很大，由于缺乏经验，冬天下的羊羔几乎都夭折了。盖棚圈投入了五十多万，又损失了那么多只羊羔，夫妇俩差点给急死。巴尔齐德贵那段时间都落下了尿频尿急的毛病，一天得尿二三十次。不尿憋得不行，夹着腿跑去尿，又尿不出来。哈布尔玛虽然没得巴尔齐德贵那样尿频尿急的病，却整夜整夜睡不着觉，魔鬼附体了似的一到夜里就进进出出地走来走去。脚后跟都冻裂了，流着血一瘸一拐地走路。他们夫妇俩却没有倒下，也没有欠账。没让任何人知道所面临的问题，常常是在夜里把死去的羊羔拉出去扔进深沟里。他们两口子挺过了这个难关。幸亏那时牛羊价还比较高，所以在第二年就把本钱赚回来了。虽然赚了不少，他俩却比同龄人提前衰老了十年，这样说一点都不为过。

这个主意是由哈布尔玛拿的。她说："咱们把马和山羊都卖了，再减少减少牛的头数，专门饲养绵羊羔吧。"巴尔齐德贵当时有些犹豫。他们家从祖上只知道放牧四畜①，却从没做过买卖。妻子忽然说

---

① 四畜：马、骆驼、牛、绵羊、山羊为五畜。这里所说的四畜中没有骆驼。

要做买卖，他好像看见了带犄角的兔子、有毛的青蛙似的惊讶地看着妻子。哈布尔玛既然决定要这么做，谁都无法阻止她。她说："买卖这东西不是由人来做的吗？怎么不行？"于是就果断地行动起来了。自从饲养绵羊羔以来，他们家一到二月就能坐在家里数一沓一沓的钞票，结束了那种只有在秋季才能存下人民币的日子，还在城里买了两处仓库。一处仓库的所在位置恰好在城市建设规划用地里，因此获得了近一百万的征地费。哈布尔玛用这笔钱，学着萨仁图雅放过高利贷，由于麻烦不断，后来就不放了，在城里又买了两处一百多平方米的临街楼房，租出去吃租金呢。

奥齐尔巴图往右手边的水泥槽扔了几把饲料，他快把羊羔喂完了。巴尔齐德贵从他手里拿过搅拌棒说："给我吧。你去帮你妈吧。"

奥齐尔巴图刚走没一会儿，哈布尔玛就笑盈盈地来了。

我得忍着，她怎么骂我，我都不能吱声。巴尔齐德贵看见妻子往墙上爬的时候就在心里这样想好了。他知道自己跑出去"自由放飞"回来后，从老婆嘴里听到的刻薄话，肯定要比他喝了好几天的苦水多好几百倍。

哈布尔玛不但不骂他，还满面笑容地说："怎么样？这七天玩得挺红火的吧？"

这是什么情况？巴尔齐德贵心里咯噔一下，观察着老婆的一举一动，特别提高了"警惕"。

吃晚饭时，哈布尔玛跟往常一样，往公公、丈夫、儿子的碗里盛了大块大块的牛肉，唯独没给自己盛。这倒不奇怪，是她的习惯之一。

睡觉时，她把叠得整整齐齐的衣服拿过来，放在了巴尔齐德贵的枕边。衣服散发着洗衣液的味儿。哈布尔玛每次洗衣服都是先往他的衣服上抹洗衣液，再往儿子的衣服上抹，然后用给他俩洗衣服的泡沫水洗自己的衣服。

她把巴尔齐德贵脱下来的衣服拿出去扔到了洗漱间。

巴尔齐德贵好像刚刚才知道，自己穿的名牌和妻子穿的便宜货之间的差别，盯着那些衣服看了好半天才点着了一根烟。哈布尔玛拿来烟灰缸，给他放在他那边的床头柜上。巴尔齐德贵感到非常意外。

把房子装好之后，他就不能在屋里抽烟了，想抽烟就得去厨房或者是门厅。今天都违反规定了，哈布尔玛也没有生气。

巴尔齐德贵实在憋不住了，拉住正要换被罩的哈布尔玛问："你这是怎么了？发生什么事情了？你别吓唬我。求你了。快告诉我吧。"

哈布尔玛向他瞪着那双难看的眼睛说："怎么了？我不懂你在说什么。"

"不是，你，你为什么不骂我，反倒……"

哈布尔玛盯着他那张充满惊疑的脸庞哈哈笑了起来。

"我没有生气呀。"哈布尔玛止住笑说，"儿子的对象要成了。"脸上堆满了笑容。

"哪儿的？"

"乌孙·额黑艾里的。"

"行啊。我几天不在家，你们就让我听到了如此高兴的消息。"

巴尔齐德贵笑呵呵地用手掌捂住胸口说："喜事呀，喜事。我一直担心你不定怎么惩罚我呢。闷葫芦似的等待惩罚的滋味可真不好受。"

哈布尔玛笑着说："苏德芒莱给介绍的。这事挺顺利的，咱儿子过两天就要去相亲。对方是苏德芒莱喜塔尔棋友的女儿。哼，我就要当婆婆了，不跟你一般见识。过不了多久还要当奶奶呢。你也是，要当爷爷的人了，快改改你那个臭毛病吧，不要动不动就往外跑。以后可不能让儿子儿媳妇看咱俩的笑话呀。"哈布尔玛边说边换起了被罩。

"苏德芒莱？就他？"巴尔齐德贵拉着长音问道。

"刚开始我也没怎么上心。心想苏德芒莱认识的那些人没个正经的，说起来之后才知道那姑娘的母亲是我同学，我这才上心。人家挺好，日子也殷实，是本分人家的孩子。"哈布尔玛说着就走了出去。

巴尔齐德贵声如洪钟般说道："认识的话就更好了。哎哟，你刚四十出头就要忙着当奶奶，我可不愿意这么年轻就当爷爷。"

巴尔齐德贵抽完烟就钻进了被窝。

"还是自己的窝好。住宾馆和别人家，根本歇不过来。"嘴里嘟囔着刚抱起哈布尔玛的枕头，哈布尔玛就披头散发地进来了。

"这么晚了你还要洗头吗？"

一头黑发散落在哈布尔玛的脸上，跟她的黑脸连在一起了似的，看起来非常可怕。

哈布尔玛的嘴唇在哆嗦。巴尔齐德贵觉得有些不对头，呼的一下就坐了起来。

哈布尔玛走近他展开了手掌。巴尔齐德贵看见了她手掌里的银簪子。他当时看见这个银簪子时，镶嵌在上面的那颗淡黄色的珊瑚是那么地好看，现在却觉得那颗珊瑚像炸弹一样可怕。

"说吧。"

巴尔齐德贵只觉得后背发凉。

"捡的，从……"巴尔齐德贵结结巴巴着盘腿坐在炕上，想点烟又觉得这时不该抽烟，神情十分慌张。

他说："捡的。吃婚席的时候从卫生间捡的。看着像老东西就拿到手里想归还给失主。我让婚礼主持人用麦克风喊了好几遍，把手机号也留下了。在我喝得正热闹的时候，失主来电话了，是个女的。说是回家的路上才发现把簪子丢了，正在着急着不知如何是好，她朋友给她去了电话。"解释了来龙去脉之后又说，"那个女的说，让我好好保存着，这是她婆婆给她的，她丈夫要是知道被她弄丢了就麻烦了。说是下次去苏木时找我要，人家还说要摆一桌，表示感谢。"

巴尔齐德贵没有撒谎，说的全是实话。这个簪子的确是捡的，的确是从举办婚宴的那家饭店的卫生间里捡的。

哈布尔玛怎么会相信呀。她叉着腰站在他面前冷笑道："揣在内衣口袋，捂得挺严实啊。还有几根黄头发丝，一看就是年轻女人的东西。别撒谎了。人家把这么贵重的东西都送给你了，肯定是爱你爱得不得了吧。不愿意这么年轻就当爷爷？原来是在热恋啊。你这当爹的比你儿子还厉害，太厉害了。"

巴尔齐德贵一下子就蹦起来了。他把抱在怀里的枕头撒到一边说："就是捡的。你见过哪个女的给男的送过簪子？你想想吧，傻呀你。不信的话，现在就给那个女的打电话。"

"自己省吃俭用，却总给我姐夫买名牌穿。买个打火机都给姐夫选最独特的，最好看的。你太傻了，你的一片苦心，姐夫领情吗？把自己的男人打扮了一圈，都给别人家的女人打扮了。"哈布尔玛的妹妹有一次这样骂过她。

她却说："嘻嘻，巴尔齐德贵才不是那样的人呢。"

哈布尔玛知道艾里的大姑娘小媳妇都愿意对自己的男人抛媚眼。可她坚信自己的男人绝不会逾越"那道墙"。她和巴尔齐德贵去苏木或旗里时，经常会遇见年轻女人向他献暖昧。她坐在车里看着她们叫着"巴尔齐德贵哥哥"作撒娇状时，非但不生气心里还洋溢着一种幸福感：你们往死里喜欢的这个男人是我的丈夫，是哈布尔玛的丈夫。哈布尔玛的丈夫不但有钱，人长得还英俊，而且只爱哈布尔玛一个人。你们就别惦记了，白搭，也只有看看的份呗。这样骄傲的同时，偶尔也会沮丧。我长得好看一点该多好。那样的话我的巴尔齐德贵会更加骄傲自豪有底气。巴尔齐德贵也有这样的遗憾吗？

有一次哈布尔玛故意逗他：

"你刚才看那个女的了，看着她的奶子眼睛都直了。我也会有那样的奶子，像乳牛的大乳房似的奶子。那时我可不让你碰，给苏木领导送福利去。咱家的钱好像少了五百，你是不是偷着拿去给哪个女人买靴子了？"说完前仰后合地笑个不停。

哈布尔玛偶尔也怀疑丈夫跟哪个哪个胸大的女人如何如何了，任凭想象瞎编一些富有罗曼蒂克色彩的小故事强加于他，纠缠着让他发誓不爱别的女人。被折磨好几天的巴尔齐德贵向她发誓的同时，像个小孩儿似的向她央求，并扎进她怀里撒娇着说："我只爱你。"这个时候哈布尔玛就会感到无比幸福。

我的男人肯定也喜欢漂亮女人。哈布尔玛想到这个心里会不舒服，所以就去文了眉毛还做了双眼皮。不承想非但没有变漂亮，还成了大家茶余饭后议论的笑料。那个痛苦只有她自己知道。有时她真想拥有一对花乳牛的乳房似的大奶子，但是她也知道那是危险性极大的手术。巴尔齐德贵听说她有这个想法时就对她说："我的小奶奶，你快算了吧。你的奶子没有花乳牛的大，你却比花乳牛牛×。你用母乳养育了三个儿子，没让他们挨饿，给予他们最富有营养的母乳，把他们喂得白白胖胖，养得健健康康。你再看看现在这些小媳妇，胸倒是不小却没有母乳，连孩子都奶不饱，全靠奶粉喂孩子呢呀。"

现在她却站在闪着亮光的装修一新的卧室，站在铺着绸缎被褥的高贵而漂亮的床铺跟前哭泣。

巴尔齐德贵从她手里拿过那个簪子放在身边的小箱柜上说："别把人家的东西弄出划痕。咱俩明天就去找那个女的，给她送去。你见着她就知道是真是假了。"

哈布尔玛啥也没说只是擦了擦眼泪。

巴尔齐德贵更着急了："不是，你，你别哭了。我怎么说你才相信？行了，行了。是那个女的给我的，行了吧？"说着给妻子擦起了眼泪。哈布尔玛破涕为笑，把脸贴在丈夫的胸膛："别瞎扯，没人稀罕就要当爷爷的人。"她像恋爱中的小女人似的撒着娇，一只手顺着丈夫的身体向下滑去。

"以后不许这样吓唬我。知道不？看看自己的样子吧，披头散发，呜嗷喊叫，太吓人了。"

"哎呀，知道了，知道了。我刚才都蒙了，糊涂了。跟年轻女人……凭着感觉想象出来的。"

"还凭感觉，还凭想象，你可真行。"巴尔齐德贵抚摸着妻子的头发，"你等会儿，我洗洗就来。"把妻子的手从自己"坚硬"的部位上挪开后就要下地。

"我还没洗衣服呢。"哈布尔玛说。

"别说扫兴的话。"

哈布尔玛齉齉着鼻子撒娇道："洗啥呀。是想找借口洗掉粘回来的脏东西吗？"

"那当然。"走到门口的巴尔齐德贵转过身来看着妻子笑了。

巴尔齐德贵回到屋里时妻子靠着枕头正在数钱。

"卖二岁子牤牛和零零碎碎卖羊羔的，加起来正好是四千。"

猴急的巴尔齐德贵穿着三角裤衩不等妻子数完钱就拽着她的手

说："行了，行了。明天的事明天再说。今晚的事……"说着就扒妻子的衣服，妻子却忽然喊了声"哎哟"，他不小心碰疼了她那有风湿的手。

"唉，这钱就别存了。明天去医院看看手吧。戴红铜手镯、贴膏药哪能祛除病根。还是去好好看看吧。"巴尔齐德贵轻轻地摸着妻子的手吹了几下。

"唉，我没事，也不是什么大病。还是先给儿子张罗买楼房的事吧。"

"行了，行了，越说越远。"巴尔齐德贵上去就把妻子压在了身下。

"数钱的手，还没洗呢。"从他身底下传来了哈布尔玛断断续续的声音。

"不用你的手。"巴尔齐德贵喘着粗气说。

"等会儿。"哈布尔玛忽然将巴尔齐德贵推下身子坐了起来，"忘了给儿子们转钱了。钢巴图说明早都没有吃饭的钱了。"她光着身子下地，穿上丈夫的大拖鞋，从电视柜上拿来了手机。

巴尔齐德贵点着一根烟，皱着眉头看着哈布尔玛戳手机。

"别抽了。"哈布尔玛说。

巴尔齐德贵没有吱声。

"给两个孩子各转五百行不行？"

巴尔齐德贵还是没吱声。

哈布尔玛看了一眼巴尔齐德贵，把钱刚一转完就笑着钻进了他的被窝。

丈夫的家伙却"睡着"了，怎么捣鼓都没有成功。

"行了，累了，睡吧。"巴尔齐德贵叹了口气把身子背了过去。哈布尔玛从他身后抱着他说："老了吧？不得不承认吧？"

"谁老了？还年轻着呢。"巴尔齐德贵转过身来又抱住了妻子，可是不到一分钟就结束了。

最近他总是这样。"我难道真的老了吗？"巴尔齐德贵兴致不高地坐起来，把刚才抽了半截的烟点着了。

哈布尔玛也下地了。她穿着白色的内衣内裤去洗漱间洗刚才脱下的衣物。说是洗衣服，其实不用她动手，摁下洗衣机的按钮就行了。

过了一会儿她把洗好的衣服和被罩展在热地板上，往锅炉添了些煤，这才哆哆嗦嗦地打着寒战钻回被窝。

"三个儿子啥时候结婚，咱俩才能完成任务。早喽。"哈布尔玛又说，"咱爸真是个怪人。小牤牛撑死那天，谁也没责怪他，他却吓唬起咱们来了，自己偷着跑回去了。我好说歹说才把他劝回来，回来后不吃不喝地又闹了好几天。真是的。

"人老了真奇怪。他每天席地坐在狗窝前面跟他的那两条狗说话。

"他熬得茶太酽了，苍蝇掉进去都拔不出脚来。就这么几天半块砖茶没了。还以为你把那剩下的半块收起来了呢。家里前几天来了那么多买羊羔的人，咱爸当着那么多人的面，攥着牛奶袋子就喝。真丢人。我包的饺子他不吃，萨仁图雅送来的，他就吃。"

"嘿，跟你说话呢。"哈布尔玛往丈夫的后胯上踹了一脚。

"听着呢。"

"我说啥了？你重复一遍。"

"能说啥呀。三个儿子、公公、钱，老三样。"

哈布尔玛笑了。

"对了，你从家走的时候也没带钱呀，这几天是怎么过的？问别人借钱了吧？借出债来我可不管，从家里一分钱都不能拿。知道了吗？我刚才数钱发现少了几百元，是不是你偷的？

"不是，不是你。是咱爸。咱爸把钱偷走后给你送去了。有天晚上怎么找都没找见咱爸，肯定是给你送钱去了。你就坦白吧，咱爸偷没偷钱？"

巴尔齐德贵吹着烟圈，摸着自己的"宝贝"正在思忖心事，忽然听到"咱爸偷钱"这几个字，把烟头撤在地上就问："你说什么？"

"哇，你也不是聋子，没听见我说的吗？咱爸是不是偷钱了？"哈布尔玛从上面看着丈夫笑着说。

巴尔齐德贵一下子就把妻子推翻了，他脸色煞白地瞪着眼珠说："咱爸怎么可能偷孩子们的钱？"

哈布尔玛笑着拧了拧丈夫的耳朵说:"开玩笑呢。疯子。"

巴尔齐德贵甩开妻子的手说:"开什么玩笑也不能说公公是小偷吧?把钱拿来,再数一遍。家里的钱要是真少了,那可得好好检查认真处理。"

哈布尔玛生气了。

"说句玩笑你还当真了?你难道吃火药了吗?让我说你心里肯定有鬼,跟那个女的有不明不白的事情。一句玩笑就能把你气成这样……"

"你怎么说我都行。我知道你对我爸不满,一天到晚不停地说他各种不是。这个我都能理解,他毕竟不是你爸,相处得再好也不是你亲爹。可是你也有三个儿子,也有老的时候,以后也要看儿子和儿媳妇的脸色过日子。所以我奉劝你,不要总说我老爸的各种不是了。"

哈布尔玛觉得眼前都发黑了。巴尔齐德贵从来没有像今天这样劈头盖脸地说过自己。

"你疯了吗?"

"你不能污蔑我爸。我受够你了。我绝不允许你在我眼皮子底下侮辱我爸。"

"受够了?跟我过的这二十来年,你是不是一直忍着,一直委屈着来着?你打心眼里就不爱我,勉强维持着这个婚姻、这个家庭是吧?喜欢上谁了?爱上谁了?喜欢谁、爱谁跟她去呗,跟她滚。"

"你别扯远了,现在说我爸的事呢。当爹妈的人怎么会偷孩子们的东西?这样的话也就从你嘴里才能听到。心不正,才会说这样的话。我要是怀疑你爸妈是小偷,你愿意吗?"

哈布尔玛光脚站在地上跳着喊道:"你爸难道不是小偷?他不是小偷的话,那个偷牛的人是谁?难道是我?要不就是你?"

巴尔齐德贵抡起了大胳膊,手上的红铜镯子闪了一下,哈布尔玛已经在地上打滚了。

一巴掌就把她打翻了。她的嘴、鼻子、耳朵滴着血,血滴染红了白内衣的前襟,也滴在了白瓷砖地板上。

瘦小的哈布尔玛怎能经得住这个大男人的一记大巴掌呀。男人是什么？温顺的时候像绵羊，厉害的时候像虎豹。

巴尔齐德贵僵硬地站在地上愣住了。

过了好一会儿，他才把手举起来，放在眼前端详了又端详。

他不知自己该干点什么是好。

在这么多年的生活当中，他经历过太多的事情，却从没向妻子动过手。妻子却经常向他下叉子、甩套马杆。每当遇到那样的情景他就笑着逃跑了。

巴尔齐德贵以为妻子肯定会来场"疯狂"的报复，便在心里下定决心无论她打雷还是下冰雹，就算刮起白毛风都得接受。

但这所有的一切都没有发生。

哈布尔玛跪在地上将血迹擦干净之后，去洗漱间洗了脸，然后什么事都没有发生过似的回到被窝说了一句：

"过来睡觉吧。"

巴尔齐德贵听到妻子的命令麻利地蹿到了炕上。

这个刚才还像老虎似的男人只凭妻子的一句话就现原形了，又成了渺小、普通、卑贱的哈布尔玛的丈夫。

"咻咻、咻咻、咻咻……"

传来了低声啜泣的声音。

啜泣的不是哈布尔玛，是巴尔齐德贵。巴尔齐德贵贴在妻子的胸口不住地呜咽。

第 四 章

✝

萨仁图雅买红宝石耳环了。

麻雀眼珠那么大的一对宝石耳环。

虽说只有麻雀眼珠大，却是花了三万六入手的价格不菲的东西。

萨仁图雅用纤细的手指把耳环捏起来戴在右耳垂上晃着脑袋看了看，再把左耳的戴上优雅地摇晃着脑袋，欣赏着被宝石照亮的靓丽脸庞。把乌黑的长发也披散下来了。柔软而潮湿的披肩发落在肩头，镜子中的她变得更加年轻漂亮。

萨仁图雅这次把头发焗成了乌黑色。

"艾里没一个人戴这样的耳环。"她轻轻嘀咕了一声，摸了摸手上的红宝石戒指。早就向往拥有一对跟这个戒指一样的红宝石耳环了，现在终于如愿以偿。

她摸着宽松毛衣上的纱领，忽然想起在商场大楼看见的那件貂皮衣。她当时特别喜欢那件标价为九万三的色泽光亮的豹纹貂皮衣。站在试衣镜前试穿时，从那边走过来的苏德巴特尔都没有认出她。

"脱了吧。野生动物忽然窜到人群里了似的，一点也不好看。"苏德巴特尔说。萨仁图雅舍不得脱，恋恋不舍地用手指捏着纽扣，心都在颤抖啊。在试衣镜前左看右看，售货员围着她赞不绝口地夸她身材匀称、长得漂亮、气质优雅，还特别提到红宝石耳环跟这件衣服搭配起来是那么地好看。

苏德巴特尔把买耳环的收据认真地装进了她的手包的内兜里。三万又六千。好像拿在手里的不是一张纸，而是一只小鸟。那谨慎的表情、那小心的动作，好像打开手掌这个小鸟就会飞走似的小心着。萨仁图雅看着他那往包里装收据的动作，缓缓地将貂皮衣脱下了。

为了更清楚地看到耳环所散发的光芒，萨仁图雅拉开了窗帘。

"干什么呀？"坐在屋里的苏德巴特尔说。

苏德巴特尔这时正坐在桌前握着圆珠笔在算账。桌上放着账本和笔纸。圆珠笔在他手里显得又细又小，写在纸上的那些数字也跟他那粗粗的手指一样支棱着，好像随时都有可能从那张纸上四散而逃。

"车、自动门、两头牤牛。每月给羊倌三千，三个月就是九千。牛倌两口子的工钱总共是四千五。一头乳牛掉沟里死了，这个损失得按花销处理吧。"既像是自言自语，又像是在跟妻子商量。

"屋里光线太暗了，还是在自然光下好看。嘿，你看看我，戴这个耳环好不好看？给我拍张照片吧。"唰的一声萨仁图雅把另一扇窗帘也拉开了。

"好看好看。漂亮漂亮。"苏德巴特尔嘴上说着眼睛却没有离开桌上的账本，又说，"对了，把你买耳环的钱也得算进去。"翻着桌上的纸张记下来之后，起身到冰箱跟前找雪糕吃。

"哇，还有两根。总算找到了。"苏德巴特尔举着雪糕给萨仁图雅看。萨仁图雅说："你都没好好看我就瞎夸。真是的，给你这个粗人看啥都白搭。正想吃雪糕来着，就剩两根了吗？哎……"

"给你，给你，都给你吧。我不吃了，我喝茶。"苏德巴特尔把一根雪糕重新放回冰箱，把另一根递给了萨仁图雅。萨仁图雅没有接雪糕。她说："你先给我拍一张照片。"苏德巴特尔把雪糕放在桌角上，擦了擦手就拿起了手机。

"不用你的，用我的苹果吧。你那破手机照得不好看。"萨仁图雅说着就站在了那个鹰雕跟前。手机唰唰响了几下，几张照片就拍出来了。

萨仁图雅来到卫生间，打开灯在灯光下又欣赏了一阵新入手的耳环。红宝石耳环在墙壁上映射出了好多条三角或四角的光柱。

"钱这东西挣的时候像移山般困难，花的时候却像流水似的顺畅。"苏德巴特尔弯下膝盖再次为萨仁图雅拍照时说。

"钱这个东西花出去才是钱，不花攥在手里就是一摞纸。"萨仁图雅边说边把刚才照的照片用微信转发着，还微笑着问那边：

"好看吗？"

苏德巴特尔说："这句名言的原创不是你二大伯子吗？他跟钱财有仇，他说没问题。你最爱的是钱财，你可不能说这句话。"呵呵地笑了笑在账本上写着什么。

"那件貂皮衣一直在我眼前晃来晃去，我就想买，想得都快着魔了。"萨仁图雅微微地笑了一下。

"哪个？"

"那天在商场大楼试穿的。"

"哦，你去年不是已经买过一件六万的了吗？"

是啊，萨仁图雅有三件貂皮衣。她首先想到了去年买的那件绿色的短款立领的。好看是好看，但艾里的一个新媳妇也穿过，她于是就不想再穿了。真是太巧了，那个新媳妇穿的那件跟萨仁图雅的一模一样。

萨仁图雅却没跟丈夫说这事，随口说了一句："六万吗？就你记得清楚。"

"你行了啊，已经买那么贵的耳环了。年前就不要再惦记别的了，还要给干活的人算工钱……"

听到苏德巴特尔的话，吃着雪糕的萨仁图雅忽然扭脸向窗外看了过去。她仿佛又一次看到了苏德巴特尔将那张收据小心谨慎地叠好后怕它飞走似的认真地装进自己手包里的情景，情不自禁地想起了刚结婚时的生活，情绪不免波动起来了。

"从现在开始我每天都做蒙古袍。眼睛瞎就瞎吧，颈椎疼就疼吧。攒够了钱就去买貂皮大衣。"萨仁图雅赌气似的说。

从屋外传来了狗吠声。雪佛兰车在院外停下了。

"擦窗户了吧？真亮堂呀。"哈布尔玛朗声说着，踩着落满黄叶的红地毯向屋里走来。

"嫂子今天怎么有空串门了？还以为是从门前路过的车呢。往里坐，往里坐。"萨仁图雅跟在哈布尔玛身后，又说，"没擦玻璃好长时间了。这几天没起风，所以看着亮堂。"

苏德巴特尔正在通电话，看见哈布尔玛进屋收起桌子上的账本就出去了。

"你的半拉脸肿得真厉害，被马杵着的伤可不容易好了。那年我嫂子也是……"萨仁图雅说。

"这都好多了。刚被杵那会儿这张脸都没法看，紫红紫红的，像猪肝似的。还耳鸣了两天，耳鸣好了就扎着疼。你哥非让我去医院检查检查。去查了一圈也没啥大事，医生给开了口服药。"哈布尔玛又说，"还是你们的这个桌子好看。我们当时也买这样的就对了。"顺着桌边抚摸着大理石餐桌。

"你们装的太阳能好使不？我看看。以前我都没管。这不，钢巴图又来命令了。说是不给他安洗澡的东西，这个寒假就不回家。这些孩崽子真是生在福堆里了。我不喝茶，家里忙着呢。"哈布尔玛像一阵旋风似的在地上转悠着。

萨仁图雅按着她的肩头让她坐下后说："喝完茶再走吧，好久没来了。又不是借火来了，看把你忙的。快改改你这风风火火的急性子吧。"

"真忙着呢。开始接冬羔了，我们连个囫囵觉都睡不成了，还得给咱爸煮中午吃的那顿药。出来时给你哥说，去去就来。我们的车就剩半箱油了，从你们油箱里给我匀点吧。"哈布尔玛说着就向洗漱间走去。

用漂亮的压花玻璃隔扇隔成了两个区域的洗漱间从地板到顶棚都镶着白瓷砖。哈布尔玛看着出热水的水龙头等简单的设备，打开水龙头放着水说："就这么简单吗？"

萨仁图雅笑着说："那你洗洗澡吧。"

"快算了吧，我可没那个福气。这也没啥可参观的呀。"哈布尔玛推拉着玻璃隔扇看了又看才从洗漱间出来。

"钢巴图说得对。我早就让你装，你就是听不进去。嫁了姑娘，心疼镜子。这句话说的就是你。屋子装修得那么好，不装洗澡间多可惜呀。在家洗惯了也没什么。"萨仁图雅说。

"装这个玩意不是还得挖下水管道吗？不是想装就能装的。"哈布尔玛又说，"你哥不愿意。我们都不习惯在家洗澡。再说了夏天热了不是还有河水吗？"两个女人笑了起来。

"让我看看你昨天在朋友圈发的那个刺绣。我舅舅的女儿想让你给她做件蒙古袍。"哈布尔玛说着就往缝纫间走去。

萨仁图雅拿了几个绣好的绣片给她看，都是贴前襟的。哈布尔玛没有上手，让萨仁图雅拿在手里看了看说："我这双粗糙的手把你绣的这些漂亮绣片给弄脏弄抽丝就麻烦了。"萨仁图雅嗤笑了一声。

每个绣片都很好看。用五颜六色的丝线绣出了缤纷亮丽的花朵，有贴在肩头的、前襟的、袖子上的，售价有六百的，也有八九百的。

"我做的绣片谁买都是这个价。你舅舅的女儿做蒙古袍，我不要手工费。有好多款绸子，让她自己来选吧。"萨仁图雅说。

"这么好的手工得值点钱了。"哈布尔玛连连称赞着，又看起了萨仁图雅正在做着的已经打好褶子的好几幅落地窗帘。

"挂了三年的窗帘都褪色了，想换一换。"萨仁图雅说。

"是啊，你昨天在微信上也说了。你要是全换新的，把旧的都给我吧。"哈布尔玛随手转动着缝纫机的轮子，好像漫不经心似的说。

萨仁图雅的心里咯噔一下，马上就猜到了她今天来的目的。最近一直没往这边跑的人，今天忽然火急火燎地来了，还从大老远就夸赞"窗玻璃亮堂"。就知道她肯定有事，不是让我缝东西，就是让我去做饭。原来是想要我的旧窗帘，还假装成了漫不经心的样子。萨仁图雅看着她，脸上浮出了笑意。

哈布尔玛今天的确是奔着萨仁图雅家的旧窗帘而来的。在哈布尔玛的眼里，萨仁图雅家退下来的所有东西都是好的，都想拿回家用。从旧桌椅、沙发、电视到手机、水靴、雨披，就连车里的坐垫她都拿回去了。萨仁图雅家只要添新东西，她就来收换下来的旧的，已经形成习惯了。哈布尔玛现在开的雪佛兰就是苏德巴特尔的旧车。后车镜上系上彩带，擦得锃亮锃亮的，拿回去开四年了。

"说好要给乌日柴呼了。"萨仁图雅遗憾地告诉她。

"给她呀？这么好的绸缎窗帘让她拿回去不成抹布才怪呢。那我就要挂在客厅的那幅红丝绒的，就这样说定了啊。"哈布尔玛蠕动着那双难看的眉毛，逼着萨仁图雅答应。

他们把屋子装修了，却没舍得买窗帘，便宜的不喜欢，贵的又舍不得花钱，一直挂着原来的呢。

萨仁图雅把手指按得咔咔直响。

"那两幅就给你了。等我把新的缝好了就换。卧室的那三幅给乌日柴呼。"她俩来到客厅在沙发上坐下了。

萨仁图雅看了一眼大镜子。哈布尔玛的那对墨黑的文眉，让她觉得更恶心了。

从我进屋到现在她也不知照了多少遍镜子。难怪人们都说她整天就知道照镜子。长得好看的人就喜欢看自己吧。满屋的镜子，可劲照呗。哈布尔玛这样想着看了一眼萨仁图雅，问道：

"又焗头发了吧？"

萨仁图雅像小孩子似的向她摇晃着脑袋说："没发现其他的变化？"

"其他的？"哈布尔玛从头到脚地端详着将头发披散下来的萨仁图雅，并没发现她有什么变化，最终把目光停在了她的前胸上，说，"一进屋就觉得你有变化。现在知道了，穿这么宽松的衣服，两座高峰都显不出来了。以后别穿这么宽松的衣服，把身材优势都给掩盖了。"

萨仁图雅呵呵笑着说："现在想要啥样的乳房就能拥有啥样的。可以做隆胸手术呀。"

"快算了吧。我年轻那会儿还动过这样的心思呢，现在都四十好几了，可不能跟风了。"哈布尔玛说。

"噫嘻，我不赞成你的这个想法。刚过四十就放弃打扮可不对，四十岁是女人最应该打扮的年龄。二十多岁的时候不需要打扮，年轻本身就是最美的资本。到了四十还不收拾打扮，很快就会变成老太婆的。"萨仁图雅说。

"女人四十豆腐渣，是咱们乡下女人常挂在嘴边的话。今天却从你嘴里听到了完全相反的话。萨仁图雅可不是一般人呀。"哈布尔玛跷起二郎腿又说，"你做啥饭都好吃，长了一双会做饭的小肉手。我做啥都不好吃，长了一双大笨手，我喂的狗都不爱长膘。再看看你吧，看那身材，看那傲人的前胸，走起路来一颤一颤的。像你这样长得这么好看的女人可不多见啊。"

"两座高峰，有文化的人就是会说话哈。我想都想不出来，除了乳房就是奶子呗。"萨仁图雅在心里不无嫉妒地看着有文化的哈布尔玛却没有表露出来，清朗地笑着说，"乳房是女人最美的装饰。你那么有钱，要不去做隆胸手术吧。"

哈布尔玛在大镜子里看了一眼自己那停机坪似的前胸，故意摆出一副愁眉苦脸的样子，叹息了几声之后呵呵地笑了。

她看着萨仁图雅那傲人的双乳，心想：苏德巴特尔作为男人真有福气。不由得心疼起了自己的男人。

哈布尔玛连戴胸罩的福分都没有。平坦得像平原似的前胸上根本无法戴胸罩，戴上那玩意在外面干活，垫着海绵的两个罩杯有时就蹿到后背上去了。

萨仁图雅挺着傲人的双乳，站在哈布尔玛面前，晃着亮闪闪的耳环说："新买的红宝石耳环，蹭到颈子上有凉飕飕的感觉，你来摸摸看。"

"你要没说是红宝石，我都不知道你戴的这个是贵重玩意。我倒是觉得那个簪子比你这个有分量。"哈布尔玛对红宝石耳环没有产生多大兴趣，说着毫不相干的事情，捂着嘴诡异地笑了。

"去苏木医院看脸的时候把那个簪子还回去了。没给那个女的，还给她男人了。给他的时候我还说了，这是你家祖传的簪子吧。你老婆竟然送我丈夫这么贵重的东西，我们可不敢收。"

"嫂子你为什么血口喷人呀！大哥你俩一起去的吗？你这样污蔑人家，大哥也不愿意啊。这件事在远近的几个艾里都被传遍了。我还听说那两口子还没和好，天天打仗。"

哈布尔玛哈哈笑着说："你哥当时就在我身边。他能说啥？他还有说话的权利吗？凭着感觉我其实知道你哥跟那个女的没啥事。"

"那你为什么还没完没了地闹啊？"萨仁图雅无奈地摇了摇头。

"我也没想闹。那天看见那个女的我就气不打一处来了。刚见面她就问我，是嫂子吗？然后就惊讶地看着我，眼神才毒呢。在那一瞬我忽然改变主意了，想收拾收拾她，随手就给他们两口子扔了块难啃的骨头。那个男的一看就是个大粗人，我刚说完他就向他老婆吹胡子瞪眼了。打去吧，往死里打才好呢。那个女的长得倒挺好看的，跟你一样长了一对丹凤眼。"

"长得好看，也不能这样报复呀。"萨仁图雅莞尔一笑，又说，"苏德巴特尔说我的眼睛像蛇眼，你现在又说是丹凤眼。"

"苏德巴特尔不会欣赏女人。你哥倒是会欣赏，但他没娶到漂亮女人，娶了我这个像干猪毛菜似的哈布尔玛。"

萨仁图雅的微信一直在响，她看微信的时候脸上露出了幸福的笑容。

她的笑颜非常好看。哈布尔玛好像第一次见萨仁图雅似的盯着她的脸看了好半天。

奥齐尔巴图的对象告吹之后，萨仁图雅说过，你们攒下来的资产多如牛毛……其实这句话的意思就是说他们有福不会享。这句话被萨仁图雅说出来的时候，既婉转又不伤人，听起来也没那么别扭。

哈布尔玛在心里又一次佩服着萨仁图雅会说话的能力。心想有文化的自己根本不如没文化、不识字、连名字都不会写的萨仁图雅。跟她比起来，自己连事情的要点都找不准，还经常做出莽撞的事情。

"你真是有福气的人。小时候你妈经常来我家做靴子，你就坐在她旁边。真没想到长大后你会变得这么好看。有一年清明你扎了耳洞，用黑线和白线捻成一股花线戴上了，那个形象现在还历历在目呢。你打小就很特别，与众不同。闪闪发光的圆耳环上非系点东西，不是糖纸就是一颗纽扣。"

"真的吗？你要是不说我都想不起来了。"萨仁图雅笑了。

"嗨，你就是与众不同。有一次只戴了一个耳环，说是另一个耳洞打斜了。没过几天又把耳环戴在打斜的那个耳洞上，说是不给它戴的话它就会伤心。你还把我哥他们用过的牙刷拿回去做耳环呢。在火上软化那些塑料牙刷的时候没少燎着手吧。那时你也就有十一二岁。我妈和你妈没少训你。那个时候你是不是已经预感到了自己的未来，一定能戴上这么漂亮耳环的未来。"哈布尔玛说完后笑了好半天。

"那个时候要是跟现在似的做啥都给算工钱的话，你们家那会儿没准就暴富了。那会儿也就给你们点下水之类的呗。咱们艾里的好多人家都让你们给缝蒙古袍做靴子呀。艾里的男孩子说你爸骑的马胯骨上能挂鞭子；你妈从栅栏上折树杈烧。你们家连烧柴都没有。他们欺负你，我就替你跟他们打架，打过多少回我自己都不记得了。"

萨仁图雅没有吱声，浅浅地笑了笑就看起了手机。

"你那时又瘦又小，比我瘦多了。去吃人家的婚席时还穿过我的旧衣服呢。嫁给苏德巴特尔之后你越来越富态了。

"把味精当成糖精攒了好几袋。把刷锅粉当成苏打蒸馒头，蒸出了一锅青砖似的东西。这不都是你刚结婚时候的故事吗？还记得不？"

"最近怎么不见你戴那个金镯子呢？"哈布尔玛又问。

"金镯子？早给丢了。"

"唉，那么贵的东西，怎么丢的？"

"贵也没办法。说丢就丢了呗。花一万三买的。"

"丫头还没回来吗？炉子上煮什么呢？有一股焦煳的味道呀。"苏德巴特尔一进屋就抽抽着鼻子说。

"还有味道呀？已经点了一根香了。你的狗鼻子真灵敏。微波炉里要热鸡蛋，结果放了一个生鸡蛋，给烤炸了。"

"嫂子喝茶。茶都凉了吧？我家这口子最近除了玩微信啥也不管了。放在哪儿的生鸡蛋呀？是不是昨晚你拿出来要用蛋清敷脸的那颗？都是你自己干的好事。"苏德巴特尔走到门口看着监控说，"这老头这是要干啥？怎么还要给牛扔草呀？"

萨仁图雅说："可能是吧。我昨晚好像是把生的和熟的混在一起了。"吐了吐舌头。

"你连生的和熟的都不会分？拿在手里的感觉完全不同啊。还说是学做菜呢。苏德毕力格前几天说，萨仁图雅嫂子玩起微信来，连抬头说话的工夫都没有。有人来买酸奶，她给人家盛了稀奶油，闹出了笑话。苏德巴特尔你可别把漂亮媳妇给弄丢了。现在的这些女人在微信上喊着，在吗，在吗，都跟人家跑了哟。"哈布尔玛说。

萨仁图雅脸色绯红地笑了。

"生了好几个孩子，都四十好几了，没人稀罕了。"苏德巴特尔撇着嘴说。

"你现在倒是说起大话来了。当时为了把这个媳妇娶进门，咱们可是没少受累呀。把那两头拉车的大白牛和青牛不都卖了吗？迁徙的时候过沙石梁三岁子小牛拉不动车，没少作瘪子啊。苏德巴特尔你那天不知去哪儿了，我气得不行，一直嚷嚷让苏德巴特尔拉车。"

"你这个当大妈的把卖白牛和青牛这件事说了有二十多年，咱们这几家的孩子们都快背下来了。当年的四千多块钱，现在来说根本就不是钱。咱们家那时就有存款了，爷爷卖那两头牛是因为它们老了。那两头牛都是我驯出来的。我驯老实了好多头牛呢。大哥可有意思了，我只要把三岁的生格子牛抓回来，他就放马去了。"苏德巴特尔说。

"话说回来，像苏德巴特尔这样的男人白天打着灯笼都难找。媳妇把一万多的手镯丢了，还给买三四万的红宝石耳环呢。典型的宠妻狂。不唠了，回去咯，回去咯。该给咱爸做午饭了。"哈布尔玛伸着懒腰拿上车钥匙就往外走去。

"你什么时候把金手镯给丢了？"苏德巴特尔没听懂哈布尔玛刚才说的话，她刚出屋就问萨仁图雅。

"没丢。"萨仁图雅抱着肚子笑了起来。

"送人了？"

萨仁图雅笑得都躺在沙发上了。

"我跟她撒谎了，就说是丢了。就算丢了也不可惜，不值钱的玩意，花五十块钱买的。"萨仁图雅还在笑。

"哇哒，假冒伪劣产品呀。"

"是的。戴着戴着都褪色了，然后就扔了。谁都想不到萨仁图雅也会戴假货吧。小姐姐我就是不喜欢金子。"萨仁图雅不笑了，表情严肃了起来。

"你也够作的。不喜欢就不戴呗，干吗戴假的呀？"

"骗那些喜欢金子的人呗。她们认为戴金手镯金戒指的就是有钱人。一群傻子，我就用她们的方法骗她们。她说他们的车就快没油了，想从你的车里匀点，你进屋后她也没再吱声呀。"

"她怎么天天哭穷呀，就想从别人家捞点东西。前天让我捎回来的大洗衣盆，给你钱了吗？有人出门，她就捎东西，还不给钱。谁的东西是白来的呀。"苏德巴特尔大步流星地走出去，把车上的垫子拿了进来。

"她要是能还那些小钱就不是她了，谁不知道呀。我一会儿要洗衣服，车垫子你别管了，我一块洗吧。"

苏德巴特尔说："你洗不了。这个垫子浸水后又硬又挺。前天格根诺姆和玛努琪琪格在车里玩，不知吃什么了，滴了不少黑乎乎的油点，洗衣机洗不干净，得手洗。"

"我不是跟你说过吗？哈布尔玛再让你捎东西，你别给她买。让她碰几回钉子她还不知道呀。现在她都不怎么让我捎东西了。"

"谁像二哥你俩似的，敢直接说她的不是？她现在会用微信红包转账了，这才不让我替她给孩子们寄钱。这几年给那几个孩子寄钱的手续费就有一千多了。给两个孩子每次都寄好几千，哪次的手续费都没下过五十。自己进城从来不寄，不是说忘了，就是说没来得及，总是有借口。存那么多钱也不花，整天抠抠搜搜地省着，不知道要干啥呢。苏德毕力格的新摩托都被她给骑旧了。苏德毕力格不管，乌日柴呼不敢吱声。反过来谁都不敢动她的东西不是吗？别说新的了，连旧的都不让别人碰呀。把咱们的旧车开回去之后，还嚷嚷着不让二哥和乌日柴呼坐。前天我看见她把车停在咱们门口，骑上咱家的摩托去看羊群了。说是小汽车爬不上去，摩托车才行。"

"本来想给咱爸捎点冻包子，越听越恶心就没给她。哪次来都嚷嚷，要给咱爸做饭了，要给咱爸熬药了。故意说给我听呗。他们自己难道就不吃饭了？"萨仁图雅说。

苏德巴特尔看了一眼萨仁图雅说:"今天这是怎么了?我平时刚要说她,你就说大男人不要在背地里说人家坏话。你今天怎么跟我同流合污了?"

"哎呀,她今天惹我生气了。好好地唠着唠着她就说起了我娘家如何如何穷来着,我妈给人家做针线活,我小时候穿过她的旧衣服。她这次来是想要咱家的旧窗帘。"

苏德巴特尔齉齉着鼻子气哼哼地说:"不就穿过她的几件破烂衣服吗?说也说不完了哈。咱们现在也没少给她呀,新的旧的她往回搬得多勤。现在开的这个车也是咱们给的。我当时要给苏德毕力格,你说这车费油,苏德毕力格养活不起。小时候欠她的现在也该还清了吧。以后啥也别给她。旧窗帘也别给,在她眼皮子底下拿到狗窝给狗铺上得了。天天摆功劳,怎么摆也摆不完了呢。整天就知道往里划拉,存那么多,许不是死的时候想带进棺材里呀?"骂骂咧咧地说了一通。

"她说的那意思就是,我跟有钱的苏德巴特尔过上之后忘本了。爱说就说去呗。"

"她这是嫉妒你呢。那我更应该给我老婆买那件貂皮大衣了。咱爸在他们那儿也待不住了。刚才大哥把我和苏德毕力格叫去了。大哥他俩好像是因为咱爸吵架了。大哥没直说,就说是他们太忙,咱爸连口热饭都吃不上。我们商量着想给咱爸雇个保姆。"苏德巴特尔说完就进厨房热包子去了。

"嫂子进来时你接着电话出去的,是大哥的电话吧?你们在大哥家开家庭会议了?雇保姆?不好找到合适的吧。"萨仁图雅又说,"好了,人家刚抬屁股走,咱们就背后议论。不好,不说。貂也不买了。"看着丈夫笑了。

"说的都是真的,怕啥呀。家里啥不说,胃里啥不进。把咱爸接回去才几天,他们两口子就受不了了。咱爸和苏德莫日根名下的草场一直由他们管着,谁都没跟他们争过。说是帮咱爸侍弄那几头牛羊,要是没那几亩草场,她才不会不声不响地替咱爸出力呢。哎,行了,说她说得嘴都累了,真没劲。你去接丫头吧。她们幼儿园的老师来电话了，说是要几块奶豆腐。别忘了啊。"苏德巴特尔说。

"哦，知道了。微信上把钱都转过来了。"萨仁图雅说着就起身了。

十一

巴尔齐德贵给那头生病的牛苫盖好毛皮进屋时，看见老父亲鼓着腮帮子在啃凉馒头吃，心里顿时就不舒服了。

"你给爷爷把馒头热一热呀。铁木尔巴图和钢巴图在家的话，没准儿早就给爷爷做好饭端上来了。"他没好气地数落着正在捣鼓狗链子的奥齐尔巴图。

奥齐尔巴图惊慌地站了起来，铁链子叮叮当当地掉在了地上。他看着父亲的脸色只是垂手站着并没说话。

巴尔齐德贵说："行了，你忙你的。我就是随便说说，看把你吓得。胆子咋就这么小呢。"

"无缘无故地又生哪门子气？馒头还要热呀？咱们不都这么吃吗？"哈布尔玛用剪下来的旧被面和旧衣服，为孱弱的牲畜做苫盖的被子。

"知道他胆小，还说他。你要是这样说钢巴图，他早就跳起来为自己辩护了。哎，我的奥齐尔巴图肯定会娶到温柔贤淑的媳妇。老天有眼会给安排的吧。"

"你这个孩子，也真是的，我们给你张罗对象，你却置身事外似的不上心。人家那天都把跟那个姑娘见面的时间告诉你了，你却睡过站了。好好的事被你给弄黄了不是？别人家的小伙子遇见这么好的机会，还不得放下一切去约会呀？现在这年头为了对象的事情，让父母着急的人，除了你还有谁呀。"

"没有缘分吧。那天就不应该让他自己去。你这当妈的要是跟着去了，也不至于让孩子睡过站吧？该成的话早就成了，不该成的咋弄都不行。你呀，哪都不去，不知道外面的事情，净按照自己的想象胡诌。现在乡下小伙儿娶媳妇难是普遍存在的问题。哪家都是一两个孩子，这些孩子在外面上着上着学都离开家乡了，甚至都有出国的。你就说吧，乡下现在还看得到年轻女孩儿吗？没有女孩子小伙儿们上哪去找对象？不知道原因你就不要总是埋怨儿子。咱儿子怎么能找不着媳妇呀。"哈布尔玛听到丈夫的这一番话，声音没有刚才那么响了，反复重复着"肯定能找得着，肯定能找得着"。

巴尔齐德贵默默地望着窗外站了好一会儿。

透过榆树的间隙，他看见了覆盖着白雪的山尖。老父亲在自己的眼皮子底下如此可怜地生活，让他感到十分不安，如坐针毡般难受。

几天前，趁着哈布尔玛去萨仁图雅家的工夫，他将弟弟们召集到家里开了一次"秘密会议"。他知道妻子只要去萨仁图雅家，虽说去去就来，至少也得小半天。

兄弟几个经过讨论，最终决定先让老父亲在巴尔齐德贵家过冬，等开春之后就给他雇保姆让他回老房子去住。

来年春天啊……

巴尔齐德贵给苏德巴特尔和苏德毕力格连着打了好几通电话，让他们赶紧给找保姆。

"平日里狐朋狗友比谁都多，需要的时候一个都指望不上。"他给苏德芒莱也打了好几通电话，有一次还这样骂他了。

弟弟们虽然不说，在心里都理解大哥的难处。经过再次讨论，大家一致通过了将老父亲安顿在城里居住的决定。

苏德巴特尔的女儿阿努琪琪格在城里上学，让老爷子去陪读是再好不过的决定了。大家都说，阿努琪琪格放学回家还能吃上现成饭。反正一个人的是做，两个人的也是做。就让咱爸在楼房里那样住着呗，肯定没问题。

两天之后，苏德巴特尔开上车，把老父亲送到了盟府所在地的楼房。刚住三天，老头就一连串地惹出了好多事情。

那天他开着门去倒垃圾。本以为走两层楼梯，很快就会回来，谁承想当他匆匆忙忙回到门口时，屋门被从走廊窗子吹进来的风给合上了。他没拿钥匙，进不去屋，在外面坐了一下午，直等到孙女阿努琪琪格放学回来才进了屋。他对孙女说："楼房这个东西，进出太麻烦。不好。"

还有一次进卫生间，从里面把门反锁上了。自己出不来，别人也进不去。孙女请来了专业开锁工人，才把反锁的门给打开。

这个事件之后的一天早晨，老头从卫生间慌慌张张地跑了出来。马桶堵住了，溢出来的污水眼瞅着就溢满一地，并且臭气熏天。阿努琪琪格捂着鼻子，忍着恶心，费了好半天工夫才把马桶给通开，又清洗了地板。老头看在眼里，想帮孙女干点什么，却无从下手，只能愣愣地站着。孙女点了一整天的熏香，喷了空气清新剂，才把屋里的臭味清除干净。

这波刚平，那波又起。

他老人家也不知怎么就把水龙头给拧坏了。刚开始的时候，他用盆子接着拿到卫生间去倒。倒了没几盆就累喘了。水越流越厉害，都流到地板上了。他用毛巾、抹布、椅子垫来吸水，无济于事；又把锅碗瓢盆都找出来接水，也不行。好像是龙王亲自带领着龙崽们出征似的，这水越滋越猛，越流越厉害。阿努琪琪格放学回来时，家里已变成了"龙宫"。幸亏她回来得及时，要不整栋楼都快被淹了。阿努琪琪格开门进屋时，看见爷爷用两只手紧紧地攥着喷水的龙头，脸上身上全是白灰。从他的手指缝喷洒出去的水，将屋顶、墙面上的白灰喷下来，落在他的身上使他变成了"白头翁"。看到孙女跑进屋来，他一下子就瘫坐在沙发上了。楼下的敲门进来，叽里呱啦地说着她家的屋顶被浸湿了，墙皮都脱落了。还说是新装的婚房。

阿努琪琪格拨通了爸妈的电话。萨仁图雅放下电话就开车进城，给楼下的赔了三千块钱才算平息了这件事。

老头连着惹出了好几起事件被吓坏了。城里不是人住的地方，出去不认路，听不懂他们那叽里呱啦的话，老实在家待着，还惹出了这么多麻烦事。

"还是让咱爸回来吧。"孩子们又一次商量后这样决定。

"就让咱爸住在我家吧。"苏德巴特尔说。

阿努琪琪格听说长辈们的决定，心想爷爷怎么可能跟我爸爸妈妈一起生活呀。

爷爷刚来的时候，她给爷爷从内到外准备了新衣服。爷爷却说啥也不肯换，给他洗头他也不让。他洗脸只是喝口水吐到手掌，用手里的水随便抹一把而已。现在要去三儿子家住，孙女要帮他搞一搞个人卫生，他答应了。

给这个脖颈上满是黑皴的"野人"爷爷搞个人卫生可不是简单的事情。阿努琪琪格从头到脚把爷爷洗刷干净，从内到外给他换上了新衣服。剪趾甲的时候，趾甲往里卷着，用指甲刀剪都剪不动。

爷爷说："我这趾甲都快成妖婆的趾甲了吧。剪不动就别剪了。"

孙女说："您小时候听的故事里面妖婆的指甲是那样的。我们现在听的故事里妖婆的指甲可是亮晶晶的，染成五颜六色的长长的好看的指甲。"又说，"我就不信剪不了您的指甲，我剪不了，总有能剪得了的。爷爷，您既然在城里住了几天，我就把您扮成城里人的样子让您回家。"说说笑笑着把爷爷哄到做足疗的地方，让专业技师给他把趾甲修剪好了。

"老人家的趾甲再不剪的话，恐怕要破吉尼斯世界纪录了。"剪趾甲的年轻技师这样说的时候，阿努琪琪格的脸色都潮红了。

侬乃扎布老人就这样在城里住了不到一个星期又回到了乡下。

回到家乡之后，他觉得呼吸都顺畅了。自从进了那个可恶的城，不但不能正常进行烧香礼佛和祭祀，还十分想念自己养的那几只猫和那两条狗。

苏德巴特尔让父亲住在了最西边的那间屋里。屋里有个沙发，还有一个小电视，安排得挺合适。他从大哥巴尔齐德贵家，把父亲的猫和狗当回事地接来了。还特意在这个房间安了一个小铁炉子，便于父亲烧香祭供品。他说："烟熏就熏吧，没啥问题，反正整面墙上都镶着瓷砖呢。"这个小炉子却跟这间亮堂堂的屋子不是很般配，就像漂亮姑娘的脸上长了个蒜头鼻子似的突兀。

几天前下的雪还没有融化，山谷、平川上依稀能看到积雪。今天是阴天，好像又要下雪，雪花一片两片地缓缓往下落。老爷子来到棚圈附近溜达。

抹着石灰的院墙跟蓝顶子的牲畜棚圈连在一起，周围的地上散落着羊草和冻牛粪。

老爷子边走边想：我的家乡多辽阔呀。森林和灌木茂密的地方冬天很暖和，这个有着一排排棚圈的定居点比其他任何地方都背风。北面以亚希拉图山为依靠，南面流淌着浇绕河。东西两面是连绵的山谷地带，最主要的树种是榆树。房子的西边拉着铁丝网，是为春天储备的牧场。除了几匹骑乘的马，就是老弱病残的牛羊，没有其他畜群。

房子东边稍远一点的地方有四间屋，雇来干活的人住在那里。羊倌是个单身老头，牛倌是一对夫妻。

苏德巴特尔开着装冻牛粪的三轮往外运牛粪。房子前面靠东侧的地方有垒得圆滚滚的十几垛牛粪堆。运出去的牛粪没地方垒，就近堆成了一堆。

从后院传来了切草机工作的声音。牛倌将成捆的玉米秆从这头刚放入机器里面，那头就出来了切成拃巴长的玉米秆，纷纷落入铁槽子里堆了起来。他没戴帽子，也没戴手套，额头上闪着汗珠。老头羡慕地看着这个干劲十足的年轻人。

他妻子在棚圈里面忙活着挤牛奶。她把像人的手一样的铁夹子套在奶牛的乳房上，接在下面的塑料管子里很快就出现了白色液体，汩汩地流进了铁桶里面。四头乳牛可以同时挤。它们看样子是已经习惯了，反刍着嘴里的草料无动于衷地站着。鼓囊囊的硕大乳房啥时候像皮口袋似的瘪了，机器也就停止工作了。完成任务的乳牛就可退下去，再换另外四头继续挤。十几头乳牛不到一个小时就能挤完，用这个机器挤奶真是快得出奇呀。

那边的棚里有二十多头圈养的绵羊，十多头二岁子乳牛，还有四头体格健壮膘肥肉厚的红花牤牛。刚才切的那些草是给它们准备的。上级牧业部门不允许牧户养牤牛，但是富户人家都在偷着养。只要给苏木管事的塞几个钱，他们就会说，悄悄地养着吧，被举报或是被抓住，我也帮不上忙，只能怪你们自己倒霉背运，除了接受处罚，我也没有其他办法。

苏德巴特尔清理完冻牛粪又准备饮牲畜。饮水的铁槽在结冰的井边横七竖八地放着。铁槽里的水冻住了，苏德巴特尔凿着水槽里结的冰，亮晶晶的冰块四处飞溅。他把水槽清理干净之后，把圈门打开，将饲养的牲畜赶到了井边。

个头不大的一群孱弱的羊咩咩叫着往井边走去。抽上来的水通过塑料管流进了水槽，几个大水槽很快就被灌满了。它们没怎么喝水就要去吃东西。打扫干净的地面上，撒了好几簸箕玉米粒，它们吃了起来。地上的黄玉米和黑粪蛋掺杂在一起，刚拉的羊粪蛋还冒着淡淡的热气。它们吃完玉米，就被圈起来了。紧接着饮二岁子牛、乳牛、骑乘的马匹。

雪还是没有下起来。刮着轻轻柔柔的风，林间的树叶沙沙、沙沙地响着。

依乃扎布老人来到狗窝跟前，刚一叫"芒哈尔，斑哈尔"，它俩就晃着尾巴、滚在地上，撒起了娇。没尾巴的斑哈尔好像变得又瘦又小，也不好看了。老人心疼地看着它，把它的两条前腿放在膝盖上怜爱地抚摸着。

他就这样跟狗黏在一起，在外面待得手指都冻木了。

玛努琪琪格背着书包从幼儿园回来了。二伯骑着自行车把她接回来，将她放在大门西边就走了。

她一进院子就"爷爷，爷爷……"地喊着，还说道："这风净往后拽我，不让我往前走。"

老爷子站起来拍打着身上的土，用拐杖划拉了几下空气说："没事了。爷爷替你把风撵走了。"

小丫头欢快地笑着说："坐在我后边的豁牙子男孩儿今天拽我头发了。您也给他一拐杖吧。"说完牵起爷爷的手，蹦蹦跳跳地进了屋。

从东屋传来了缝纫机的嗒嗒声和唱歌的声音。

爷孙俩刚一进屋，就看见地板上有水，发现是从厨房流出来的，已经流到客厅了。

玛努琪琪格叫嚷着，依乃扎布老人胡乱戳着拐杖就来到了东屋。

萨仁图雅在缝纫机上边工作边听手机里的歌。声音那个大呀，就算放大炮，她可能都听不见吧。

她在听微信群里的歌。有悦耳的男声，也有唱跑调的歌声。唱歌跑调的人，觉察不到自己的毛病，最愿意在人前唱歌表现了。

她把水龙头打开后忘了关了。

她的母亲和妹妹来了。她俩在洗澡，听到发水的动静，洗了半截就跑出来了。母女俩都挺胖的。

在房子东边跟牛倌摔跤的苏德巴特尔正在哈哈大笑，也被她们叫回来了。羊倌、牛倌都来了。大家拿着盆子、锅子、拖布、抹布等忙活了好一阵才把屋子里的水清理干净。

社会发展之快简直说也说不完。就拿用水来说吧：过去是从井上打水再用水桶挑回来，要么就是赶着牛车去河里拉水；现在只要拧一下水龙头，不一会儿工夫大水缸就被灌满了。

苏德巴特尔看见水缸后面有个孩子玩的毽子被浸湿了，便顺手拿出来喊着"耗子"向女人们扔了过去，惹得女人们尖叫起来。

"好长时间没擦水缸后面，蜘蛛都拉上网了。今天是彻底给洗干净了。"苏德巴特尔笑着说。牛倌的妻子温都茹娜接过话茬说道："苏德巴特尔性格可好了，从来没见过他生气。今天要是换我家那口子，不定怎么骂我呢。"

"你家那口子咋就那么不懂事呢？"苏德巴特尔故意逗她。

晚上。

乳白色的灯光下，屋里变得更亮堂了。

萨仁图雅在收小圆桌上的果皮。玛努琪琪格咬着手里的瓜片，向妈妈嚷嚷道："我还没吃完呢。不能收桌子。"

阿努琪琪格坐晚班车回来了。她从城里买来了瓜果，一家人刚刚吃完。

"妈妈，等会儿再收桌子吧。我爸还没吃晚饭呢。"阿努琪琪格边洗手边说。

萨仁图雅说："你爸不吃了。一会儿想吃就让他去厨房吃吧。"

阿努琪琪格没好气地看了一眼母亲，把桌子又给摆上了。

"为什么要让我爸在厨房吃？我妈总是这样。"她自言自语着。

老爷子从屋里出来把客厅的灯给关了。橱柜、家具、器皿等一下子被黑暗融化了似的，瞬间失去了亮色，被电视荧光屏照出了各种不同的颜色。

"我不喜欢这么黑。"玛努琪琪格最先喊道。那么小的一个人却喊出了那么响亮的声音。

"电视的亮就够了，又不扎花刺绣干吗点那么亮的灯。你大伯家看电视的时候，从来不开灯。"老人嘟嘟囔囔地摸索着坐到了凳子上。

苏德巴特尔在后面的房间看小电视。电视里战火纷飞、炮声雷鸣。"真带劲儿，对喽，就这么干。"自言自语着看得挺起劲。

阿努琪琪格把他拉到客厅说："自己在屋里看小电视，不如过来跟我们一起看大电视。"

"大电视是你妈的。丫头，你今天就给爸爸做回主吧。她们让我看小破电视，让我用质量不好的毛巾和洗发液。人家玛努琪琪格跟她妈用的都是上等的贵重的好东西。明天早晨我也用一用她们的毛巾和洗发水，这张脸没准儿一下子就能变好看呢。"苏德巴特尔说着就笑了起来。

"你爸我俩有法在一起看电视吗？你爸喜欢看打打杀杀的剧，我只要听到他喊，对了，带劲儿，就知道他肯定在看打打杀杀的电视剧。我不喜欢看那些玩意，我看的东西他也不喜欢。有时候看见我掉眼泪，他就调侃我，挺投入啊，看入迷了，哭成泪人了。一点也不让我好好看，净捣乱。你说吧，跟这样的人怎么能够在一起看电视呀。被他搅和得一点意思都没了。你爸他整天就知道捣鼓车，用我的白毛巾擦他那大黑手，洗多少遍都洗不干净。在外面干活，让他戴帽子，他也不听，一天洗一次头，那么贵的洗发膏用得起吗？"

"你俩以后不许各过各的。听着了吗？我要给我爸买柔软的新毛巾和名牌洗发水。"阿努琪琪格说着就给爸爸盛来了热气腾腾的饭和菜。

苏德巴特尔满面笑容地说："哇哈，家里总算出现说理的人了。我丫头总算替老爸说公道话了，要不的话你老爸我还以为这辈子都翻不了身了呢。呵呵，爸爸说笑话呢。对我来说那些名牌没啥用。每天都能吃上包子、灰烬上烤的肉干就足矣。那些名牌呀，像你妈那样的人才喜欢呢。不吃晚饭了，爸爸不吃了。一会儿又有人该说我抱着饭碗吃起来就没完没了。"

除了依乃扎布老人谁都不愿在朦胧的荧光下憋闷地坐着，玛努琪琪格、萨仁图雅、苏德巴特尔都回到了房间，只有阿努琪琪格陪着爷爷。

"你爸才各色呢，根本听不进劝。哼，你给他热上饭，他倒是吃呀。"萨仁图雅在卧室嘟囔的声音传到了客厅。脸上敷着"画皮"①的萨仁图雅露着两只眼睛、鼻孔和嘴，走到放在衣柜跟前的薄如书本似的人体秤上量了量体重，叹息道："又增了一斤。一到冬天就要发胖，真担心穿不上那些挂在柜子里的漂亮衣服。"

苏德巴特尔摁着了床头柜上的台灯。萨仁图雅打小就喜欢这样的灯。她那时在电影电视里看到这样的灯就在心里想，长大后无论如何都要在这样的灯下缝纫刺绣。当然了，她家的这个台灯并不是苏德巴特尔给她买的。她买回家的时候，还遭到了他的揶揄："一点不好看，像扣了个水桶。"她却在心里叹息："你懂什么！一天三顿就知道吃肉，整天就知道跟牲畜打交道。这就是你的生活。我才不跟你这个粗人计较呢。"

"胖就胖呗。你这是没事找事瞎着急，穿不上就再买新的呗。玛努琪琪格，好丫头，去给爸爸拿牙签来。"苏德巴特尔向女儿喊道。

"嘻嘻，说得好听，还说买呢。那天买宝石耳环，你往我包里装那个收据的时候，别提有多么谨慎小心了。"

"哪个？"苏德巴特尔四仰八叉地躺在炕上，微微抬起头来接着说，"哦，哦，那天呀。不好好收那个收据能行吗？就你呀，今天买了明天换。你这个人，净往歪了想。你花钱，我啥时候心疼过？"

萨仁图雅的脸红了，嘿嘿地勉强笑了几声，坐到了镜子前面。

"还说没心疼过钱？"

"行了，行了。又想起那些长毛的事情来了吧？"苏德巴特尔有

---

① 画皮：在文中指面膜。"画皮"是苏德巴特尔起的名字。

些不耐烦地说。

萨仁图雅说："要揭你的老底，你就老实了不是。"戴上长款的红珊瑚耳环看了看又摘下来换上一对圆形的耳环端详着自己，摘的时候不小心弄到地上，又趴在地上找了起来。

"爸爸，不吃饭了吗？不吃的话，我收桌了啊。"从客厅传来阿努琪琪格的声音。她跟爷爷唠得挺欢，时不时地传来几声哈哈笑声。

"爷爷，吃蛋糕了吗？"

"吃了。"

"把纸扔哪儿了？"

"什么纸？没有啊。"

阿努琪琪格站起来在爷爷身前身后找了好一会儿也没有找见，打开灯又看了看他的周围，也没有发现。

她差点笑翻了。

"我可爱的爷爷啊，蛋糕外面包着一层油纸呢。您是不是连纸一起吃进肚子里了？"

"可能是吧。有个东西可硬了，咋嚼都嚼不烂，让我给吐出去了。你不告诉我，我咋知道呀。"

"哎呀，爷爷，一天只说两句话的人就是您吧？"

"是啊。"

"哪两句话呀？"

"积德吧……"

"作孽呀。"爷孙俩一唱一和地说说笑笑着，孙女把爷爷送进房间去休息了。

"爸爸早就吃过晚饭了，在牛倌家吃了干肉黄花卤面条。丫头，把桌子收起来吧。你妈知道我在牛倌家吃饭就叨叨我。"

"怎么样？被我说中了吧。用那个女人带鼻涕的饭填饱肚子了不是？今晚你别在我屋里睡。你爸就喜欢在干活的人那儿吃。家里又不是没有吃的。干黄花家里有好几袋呢，愿意吃就做着吃呗。"

"妈妈，张嘴闭嘴别总是干活的干活的。"阿努琪琪格走进卧室，接着说，"我遇见过好几次了，您当人家的面就这样说人家。这是不尊重人家的表现。人家也有名字，在咱家干活也有两年了吧？难道就记不住他们的名字吗？这样叫人家实在不合适。"给父亲拿来了一块瓜片。

"没记住呗。别把瓜汁滴在拖鞋上。新买的，新鲜着穿几天，别给我弄脏了，滴到上面洗都洗不净。"萨仁图雅唠叨的工夫，阿努琪琪格已经给父亲拿来了好几张纸巾。

"哎呀，给咱们家干活的人可脏了。她的手和脸，还有衣服都是黑乎乎的。她的手就像二伯做喜塔尔用的树墩一样黑。我妈的手白白的，像绸子一样光滑。"玛努琪琪格当回事地拿着牙刷，刷豁牙的牙齿。

"别刷了，一会儿牙花子出血了。你也学着妈妈叫人家干活的人呀，以后就叫她阿姨，知道不？"阿努琪琪格从妹妹的手上拿过了牙刷。

玛努琪琪格擦着嘴说："爸爸，我的牙变好看了吗？"

苏德巴特尔抱起玛努琪琪格让她骑在肚子上说："你这个小鹦鹉，你妈说啥你就学啥。你可要好好读书认真学习哟，要不长大了也跟他们一样，手是黑乎乎的。"

"嗨，你连一句好听的话都不会说呀。苏德巴特尔和萨仁图雅的女儿怎么可能长成那样？"萨仁图雅厌恶地说道。

"妈，你能拥有这如此白皙的双手都是我爸的功劳。我爸是世界上最好的爸爸。"

听到姐姐这样说，玛努琪琪格也跟着说："我爸是世界上最好的爸爸。"

阿努琪琪格和玛努琪琪格在铺着盘花图案的褥子上拥在父亲的两旁坐着。

阿努琪琪格打开微信看到家族群里有未听的语音。

大伯在喊："玛努和格根诺姆注意了，我要发红包了。"

点开一看已经被抢光了，总共有五个人抢到了。最多的抢到了一块二，最少的只有一毛。

"让你们看微信你们就不看，红包都被别人抢去了。"玛努琪琪格拿着姐姐的手机哭哭唧唧地闹了起来。

"丫头别着急，爸爸这就给你发红包。你大伯太抠门，才发了五块钱的。你准备好了吗？我发个大的。"

玛努琪琪格立刻就喜笑颜开了，拿着妈妈的手机目不转睛地盯着屏幕等着抢红包。

"大家都做好准备了吗？"苏德巴特尔在群里喊道。

过了一会儿哈布尔玛在群里说："孩子们的嘎嘎叔叔这是现去银行取钱吗？让我们盯着手机等好半天了。像我这样的老太婆，眼睛受不了了，心也受不了呀。"

"嘎嘎叔叔，发就发个大的。"钢巴图说。

"嘎嘎伯伯，我准备好了。"稚嫩的声音，格根诺姆也说话了。

"给七个孩子的。"苏德巴特尔发了七块钱的红包。

玛努琪琪格下手及时抢到了一块八。

阿努琪琪格也抢到了。

只有格根诺姆没有抢到。

"嘎嘎伯伯，我那份被二伯抢去了。我看见他的头像了。"格根诺姆有点郁闷地说。

"你动手太慢，怨不着别人。"哈布尔玛说。

"从二伯要回来。二伯太不像话了。"阿努琪琪格说。

"我的手机网速太慢，我也没办法。"格根诺姆嘟囔着。

"你们把写的字画的画都发在群里。看谁写得好，画得好。我有奖励。"苏德芒莱说话了。

格根诺姆发了一张画。

"这张素描画得好。我们的格根诺姆有当画家的潜力啊。"铁木尔巴图竖起了大拇指。

玛努琪琪格说："我也会画画。铁木尔巴图哥哥，你也夸夸我吧。"忙着找作业本急得都快哭了。

"你刚才写的字就挺好的，就发那张吧。"阿努琪琪格给她把作业本拿来了。玛努琪琪格把写蒙古文字母的那张拍了照片发了出去。这些字母她写得又细又小。

"嘿哟，你俩的表现都不错。玛努琪琪格的笔体比大妈的还好看呢。"大家纷纷夸起了玛努琪琪格。玛努琪琪格高兴得都合不上嘴了。

"格根诺姆画的是什么？"

"我家的猫。"

"是猫呀。看着有胡子，还以为你把二叔给画上去了呢。"钢巴图笑着说。

"玛努字写得真好，流水一样地顺畅。但是稍微有些不足，是不是？玛努，ra 行字母里竟然写了个 ja 行的 jo①。

"是啊，玛努没有控制好她流水似的走马啊，突然踩了个空。"奥齐尔巴图说。

苏德芒莱发红包了。

"我的红包大不大？比你们的嘎嘎伯伯和大伯发得都大吧？"

格根诺姆高兴地说："大红包，大红包，还是二伯好。我抢到了五块七，钢巴图哥哥抢得最多，十六块。"

大人们在群里不吱声了，孩子们掺着汉语和英语互相聊了起来。

"我要搞卫生。你们不许下地啊。"萨仁图雅向外屋走去。

她刚到卫生间屋里就飘起了洗衣液和香水的清香味儿。她开始拖地，拖完走廊和客厅就拿着湿抹布擦起了十二间屋的窗玻璃、大镜子、桌子、凳子、沙发、箱柜，再用柔软的干抹布擦了一遍，这才回到卫生间将丈夫和两个女儿脱下来的衣服扔进洗衣机，再把洗好的衣服整整齐齐地叠好，分别给他们放在了枕头底下。

经她这么一收拾，整个房间焕然一新，弥漫着一股淡淡的香气。

阿努琪琪格从里屋喊道："真香啊。我闻到妈妈劳动的味道了。"

萨仁图雅收拾完之后在圆镜前坐下了。刚才敷的面膜已经干了，从脸上脱落了下来。她坐在镜前，露出白皙的脖颈和前胸，进入晚间护肤程序。她往瓶盖里滴入少许蜂蜜、几滴牛奶、一颗蛋清，研墨似

---

① 如同汉字的 衤 字旁和 礻 字旁容易被混淆一样，蒙古文 ra 行字母和 ja 行字母也容易被混淆。

的慢慢搅拌起来。没读过书的她好像不应该知道研墨是怎么回事，可她目睹过苏德芒莱给阿努琪琪格教书法时阿努琪琪格为二伯研墨的过程。她不知道女儿写的是什么内容，写得好不好，却记住了她那研墨的动作，于是给自己和面膜时，眼前总会出现女儿研墨时的情景。

她将调好的面膜涂在刚刚洗完的脸上。纤细的手指从额头开始向眼周、鼻子、脸颊边涂边按摩，最后按摩着脖颈，将粘在瓶盖上的用食指刮干净后涂在了手背上。她看了一眼挂在墙上的表，分针正好在3上，二十分钟之后才可以洗脸。萨仁图雅轻轻拍打着面部来到沙发上仰面躺下了。闭目养神也没忘轻轻拍打面部和脖颈。

她躺了好大一会儿睁开眼睛看了下表，已经有二十分钟了，便坐起来向洗漱间走去。穿在身上的真丝白睡衣随着她的步伐轻轻抖动着。

她用清水洗了好半天脸，敷过面膜的脸变得更加光滑水嫩。她没有擦脸就来到了卧室。她洗完脸向来不用毛巾擦脸，说是皮肤缺水，这样可以补水。

小女儿还没有睡，把玩具大象摆在父亲的后背上玩。这个玩具是阿努琪琪格从盟里给她带回来的，摁下按钮大象的眼睛就会闪烁，大耳朵也会动起来，像针似的尾巴也会甩起来。如果把笔或纸放进它那长长的嘴里，它还能夹着这些东西走起来呢。

萨仁图雅听到了衣兜里的手机响了几声。她把手机拿出来，打开微信一看，竟然有那么多红玫瑰和表示亲吻的红嘴唇。

萨仁图雅的心怦怦、怦怦地跳着，脸情不自禁地潮红了。

这时忽然听到了苏德巴特尔的笑声，不由得惊了一下。

"你快看，这个女的说的跟你说的一模一样。都有孩子了没法离了。要是没孩子，我早就不跟你过了。跟你太像了。哈哈……"

看电视看得挺投入啊。萨仁图雅看着笑得正欢的丈夫把脸背了过去，被他吓了一跳之后对他更加不满了。

"你不要惹我妈妈生气。看着两个女儿的面子，我妈妈才跟你过呢。要不的话根本就不跟你过了。"玛努琪琪格用大象的耳朵磨蹭着爸爸的耳朵说。

"别这样跟爸爸说话。"阿努琪琪格生气地看着妹妹，"你在这儿睡，还是跟我一起睡？"

"妈妈经常这样说啊。"玛努琪琪格嗷着小嘴为自己辩护着，"妈妈，快看你的阿努吧，她净训我，我才不跟她一起睡呢。"

"不睡就拉倒。我跟我的猫一起睡。我给它讲格斯尔可汗的故事，通晓各种生灵语言的布通巴特尔的故事。"阿努琪琪格说。

"那些故事二伯早就给我讲过了。"

从外屋传来了脚步声。

"爷爷是不是要出去啊。阿努，快去给爷爷打开门灯。"苏德巴特尔又说，"不用了，还是爸爸去吧，顺便看看牲畜。这狗是怎么回事？为什么老是叫。还得看看水龙头和煤气，你妈说不准又忘了关阀门了。"一边下地一边走到玄关打开了门灯。

十二

在客厅。

萨仁图雅戴着一次性丁腈手套往盘里添薯条和萨其马。

"色香味俱全啊。妈妈，您这次做得太成功了！在盟里花钱都买不着这么好吃的。"阿努琪琪格尝了一根薯条，赞不绝口地夸妈妈。

"这丫头，刚摸完鞋和袜子。你洗手了吗？"

"洗了。花十七块钱买的袜子穿一天就露趾头了，再也不穿那双鞋了，太费袜子。"

阿努琪琪格瞥了一眼刚扔进垃圾桶里的袜子，说："换做大妈，肯定会缝上再穿。"

"你大妈的那个习惯有啥好学的？有就以有的样子过，没有就以没有的样子过呗。现在谁还缝漏窟窿的袜子穿啊。"萨仁图雅脱下手套挂在玄关的衣挂上，到冰箱跟前拿雪糕。

"冰箱门没关严。肯定是你爸干的。他净干这种拉屎不擦屁股的事。"

"哎呀，哎呀，谁的衣兜里有手纸？为什么不掏出来呀。都是纸末子，白洗了，白费劲了。"苏德巴特尔在卫生间打开洗衣机边喊边往外掏衣物。

刚洗的衣服上沾满了柳絮似的纸末子。他还掏出了一本驾照。多亏有皮夹子，要不的话这本驾照就废了。

"洗之前怎么不掏掏衣兜呀？洗衣机一大早就轰隆轰隆地响，你也不让人睡啊。洗着衣服为什么还跑出去修车？"

"哪头都不想耽误呗。这头洗着，那头修着。唉……修推土车了，吱嘎吱嘎地老响。下雪之前得修好了。像去年冬天似的正好赶在除雪的时候坏了，就又用不上了。"苏德巴特尔又说，"还缺几个零件。大哥他们扩青贮窖时开过去用了，也不知把哪个零件给弄坏了。"

"别让他们用。我说过多少遍了，你就是不听，给了人家，背后再瞎叨叨，有什么用呀。"

"不给能行吗？买这个推土车的时候，我说咱们几家合伙买一台就行，当时谁都不愿花钱，现在又都来借。"

"谁没关卫生间的灯呀？"从卫生间隐约传来了阿努琪琪格的声音。

"是我，我。"萨仁图雅笑着说。

"丫头，帮爸爸把这个擦擦，晒干了吧。"苏德巴特尔把驾照递给了从卫生间出来的女儿。

"妈妈，你总是责怪我爸。谁会在衣兜里揣驾照啊？爸爸，我会处理沾纸末子的衣服，我有办法弄干净。"阿努琪琪格没让父亲再洗这些衣服，拿着柔软的毛巾擦干了驾照上的水。

"你妈训人训惯了。她要是不训人，可能都没法过日子了。你妈她是王，你爸我是奴。"苏德巴特尔笑了。

阿努琪琪格用软毛巾将驾照擦干之后，又开始清理衣服。她戴上橡胶手套，将湿衣服展在桌子上，从上往下边擦边将，纸末子很容易就被擦掉了。

"这个法子挺好啊。这些技巧真是学也学不完。"萨仁图雅赞叹着，"我的方法就比较费劲了，衣服干透之后使劲抖搂。"

"清理的时候必须戴这种有纹路的手套。我的舍友就这样操作过。"阿努琪琪格举着手，让妈妈看戴在手上的手套，没一会儿工夫，就把十几件衣服全擦干净了。

她又从竹帘上收起了十几块新鲜奶豆腐，发现一块上有印痕，便用小勺刮着说："这块被猫啃了。"

萨仁图雅说："又是你爸。长着尾巴似的从来不知道关门，又让猫钻进放奶食的屋里了呗。别刮了，给牛倌他们吧，让他们自己收拾。把你那双鞋也给她吧。"

"妈妈，你真是的。爸，听着了吗？她要把被猫啃的奶豆腐送人。反正都送人，还不如送给我姥姥呢。"说完，阿努琪琪格伸出舌头笑了。

苏德巴特尔说："托我大丫头的福，我今天可没怎么挨骂呀。"抖搂着那些衣服一边挂晒一边说笑着。

"看看你那德行吧，跟电视里的日本鬼子一模一样。那是怎么挂袜子呢？成双地挂在一起啊，干吗分开挂？挂个衣服还让人教啊。"萨仁图雅没好气地把身子背了过去，接着说，"丫头你太善良了。牛倌两口子能吃上奶豆腐就不错了。刚来咱家的时候连个囫囵碗都没有，不是豁口的就是裂纹的。他们的日子现在才有点好起来了。"

"他们的日子好起来了是因为他们付出了辛苦的劳动。爸，你听听我妈都说啥呢。我妈小时候家里不也是挺穷的吗？"阿努琪琪格朝着父亲喊道。

"人家现在可是富婆了呀。"苏德巴特尔撇着嘴说。

萨仁图雅的脸红了。

"这孩子说话越来越像她大妈，净挖苦人。不好，不招人待见，会让人产生反感。知道不？"

"我也是靠自己的劳动、自己的智慧富起来的。看你爸脸色那会儿，买条裤子都得哭着求半天。还说是养那么多牛的富户呢。我结婚时他们兄弟几个就有一个皮袄，谁出门谁穿，不出门的在家穿着单衣，冻得直打哆嗦。我根本没想跟你爸结婚，都怨你姥姥。"萨仁图雅手里的雪糕没吃完，放进冰箱之后又盘起了绦带。

"又唠叨起来了？这句话听得我耳朵都快起茧子了。不管怎么说，你跟我爸结婚了，还生了我和妹妹。姥姥反正也不好，把那块被猫啃过的奶豆腐给她是最合适不过的了。"

阿努琪琪格笑了。苏德巴特尔也笑了。

"唉……"萨仁图雅拿着绦带，呆呆地盯着放在桌角上的手机长长地叹了口气。

"你见过你爸我俩坐下来好好唠过嗑吗？我俩看电视都看不到一起。你爸跟谁都合不来。"

"给我。"阿努琪琪格走到桌边拿起了她的手机。萨仁图雅抢也似的从女儿手里把手机夺了回来。

女儿洁白柔嫩的小手，依旧向她伸着。

"这孩子吓我一跳，猫似的走得那么轻。自己没有手机啊。没看见我正在用吗？"萨仁图雅缓解着气氛，握着手机不撒手。

"看你这一惊一乍的样子吧。我的手机没电了。"女儿依旧向她伸着手。

"哎呀，这丫头，该干啥就去干啥吧。两个手机都没电了？用你爸的。"萨仁图雅脸色不悦地站了起来。

"我告诉你了呀，另一个忘在学校没拿回来。就想看一眼网购的书是不是快到了。"

阿努琪琪格不依不饶地就要用她的手机。她却拉下脸子生气了。见母亲大人脸色不悦，阿努琪琪格就说："躲躲藏藏的有什么秘密似的，还生气了。哼，还是我爸好。"转身离开了。

萨仁图雅来到了缝纫间，随便哼着小曲在缝纫机前面坐了一会儿，又起身来到窗前，凝望着雾霭弥漫的霍日格图山。当她这样伫立的时候，两滴泪珠从她的眼角滚落了下来。

女儿在外屋说笑着。她不想让人看见现在的样子，把脸上的泪珠赶紧擦干，又坐到缝纫机前面工作起来了。

心神不宁或情绪不好时，她就做缝纫活儿。缝纫机的嗒嗒响声听起来那么普通，对她来说却蕴含着欲望、孤独、向往、委屈，甚至还有怨恨和哭喊。能够体会这种感觉的除萨仁图雅之外另有其人，那个人就是苏德芒莱。

他仿佛看见了那个身材修长的女人，戴着粉头巾泪流不止地走在小路上的身影。

那个女人就是萨仁图雅。在结婚的头一年里，她净往娘家跑，都跑出一条小路来了。艾里的人们把那条小路叫做"萨仁图雅的小径"。那条小路如今已消失不见了。

那是一个春回大地万物复苏的春天，萨仁图雅家的门前，喜鹊落在树上叽叽喳喳叫个不停。一个骑马的人来到她家，为侬乃扎布的二儿子苏德芒莱提亲。

萨仁图雅的嫂子将这一消息悄悄告诉了她。她害羞得捂着脸就向河套边跑去。

那时艾里有个"牧民乌兰牧骑队"。

萨仁图雅是队里的成员。队里的女孩子们一到演出就用锅灰、红纸描眉抹脸蛋。萨仁图雅却不用这些东西，她有眉笔，也有胭脂。每当眉笔和胭脂快用完了，她那带刺绣花的绸缎包里就会出现漂亮盒子包装的崭新胭脂或粉饼等。每当这时她虽然有些害羞，但心里总会充满着一种幸福感。当她咬着薄薄的红唇，抬起头来时就会与一双眼睛相遇。那双漂亮的眼睛是苏德芒莱的。

萨仁图雅那天从融冰的河边往回走时心想：就要嫁到别人家，给人家当媳妇去了。不免有几分伤感与难舍。可是刚回到家，就听到了预期之外的消息：家里已经答应把她许配给侬乃扎布的三儿子苏德巴特尔。

萨仁图雅的心一下子就僵住了。她问嫂子："为什么？"嫂子说："咱妈……"

野人家的孩子个个都调皮。家里来客人，他们从哈那①将套马杆伸进去戳人家后背，把客人弄得坐也不是站也不是。几个秃小子有时在客人面前一人抱一个小狗崽进包里，用前襟捂上狗崽的眼睛，相互

---

① 哈那：蒙古包毡壁的木质支架。

之间故意问："我先放，还是你先放？放了会不会咬人？"坐在包里的客人直冒冷汗。萨仁图雅听说过他们的故事，也见过脖子黑得像车轴，骑着屡马哪儿都敢去啥都敢干，跟着牛马整天在野外混的那几个秃小子。但是自从在牧民乌兰牧骑见到抹着雪花膏、打着发油、戴着戒指的苏德芒莱之后，她才惊讶地知道，"他们家原来还有这么一个人"。她没有上过学，在心里特别羡慕苏德芒莱，所以很快就喜欢上了这个上过几年学吃过几年墨水的人。队里选萨仁图雅为独唱歌手，苏德芒莱好像怕她被别人抢去，最先站出来表态，非常主动地要为她伴奏。

"我给萨仁图雅伴奏。"萨仁图雅相信，说过这句话的人不可能把自己让给弟弟，肯定会娶自己。

侬乃扎布家又往她家一连派了三次媒人，给三儿子苏德巴特尔提亲。萨仁图雅坐不住了，觉得情况有些不妙了。

于是就让哈布尔玛捎话，想见见苏德芒莱，却一直没有见到他。

哈布尔玛那时刚生完第二个孩子，正在坐月子，浑身散发着乳香味儿的她见到萨仁图雅就说："萨仁图雅，你就听我劝吧。苏德芒莱有啥好呀？他不就是会吹拉弹唱吗？每天睡到中午，啥活儿都不干。他们兄弟几个就数他干活差劲。你妈妈看人还是挺准的呀。虽说苏德巴特尔性格有点倔，可干起活来谁都比不上他。我喜欢勤劳的人。你就相信我说的吧。"她以发小的真诚好个劝萨仁图雅。

萨仁图雅依旧不死心，还在惦记着苏德芒莱。她想反抗这门婚事，但是又不能像哈布尔玛那样逃到学校去当"学生"。于是就去牧场找他。

成群的牛羊哞哞咩咩地叫着漫山遍野地往艾里走来。萨仁图雅猜到这就是富户野人家的畜群。她看见了苏德巴特尔，便迎了上去。她是凭借骑马的姿势认出他来的。这个男人蓬头垢面，形象太一般了。当她就要看清他的脸时，他却拽着缰绳转身逃走了。萨仁图雅只好跺着脚留了下来。这之后她又去过好几次哈布尔玛家，就想跟苏德芒莱见上一面。当她最后一次去的时候，哈布尔玛告诉她：

"你就把这份心收回去吧。人家在旗乌兰牧骑上班了，已经是拿国家工资的人了。"

萨仁图雅仿佛被击中了要害，只觉得浑身瘫软无力。她想号啕大哭，却流不出眼泪，行尸走肉般过了好多天之后，心里忽然产生了又怨又恨的念头。他躲我，原来是有原因的。拿国家工资难道就厉害了吗？那我就跟你弟弟结婚，一辈子在你眼皮子底下晃悠着给你看。

她跟苏德巴特尔结婚了。苏德巴特尔穿着不合脚的大靴子，梗梗着没洗净黑皴的脖子，在嫂子们的连拉带拽下进了新房。这个娶媳妇的男人进新房后，流着鼻涕眼泪说："我要睡在父亲身边。"嫂子们笑成了一团，七手八脚地上前帮他脱靴子脱蒙古袍，他却耍起倔来不肯让她们靠近。

婚后头两天，苏德巴特尔没有碰过新媳妇。既没有吻过萨仁图雅，也没有对她说过一句亲密温暖的话。这两个人就这样勉勉强强、别别扭扭地开始了新生活，有了第一个女儿。

萨仁图雅每当想起刚结婚那阵子的情景心里就不好受。

结婚还没过七天，他们就去收漫撒地里的庄稼了。刚进门的新媳妇不去地里干活也不会有人说什么。但是在那会儿，她那么年轻，根本想不到这些，跟着大家一起去了。

身为新媳妇的她都没顾得换身上的新衣服，因为旧衣服都在娘家，还没来得及去取。穿着高跟鞋和新衣服就去地里干活了。

萨仁图雅头一次拿镰刀，不会用，又不敢张嘴去问，看别人怎么干，她就跟着那么干。成熟的黄米粒足有珊瑚珠那么大，总是往她鞋里掉。她弯着腰干了好半天抬起头来时，才发现周围一个人都没有了。那些人干活麻利，把她落得老远老远。她想赶快完成他们留给自己的这块地，一不小心却用镰刀割伤了脚踝。只觉得从膝盖往下针扎似的疼了一下，鲜血就顺着脚踝流进鞋里，把脚都泡湿了。

即使这样，她还是咬着牙，把这块地里的庄稼给割完了。然后才装作没事似的，走到田边的沟边坐下来卷起了裤筒。手指宽的伤口还在流血，她用手绢将伤口包扎起来止住了血，这才回到车边，用桶里的水洗了洗手。她就这样带着伤，跟大家一起在地里干了七天活儿。

萨仁图雅的娘家穷。在姐姐和嫂子们中间长大的她在娘家时除了看孩子就是做些女红活儿，其他时间就跟着乌兰牧骑唱歌演出，或由着性子到处参加各种婚席。所以除了针线活儿，她对屋里屋外的其他活计都不怎么擅长。

嫁到富户野人家，成了这家的三儿媳妇之后，忽然就过上了日出前起床、日落后还在脚不着地的忙碌生活，硬着头皮接受了生活给予她的这种严酷考验。

哈布尔玛却说，萨仁图雅比自己幸运多了。最起码萨仁图雅嫁进来就有属于自己的屋。不像哈布尔玛似的，跟丈夫的爷爷、父亲、弟弟们同居一室。萨仁图雅结婚的时候，侬乃扎布的父亲让巴尔齐德贵分出去单过，给他盖了六间砖瓦结构的房子。

萨仁图雅最先面临的挑战是做饭。拿来一只羊腿用杀牛之力剁下几块刚要切，就听到坐在炕中央的爷爷说："孩子，不能那样切，那样切肉不好吃。"萨仁图雅不知该怎么切，手忙脚乱起来。"顺着肉丝切，顺着肥膘……"听到爷爷的再次指点，萨仁图雅急得浑身是汗，拿刀的手也颤抖起来了。"拿来……"爷爷把肉拿过去，将前襟的内里垫在炕上，也不用案板就把那块肉切成了肥瘦相间的肉条。就这样萨仁图雅在又羞又急的状态下，学会了怎么切肉好吃，怎么切肉不好吃的技巧。

来客人时她也不知道该怎么往桌上摆盘。给偶尔来的贵客要摆黄油和奶豆腐。给常来的客人或问路的人，只摆奶豆腐或点心就行。萨仁图雅总是分不清哪个是贵客哪个是来串门的。心想，这么殷实的人家，还对客人区别对待。每次听到爷爷说："孩子，炒米，奶豆腐……"她才会起身去拿放到桌上。

喂狗也得听爷爷的。母狗给多少，狗崽给多少，稠的和稀的怎么和，好像都有学问。萨仁图雅不敢直视爷爷的脸，看到这个干瘦的小老头心里就打怵。

准备冬储肉的时节到了。萨仁图雅的娘家穷，每年的这个时候也就宰一两只羊。野人家却要宰十几只羊，另外还要卧苏白牛。卧肉的工作一直会持续好几天。

苏德巴特尔一早就去牧场放羊了。爷爷和公公在家宰羊。爷爷是个干净利索的人，眼瞅着就把头蹄下水装在笸箩里拿来了。萨仁图雅不会洗肠子，坐在笸箩跟前着急得不知从哪儿开始下手。刚开始收拾第一只羊的下水就手忙脚乱地把羊肠子给捅破了，到处都是滋出来的粪便，让她很是难堪。

苏德毕力格和苏德莫日根戳着死羊的眼珠说："死了。不眨眼了。"窜来窜去地闹腾，还催萨仁图雅说：

"嘎嘎嫂子，赶紧把盛血的盆拿来，快点，快点。"

爷爷又在那边嘱咐：

"外面的肉晾差不多了，该放大缸里了。"

从外面进来的公公也喊："哎呀，快出去看看，一条前腿被狗拖去了。"

晕头转向的萨仁图雅连手上的羊屎都没来得及洗，骑上摩托就往娘家跑去。刚进屋就哭着说："被他们家的羊粪熏得，我都快喘不过气来了。都怪妈妈，把我给了这么一个两头不见日头的人家。我再也不回去了。"母亲和哥嫂，还有弟弟妹妹们笑成了一团。后来在母亲和嫂子的帮助下，她才把那年冬天的冬储肉收拾利索。

她一天都不想待在婆家，早晨喝完茶收拾利索之后就往娘家跑。她对母亲说："我害怕那个干瘦的老头。害怕他的眼神，他长得太难看了。"母亲却从来不把女儿的话当回事，快到中午就牵着女儿的手把她送回去。萨仁图雅生大丫头之前经常这样往娘家跑。

第二年春天又多了份挤牛奶的工作。

萨仁图雅不会挤牛奶。牛犊叼着母牛的奶头吃得嘴角都起沫子了，她坐下去挤却挤不出奶来。再看人家哈布尔玛眼瞅着就挤满一桶，送到奶缸里回来继续挤呢。

她每次抓牛的时候都会笑，因为抓不着，只能以笑来掩盖自己的尴尬。

这样折腾了好几天，她终于有一天早晨比较顺利地挤了一桶牛奶。哈布尔玛挤完奶回屋奶孩子去了。萨仁图雅不紧不慢地继续挤着，可是这头乳牛不知怎么就动了一下，把一条腿踹进奶桶里了。她惊呆了。

萨仁图雅气得嗓子眼都快冒烟了，顺手拿起一根棍子就向这头褐毛乳牛的头部砸了过去，乳牛嘡的一声就倒在了地上。萨仁图雅吓得魂都快没了，跌跌撞撞地往屋里跑去。苏德巴特尔抹了一脸的香皂泡沫正在洗脸。"嗨，嗨……完了，我把一头乳牛给打死了。"萨仁图雅的声音在颤抖。苏德巴特尔愣了一下，马上反应了过来，也顾不上吱声，脸上的泡沫都没擦，就向着牛棚跑去。

"怎么办？这可是嫂子从娘家带来的嫁妆啊。"苏德巴特尔从栅栏缝看了一眼跺着脚说。

他俩盯着躺在地上的乳牛不知如何是好。褐毛乳牛的耳朵似乎动了一下。"看啊，它的耳朵动了一下。"萨仁图雅颤颤巍巍地嘀咕了一声。只见那头乳牛从耳朵到前腿到半拉身子再到全身都动了起来。没死，终于苏醒了。

"伤到神经了。哎哟，姑奶奶呀，以后别挤奶了。这要是把人家的乳牛给打死了，该怎么向人家交代呀。"苏德巴特尔说。

萨仁图雅长舒了一口气。这头牛没死真是太好不过了。如果死了，她还有什么脸面去见人啊。她笑了。笑脸上顺着鼻翼流下了两行泪水。这次的"打牛"事件苏德巴特尔却没有往外声张，只有他俩知道。

萨仁图雅的父亲也没少来她婆家闹事。他是有名的醉汉，大家都管他叫醉鬼盖德卜。小孩哭闹的时候大人们就说："别哭了啊，听见了吧，狗吠呢，肯定是醉鬼盖德卜要来了。"拿他来吓唬孩子，再能哭的小孩也会立马停住哭声。只要听见从山涧传来狗吠声，大家就说不是狼来了，就是盖德卜要来了。盖德卜去谁家都不会提前在屋外喊"看狗啊"等客套话，站在屋外就喊："刚才还亮着灯呢。我知道你们没睡。不能灭灯呀。"大嚷大叫着就进屋了。

她父亲隔三岔五就来闹一顿，惹出来的笑话每次都不一样。让她公公背上，从南炕背到北炕；走的时候不是把一只靴子落下，就是把裤子落下；有一次竟然在脚上套着她家炉子盖上的铸铁圈回去了。他还动不动炫耀年轻时候的风流事："森坤的二丫头是我的孩子，森坤怎么可能生出眼睛那么黑亮的女儿呀。"

他还喜欢拿筷子比画着胡琴说好来宝①。骑上马刚离开，没一会儿又马蹄嗒嗒地折回来了。只要是晚上来了，这一宿谁都别想睡个好觉。萨仁图雅的爷爷看他实在闹得过分，就会从西屋出来抡着拐杖把他给撵走。萨仁图雅的父亲直到过世都这样闹腾，骑在她公公身上折腾来折腾去。

萨仁图雅临产前回娘家了。快生的时候她母亲说："出嫁的丫头不能在娘家生产。"就把她哄回去了。

母亲想让女儿去医院生孩子，萨仁图雅的爷爷听到医院二字，却立马拉下了脸。他说："生个孩子还去医院？我们家没有这么娇气的媳妇。"

萨仁图雅临产时苏德巴特尔去打草不在家。萨仁图雅难产了，在生死边缘挣扎了两天，后来竭尽力气想喝水，可嘴都不听使唤，时而清醒时而昏迷，爷爷在西屋念经的声音时而清晰时而模糊。

"得叫苏德巴特尔回来了吧。"不知是谁的声音从很远的地方传来了。

"佛祖呀，佛祖。"有人在轻声祈祷。

她还隐约听到了一个女人轻声哭泣的声音。

"我可能是要死了吧。"萨仁图雅想到了死。

"为什么在他们眼皮底下死？不能这样死。"萨仁图雅想到这儿，忽然精神振奋力气大增，咬紧牙关攥紧了正在祈祷的接生婆的衣领喊道："闭嘴。你们这些坏蛋，都给我闭嘴。"

从屋外传来了马蹄声和鞍鞯声。

"佛祖啊，苏德巴特尔回来了。"不知是谁在说。

就在这时孩子出生了。"哇，哇……"稚嫩的哭声响彻屋宇，萨仁图雅又一次昏迷了。

在阎王门口转一圈回来的萨仁图雅变了，彻底变了。

"死就死了呗。他们为什么不送我去医院？他们没把我的命当命看。"萨仁图雅在心里跟婆家人故意作对，整整十七天没有下炕，大

---

① 好来宝：意为连起来唱或串起来唱，是用蒙古语说唱的蒙古族曲艺形式之一。

便小便全在屋里解决，让苏德巴特尔端屎端尿地伺候。

苏德巴特尔的媳妇生个孩子还让往嘴里喂饭呢。说是生孩子就不下炕了。真没教养。艾里的人们好个议论。

刚满月爷爷就给她下命令了："孩子不到周岁不能带着回娘家。"

萨仁图雅却把他的话当成了耳旁风，刚满月就拉上最肥的羊，抱着孩子坐上车回娘家了。

萨仁图雅只要花钱，苏德巴特尔就拦着她不让花。就为这事他俩没少吵吵。苏德巴特尔越不让她花，她就越花给他看。手里只要有钱，就坐上班车去盟里消费。喜欢的、不喜欢的把包塞满了才肯回来。花光了钱，把自己打扮得光鲜靓丽地出现在苏德巴特尔的眼前时，苏德巴特尔的那张脸难看得就像结冰了似的。

"穷人家的孩子不会过日子。"苏德巴特尔说。

"那也比有钱不会花，有福不会享好。"萨仁图雅回敬道。

苏德巴特尔呼地站起来，上去就给与自己作对的萨仁图雅一巴掌。

让萨仁图雅最难忘的是有一次买裤子。苏德巴特尔他俩去盟里逛街，萨仁图雅相中了一条裤子。八十块钱，不便宜。苏德巴特尔跟店员砸价，说六十就买，店员坚持要七十。苏德巴特尔就说："别买了，太贵。"转身就要离去，萨仁图雅已经把裤子穿在身上了，求着丈夫想穿回去。可怎么求都不成，就是两个字"不买"。两个人于是就吵起来了，从盟里一直吵到家。

回家后有天傍晚，他俩因为钱又吵起来了，萨仁图雅抱上孩子就跑到了苏德芒莱家。

那是一个下雪的日子。

"带我走吧。走得越远越好。"

萨仁图雅结婚没多久苏德芒莱就不在旗乌兰牧骑工作了。有人说他是被开除了，也有人说他是嫌工资少没法养活自己，主动离职回家了。不管是什么原因，他只在乌兰牧骑待了几个月就背着行李回来了。他爷爷仿佛早就知道他有这一天，那时已经给每个孙子都单独盖了房子。萨仁图雅刚结婚那阵子，苏德芒莱找过她几次。他总是趁她回娘家时尾随她。可是萨仁图雅连看都不带看他一眼的，再说她母亲也不待见他，有一次就对他说："孩子，别往这儿跑了，别坏了家里的好名声，惹出笑话让大家瞎议论那可就不好了。"

萨仁图雅来到苏德芒莱家的时候，他没点炉子，披着皮大衣在看书。看见萨仁图雅进屋连忙把书放下说："吵架了？没事。两口子吵架再平常不过了。"

"他打我了。"

"虽说打人不对，但被打的也有问题。聪明的女人是不挨打的。两口子打架女的吃亏，你不能跟他硬碰硬啊。在男人的面上跟他作对，他能怕你吗？苏德巴特尔那么犟，怎么会服软呀。这就是生活。你家、我家，咱们的奶奶、母亲、姐姐，也就是说所有女人都走在同一条路上。表面上看来好像所有的事情都被大男人主宰，其实并不是这样的，往往是由女人们做主定夺。聪明的女人会从生活中汲取教训与经验，会将掌管大事的权力握在自己手里。不怎么聪明的女人才会成为她男人的、家庭生活的牺牲品。你应该是个聪明的女人。"

苏德芒莱将萨仁图雅的女儿抱在怀里，用皮袄裹在胸前对她说："苏德巴特尔从牧场回来之前，你还是赶紧回家吧。"把她送了回去。

他一路上都没有直视萨仁图雅。萨仁图雅心想：他的心就像这冬天一样冰冷。回家后忍不住哭了一鼻子，把他说的那句话，"聪明的女人不挨打"牢牢地记住了。

打那之后，萨仁图雅不再跟苏德巴特尔对着干，尽量避免跟他发生正面冲突。喜欢漂亮衣服，苏德巴特尔却不愿意花钱，她就顺着他，等到有机会时再悄悄买上，穿在身上了，苏德巴特尔也不会发现。

她只是想不到更好的办法，怎么才能问他多要点钱花。那时他们家将一年的粮食，包括米面粮油盐茶等生活用品，从盟府所在地一次性全买回来。萨仁图雅能趁这个机会，问丈夫多要点钱花。除了丈夫，还有一道关口，那就是爷爷。得需要一定的智慧。这俩人的经济头脑，用现在的话来说，简直就是电脑。

萨仁图雅能花钱，这个名声很快在艾里传遍了。大家都知道了这个女人花钱如流水。

萨仁图雅也逐渐懂得、明白，甚至感悟到了藏在钱里的奥妙。钱不仅仅是资产，还是名誉、地位、权力、自由。所以回娘家时总会带去很多礼物，吃婚席也会穿戴高档衣服。"富人家的儿媳妇呀。"嫉妒、羡慕的眼神，从四面八方射向她，她就更加自信，更加心情舒畅，更加挺胸抬头地走在大家中间。

　　可是花钱的时候还得向苏德巴特尔伸手。丈夫给的和自己悄悄搞到的钱总是不够她消费。她于是就向苏德巴特尔伸手要。赶上好时候能多要点，赶上不高兴的时候，不但要不到，还会挨骂。"我看你是买衣服上瘾了，衣柜里都放不下了，还买啥呀！"苏德巴特尔这样说的时候，真是搞不懂妻子为什么就那么喜欢买衣服。

　　萨仁图雅也搞不清楚自己怎么会变成这样。刚开始的确有作对心理，后来买衣服成了她朝思暮想的事情。所以就想办法自己挣钱，于是就做起了蒙古袍，卖起了奶食品。她开始卖奶食品的时候，艾里的人们都不待见她，说是往外卖奶食品不吉利。她开始挣钱了，有经济收入了，不待见她的人，就连反对她的苏德巴特尔都开始支持她了。就这样从一两头乳牛开始养起，她们家现在已经有十多头乳牛了。

　　把家里的财政大权掌握在手就是一家之主。无论大事小事，萨仁图雅即使跟苏德巴特尔产生分歧，也会听他的安排，不像从前那样动不动就往娘家跑了。

　　苏德巴特尔的确有挣钱的能力，但他只会挣，却不会花，在收支平衡方面安排得不是很到位。他却并不知道自己的这一缺点，别人给他指出来，他还听不进去。萨仁图雅跟苏德巴特尔算经济账，每次争论的时候，总能想起爷爷这个人。她认为那个又黑又瘦的干巴老头不是一般人，这是生活经验告诉她的。

　　爷爷去世后，他们家有那么一阵的确是乱了阵脚。每年准备冬储肉时，谁都不知道该留哪只羊，该卖哪只羊，就连该驯哪匹马都没人说得清楚。尤其在分家单过时，萨仁图雅特别怀念爷爷。

　　当时巴尔齐德贵和哈布尔玛跟着畜群去牧场放牧，苏德巴特尔和萨仁图雅则留在冬营盘，负责打草和地里的活儿。分家时，奥齐尔巴图和铁木尔巴图，挑着最好的牛和马说："这是我最爱的马驹，那是我最喜欢的牛犊。"把喜欢的牲畜都给认走了。哈布尔玛也把那些产奶量高的、每年都不空怀的、老实好使唤的牛牵走了。

分羊群的时候更有意思。公公望着白花花的羊群，把奥齐尔巴图叫到身边，让他从羊群中间跑过去分出了六份。他让不到十岁的孩子这样分家产，每个家庭成员心里都不高兴。萨仁图雅通过此事对公公更加不满，更加怀念那个明白事理的爷爷了。

那个又黑又瘦的干巴老头是会过日子的人。萨仁图雅越来越觉得爷爷是个了不得的人，这个大家庭的殷实日子是因为他的存在才会有的。只可惜她还未来得及向老人家多学一些过日子的本领，他老人家就过早地离去了。

老人家直到临终脑子都没糊涂。

萨仁图雅的父亲喝醉了来家里躺在地上把裤子落下走了，苏德巴特尔和萨仁图雅谁都没看见。爷爷早晨看见后，谁都没说悄悄把裤子给送了回去。萨仁图雅后来听母亲说才知道，羞得真想找个地缝钻进去。

爷爷是明白事理的人。

他拜根丕庙的活佛为师，通经书也会算卦。坟地是自己生前看好的，棺材也是自己看着让人给做的。那时他已经卧床不起，却坚持让孩子们把自己抬到木匠那里，亲自指挥着木匠把棺材钉好的。装老衣也是自己让人给做的，铺的和盖的一律选了黄绸子的。他还叮嘱，安葬时头枕经书，佛珠放在枕边。

萨仁图雅那天端着早茶进去时，爷爷从窗户看着初升的太阳说："我昨晚就应该走，只因为日子相冲没走成。又让我多看了一天的太阳啊。死这件事怎么说也不是那么容易的，阎王爷这是要让我明白更多道理，把我调理老实了才要带我走啊。"好像不是在等死，倒像是要去亲戚朋友家串门，言语之间表现得那么轻松。

几个孙子的房址也是老爷子给选的。他定好了房屋的朝向，又让苏德芒莱在红布上扣着大小好几个盘子画好了房梁上的金蟾，躺在炕上一再嘱咐："不能让金蟾见阳光，钉在外屋的主梁上，别忘了挂五谷种子。"

去世的前一天晚上老爷子就想搂着阿努琪琪格睡。五岁的阿努琪琪格在窗台上数沙嘎玩，兴趣正浓的她都顾不上回头看一眼太爷爷。

"小孩子都不愿靠近我了。唉，看样子我是真要走了。"老人躺在炕上，"你们不要拍打我重孙女的头，这孩子可不是一般的小孩儿呀。"反复唠叨着这句说过很多次的话。

阿努琪琪格出生时他就说过，"我就知道是丫头。我梦见了满屋飘散着浓浓的花香。"又说，"爷爷我啊，净给男孩子起名了，现在要给我重孙女起一个特别的名字。"他选出了好多个名字却选花了眼，临了也没有太中意的。

老爷子有一天打柴回来，连柴火都没卸就说："你们还没给孩子想好名吧？我觉得木齐尔①就行。打柴时忽然想到的。"又听说艾里的其他人家也给孩子取了这个名字，就无精打采地说，"那我再想想吧。"

重孙女都一百天了，还没有名字。家里人有时叫她木齐尔有时也叫她萨如拉。苏德芒莱忽然有一天想出了一个名字："阿努琪琪格"。老爷子觉得这个名字非常好，就说："再生女儿的话，就叫玛努琪琪格吧。名字里有琪琪格，人也会长得漂亮。我的重孙女肯定会出落成远近闻名的漂亮姑娘。"就这样孩子的名字才被定下来。

"我的五个孙子，哪个都没福分当国家干部。下一代的孩子们有福气，好好供他们读书就是了。"他经常这样嘱咐。

"唉，爷爷在的时候，我不太了解他，总把他当成累赘对待。那时太年轻，太不懂事了，唉……"萨仁图雅只要想起爷爷就会这样自责。

苏德巴特尔整天就愿意捣鼓他那些车。天天捣鼓那些冷冰冰的铁玩意，人也变得不近人情了。萨仁图雅这样想。

苏德巴特尔不近人情的举动，只有萨仁图雅知道。

苏德巴特尔有时生起气来，会揪着萨仁图雅的头发打她。

今年秋天他还动过一次手呢。刚把奥迪买回来的那天晚上，就因

---

① 木齐尔：蒙文音译。意为"树枝""树杈"。

为玛努琪琪格说了一句"爷爷要娶媳妇吗?"。苏德巴特尔那晚拉了几车草回到了家,喝多的萨仁图雅正在呕吐。他本来就累了,看见萨仁图雅的样子,想起饭桌上小女儿当着众人说父亲的笑话,气不打一处来,说萨仁图雅"啥话都给孩子说",抡起大手扇了她好几巴掌。

"我没说。是哈布尔玛嫂子说的。"萨仁图雅并没有这样辩解。因为她知道,所有的解释在他面前都是徒劳的,白费口舌。丈夫的手落下来的时候,她向来不躲,也不会叫疼,只是站在原地任凭他打。

他们两口子之间很少互动,几乎不怎么唠嗑聊天。

阿努琪琪格升初中去住校了,萨仁图雅感到前所未有地寂寞与孤独。女儿是她的整个世界。女儿离开家之后,她的世界被掏空了。她每天进进出出,不知道该做点什么,在家里一刻也待不住。有时发现自己竟然来到房子西边站着呢。正是在那段时间她去城里学车,拿到了驾照。为了拿到驾照,她往返于城里与家中忙得不亦乐乎,心里感到了些许满足。可是拿到驾照之后,又觉得没意思了,薄薄的一张纸怎能填满她那空空荡荡的心啊。于是就想再要一个孩子,有了孩子的陪伴,丈夫的那张脸再难看也无所谓了。玛努琪琪格就这样出生了。小女儿的到来,给她的生活增添了很多快乐与意义。

可是玛努琪琪格长得太快了。眼瞅着就上幼儿园了,每天从幼儿园回来,总是叽叽喳喳地告诉她今天学了什么字母,什么数字。"姐姐,姐姐,我的5睡着了,你快教教我怎么写它才不会睡着。"玛努琪琪格这样把大家都逗乐的时候,萨仁图雅的心里却弥漫着一种淡淡的哀愁,觉着小女儿也会慢慢慢慢地离她远去。

手机丁零零地响了几声,把她从沉思中拖回了现实。

那个曾经害怕爷爷的,每天让娘家母亲往婆家送的,憎恨那些有钱人的时光,现在对萨仁图雅来说已经遥远得不能再遥远了。

唉,回首往事无奇不有。随着日出与月落,日子就像白驹过隙似的飞走了。

十三

是啊。岁月既能让往事变模糊，也能让新生事物发生。

抱着摇篮里的婴儿哭着往娘家跑的萨仁图雅如今坐在沙发上。年近二十的女儿站在她身边。在摇篮里的那个小宝贝如今出落得亭亭玉立，已是大姑娘了。

萨仁图雅穿着白丝袜，把脚随便搭在前面的小凳子上，靠着柔软的沙发靠背坐着。

对面的沙发上坐着齐伦巴特尔夫妇，他俩的脸上堆满了感激和致谢的笑容。

"自从秋天来你家欣赏过新车，一直没空来看你们。不过总能看见你开着漂亮的奥迪来回走的影子。"

萨仁图雅看着这对客人对自己点着头微笑着，表达着谦恭的表情，抒了抒戴在耳垂上的红宝石耳环微笑着。

书本厚的一沓人民币放在大理石茶几上的花瓶旁边。

"你们来得真早，差点把我们堵在被窝里。"萨仁图雅停顿了一下，又说，"听说你们买楼的那个小区被划入建设用地了。补偿款这么快就落实到位了？"

"可不是呢。我们得了一百多万呢。多亏你了呀，你要是没劝我们的话，我们早就卖了。真没想到会这么增值。我俩拿到补偿款最先想到的就是赶紧把你的钱给还了。我们着急那会儿，是你伸出了援助之手帮助了我们。这个恩情永生难忘呀。"齐伦巴特尔的妻子眼含热泪地看着萨仁图雅说。

"孩子没事是最好的了。钱不是大问题。"萨仁图雅看着她那湿润的眼睛微笑着说。

"是啊，我们的孩子终于康复了，这真是比啥都要紧。"齐伦巴特尔两口子面带笑容地说着，向萨仁图雅一再表示感谢。

去年夏天，他们九岁的女儿在学校体检，被诊断为患有先天性心脏病。夫妇俩接到学校的通知，马上带着女儿去北京的医院做了进一步检查。检查结果跟体检结果一样。医生告诉他们，需要做手术，包括手术费在内得准备二十万。两口子慌了。齐伦巴特尔是一名普通教师，妻子是一名护士。而且从城里买了楼房，贷款也没有还完。

怎么办？上哪儿去张罗这么多的钱啊。除了卖楼房没有其他办法。可楼房也不是说卖就能卖出去的，毕竟用现款买房子的人不多。正在着急时，齐伦巴特尔的姐姐说："我有个同学叫哈布尔玛，她想在城里给儿子买楼房，她要是相中了你们的房子，就能付现款买。"他们就跟哈布尔玛联系上了。

哈布尔玛的确有买楼房的计划。齐伦巴特尔一跟她联系，她就跟着他去看了房子，但是没相中。一是旧楼，二是窗外的树遮挡了阳光，屋里不亮堂。虽然离学校近，但她却没相中周围的环境，整天见不着阳光，住着也憋屈呀。哈布尔玛跟着齐伦巴特尔跑了两天，最终还是没买。于是就把他介绍给了萨仁图雅。齐伦巴特尔其实早就知道萨仁图雅有钱，他买这个楼房时，还问她借过两万，到现在都没还本金，只是把两年的利息还上了，所以就没好意思向她开口。走投无路的情况下想试一试，就拨通了萨仁图雅的电话。

"我实在没办法了。你能帮帮我们吗？"

"来吧。见面详聊吧。"萨仁图雅那会儿刚好在盟府所在地，于是就在城里的楼房接待了他们两口子。

"楼房就别卖了。旧楼，过两年这个小区一旦被划入建设用地，说不准就增值了。孩子生病让你们着急，但是也不能不考虑将来呀。这样吧，我借给你们十万，不要利息，五年之内还清就行。另外那十万你们从银行借贷款吧。要是还不够就跟亲戚朋友再凑点呗。"

齐伦巴特尔夫妇给女儿做了手术，女儿的病情快要痊愈的时候，这个冬天他们的楼房也被划入了建设用地。

齐伦巴特尔从花瓶跟前拿起那一沓钞票要数给萨仁图雅。萨仁图雅说："不用数了。我一看就知道是十万。"

"就是不一样哈，跟钱打交道的人瞄一眼就知道数目了。我俩在家可是数了好半天呢。"

阿努琪琪格把早已准备好的借条拿来递给了母亲。

"给你舅舅吧。"萨仁图雅没接，让女儿直接给齐伦巴特尔。

阿努琪琪格按照母亲的吩咐去做了。

齐伦巴特尔夫妇俩从她家出去时还一再表示着感谢。萨仁图雅微笑着送客人，还给了他们一千元，让他们给孩子买点营养品补补身子。

客人刚走，从里屋的门里就挤出了好几个人。

萨仁图雅的母亲年近七旬，是个矮个子的黄白净子脸的老太婆。老太婆的耳垂戴耳环戴得豁了好几道口，仿佛婴儿的小手指似的特别显眼。萨仁图雅的姐姐跟女儿，还有她的妹妹和苏德巴特尔一共五个人从屋里挤了出来。

萨仁图雅在客厅跟客人说话时，这几个人在里屋乱成了一团。

两个女儿非让母亲出去跟齐伦巴特尔说道说道。她们的母亲却不肯答应，说啥也不出去。

姐妹俩一前一后地来到萨仁图雅身边就问："你为什么给他借钱？"

"借给他十万呀？"苏德巴特尔的眼珠也要瞪出来了。

萨仁图雅看着窗外说："我哪有那么多，给你们说你们也没有，五万是我的，另外那五万是从我哥借的。我没告诉嫂子，你们要是透露出去，让哥嫂打起来我可不管啊。"

萨仁图雅不识字，总让哥哥给她看那些借条。她把借条拍成照片发给哥哥，得到哥哥的确认之后，才在这边收借条。她身边有两个为她保密且信得过的人，一个是哥哥，另一个是大女儿。萨仁图雅知道哥哥不会告诉嫂子，女儿也不会告诉爸爸。算利息这方面，苏德巴特尔和阿努琪琪格都比不上萨仁图雅。萨仁图雅脑子好使，默算速度跟打算盘一样快。

萨仁图雅的姐姐和妹妹从她两旁逼问道："你难道不知道齐伦巴特尔的爸爸是谁吗？"

"知道啊。"萨仁图雅说了一嘴之后喝了一口茶。

"让爷爷低头弯腰……"

"唉，别再提那些陈芝麻烂谷子的往事了。"萨仁图雅的母亲摇着头摆着手，打断了两个女儿的话题。

"妈妈和萨仁图雅一模一样，不会给人家使坏，就是心软。"姐妹俩不太高兴地说。

她们的母亲抽着烟慢悠悠地说："行了，孩子们，冤冤相报何时了啊！你爸在世的时候，喝多了就会想起那些恩恩怨怨。现在说那些还有啥用？时代不同了，在那个时代谁都有可能迷失方向啊。你妈我这一辈子被冤枉过，却从来没有冤枉过别人。正因为如此你们几个现在过得比谁都不差。不都挺好的嘛。人善有福报啊。人家摊上病灾了，就别说不好听的了。那孩子做完手术回来时，我跟他们坐一趟班车。那个可怜呀，脸色那个苍白呀。没事就好啊。萨仁图雅心地善良，做这样的好事就等于是积攒福报呢。生活呀，跟车轴辘似的总是在转。穷的时候不能萎靡，富起来了也不能目中无人。"

姐妹俩翻出两家人的旧账跺脚着急时，萨仁图雅却想到了另外的事情。那时，一到年根都去供销社买灯油、盐巴等生活用品，大家挤在栏柜面前乱成一团，供销社的人总是把货物先给那些付现款的有脸有面的熟人，根本不搭理那些没脸没面又没钱的求着赊账的人。

"我先赊着，挠完羊绒就来结。"萨仁图雅的母亲低声哀求着。

"挠完羊绒来结？你们家还有可挠的羊吗？难道要去挠公婆的绒吗？"供销社的人粗声粗气地说。话音刚落，大家都哄地笑了起来。跟小伙伴们玩追逐游戏的萨仁图雅听得真真切切。母亲忍受着那么刻薄的话，赊到了大粒青盐、白糖和炮仗，回到家却很高兴。她说："穷人能担刻薄话，死人不怕黄土埋。咱们不可能一辈子这样穷下去，等孩子们长大了，咱们肯定能过上好日子。"萨仁图雅却忘不了供销社的那个人撇着沾油水的厚嘴唇，剔着牙说她母亲的那些话。那个长着一张马脸的傲慢无礼的人正是齐伦巴特尔的父亲。

人世间的生活真如上下滚动的车轴辘啊。萨仁图雅怎么都没有想到齐伦巴特尔会低着头向自己来借钱。

萨仁图雅最先想到的就是那张沾油的厚嘴唇和"挠公婆的绒吗？"那句话。于是立刻就在心里决定：应该借给他。究竟为什么，她自己也回答不上来。齐伦巴特尔的表情，那低三下四的表情，让她产生了一种快感，一句话都没多说，就痛痛快快地把钱给他了。

萨仁图雅的姐姐和妹妹不理解她，不高兴地撇着嘴。

那边的窗台上坐着两个年轻姑娘。她们是阿努琪琪格和萨仁图雅姐姐的女儿。姐姐的女儿身材高挑，皮肤白皙，刚穿完耳洞就堵住了，阿努琪琪格用茶叶棍给她疏通耳洞，疼得她哇哇直叫。

"咱们回去吧。也该回去了，来这儿吃羊肉已经住两天了，现在也该回家了。她愿意借给谁就借给谁呗，人家的日子咱们管不了，也管不着。"她姐姐说着就拿起了车钥匙，"回家吧。都快中午了。"母亲和妹妹这才站起身，穿着外套戴起了帽子和围巾。

"你们去领凭合作医疗证给的药了吗？再不去领就要过期了。"萨仁图雅把她们送到门口时说。

她把客人前脚送走后脚进屋就拿起手机，只看了一眼脸上就浮起了一抹红晕，然后向屋门谨慎地瞥了一眼，调低音量放在耳边听了起来。

她听到客厅有人来了，像个小孩子似的跑了出去。给他们干活的温都茹娜端着煮好的扎格①站在门口。

"咦，别进来。你的鞋脏。"玛努琪琪格从母亲的胳膊底下钻过去说。

"这丫头，嘴这个快呀。刚才还在爷爷的屋里来着。"萨仁图雅站在门口笑着说。

温都茹娜进也不是退也不是，站在门槛外侧，显得很尴尬。

"没事，进去吧，进去吧。"苏德巴特尔站在她身后也要等着进屋。

温都茹娜还是把鞋脱了。她没有换拖鞋，穿着袜子走到门后，拿来放锅用的沾着锅灰的小木凳，垫上手套坐下了。

"你是给我们家干活的人，是吧？你给我爸干活，我爸给你钱。对吧？你最害怕我妈，是不是？呸呸，你的手也太黑了吧。"玩跳绳的玛努琪琪格调皮地说。阿努琪琪格过来把她拽走了。

萨仁图雅前仰后合地笑着说："这丫头疯疯癫癫地也不知说啥呢。好几天没见着温都茹娜姨瞎好奇呢吧。"

---

① 扎格：用做奶皮子剩下的牛奶制作的奶渣。

温都茹娜长得又高又壮，脑后编着一根粗粗的辫子，是个四十来岁的女人。

"周末放假了吧？阿努琪琪格。"她微笑着对给自己盛来茶的阿努琪琪格说，"玛努琪琪格越来越像妈妈，一点都没随爸爸。"粗声粗气地哗哗笑了起来。

萨仁图雅说："叫你来是要给你一些旧衣服和旧鞋子。虽说有点旧，也都是花大钱买的一些名牌。还有一块被猫啃过的奶豆腐，不嫌弃就拿回去吃吧。你看，我这件毛衣好看不？纯羊绒的。猜猜，能值多少钱？"她在温都茹娜面前转了转，又扭着腰肢走到大镜子跟前，一边摸着羊绒衫的袖口和前襟，一边欣赏着镜子中的自己。

十四

苏德巴特尔早晨起来要点火做饭，却找不到打火机。从厨房找到客厅，又从客厅找到卧室，把橱子、柜子、抽屉翻了个遍也没有找到，就来到了父亲的屋里。

老人的屋里弥漫着浓烈的杜松香味儿。

"昨天那个满气的呢？"老人从身旁边找边问。

"找不见了，爸。"苏德巴特尔有些不耐烦地等着父亲给他找打火机。

老人看了看儿子，不太情愿似的打开了放在枕边的一个纸盒子。苏德巴特尔看到里面整齐地码放着许多打火机，情不自禁地笑着说："原来都被老爸给收起来了。"伸手就要拿，老人却把他的手推开了，然后从众多打火机中选了又选，找了个气不足的拿在手上说："把这个用完了再给你别的。"靠近眼前晃了几下，"不抽烟的话，能用一个礼拜。"

苏德巴特尔拿上打火机来到厨房，打了好几次都没打着火，因为用力过猛还把打火机的头给摁断了。

他把弄坏的打火机气呼呼地扔进了垃圾桶，没再找父亲去要，用电锅熬起茶来了。

"咱爸真够呛。上了年纪之后变化怎么这么大呢。真是无法理解。他把打火机都收起来了。这一早晨，没干别的，就差骑马出去找打火机了。"

萨仁图雅坐在沙发上捣鼓手机，并没留意听苏德巴特尔在说什么。她对着手机说："到旗里剪头发去不？"不知跟哪个姐妹在约时间。她从盟府所在地回来才两天呀。

玛努琪琪格站在镜子前洗完脸抹脸霜，听到母亲的话，噘着小嘴说："妈妈，我也跟你去。我也要剪头发。"

"这个月卖奶食品挣了六千多块。卖得挺好。"苏德巴特尔看起来比较兴奋。

萨仁图雅却皱着眉头说："唉，才六千多块。"

"行了，够可以的了。人呀挣多少都不知足。"苏德巴特尔说。

萨仁图雅照了照镜子说："剪什么发型最适合我？"

"现在的发型就挺好看。不用剪了。"

"你还知道好看和不好看的区别？快去熬你的奶茶吧。"

依乃扎布老人在屋外牵着斑哈尔和芒哈尔遛狗。两个家伙围着老人不知怎么撒娇是好，一会儿躺在地上，一会儿又用尾巴拍打着地面跳跃起来，狗链子围着老人的膝盖缠了好几圈。

"哎呀，咱爸这是干吗呢，绊倒了可怎么办。"苏德巴特尔连忙跑了出去，并向萨仁图雅喊道，"你去看看锅里的茶啊。小心溢锅！"

喝早茶时，老爷子自顾自地发表着自己的观点：

"今天早晨的茶，味道有点不对啊，又在那个电锅里熬的吧？电锅里熬的茶，就不如用牛粪火熬得好喝。用牛粪火熬的茶、做的饭就是好吃。"

"爸爸，我不吃这个，我要吃馅饼。昨晚你答应过，今天早晨要给我烙馅饼。"玛努琪琪格把奶油拌炒米的碗推到了一边说。

"中午给你烙。丫头，你从幼儿园回来的时候，我烙好了放在这儿，你回来就能吃上了。"萨仁图雅哄着女儿说。

"不，我现在就要吃。"玛努琪琪格把筷子也甩到了一边。

"现在来不及了。你们快上课了，迟到的话老师会训你。吃吧，这奶豆腐太好吃了。"苏德巴特尔也想着法地哄着女儿。

玛努琪琪格到底没有吃早饭，气鼓鼓地去幼儿园了。

苏德巴特尔洗碗的时候嘟囔道："真拿咱爸没办法。原来跟老人一起生活有这么多麻烦。早晨本来可以烙馅饼的，可是把时间都浪费在找打火机上了。"

自打老父亲搬过来跟他们一起住，他们家原来的秩序都被他打乱了。吃饭的碗筷只留四个人的，其余的都被他收起来了。看见多余的打火机就会拿走收起来。还净往灰坑里倒水倒剩茶，弄得很不卫生。苏德巴特尔就跟在父亲身后不停地提醒："不要往灰坑里倒水，招潮虫。"

老爷子觉少，一大早就起来了，一会儿咳嗽，一会儿清嗓子，屋里屋外进进出出动静很大。老爷子刚来的那两天，萨仁图雅每天早晨最早起来忙活着做饭。过了几天就不起了。其实在他们家，早起熬茶的都是苏德巴特尔，这个习惯已经有二十来年了。

老头在屋里把香摆在小桌子上，二十根一组，三十根一组分好了收起来，然后痛快地打了几个嗝，用痒痒挠挠着后背自言自语道："他们家吃饭真磨叽，端起碗来就没完没了。要说过日子，还得说巴尔齐德贵和哈布尔玛，这时候早领着儿子围着牲畜忙活起来了。"

屋里有厕所，儿子和儿媳妇夜里都在屋里上厕所。就因为这个老头都不怎么敢喝水了。

侬乃扎布老人对这个儿媳妇向来一般。儿媳妇不多言不多语，虽说不是特别尊重他，但也没有怠慢的表现，但是老头自己都不知道为什么就是对她一般。

临近中午时分，苏德巴特尔和萨仁图雅剁好羊肉馅和好面等女儿回来。幼儿园十一点半放学，其实没有午休，还管一顿午饭。可苏德巴特尔两口子却非要把女儿接回来，说是园里的伙食没有家里的可口，营养也不够。尤其是今天早晨，女儿没有吃东西就气呼呼地走了，他俩担心女儿一定是饿坏了，仿佛都等不及女儿的下课时间了。

苏德巴特尔开上黑色的丰田去接女儿。幼儿园就在山口那边的黑拉嘎图艾里，顺着山脊建的抹着白灰的那一排房子就是玛努琪琪格的幼儿园。

玛努琪琪格说一点都没饿，老师给她吃鸡蛋了，还给她喝热牛奶了。

"我以后就在幼儿园吃饭了。幼儿园的鸡蛋和牛奶可香了。"玛努琪琪格摇晃着脑袋，对馅饼似乎已经失去了兴趣。

"那是因为我的小宝贝饿了，所以吃啥都香。"苏德巴特尔捏了下女儿的小鼻子，萨仁图雅也过来亲了亲女儿可爱的脸蛋。

"爷爷，你也去我们幼儿园吃饭吧，可香了。"小姑娘不住嘴地说着。

馅饼烙好就开饭了。玛努琪琪格吃饭的时候掉了一颗牙。

依乃扎布老人把这颗牙镶在了一块肥肉里面递给了孙女，孙女拿在手里高兴地跑了出去。

玛努琪琪格特别高兴爷爷来家里跟他们一起住。她把存的零钱、玩具等都移到了爷爷的屋里，把那个遥控飞机都送给爷爷了。爷爷把小飞机用哈达包上，收进了小柜子。

外面传来了小丫头的哭声。

原来是被狗咬到了手指。幸亏咬得不深，没留牙印，也没有伤到皮肉。

苏德巴特尔对父亲很是不满。女儿每次掉牙，老父亲都这样让她拿着去喂狗。上次也发生意外了，女儿被狗链子缠住，差点被狗拖进窝里。

前几天，女儿被玻璃碴子割破了手。爷爷烧了块棉花摁住伤口止住了血。血是止住了，那块烧煳的棉花却掉在沙发上，把皮沙发烧出了好几个洞。

老人却说："没事，没事。床铺毡垫被烧是发财的预兆。"

花一万多买的皮沙发呀。幸亏是在萨仁图雅家，她发挥了巧手的作用，把好看的绣片缝在了烧坏的地方。要是换做哈布尔玛，肯定会没完没了地叨叨好些天。

"跟老人一起生活原来有这么多麻烦。"苏德巴特尔惊讶之余，好像都不知道该怎么度日了。

萨仁图雅说去旗里有事，开上奥迪把女儿送到幼儿园之后就往旗里去了。

她在城里住了一宿，第二天却跟苏德芒莱一起回来了。苏德芒莱好像是要参加什么会议，需要一身合适的蒙古袍。

两个人刚一进屋，萨仁图雅就翻箱倒柜地找出了好几件不同款式的男式蒙古袍。苏德芒莱站在镜子前面一会儿抬手一会儿落手，不得闲地试穿着。

"这件合适，你觉得肩这块紧吗？"萨仁图雅边问边围着他看合不合身。

这时苏德巴特尔进屋了："穿着正合适。你这是啥时候给二哥做的？"

"不是给二哥做的，我妹夫让做的，结果没相中。我好长时间都没工夫做蒙古袍了。"

玛努琪琪格也跟着凑热闹，穿上妈妈的大蒙古袍像正在脱毛的羊似的嚷嚷着"妈妈每天都在微信上聊天"，跟二伯抢着镜子照来照去。

巴尔齐德贵和哈布尔玛刚好也在他们家。他俩给老爷子送羊来了。

小丫头的话把大家都给逗乐了。

"妈妈在微信上都跟谁聊天呢呀？"哈布尔玛当着大家的面问小丫头时瞥了一眼丈夫。

"不知道。她的微信上净来亲嘴的图。"一屋子人又都笑了起来。

哈布尔玛说："苏德芒莱，你该娶媳妇了。穿上这么好看的蒙古袍，像新女婿了。"

"我结婚，你得损失一头牛。"苏德芒莱不紧不慢地说。

"一头牛算啥。你只要结婚，乳牛牤牛我们都舍得给。"

"哟，那你们家可惨了，怕是一整年都不会沾荤腥了吧。听说你们家的几只羊被狐狸掏了，你都一个月不用手机了。为了省油钱，这两个月也不开车了。"

哈布尔玛抬高了声音说:"嘿哟,你还好意思提狐狸抓羊的事啊?没让你赔,你就烧高香去吧。那几只羊就是让你放牧那几天丢的。谁知道呀,说不准你把羊群赶进山沟里就去串门了。我看见额日严·脑海图的围栏里有新羊粪蛋来着。不是你把羊群放进去了,就是别人趁着夜晚,把羊赶进去了。嘴上长疮的玩意,不省着过日子,你难道会替我们养活三个儿子?谁跟你似的,一人吃饱全家不饿。那样倒省心了。"

"比活佛说得都有道理呀。还让我放羊不?感觉不错吧。"苏德芒莱笑嘻嘻地说。

依乃扎布插嘴说道:"谁会趁着夜晚,在别人家的牧场放羊啊?眼见为实,不能瞎说,作孽呀。肯定是苏德芒莱干的好事。不爱劳动,爱吃肉;不爱小孩,爱女人。这句话就是说他的。"

大家哄堂大笑起来。苏德芒莱比谁笑得都欢,从怀里掏出笔和纸说:"咱爸就是不爱说,说出来的都是经典可笑的梗。每句话都有分量呀。"把老爷子说的记了下来。

萨仁图雅开上汽车要去送苏德芒莱。苏德巴特尔去牛倌家磨刀,为明天宰羊做准备。

"咱们的苏德巴特尔对萨仁图雅一点都不起疑心哈。"哈布尔玛站在厨房说。

萨仁图雅跟苏德芒莱回来的时候,苏德巴特尔在煮羊肉稠粥,跟大家聊着聊着就忘了,忽然闻到一股焦煳味儿才想起来。哈布尔玛这时往锅里插上葱段,去煳巴味儿呢。

"萨仁图雅变得越来越奇怪。整天抱着手机好像魔怔了似的。那天我趁她出去,偷看她的手机来着,微信上全是苏德芒莱他俩的聊天记录。我要是不说,你肯定不会相信。"哈布尔玛给巴尔齐德贵小声嘀咕着。

巴尔齐德贵说:"那有啥呀,跟当哥哥的聊几句也没啥不行的。"

哈布尔玛说:"噫嘻。那你也是当哥哥的人,她怎么跟你一句都不聊呢?跟个当大伯子的人一聊就能聊上好几百条微信,难道就没点啥事?"

"还好几百条？我又不是不知道你最爱夸张，可别添油加醋了。"巴尔齐德贵这次没有顺着妻子，果断打住了这个话题。在一旁劈砖茶的依乃扎布老人隐约听到了他们的对话，后背里仿佛钻进去了一条蛇似的，觉得浑身不舒服，不由自主地打了个寒战。

老爷子的心情忽然不好了，深一脚浅一脚地来到了屋外。已近黄昏，雾气很大。大冬天却弥漫着雾气。

这种飘着蓝色雾霭的黄昏，总会让他产生那么一丝不舒服的感觉。究竟是因为什么，他也说不清楚。可是现在非常清晰的东西忽然来到了他的记忆当中。

在那个夏季黄昏，同样弥漫着跟今晚一样的蓝色雾霭。"雾气越来越浓，看样子是要下雨啊。明天大太阳一照，满地都是白花花的蘑菇。"依乃扎布赶着牛车打着盹去宝默宝图庙请活佛来家里念经。

活佛来到他家念了七天经。依乃扎布跟妻子结婚已有四个年头，妻子却一直没有怀孕。这次请活佛来念经，是专为祈求子嗣的。

他父亲给活佛另外盖了一间屋。附近的香客白天来拜见活佛，家里的客人络绎不绝。到了晚上活佛就在那个新屋里声如洪钟般开始念经。这时他父亲就把依乃扎布支走了，让他去看护马群。

活佛在他家念了七天经，依乃扎布在这七天里都去看护马群了。其实夜里看护马群的工作一向是由父亲来完成的。

活佛回到寺院之后，他父亲又把依乃扎布替换回来了。

依乃扎布回来的那晚没有跟妻子亲热，他也不知道是为什么。但是，但是……他总觉得妻子身上散发着一股杜松香味儿，跟活佛身上的味道一样。因此就不想靠近妻子的身体。在雾气蒙蒙的院子里转来转去，走来走去，听着马儿打响鼻、羊儿反刍、吃饱的牛喘着粗气、远处的青蛙呱呱叫的声音，在外面过了一夜。

请活佛念经的作用很快就显现了。依乃扎布的妻子没过多久就怀上了，于第二年的早春二月生下了孩子。

那是一个下着雪霰的冷天。依乃扎布骑上马，又牵上一匹去请接生婆。来到七十里外的接生婆的家，接生婆却不在家，被别人接走了。他只能骑马回家了。

回到家在马桩上下马时,他父亲迎上前说:"生了。生了个儿子。你呀,命中注定会有五个儿子。"依乃扎布那时年轻,再说也腼腆,没好意思追问父亲为什么说自己会有五个儿子。

正如父亲所言,五个儿子巴尔齐德贵、苏德芒莱、苏德巴特尔、苏德毕力格、苏德莫日根相继降生。爷爷给第一个孙子取名为"格根扎布",说是"扎布"一词有救赎的意思,而且也占了父亲名字的后两个字,这样起名,小孩子皮实能茁壮成长。这孩子却并不皮实,只要家里有人去参加红白喜事或夜晚回来得晚,要么有喝醉的人晚上来串门闹腾,连家里的牛或羊被狼掏了,这孩子都会发烧闹毛病。他们就去活佛那儿给孩子请了名字,于是就有了巴尔齐德贵这个名字。自打改了名字之后,这孩子再没发烧闹毛病,茁壮成长了起来。

还有一次,也是这种飘着蓝色雾霭的黄昏。依乃扎布送孙子奥齐尔巴图回家,刚要绕过木篱笆圈儿时差点跟一个人撞上。这个人正是萨仁图雅。萨仁图雅甩着两根辫子,穿着踩偏的靴子,向那边跑了过去。依乃扎布盯着儿媳妇的背影很是纳闷,她与自己错身而过为什么一句话都不说?绕过木篱笆圈儿之后才明白,原来那边也有个人正缓缓向远处走去。

那个人的步态和后脑勺,似曾相识般那么熟悉。在朦胧的黄昏之中,依乃扎布揉了揉眼睛,想仔细辨认一下,那个身影却在雾霭中消失了。

那是发生在苏德巴特尔和萨仁图雅刚结婚不久的事情。依乃扎布今晚才找到自己不喜欢这个儿媳妇的原因。不可能吧?我这个笨脑袋瓜,为什么今晚会想起不该想起的事情呢?

"爸爸,进屋吧。饭好了,进屋趁热吃吧。我们要回去了。"洪钟似的声音传到了他的耳朵里面,他不由得抖了一下。是儿子巴尔齐德贵的声音,这个声音好像又让他看到了那位披着黄袈裟的活佛。他愣怔地站在雾蒙蒙的黄昏里眨巴了几下眼睛。

大儿子和大儿媳妇打开车灯,开上车渐渐走远了。

"爷爷,快来找我呀。"

老人摸摸索索地进了屋。

屋里黑乎乎的，玛努琪琪格的声音从墙角传了过来。

他把灯打开了。玛努琪琪格戴着一顶兔耳朵帽在墙角蹲着呢。

第二天苏德巴特尔家宰牛杀羊准备冬储肉。大家在牛倌的房前好一顿忙活，杀了一头牛，十头羊。

院子里铺着一张大塑料布。萨仁图雅、哈布尔玛还有乌日柴呼三妯娌，把用小推车运过来的一块块肥肉放在塑料布上晾着。

苏德巴特尔那当当的说话声一直不绝于耳。

"就数苏德巴特尔能说，好像就他一个人在忙活。他这个人呀，急性子，越忙越能嚷嚷。"萨仁图雅不耐烦地说。

"急性子有急性子的缺点。跟苏德巴特尔这样的急性子一起干活，心脏不好的人都能犯心脏病。可是跟干啥都不着急的那些人干活更让人抓狂。你大哥就是，不管人家怎么忙，他一点都不带急的，那才气人呢。"哈布尔玛蹲在地上摆着肉块说。

"大哥就是那样的人。一个娘肠子里爬出来的兄弟，性格差别还真大。不管遇见多急的事情，大哥向来不慌不忙，稳稳当当的。"萨仁图雅说。

"苏德巴特尔哥干活真麻利。看见他拿刀子要宰羊，我就连忙绕过墙角去拿盛血的盆，拿着盆子刚到，人家就喊上把盆拿来了。"乌日柴呼说。

哈布尔玛立刻就说："哟，乌日柴呼还知道麻利这个词呀。"

乌日柴呼没过一会儿就回家了。

哈布尔玛说："乌日柴呼回去了。我说她两句是不是惹她不高兴了。怎么说她好呀，年轻人一点精神都没有，行尸走肉似的，真是白瞎年轻岁月了。我知道她不喜欢我，因为我净说实话，说实话的人可不就得罪人呗。"

晚上，客厅里坐了两桌子人吃饭。

侬乃扎布也跟大家坐在一起。他没怎么吃东西，喝了一碗肉汤就回屋了。

想给心爱的白虎哥哥佩戴

妈妈却给了该死的阿拉坦巴更①呀……

萨仁图雅忧伤地唱了起来。

乌云浓厚
就要下雨
心若真诚
总能回来……

大家也跟着唱了起来。

老爷子回屋后，眼前时不时地就会出现苏德巴特尔的身影，他为桌上的大家忙前忙后地服务着。

九条龙恩入蛰的地方啊
那是小姑娘高小姐的出生地呀……

孩子们热闹到天亮才散。

苏德芒莱披散着长发过不一会儿就进来看看老父亲。老父亲用被头蒙着脑袋并不搭理他。

老爷子遇见过好几次，苏德芒莱和萨仁图雅在屋里谈笑风生，苏德巴特尔却在屋外忙活，不是在车里就是钻进车底下修理着什么。偶尔有那么几次，天都黑了，苏德芒莱还不走，黑灯瞎火地坐在屋里跟萨仁图雅没完没了地聊着。

没心没肺的尼玛奥斯尔②啊，该死的阿拉坦巴更呀——老爷子在心里情不自禁地为苏德巴特尔连连祈祷。

---

①② "阿拉坦巴更"与"尼玛奥斯尔"都是科尔沁民间流传的人物和科尔沁民歌当中出现的人物名字。

第 五 章

十五

"小时候铺在你摇篮里的细沙就是从这儿取的。"

一个母亲说过这句话。

一个孩子把这句话永远记在心里了。

那个孩子记得很清楚，那天好像有点风。母亲轻轻抚摸着孩子的脸颊，戴着蓝纺绸头巾，巾角在微风中抖动，飘扬的衣襟散发着乳香味儿。

苏德芒莱当时只有五六岁。可他却把母亲说过的这句话永远记在心里了。

苏德芒莱今天领着几家的孩子来爬山。孩子们在希日嘎沙山上玩闹。

远方耸立着雪山。光秃秃的冬原上连绵着铁丝网，山梁和山脚下散落着牛群、马群和羊群。

从沙窝地传来了孩子们的笑闹声。他们在玩滑沙，从沙山顶上滑下来时，不知是谁栽了个跟头，啃了一嘴沙土在哭，其余的几个滚在沙地上笑他。领来的三条狗围着他们跑上跑下地撒着欢儿。

苏德芒莱站在沙山顶上凝望着远方。

他每次来希日嘎沙山都会想起母亲，想起母亲说过的那句话。母亲那天在山顶上牵着他的手，遥望着远方伫立了很久很久。

他现在觉得读书识字的母亲的确有那么一种浪漫情怀。母亲总是默默地站在这儿遥望远方。在苏德芒莱的记忆当中，母亲是个身材挺拔的高个子女人。

那时孩子多，家务事更多，母亲却一直保持着看书的习惯。苏德芒莱那时就觉得母亲是个非常特别的人。因为在当时几乎看不到当妈妈的人还会捧着书本坐在炕上读书。孩子们围着妈妈坐成一圈，妈妈在油灯下，用清朗的嗓音给孩子们念故事。有宝格达·格斯尔镇压莽古斯①的故事，也有被她念得活灵活现的狐狸精的故事。苏德芒莱后来从母亲遗留下来的书籍当中了解到，她那会儿看的都是《聊斋志异》《格斯尔可汗镇压莽古斯的故事》《红楼梦》等经典好书。

小时候的苏德芒莱在夜里偶尔醒来，母亲还没睡，躺在被窝里看书。家里仅有的那几本书都是经典著作，让她看得书页都磨成花边了。很显然，母亲了解文学作品，是个爱读书的人。

苏德芒莱两年前才真正了解到《红楼梦》是一部好书。他以前也读过这部名著，觉得都是吃吃喝喝的事情，每次都是随手翻翻，没有完整地读过。因为是母亲的遗物，才把这部书留在身边的。

那天母亲背着装细沙的白布口袋，苏德芒莱骑着铁锨马跟着母亲欢欣雀跃地往回走。"我儿子长大了，不让妈妈背了。你爷爷和爸爸快从寺院回来了。乖儿子，回家后给你奖励活佛加持过的红枣吃。"母亲笑盈盈地哼着歌儿。哼唱的是什么歌曲，他不记得了。但他总觉得，母亲哼唱过的歌曲，一定是最好听的歌。

晚上睡觉前，母亲屈膝坐在图拉嘎跟前，给孩子们烘烤洗过的衣服、沾尿渍的被子、棉裤、棉袍。干柴噼噼啪啪地响着，苏德芒莱睡着了。早晨醒来时，母亲还坐在昨晚的那个位置上，给全家人熬早茶呢。

"妈妈，你晚上没睡觉吗？"他问。

母亲笑着回答："怎么会不睡呀。三星快落山时睡的。"

兄弟几个起床后，穿着衣袖下面和领口还没干透的棉袍相互之

---

① 莽古斯：魔鬼。

间逗闹不停。"唉，差点把我儿子的棉袍袖子给烤煳了，欠小心了不是。"母亲偶尔也会发出这样的自责。

苏德芒莱的母亲三十六岁就离开了人世间。那天艾里的叔叔去学校把苏德芒莱接了回来。苏德芒莱打老远就看见家里炊烟袅袅，许多人在屋外忙活，一种不祥的预感涌上心头，他最先想到的是爷爷。唉……原来是母亲。

苏德芒莱撇了撇胡须，觉得眼窝又热又痒，却装出若无其事的样子笑了。

唉，死亡呀。小时候的他竟然以为死是另一个世界的事情。但是他又跟多数孩子不一样，在孩童时期就遇见了死亡，眼睁睁地看着身为母亲的人说死就死了。

死神有多么可怕、多么可恨、多么造孽，竟然能从哭着喊着爬着的不会走路的孩子身边，把他们的母亲夺走。

母亲那时总是咳嗽。让孩子们排成一排，给初二的弯月磕头时也总是咳声不断。"给月亮磕头吧。给月亮磕了头，我的孩子们就不闹病灾，不闹咳嗽感冒，不闹毛病了。"她倚靠着牛粪筐咳嗽好半天才能勉强站起来。"妈妈，我长大后带你去北京看病治咳嗽。"苏德芒莱还记得自己扶母亲起身时说过这句话。那时他刚从课本里学到叫北京的那个地方是一座大都市。

母亲未能等到儿子长大就撒手人寰了。这个世间没有让这个儿子长大成人，就让他的母亲永远离开了他。

母亲断气之后还未闭眼。她究竟想说什么？才三十六岁呀。比现在的自己还要小上几岁呢。在这个世界上，让她留恋的东西肯定有许多。我的母亲享过福吗？她在人世间的三十六载春秋里幸福过吗？人来到人世间，究竟是为了享福，还是为了受苦？她一定也向往过儿子们成家立业、子孙满堂的生活吧？

母亲去世之后苏德芒莱十分怀念她。牛犊圈、牛棚、牛粪堆是母亲常去的地方，他就去这些地方一圈一圈地转悠。

那年冬天的雪却把母亲的足迹隐藏起来了。那年冬天的暴风雪把母亲的足迹彻彻底底地刮走了。

在苏德芒莱的记忆当中，那年冬天是山里最冷的一冬。林中积雪没膝，只能看到牛的上半身。橡树、桦树、松树好像一座座雪塔，变得又矮又低，就连高耸的山峦看上去都显得不如从前那般威武了。

在苏德芒莱的心里，母亲的脚印仿佛变成了小鸟的队形。即使飞走了也一定能够回来。白天干一整天活儿，即使再累晚上也翻来覆去地睡不着。他后来才明白自己为什么会失眠，原来是怕错过母亲推门进屋的那一瞬间。母亲总是最晚上炕，在最冷的寒夜、最早的黎明进进出出地忙碌。这些记忆在他心里已经化为烙印，他的潜意识无论如何都不能接受母亲已经永远离开的这个现实。站在黄昏里，他只要想到"今晚降温了，妈妈啊，您在那边是不是很冷？"，眼泪就会顺着鼻翼流淌下来。春天的嫩草发芽时，他会感到无比欣喜，因为"母亲的坟上已长出青草，她不会再感到孤独寂寞"。

思念母亲感到孤独，他就写诗，由此走上了写诗的道路。他在希日嘎沙山的怀里写下了处女诗，虽然已经忘记了具体内容，但那首诗却是跟母亲有关的一首诗。

《母亲的坟上长出了青草》《沙山上的蓝天》《候鸟归去》《这个夜晚冷》等几首诗都是在那个时期写的。

他认为自己有两条命。诗是他的另一条命，是母亲的死亡给予他的。对他来说，写诗和读书就是生命的全部意义，像呼吸空气一样能够自由地生活就是人世间的幸福。一个人，必须要拥有幸福。生命的价值是受苦的过程，是经历苦难之后感知幸福的过程。越受苦才越能感知幸福的滋味，生命由此变得更具光亮、更具深度、更具力量、更富有意义。

他看见过母亲在屋后给姥姥吃奶油拌饭，但是不明白为什么让姥姥在屋后吃。他还听说母亲的老师就是他们艾里的祭火喇嘛。母亲不但会蒙古文还会藏文和满文。母亲从小就好闹毛病，身体羸弱。后来听说母亲好像是被父亲买来当媳妇的。虽然不知是真还是假，但是在他的心里，好读书的母亲跟父亲有着完全不一样的性格。

生命非常之可贵，可贵之处就在于同时存着死亡。如果没有死亡，生命也不会显得如此可贵。我的母亲得到被死亡尾随的生命之后，体验过幸福的生活吗？她又是如何看待人世间的幸福和生活的价值？她也会把我认为的自由视为一种幸福吗？要么是把有孩子当做一种幸福？还有爱情？我的母亲享受过这所有的一切吗？

"二伯，二伯，云彩为什么会发乌呢？那片云那么白，这片怎么变得黑乌乌的？"随着格根诺姆的喊声，孩子们纷纷仰起头来，有仰望的，有招手的，也有把手搭在额头上的。

天空中几片发乌的云朵随着风的脚步缓慢移动。

苏德芒莱支吾了片刻随口说道："云彩呀？想妈妈的时候就会发乌。"

"它们的妈妈去哪儿了？是飘走了吗？"孩子们追问道。

格根诺姆长得很像小叔叔苏德莫日根。

一年前他们接到了服兵役的弟弟苏德莫日根溺水身亡的噩耗。这个事件当时轰动了好几个艾里，打那时起他们兄弟几个谁也不提"苏德莫日根"这个名字。太沉重了，提不起呀。

弟弟的遇难让苏德芒莱忽然明白了一件事。母亲不想看到这一幕才会过早地离去吧。每当在心里为过世的母亲祈祷时，他仿佛也明白了寿命的长短在冥冥之中都有缘由。他常常惋惜，母亲过早地离开了他们。但是自从弟弟离去之后，他反而替母亲感到庆幸。没有经历白发人送黑发人的痛苦，也许就是一种幸福。死亡有时也会把某些不幸变为一种幸运。这大概就是无法解释的世事吧。

只是可怜了老父亲。他每天都在盼望小儿子苏德莫日根回家。每天都向佛祖祈祷：你回来之前，我一定会让你哥嫂好好看护着你的畜群，我也要好好地活着等你回家。

孩子们在沙山上玩够玩累了。过不一会儿就能听到玛努琪琪格和格根呼的哭闹声。

"孩子们，回家喽。"

他们沐浴着山林的气息，顺着牲畜走出来的小径，在铺着厚厚一层树叶的山路上，穿梭在卧牛石和锦鸡儿丛中往回走去。

噗的一声，有只沙半鸡从脚下飞起。苏德芒莱被吓了一大跳。孩子们呼叫着起哄着。他笑了，笑自己竟然被吓了一跳。

一群灰色的沙半鸡仿佛那片发乌的云彩散成了若干个小团子，紧挨着孩子们的头顶飞去。孩子们跳跃着要去抓，三条狗也跟着他们瞎跑，一只都没有猎到。孩子们纷纷表示着遗憾，狗嗅闻着灌木丛跟着他们走。

沙半鸡从苏德芒莱的脚下飞起时，往事的帷幕也被徐徐拉开了。

沙半鸡的肉是白色的。兄弟几个围坐在图拉嘎跟前等着吃烤肉。母亲在火箅子上烤肉，孩子们盯着母亲的手咽着口水在等。每人也只能分得一小块肉。所以谁都不舍得一口吃下去，将肉块放在膝盖或袖口上，顺着肉丝一小条一小条地撕着吃。因为是母亲分给大家的，无论得到多大块，谁都不会去计较，他们相信母亲是最公平的。虽说只有一口肉，香喷喷的味道在嘴里却能留住一整天。他们那时经常能吃到野味，有兔子、鹌鹑、沙半鸡、山鸡等。因为姥爷扔布鲁①扔得好，只要看见穿着青布棉袍的姥爷脸上挂满了白霜在马桩上下马，他们就知道有野味儿可吃了。爷爷却从来不打猎，他有磕头拜佛的习惯。爷爷是个活得非常通透的明白人。唉……爷爷，母亲，弟弟……人世间啊，为什么有这么多忧伤。好好的亲人们说走就走了，再也无法相见了，再也听不到他们的声音了。真是不敢相信，曾经跟我们一起生活过的他们，现在却像天上的云一样消失得无影无踪。

跟我们一起说笑过的亲人已经去了，留下来的我们却依旧说笑着，继续着我们的生活。

爷爷经常说："我们要是不老不死，这些孩子怎么能长大成人。"他稀罕地亲着孙子们，好像要把生命匀给他们似的。爷爷难道一直都在讲生命的延续之理，还有存在的规律吗？

如今，爷爷最疼爱的曾孙铁木尔巴图把堂弟格根呼驮在肩头上走着。

苏德芒莱也抱起了玛努琪琪格，背上她往回走。

他们出来时天气暖和也没风，临近中午却冷起来了。

从掉光叶子的树木缝隙，隐隐约约地看到了艾里的影子。

---

① 布鲁：也作布鲁棒，木制的猎具，多用于投掷。

大哥巴尔齐德贵家的外面很热闹。白花花的羊群……看那样子应该是从大群往外分准备饲养的羊羔。"唉，太受累了。"苏德芒莱嘟囔了一句，不由得从心底里心疼起"拥有一千万资产"的大哥大嫂两口子。太可怜了，他俩整天就知道忙，好好坐下来听一首歌的工夫都没有，这种用健康的身体换来牛羊和财产的生活有多么悲哀啊。

他还看见嘎查达的大越野从林中开了过去。嘎查达是苏德芒莱的同学。"你一个人过得还好吧？有需要帮忙的，尽管给我说。我也能帮你找老婆呢。"有一次吃席时遇见他的时候他这样说过。苏德芒莱看着他那充满无限怜悯与关怀的眼神却笑了。他其实更心疼这个坐着几十万的漂亮车的老同学。他这是又忙着去办什么重要事？上有要巴结的领导，下有需安抚的群众。为了得到更多，不停地给艾里引进各种项目，建桥、垒墙、挖井……为了什么？真是为民所想吗？只要动工，就可以动艾里的账户。账户一动，就有机可乘。为了这些，每天绞尽脑汁拼死拼活地忙碌。苏德芒莱真替这个老同学累呀。

生活中要是没有听音乐、读书、下棋等充满情趣的事情，那还叫生活吗？还存在美好吗？为了钱而奋斗一生的生命是多么可怜啊。

"孩子们，已经过饭点了，谁家的烟囱都没有冒烟啊。你们说吧，去谁家能吃上现成饭？"

"我不回家。"格根诺姆擤着稀鼻涕说。

"二叔，我想去你家跟你下棋。明天去假期补习班学习，就没有机会了。"铁木尔巴图说。

"行。那就去我那儿，咱们泡方便面吃。"

孩子们听到这个决定都非常高兴。

他们来到了有三间瓦房的一处简单的院落。这就是苏德芒莱家。没有高墙大院，也没有暖棚等设施。"屋外没有狗叫声，院里没有牲畜吃草。"难怪他父亲总是这样骂他呢。他其实也有牲畜，只是把牛羊和草场都包给了弟弟苏德巴特尔家，让他们帮忙照料。几家人外出或忙不过来的时候，他会去帮忙，其他的事情一概不参与。他喜欢养狗。把小狗崽抱回家来像照顾婴儿似的照顾它们，可他经常不着家，说出门就出门，一走就是好多天。于是就把狗牵到苏德巴特尔家，拴在他们院里。时间一长，狗也不愿意回来了，从苏德巴特尔家被牵到萨仁图雅的娘家，再从那儿被送到苏德毕力格的老丈人家。即使这样他每年依旧往家抱小狗崽，养大后又都成了别人家的了。现在又养着一条胸白花狗。这条狗看见家里来了这么多小孩儿，高兴得摇晃着尾巴跟孩子们一起撒欢儿。

苏德芒莱住得很干净。

靠着右墙放着一排上锁的柜子。

东墙上挂着吉他、古筝、马头琴等各种各样的好的坏的乐器。苏德芒莱还写过几首歌词呢，只是没在社会上流行起来，婚宴上倒是偶尔有人唱。

北面是炕，西北角叠放着他一个人的被褥。

屋里没有电视、沙发、暖气、冰箱等东西。

上锁的柜子里全是书。来家里串门的人总是顺他的书。那些人不是因为喜欢才顺，不把书当回事才会顺手拿走的。苏德芒莱对此非常不满，就把书籍都锁起来了。

他自己也说不清楚为什么没有结婚成家。他不是独身主义者。生活好像跟他开了一个玩笑，忽然之间就让他变成了四十大龄的未婚男。他的生活中总有女人进进出出。来一个，走一个。走一个，又来一个。他却从来没想过要跟谁结婚。最近看到侄子们倒是也会想："自己有个孩子可能会更好吧。"不过也只是一闪而过的念头罢了。

铁木尔巴图没让二叔给大家泡方便面。他说："我回家去拿点干蘑菇吧。"骑上摩托闪着后视镜飞驰而去。

铁木尔巴图到家时，父亲已经分完羊羔，从院角的群里要抓一只比较肥大的棕毛白脸绵羊。羊圈里的四轮车上装着他昨天收的粪土。母亲站在上面往下卸，应该是要为怀胎的母牛垫暖和的卧处。

铁木尔巴图盛了几勺稀奶油，拿了一些干蘑菇，洒得满地都是就要悄悄出门，却在门口正好碰见了母亲。

"又往你二叔家送东西？又懒又馋的人，咱们可养活不起他。"母亲戴着打补丁的口罩说。这个口罩是钢巴图的，他洗完后挂在炉子上，不小心掉在火上烧煳了一块，就扔垃圾桶里了。母亲却从垃圾桶里捡回来打上补丁戴上了。

睫毛上落着灰尘的哈布尔玛眨巴着眼睛把铁木尔巴图堵在门口，不让他出去。

铁木尔巴图将手背在身后，藏着手里的口袋，笑着说："多好看的口罩。从哪儿搞到的带补丁的口罩？老头子哼哼哼，坐在火里不起身，水开了，妈妈，快去厨房看看吧。"紧贴着门框，螃蟹似的横着身子挪了几步，一经抽身就跑到院里，从编铁丝网的哥哥和弟弟身边经过时说："哇呀，好不容易活着出来。多亏咱家的警察，打小就让我练成了缩骨功，要不今天说啥也钻不出来。你俩一会儿也去呗，尝尝我做的饭好不好吃。"

奥齐尔巴图不敢看母亲的脸色摇了摇头，钢巴图忽地站起来拍打着双手就要往他的摩托后座上坐，却又说："不跟你一起去了，还是把活儿干完了再说吧。你去做着饭，做好了来电话。"

哈布尔玛进屋了，过了好一会儿才出来。

"水开了，满屋都是热气，他也不往暖壶里灌。你看他那样子了吧？逃命似的。把一锅稀奶油都拿走了。那么好吃，自己怎么不挤奶？我们家的东西也不是从天上掉下来的。"哈布尔玛朝着给羊灌药的巴尔齐德贵嚷嚷了起来。

钢巴图说："哟，气得都跳起来了，我的法西斯妈妈。请不要总是按照自己的想法强求别人好不好？在你面前谁都不能有独立的想法对不对？把一家人都改造成我哥这样没有主见的木头疙瘩你就安心了吧？难道全家人都非得按你的要求去做吗？这样可不行呀。"又对搓巴着双手着急的哥哥语气柔和地说，"别怕她嚷嚷，你要学会按照自己的想法生活，知道不？"

"哎哟，越来越过分了。竟然在佛祖面前班门弄斧起来了，才读了几年书……"哈布尔玛的声音更高了。

走到摩托车跟前的铁木尔巴图喊道："您的佛祖是哪儿的人来着？"

钢巴图摘下鸭舌帽挠着平头脑袋搞笑地说："不就是这位正在吵嚷的老太婆的娘家人嘛。"于是都笑了起来。

"他爸呀，快看看这俩畜生一唱一和地怎么对付我呢。连半句话都不让着呀。"哈布尔玛向丈夫喊道。

铁木尔巴图也喊着："沾这么多油的肥话掉在地上，不就可惜了吗？妈妈，一会儿去吃我做的蘑菇吧。"骑上摩托就开出去了。

"这些孩子跟他们那个二流子叔叔最亲，比爹妈都亲。我就不愿意让他们靠近他，可就是不行。铁木尔巴图放假回来，就陷在他那儿不动弹了。能学到啥呀，除了下棋就捣鼓那些破乐器呗。这些孩子，一点也没随爸爸，不随爸爸，随他三叔也行啊。现在越来越不像话，竟然从家里偷东西给他送去。他那个人才不知道人家的好呢，是典型的吃着人家的，还说着人家的人。"哈布尔玛没完没了地唠叨。

钢巴图不想听母亲的唠叨，捂着耳朵大声嚷嚷道："二叔才不是二流子，人家那才叫过浪漫的日子呢。用铁木尔巴图哥哥的话来说，就是在享受生活，享受生命的光亮，生命的价值。唉，妈妈，你知道什么呀，就知道数钱。我以后娶媳妇说啥也不会选你这样的。我爸跟你过了这么多年，不知是怎么忍受过来的。我爸老实，你整天就知道戳我爸的脑袋骂人家……不就是几捧干蘑菇吗？至于生那么大的气吗？不管什么事，你只要不称心就破口大骂。还说人家二叔又懒又馋，就你这脾气，再能干又能咋地。"

哈布尔玛张大了嘴，奥齐尔巴图骨碌着眼珠，巴尔齐德贵故意清了清嗓子没说话。

"不数钱怎么生活？什么？浪漫的生活？他那是飘在空中，飘在云端过日子呢。全世界的事情他都明白，就是不明白自己，不明白自己如何过日子。要让我说，你那浪漫的二叔，过不多久就要成仙了。什么钱财，什么牲畜，都跟他无关，躺在云尖上睡大觉，睡醒了含几滴露水，钻山洞里修行就得了呗。你们怎么能跟他比呀？钢巴图你没钱的话，怎么生活？怎么去浪漫？托爹妈的福，你们才敢傲气十足地说有钱没钱都一样。你可要小心啊，别说大话把嘴给扯撕了。你们要是托生在温饱都解决不了的家庭，还有勇气说这样的话吗？上学不需要钱吗？穿名牌有脸有面，难道也不需要钱？你二叔厉害，是个读书人，可他为什么连几捧干蘑菇都拿不出来呢？干脆别食人间烟火，抱着书本啃不就得了嘛。"哈布尔玛气得简直快要爆炸了。

他们在这边嚷嚷吵吵的时候，那边的苏德芒莱家奶油炒蘑菇已经快做好了。

香喷喷的蘑菇端上了桌，孩子们围着桌子准备吃饭。苏德芒莱给自己倒了一小杯酒。钢巴图开着雪佛兰也到了。

"跟你们一起爬山就好了。在家帮我哥编铁丝网，手脚都受伤了。"钢巴图让铁木尔巴图看被铁丝挂伤的手。

除了这几家的孩子，别人家的孩子也乐意来苏德芒莱家玩。既可以捣鼓那些乐器，苏德芒莱还会给他们弹奏他们喜欢的乐器，给他们画他们喜欢的画。他不在家的时候，有些孩子也来家里玩，把屋子给他弄得乱七八糟就跑了。偶尔有几次，炕上和地上还睡着两三个玩累的小孩。有些孩子他认识，有些他看好半天都认不出是谁家的。春秋两季各家各户都忙，是最不好找帮手的季节。苏德芒莱倒好，谁家都不去帮忙，领上一群孩子去林中玩捉迷藏。苏德巴特尔看到后就说："可恶，真希望他消失得无影无踪才好呢。"巴尔齐德贵却说："他有病，神经不正常。别跟有病的人计较。咱妈走后，他就落下这种不治之症了。"随后再接一句，"多一句我都懒得跟他说，白费口舌。"

玛努琪琪格哭了，因为把碗打碎了。她说："别告诉我爸，也别告诉我妈，更不能告诉我们学校。"

大家都笑了。

苏德芒莱看着小侄女噘着小嘴用胖乎乎的手背擦眼泪的可爱模样，呵呵笑着说："不告诉你爸妈倒是可以。告不告诉你们学校，我得考虑考虑。"

"不要告诉学校，学校知道了就不让我当学生了。"小侄女的脸上滚落着大颗大颗的泪珠。

那含泪的眼睛，还有那祈求的表情真让人疼爱。苏德芒莱把她抱起来一边往上扔，一边说："我的小可爱。"还亲了亲她的小脸蛋。

钢巴图又把她夹在胳膊下面转了好几圈才放到地上。小丫头像喝醉了似的，摇摇晃晃着站稳了，然后揉着眼睛说："二伯，你们的山为什么会跑？"她不知道，因为头晕，才会觉得山在移动。

苏德芒莱哈哈大笑了几声之后，轻声嘟囔道："哎，谁能像小孩子似的说哭就哭说笑就笑呢。"

他在黄历本上把小丫头的话记录了下来并对她说："我们的山会像马儿一样奔跑，你们的山就不会跑吧？"小丫头摇了摇头。

黄历本上记录着很多小孩子的语录。有格根诺姆的，也有苏德尔的，玛努琪琪格和阿努琪琪格的。小孩子是最出色的诗人，也是最出色的哲学家。

"电视上的孙悟空和猪八戒都在这儿呢。"这是格根诺姆说过的话。那天他在旗里的体育场看演出，看到唐僧领着仨徒弟一会儿骑摩托，一会儿又开飞机的表演很奇特，给妈妈打电话时就这样告诉她了。

苏德芒莱有一次说："今早有三个太阳，可能有雪灾吧。"格根诺姆梗着脖颈问："二伯，你这儿怎么会有三个太阳？"两年前说过这句话的小孩儿，如今都成"大小伙子"了。小眼镜一戴，俨然有了读书人的模样，不但会识"哆来咪发唆拉西"的乐谱，也会读三五个英语句子。一回来就跑到二伯家，问他："看我长高了吗？"跟二伯比个子。以前只有二伯大腿根那么高，现在都超过他的第二颗纽扣了。他最喜欢玩篮球，最大的愿望就是长到篮球运动员姚明那么高。

抢凳子、碎碗、抢筷子、撒饭粒等热闹当中，大家把这顿饭高高兴兴地吃完了。

玛努琪琪格拿着格根诺姆的手机说："照相吧，格根诺姆哥哥。咱们照一张你的手机里有我，我的手机里也有你的照片吧。"大家又都被她逗笑了。

"那叫集体照。记住啊。"铁木尔巴图领她说了好几遍。

钢巴图把格根呼抱着饭碗打盹的照片发到家族群里了。饭后又开车去送弟弟妹妹们。铁木尔巴图留下来，跟二叔下喜塔尔。

"故意给你让路，你却钻进我的圈套了。吃你的帅了啊，悔棋还来得及。"喝了点酒的苏德芒莱有些犯困。

铁木尔巴图眼看要输，急得呼哧呼哧地喘着说："不，不悔。悔棋就没意思了。"

"别把王放在马步上，这样的话可逃不掉呀。要吃你这个没主的车了啊。"叔叔给侄子传授着弈法。

十六

一群小鸟从他头顶上空扑棱棱地飞了过去。

"我昨晚梦见这个留长头发的人了。"一只小鸟优美地鸣叫着。

另一只小鸟问道："听说他是诗人。他在你的梦里是不是也很浪漫呀？"

鸟儿的鸣叫回荡在耳边。鸟儿的鸣叫出现在眼前。一道道金光出现在天空中熠熠生辉，熠熠生辉的金光忽而又变成了蓝白色的羽毛，蓝白色的羽毛又成了自己的翅膀，他腾空飞了起来。鸟儿的鸣叫声已融进全身，扇动翅膀飞翔时优美的叫声在天空中响彻着。

"长头发，过来，过来！"

"我经常梦见你。我喜欢你。"

"你不是说过，飞翔是一种艺术吗？"

"跟我们一样在这天空上自由飞翔吧。"

飞啊。飞啊。飞啊。

身体变得轻盈无比，耳畔的风声呼呼作响……

苏德芒莱忽的一下从梦中惊醒。原来是坐在窗边看着书，靠在圆桌上睡着了。

这是以前做过的旧梦。

飞翔、变成了凤凰、死了，是他经常梦见的情景。还梦见过七个灵魂或跨腿或屈膝坐在棺材口，指点着腐烂的尸体说笑着什么。有时也会梦见跟自己的影子在吵架。

小鸟们说梦见自己了。

苏德芒莱欢快地笑了。

好梦。可以构思成一首诗。刚才清清楚楚地看到了小鸟的鸣叫变成了闪着金光的羽翼。

他拿出笔和纸刚划拉了几行草稿，手机就响了。这通电话是通知他，获得了诗歌比赛的一等奖。

哇，梦——原来是预兆。

获得惊喜的他先是愣怔地坐了一会儿，然后忽地站起身摇头晃脑地扭动着身体跳起了年轻时候跳过的迪斯科，又倒在炕上笑了好一阵子。

手机又响了，笔友们纷纷来电话表示祝贺。紧接着又接到了好多电话。网络时代，无论什么事情一瞬间就能传遍世界呀。

如同梦中鸟儿的鸣叫般美好的日子，不，比那还要圆满、美好、惬意的日子、苏德芒莱的生活之中从未有过的日子，来到了他的生活之中。

第一名！不，准确地说应该是，凭借短短的几行诗，获得了五万元奖金，一夜走红，远近闻名。

"我早就说过吧。不要低估他，不要看不起他，他可不是一般人。"

"一般人怎能跟他比呀。看看人家，衣食住行多么简单朴素。那才是读书人的品质呢。不追求金钱、名誉、地位。脑子里有东西的人就是不一般。现在的人都开汽车，只有他还在骑自行车，他又不是没钱买汽车，野人的家底可是够他们几个兄弟过好几代呀。"

"他跟大家在一起的时候，总是坐在一旁捋着头发笑。那是在思考问题呀。他的思想和生活模式跟咱们的完全不一样。"

"他是我同学，我俩从小一起长大。他从小就跟别人不一样，在石头上写下字往山里扔过。我到现在还记着呢，他有一次指着一片云说，我有让这片云消失的法术。"

"他打小就有个性。打着阳伞，戴着墨镜，腋下夹本书就去放羊了。谁不讨厌放羊还打阳伞的人啊。他的行为举止的确跟别人不一样。"

苏德芒莱忽然之间仿佛变成了传说中的人物。亲戚朋友们在微信朋友圈发他那张披发苦修僧似的照片时都要加上"我的亲戚""我的朋友""出名的诗人"等关联词。

与他有关的所有事情，仿佛都变成了传说。他家门前车马不断，记者争相采访，大会小会邀请他去演讲。

同住一个艾里、同喝一口水井的老乡们好像也对这个苏德芒莱有了颠覆性的崭新认识。有人领着孩子来，让他教如何写诗；有人把孩子的作业本拿来，让他给批改；有人让他算卦，我的孩子能不能成为诗人；有人专门来跟他合影，要他的签名。写了几十年诗歌的苏德芒莱头一遭被这么多人看得起。

今天早晨无风很安静，天气非常好，山雪仿佛都要融化了。苏德芒莱喝完早茶夹了本厚厚的书，迈着四方步出现在黑拉嘎图艾里的柏油路上。

获奖之后他不再骑自行车改为步行，不管有事没事还总爱往哈拉嘎·哈达布奇的东山脚、乌兰·刚根的左山洼、哨如勒济山脚、黑拉嘎图山谷等艾里去溜达。

黑拉嘎图山谷离亚希拉图山脚不远，过个山梁就到了。这里居住着三十来户人家，有幼儿园、商店、修车铺、压草料的地方，几乎就是霍日格艾里的商业中心。

苏德芒莱披散着头发，戴着墨镜，夹着厚厚的一本书，从艾里的街道横行而过。

他遇见了一个把脸捂得严严实实的骑着电动车的女子。错身而过时赶紧叫住她问：

"为什么把脸捂得这么严实？"

女子说："保护皮肤不冻伤不晒坏。"

他说："你这就不对了，应该充分接受阳光才对。五官之美怎能比得上心灵之美……"女子没有搭茬，用眼睛笑了笑就骑着电动车走远了。

临街的商店在柏油路的东边。一个小孩把手伸进洗衣盆里玩水，老板娘从堆满货物的货架子中间跑出来抱起孩子喊道："哎呀，这水多脏呀。"

"水脏？我还是头一回听人这样说。什么东西都不可能让水变成脏的。知道吗？看看那雪白的云吧。水变成水蒸气之后形成云，云再变成雪和雨，雪和雨落到地上才会滋润大地和万物。从你眼里滚出来的泪水也是从你这洗衣盆的水里形成的。"他进商店时这样说着一大堆道理。端着水盆的老板娘竟然不知该不该倒掉这盆水了。

"来一根慕斯幕露吉①。"苏德芒莱从衣兜里掏出钱来放在了栏柜上。

"要什么?"老板娘连着问了三遍也没弄明白他到底要什么。

在那边喝啤酒的几个年轻人笑着说:"你怎么可能听得懂人家读书人的话呀。他说要雪糕。"老板娘捂嘴笑着给他拿来了雪糕。

"蒙古人连蒙古话都听不懂了。"苏德芒莱嘟囔着从商店走了出来。

"天在看,人在做,你们全家死光光。"有个小伙子把腿别在商店的石头台阶上骂人。苏德芒莱走上前问他发生了什么事情。他恶狠狠地指着商店说:"他们找给我两次假钱了。我被他们害惨了。"

"小伙儿,你不能有这样的想法,要多想别人的好处,少说别人的坏话。怎能骂人全家死光光呢。这不等于用别人的错误惩罚自己的内心吗?"苏德芒莱的这通说教不但没起到积极作用,反而让这个收到假钱后不知如何撒气的年轻人找到了泄气口,一把将他推倒在地,像一股旋风似的就消失了。

苏德芒莱四仰八叉地躺在路边,一只鞋脱落了,夹在腋下的书也不见了,屁股下面的一块石头刚好抵在腰椎骨上,让他感到非常疼。

苏德芒莱连滚带爬地站起来,拍打着屁股上的灰土。站在商店门口看热闹的那几个喝啤酒的年轻人纷纷起哄道:

"大诗人,留个签名吧?"

"你为什么躺在雪地上?构思诗歌吗?"

"这才叫雪上留痕,纸上留名吧。"

"去你妈的,真是意想不到啊。"苏德芒莱颠着一条腿穿上了那只脱落的鞋,遥望着远方的雪峰,吟诵道:

> 寂寂竟何待,朝朝空自归。
>
> 欲寻芳草去,惜与故人违。

---

① 慕斯幕露吉:雪糕。

当路谁相假，知音世所稀。

只应守寂寞，还掩故园扉。①

那本书被甩出老远，他惆怅满怀地拾起来，用袖口擦拭了一下，嘟囔了几句谁都听不见的委屈。

慕斯幕露吉被甩进了牛蹄踩过的坑里，在融化的雪水里变成了一块黑乎乎的东西。他刚要去捡拾，忽地开来了一辆轿车，慕斯幕露吉被车轱辘碾住了。

苏德巴特尔从车窗探出头来，好像在说"看你这丢人现眼的样子吧"，打开了车门。

苏德芒莱吭哧吭哧地钻进了弟弟的车。

"挺好的吧？孩子。"苏德巴特尔的岳母向他问候。问候就问候呗，语气当中还带着那么一股不情愿的怒气。身为年轻人的他没有先向长辈问候，大概是因为失了礼数而让她不悦吧。苏德芒莱对这位豁耳垂的老太婆向来不怎么感冒，并且知道她也没待见过自己。

苏德芒莱向老人也回礼问候了。腰椎骨疼痛难忍，坐在车里很是不舒服。

到苏德巴特尔家的门前，他才想起已有好多天，准确地说自从获奖之后，就没来看过老父亲，也没踏过这几家的门槛。

谁让我最近太忙呢。想到这儿，他不由得脸红了。

"喜鹊一大早就喳喳叫，原来是要听到好消息呀。你过来吧。我炒几个菜，咱们几家热闹热闹，为你庆祝庆祝。"苏德芒莱想起了接到获奖通知的那天晚上萨仁图雅给他打过电话。

那天的点灯时分哈布尔玛嫂子也来过电话。

"听说是第一名？给钱吗？"

"……"

"五万啊？那么多钱，写了一本书？"

"……"

---

① 此诗题为《留别王侍御维》，唐代诗人孟浩然所作。

"啊，二十四行字，就得五万啊？一个字值多少钱？比我们的牛犊都值钱了吧？哎呀，写诗真挣钱啊。让我的三个儿子都去写诗该多好。呵呵呵……"

写了一首破诗就能挣五万。哈布尔玛嫂子听到后都快惊讶死了。

苏德芒莱想着这一切，心里真是五味杂陈啊。

苏德巴特尔的岳母要在院外下车，苏德巴特尔说啥也没让，等到自动门缓缓打开之后把车停到门口，才让岳母下车。苏德芒莱也跟着下来了。

"也不出去迎一迎姥姥。"苏德巴特尔一进屋就训起了玛努琪琪格。

萨仁图雅抱着一个跟自己差不多大的毛绒熊坐在沙发上。

一看就是哭过了，眼睛肿得很厉害。

苏德芒莱这才发现老太婆和苏德巴特尔的脸色都不是很好。

静悄悄地玩玩具的玛努琪琪格看到姥姥之后，像一只小兔子似的跑过来钻进了她的怀抱。"姥姥，总算来了，真是太好了。爸爸像醉鬼似的净说胡话，跟妈妈吵架……我好害怕，从我眼里止不住地流水。牛奶都喝不下去了，香蕉也吃不下去了。"钻在姥姥的腋下，眼睛骨碌骨碌地瞅着二伯。

"噫嘻，小宝贝啊，姥姥的身上还没暖和过来呢。暖和过来就抱你啊。"

玛努琪琪格紧紧地抱着姥姥不肯撒手。

老太婆看着萨仁图雅说："孩子，快去卸后备厢里的东西。我给我女婿在炭火上烤了牛肉干，还煮了牛肚、羊下水，可软乎了，给你爸的。这天像是开春了似的，冰雪都融化了。"

苏德巴特尔拿来棉拖鞋给岳母换上，扶着她坐到了沙发上。

萨仁图雅给母亲和苏德芒莱边盛茶边说："妈妈你也真是的，让你过几天再来，你却不停地打电话非要今天来。"

"我怎能不着急呀？玛努琪琪格给我打电话说，你俩都吵翻天了。我坐不住呀。"

"这丫头哪工夫又去学话了？妈妈你就知道心疼你那个女婿，啥好吃就给他送啥。你都不知道吧？你这个好女婿可是骂你呢呀。"

岳母吸了口苏德芒莱给她点着的烟卷，说："骂就骂呗。看不见的时候骂谁都行。你肯定又惹人家了吧？"

"我早就知道你会这样说。总是护着你女婿，他总是对的。你为什么不说亲手毁了我的一生呢？"萨仁图雅的声音有些颤抖。

"不知足的丫头。这么好的女婿去哪儿找？干活勤劳、不抽烟不喝酒。你整天闲待着还不知足啊？"老太婆抬高了嗓音。

"不喝酒不抽烟就是好人，这是你们那一代人的标准。难道评判一个人的标准，就是不喝酒不抽烟吗？喝酒的人闹起来还有时有晌呢，像他这样不喝酒的人闹起来真是没时没晌。"

站在一旁的苏德巴特尔忽然笑了起来。

"你还得理了不成？你这次真是惹到我了。"萨仁图雅看到蛆虫了似的厌恶地看了一眼苏德巴特尔就去取母亲带来的礼物。

苏德芒莱拽开了父亲的屋门。

父亲面朝墙躺着。苏德芒莱把手伸进他的褥子底下摸了摸炕，热乎乎的。

"明天去寺院吗？"

"……"

父亲没有回话，依旧面朝墙躺着。

萨仁图雅的母亲也进来了。

老爷子听到亲家的声音坐了起来。

"爸爸，你的眼睛怎么了？"

老爷子的眼睛又红又肿。

"玛努琪琪格让我给她往头发上喷发胶。我没弄好，筛子似的那个口应该对准她的脑袋，我没看清楚喷到眼睛上了。让我弄这些东西我怎么会呀。"

亲家老太太听到后笑了。

"你披头散发着怎又来了？好几天没来，家里好不容易消停消停。"老头冲着儿子没好气地说，"快给亲家母点烟。"

苏德芒莱缩缩着肩膀从父亲的屋子出来了。

萨仁图雅擦着吊灯上的吊坠，时不时地抽一下鼻涕。她的眼神与苏德芒莱的目光相撞时，苏德芒莱看到了她眼含泪花，似乎有话要对自己说。

苏德芒莱背过她的眼神缓缓地叹了口气。

十七

缝纫机嗒嗒、嗒嗒地响着。

往黑绸敖吉上轧杏花绦子的时候，嗒嗒的响声骤然停顿，缝纫针断了。

缝纫机不知为什么总是跳线。

"唉……"随着一声叹息，细长的手指将断针取下，从下面的抽屉拿出一根三号针捻顺线头纫上了。翘尖靴头似的机头突突地响了两声，针尖上下晃动着就又断了。原来是把针装反了。

"唉……"又是长长的一声叹息。

那双纤细的手没有去摘那根断针，贴着黑绸缎面一动也不动。

"叮当，叮当。"

微信上来信息了。

贴在缎面上的手，忽地拿起了手机。

轻轻戳开界面之后，看到了一张红唇，还有一副流泪的表情。轻微的颤抖从指尖开始，渐渐到胳膊肘、肩头、前胸，最后散到了全身，颤抖的身体从缝纫机前摇摇晃晃地站了起来。

镶在苍白面容上的忧伤眼神，从镜中幽幽地看着她。

萨仁图雅盯着镜中的自己缓缓站了起来。"你忧伤的时候尤其好看，像林黛玉。"她仿佛听到了这句能让耳朵发烫的话。她的形象在镜中渐渐模糊着，云登哥哥似的帅气男人迈着矫健的步伐向她走来。她眨巴着眼睛看了又看，那个形象却消失不见了，只有自己的那张苍白面容。

"不能这样下去了。从此我要过没有手机相伴的日子。"萨仁图雅开始整理绸缎布匹。这样忙活了一阵，她又拿起手机发起了呆。情不自禁地想起了每天早晨的问候，每天中午的亲吻，还有"我想死你了。你想我了吗？"这些让人心跳加快眼窝发热的情话。

她把手机靠近耳畔刚要听，外面就传来了狗吠声。

三十来岁的高个子女人，领着把头发辫得光光亮亮的小丫头走了进来。萨仁图雅这才想起她是来取为女儿定做的演出服。本来答应让她们今天来取，可她还没有给人家做好呀。这是因为她把人家带来的布料给裁坏了，从家里找相同的料子却没有，前两天去盟里的时候，本来要买回来同款布料赶工做出来，进城时却忘得一干二净。对萨仁图雅来说，没能在约定时间让人家取上货，还是头一回。她非常着急，几乎把小孩儿能穿的所有蒙古袍都拿出来让她们选。那个妈妈一件都没有相中，不是说不喜欢颜色，就是说相不中款式，要不就说袖子太长，衣襟太短。萨仁图雅答应两天之内就能做好，这才好不容易把她们打发走。女子十分不情愿地领着蹦蹦跳跳的小丫头回去了。

萨仁图雅送走客人之后，又要轧刚才那件敖吉，却总是缠线怎么都不能顺利地做下去。

她又拿起手机看起了微信。"你来吧。你还不来的话，我现在就去你家……"她听到了那个男人的声音。

萨仁图雅在门前的牛粪堆旁边来回踱步。她竟然不知道自己为什么会在这儿。"我这是怎么了？为什么在这儿晃悠？让别人看见多不好啊。"自己都感到惊讶了。

她连忙向周围看了看。牛倌两口子在房子东侧，有说有笑地干着活儿。他们在大块大块的盐巴上钻出小洞，用绳子穿好后往蓬松的榆树杈上挂，大概得挂二三十棵树吧。饮完水的牛三三两两地围着树舔起了盐巴。

十几间屋子的窗户仿佛能看透人心的眼睛那般盯着自己似的，萨仁图雅感到非常难为情，后背都冒汗了。

她像个不愿被人发现的小偷，庆幸自己没有遇见公公和苏德巴特尔，蹑手蹑脚地回到了屋门附近。

她长吁一口气，从整齐排列的各种车辆旁边刚要走过，却听到了苏德巴特尔的声音。这个声音仿佛从脚底下传来的，她吓得差点摔倒。

苏德巴特尔从推土机下面钻了出来，挓挲着黑乎乎的手指，嘿嘿地笑着说："像发情的狗一样瞎跑啥呢？难道是发春了吗？"

"看你把我吓得。"萨仁图雅生气地说着，好不容易才站稳。

"大白天的怕什么怕？我要是没吱声，你就踩我脚上了。"苏德巴特尔又笑着，"帮哈斯巴根和温都茹娜去挂盐巴吧，也好活动活动筋骨不是吗？像闻到气味儿的狗似的迎着风瞎溜达啥呀。"

萨仁图雅看了一眼身为丈夫的这个男人，轻轻地叹了一声。

前几天她又被家暴了。比起上几次，她这次好像都没力气伤心了。

他们这次是因为大女儿的事情吵起来的。

阿努琪琪格在班里谈了个男朋友，最近却被男朋友给甩了。那天晚上，这丫头来微信时又哭又闹，还喝了酒，话都说不利索了。

萨仁图雅早就知道女儿在谈恋爱，觉得年轻人之间如果感觉互相走动走动也不是什么大不了的事情，就没怎么当回事。

阿努琪琪格寒假没有回家，说是要留在城里参加声乐培训班。那天都大半夜了，忽然在电话里又哭又闹，还喝了酒，当妈的萨仁图雅能不着急嘛。她在电话里不停地劝："回宿舍吧。听话啊，丫头。妈妈不放心啊。"一边安慰还一边开导，"散就散呗。你俩也不是那么合得来，我早就没怎么看好他。他呀，没福气跟你在一起才敢跟你说分手。"

萨仁图雅心想，竟然敢有人甩萨仁图雅和苏德巴特尔的女儿。生活仿佛突然之间变得那么不可被理解，这个黑夜好像也变得既可怕又漫长了。

萨仁图雅在电话这头想着法地哄女儿，女儿在那头一边哭叫一边呕吐。苏德巴特尔却来回踱步不停地叨叨："找她们老师，找她们学校。他们这是怎么教育学生呢？"

萨仁图雅都快着急死了，他还在旁边说这样的话。她虽然厌恶却来不及跟他理论，劝了好半天才把女儿哄回宿舍，让她上床睡觉。

放下电话之后，她以厌恶、嫌弃和讨厌的眼神看着苏德巴特尔说："苏德巴特尔啊，你什么时候才能像个大男人似的，能稳稳当当地面对一件事情？还说找老师找学校，滚一边去吧。你是想让全世界都知道咱女儿的事情吗？她失恋了，正在痛苦中挣扎，你这是给她火上浇油不成？什么事都弄不明白，就知道窜进来瞎掺和。"

"还说起我来了。就因为你总是惯着孩子，才造成这样的结果不是吗？你早就知道她在谈对象，为什么不说说她？你这个当妈的是怎么教育孩子的？乳臭未干的小丫头谈什么恋爱，处什么对象？"

"孩子现在伤心得不得了。别人家的爸爸在这种情况下，说不准早就开车去她身边安慰她了。你倒好。哼！还说是乳臭未干的小丫头。你丫头长大了。知道不？你。人家已经二十出头了，到了该找对象的年龄了。我就让我丫头自由恋爱，愿意找啥样的就让她找啥样的。绝不会让她重复发生在我身上的悲剧，不让她像我这样痛苦地过一辈子。"

"你还好意思说痛苦？哟，每天让你这么享福，你还不知足？你的痛苦是不是因为没能嫁给苏德芒莱啊？去吧，现在就去。他那破自行车的后座正等着你去坐呢。"

萨仁图雅冷笑了一声，说："人的愚蠢就在于跟配偶过了一辈子都感知不到对方是幸福，还是痛苦。苏德芒莱（她吵完架之后才发觉，自己竟然头一次那么顺畅地就叫出了这个名字）虽然只有一个破自行车，但是人家比你富有得多。人家的思想比你富有。"

"那就找你那个富有的人去吧。现在就去吧。你以为大家不知道你从十六七岁就着急找男人吗？现在难道又要以这样的方式教育我的女儿吗？"苏德巴特尔一跃而起蹿到萨仁图雅面前揪住她的头发一下子就把她扯到脚下踢踹起来。

"要杀死我妈了……要杀死我妈了。放开我妈。"

听到玛努琪琪格的尖叫声，苏德巴特尔才把手放下来，转头看过去，小女儿光着身子在地板上跳着哭，吓得眼睛瞪那么大。

苏德巴特尔看到女儿愣住了。

老父亲的拐杖也落在了他头上。

一撮一撮的卷发从苏德巴特尔松开的手里落在了地上。

"妈妈，妈妈。"

披头散发的萨仁图雅从地板上站起来了。

女儿跑到妈妈身边抱着妈妈的大腿哭叫着："咱俩去姥姥家吧，不要这个臭爸爸了。不要了。"

那天晚上，萨仁图雅真想一走了之消失在天涯海角，可是看到女儿心就软了。

"今晚你用武力把我打赢了，可是你不知道你却失败了，你让幼小的孩子看到了你到底是个什么样的父亲。"

萨仁图雅后来感到惊讶的是，自己竟然能说出这样的话。这之后她又回忆了好多遍那晚的情景，总觉得自己不可能说出这样的话。也许在那一瞬间，是生活让她说出了这句话，是生活逼迫她说出了这句话吧。

"因为两个孩子，我才跟你过到现在，明白不？"萨仁图雅脸上流着泪，将玛努琪琪格轻轻抱起来，转头对苏德巴特尔说这话的时候声音是寒冷至极的。

苏德巴特尔后来的确也懊恼了，但现在对他来说这件事已经"过去"了。不就是两口子吵架吗。女儿阿努琪琪格也回来了。他不让女儿继续参加那个培训班，把她叫回来了。按自己的意思把所有的事情都安排妥了，还有什么可过不去的呢。再说，岳母来家里的这几天，一直在责怪自己的女儿，所以他这个女婿已经得到了全面的"平反"。

但是，对萨仁图雅来说，这件事情永远都不会"过去"。打人的人、冤枉人的人是最健忘的。可是被打的、被冤枉的怎么会说忘就忘啊。苏德巴特尔跟妻子吵完架之后，向来不会安慰妻子，一次都没有过。萨仁图雅每次都是自己找平衡，往往都是边哭边干活，好几天里一句话都不说，嗒嗒、嗒嗒地蹬着缝纫机，那些怨气与委屈随着转轮的转动才会渐渐消失。心情不好的时候，她就做缝纫活儿。这次她却无心做缝纫活儿，只想抱着手机坐着。

"你忧伤的时候最好看，像林黛玉。"

忧伤的时候怎么会好看呀？只有他才会这样说。还说是像林黛玉，林黛玉是谁呢？应该是一名演员或是明星吧。她只要想起"手机里的人"说的这些话，就会情不自禁地走到镜子跟前看看自己的眉毛、嘴唇、含泪的双眸。

她把手烫伤都起水泡了，苏德巴特尔看都没看，还说："别娇里娇气地闹了。看看我身上的这些伤，不是被牛犄角剐了，就是被马给咬了。别太当回事，慢慢就会好的。"那个"手机上的人"却发来了治烫伤的药膏名称，还说，"买这个药膏抹一抹，对烫伤最管用。伤处不要沾水，小心发炎"。一天好几次地来微信关心她。

苏德巴特尔抓住萨仁图雅，用沾满油污的大黑手点了点她的鼻尖，笑着走到了她前面。

"我丢了一只耳环。"萨仁图雅嘟囔了一句，"粗鲁，开玩笑都这么粗鲁，给你说一百遍都改不了。"

"哪个耳环？镶钻的那个吗？"

"乌鸦嘴。我自己做的那个。"萨仁图雅嘟囔着跟在苏德巴特尔身后。

"给我拍打拍打后面。"苏德巴特尔停了下来。

"拍打什么呀。脱了吧，裤子上都是土。"萨仁图雅把手揣在兜里从他身边走过去，来到门前打扫起那块红地毯。

原来快下雪时他们就把红地毯收起来。上次下雪时没来得及收，已经脏了。"过几天进城时拿去洗一洗吧。"萨仁图雅自言自语了一声，心想，我越来越像孩子的爷爷了，最近总是自言自语。觉得很烦。

她打扫完地毯进屋了。

"我们班的体委投篮的动作简直帅呆了，我们班女生都喜欢他。个子高，眉清目秀。长得可像我大伯了。"

萨仁图雅刚进屋就听到了女儿的说话声，以为她是跟同学在电话上聊天。

"那么精神的小伙儿谁都喜欢。我们阿努琪琪格相中的小伙儿肯定不是一般人。"是孩子她二伯的声音。

萨仁图雅顿时感到了喜悦，知道苏德巴特尔也在屋里，就把表情压了下去。

苏德巴特尔比她先进的屋，这时已经换好衣服，喝过两碗茶了。他那天也是因为一时之气，才把妻子和二哥连在一起骂的。他其实并没有把他俩年轻时候的事情当回事，有时还会故意拿这个事跟二哥开玩笑呢。今天他就看着妻子笑着说："给你二大伯子好好做顿饭吧。"又指了指放在桌上的一管药膏说，"治烫伤的药膏。你二大伯子给你拿来的。"撇嘴笑了笑，"我去山上看看那几匹马。"就出去了。

萨仁图雅虽然装出一脸不在乎的样子，但等苏德巴特尔刚迈出门槛就把手伸向了放在桌边上的那管药膏。

用了半管的药膏。

"唉，我配不上他。那个女孩儿长得漂亮，学习也好。他俩才般配呢。"阿努琪琪格的声音有些哽咽。

"这是每个人都要经历的过程。每个年轻人都得过这个关呀，这样才会懂得真爱。没有失恋就不会懂得爱情的珍贵，经历了这一切才会真正懂得如何去爱。这种痛苦很快就会过去的，你会有新的爱情，新的恋人。不过啊，在以后的日子里有可能还会失恋，但是会越来越懂什么是真爱。"

"这种痛苦真的很快就会过去吗？不会吧。我忘不了，永远都不会忘记。我再也不会爱别人了，再也不爱了。"

"谁都这样说，谁都这样想。可是过不多久就会忘记的。说不准明年你就能遇见你的新男朋友，跟他有说有笑地在一起呢。"

萨仁图雅长吁一口气，心想女儿跟二伯说说心里话，也许能够得到些许的安慰。她被自己喜欢的人给甩了，这对她来说是多么痛苦的事情啊。

女儿从来没有跟爸爸这样聊过天。就在这次她爸爸还跟女儿直嚷嚷，说她不好好学习，白白浪费了学费，再这样下去就让她休学。

可是二伯每次来家里，阿努琪琪格都会把他请到里屋有说有笑，有时还在一起弹奏乐器。萨仁图雅每次听到他们爷俩的对话，即使听不太明白，心里也觉得舒服。伯伯和侄女并排坐在一起弹吉他，被她偶尔从门缝里看到的时候，就觉得被艾里和家里人经常嘲讽的二大伯子的那头长发都那么好看。但是那个形象瞬间又会变成自己的丈夫，反而会被自己的心思吓一跳。

"二伯你爱过吗？失恋过吗？"

"爱过。非常投入地爱过。现在想起来，我爱的那个姑娘啊，在我心里依然是世界上最好看的、最好的姑娘。"

"那你们为什么没在一起？"

"她的眼睛特别漂亮，那样的眼睛世上只有一双。二伯那会儿年轻，太年轻了。以为到乌兰牧骑工作，当上国家干部就了不得了，却不知道已经失去了那么好的姑娘。"

"多可惜呀。那你从乌兰牧骑出来之后没有继续追求她吗？"

"追求了。人家都有孩子了，我还不想放弃呢。傻啊。人家都有孩子了，怎么可能跟我过呀。二伯呀，真是傻。二伯的青春，比你的青春傻多了。"

"那她现在呢？"

"现在？人家过得可好了。有一个像你这样的女儿，全家幸福美满，过得可好了。"

"二伯，你一直不结婚就是为了那个人吗？"

"我当时也是这么认为的，在心里下定决心这辈子都不结婚了。后来随着年龄增长也明白了很多事情，反而变得高不成低不就，谁也看不上了。现在更是越过越孤僻了。"

"哈，我也像二伯一样，终身不嫁。"

"唉，那可不行。你没看见我吗？自己一个人也挺孤单的。你呀，很快会爱上别人的。现在的这些痛苦到那时就不算什么了。"

苏德芒莱的这些话，在萨仁图雅的心里激起了涟漪。她想起二十年前的事情，情不自禁地捂住了胸口。

二十年前……那个晚上……大哥大嫂和苏德芒莱来家里吃饭，大家都喝了点酒。

吃完饭，大哥大嫂要回去，萨仁图雅把他们送到院外，绕着院墙往回走时，被迎面走来的苏德芒莱给截住了。那是一个雾蒙蒙的黄昏，仿佛让山峦都能够动情的弥漫着蓝色雾霭的黄昏。

谁都没吱声，只是静静地站着。苏德芒莱好像要说点什么却没说出来，萨仁图雅感觉到了却不敢直视他。

站了很久，很久。

"你为什么急着结婚？为什么？"

忧伤的声音缓缓地传到了萨仁图雅的耳边。

苏德芒莱伸出手刚要去抚摸她的头发，从院子那边却传来了奥齐尔巴图稚嫩的声音。

两个人向着相反的方向跑去。

萨仁图雅刚一拐弯就遇见了背着奥齐尔巴图走过来的公公。

打那之后直到生孩子，她再也没有单独见过苏德芒莱。

萨仁图雅回想着二十年前发生的这件事，心里依旧无比感伤。多可怜的两个年轻人啊，迷失在生活中的不知所措的两个可怜虫呀。

萨仁图雅打开首饰盒，从最下面的格子取出一枚牛眼那么大的镶嵌着黄珊瑚的戒指。

这是苏德芒莱送给她的礼物。

苏德芒莱参加了萨仁图雅大女儿的满月宴。他没喝酒，说了声"祝贺你当母亲"，把这枚戒指放在孩子的小被子上就走了。

这枚戒指萨仁图雅戴过，却从来没让家里人看到过，去远处吃席时戴过那么几次而已。

萨仁图雅紧紧地握着戒指，仿佛在祈祷似的静静地站立了很久。

她听到了马头琴声。女儿拉奏不出这么好听的旋律，肯定是苏德芒莱在拉琴。

　　须弥山的岩石上
　　杜瑞玛呀
　　神鹰在鸣叫……

这么多年过去了，苏德芒莱头一次伴奏这首歌曲。

　　春和秋的六个月里

杜瑞玛呀

　　爱人的心在荡漾……

　　阿努琪琪格在唱。

　　萨仁图雅的眼前浮现出了登台演唱的情景。她在唱，他在伴奏。精神抖擞的两个年轻人的身上洋溢着欢乐与喜悦，是那么地亲密。后来她成了他的弟媳妇，他成了她的大伯子，这两个人别说是聊天，偶尔碰到一起都会躲着对方。

　　对萨仁图雅来说，苏德芒莱一直是她了解外面世界的眼睛和耳朵。

　　苏德芒莱每次周游世界回来都不会空手而归。带轱辘的行李箱、有蒙古文字的围裙、会摇头的玩具小狗，造型各异的打火机有的像手枪、有的还印着佛像。有一次他在腰带上别着一个叫传呼机的东西回来了，下一次又在脖子上挂了个手机回来了。每次回来都向这几家人讲述自己的所闻所见。

　　"现在流行一个叫乐队的音乐组合。年轻人们对乌兰牧骑都不怎么感冒了，组建起乐队玩音乐呢。"

　　果不其然，没过多久他们就在电视上看到了摇头跺脚的留着长发弹着吉他的乐队组合在演唱。

　　"我在酒吧看到过一个姑娘唱《绵绵细雨》那首歌。哇，那个好听。她穿着一身红衣服，鞋都是红的。"

　　"鄂尔多斯人挤山羊奶。用山羊奶做的奶酪叫巴吉木勒。在他们那儿男人也挤奶。阿拉善那个地方盛产奇石。我在那儿喝过驼奶。驼奶可贵了，在他们那儿也是稀罕物。五台山呀？磕长头的人海了去了，有人把额头都磕破了。那儿信众多，骗子也多。"

　　依乃扎布捂着脑袋躺着。他不相信五台山上有骗子。他觉得儿子在胡说八道，胡说八道佛教圣地是要遭报应的。孙子们就七嘴八舌地劝爷爷："爷爷，别说扫兴的话了，让二叔接着说吧。"

　　萨仁图雅向来不插话，也从来不碰他拿回来的那些东西。可是那些话和那些东西却一直在她脑子里萦绕不散。她于是就模仿着那个围裙，在布袋和衣服上开始缝起了蒙文字。哈布尔玛给她写好了她往上缝。

苏德芒莱喜欢孩子。这几家的孩子他都疼爱。可是萨仁图雅知道，他最疼爱的还是阿努琪琪格。

在阿努琪琪格小时候，苏德芒莱经常来家里。萨仁图雅干完活回来时，苏德芒莱已经给孩子换好尿布哄她睡着了。每次来都抱着阿努琪琪格亲个不停。孩子尿在他身上，他也不在乎，还咧着嘴哈哈笑呢。阿努琪琪格四五岁的时候，他就开始教她写诗，特别有耐心。

偶尔碰见苏德巴特尔训孩子、打孩子，他比谁都生气。"连孩子都不爱，你是怎么当爹呢？"跳起来就跟他吵吵。

萨仁图雅听到了女儿的歌声，又听到了女儿的笑声。

听到这爷俩在唱歌，她的心里渐渐豁亮了起来。

一个开车的人把定做的敖吉取走了。前胸和后背都绣了花的两件敖吉，足足花了萨仁图雅三个月的时间啊。

她把取敖吉的人送走后，将卖敖吉得来的两万三千元收起来，坐在沙发上涂完趾甲油，等着趾甲干透。这时哈布尔玛有说有笑地进屋了。

"这双染着红趾甲的脚可真好看。一进屋我就看见了，还以为这嫩如绸缎的脚丫子是你女儿的呢，原来是她母亲的。看看，有多水嫩。"哈布尔玛大声嚷嚷着走到她身边，又说，"别起来了，我们来看看老爸。"巴尔齐德贵他俩径直向老爷子的屋里走去。

苏德芒莱听到说话声也从里屋出来了。

哈布尔玛悄悄杵了杵他，说：

"守着弟媳妇呢呗？"

苏德芒莱毫不留情地回敬道："闭上你这张不要脸的臭嘴。"

哈布尔玛被撑得脸都发紫了，她还想说点什么，但是看到苏德芒莱的脸色已发青，不得不把涌上来的话给咽了回去。

老爷子高兴坏了。孩子们每次来拿佛灯芯、熏香、烧香的时候他都高兴得不得了，巴不得手里的存货都让他们拿去才好呢。

"今天我捻了一百根佛灯芯。凑齐一千根就送到寺里去。"

"一次不要捻太多，会累着的，每天捻几根，有干的就行，不能太累着。"巴尔齐德贵说。

哈布尔玛刚迈进公公的屋，就啪的一声把门关上了。"今天我们可累坏了，刚刚才把牛饲料给压好。累得我呀，浑身都僵了。来您这儿拿点您捻的佛灯芯，上次拿回去的都用完了。看人家萨仁图雅多有福气，多会支使丈夫，染上趾甲躺着休息，啥活儿也不干。"

苏德芒莱说："非得跟你一样干苦力活儿才叫干活？人家做针线活、卖奶食品比谁挣得都多。这叫一个人一个活法。"

"嘿哟，这个二大伯子就是向着弟媳妇哈。"哈布尔玛边说边向巴尔齐德贵使了个眼色。

"苏德巴特尔为什么打萨仁图雅？他俩过了二十多年，我还是头一次听说苏德巴特尔动手打老婆。不会是你这个二大伯子在搞鬼吧？嘿嘿嘿。"

苏德芒莱给大哥递了根烟，像吃了蝎子草的骆驼似的仰着头就出去了。

巴尔齐德贵说："你瞎说什么呀。"

哈布尔玛说："怎么就不能说了。他们都多大岁数了，心里难道就没个数？"

没过多久依乃扎布从屋里出来，看着往茶碗里泡凉手把肉吃的苏德芒莱没好气地说："你以后别来了。愿意上哪儿就上哪儿去，让人家安生过日子吧。"撵他赶紧走。

苏德芒莱惊讶地瞅着老父亲，放下只喝了半碗的奶茶，就向屋外走去了。

第 六 章

十八

车、马、骆驼等棋子散落在黑白相间的棋盘上。一方的兵马如同富饶杭盖上的山丘一样纹丝不动地耸立着，另一方的帅、马、车却被对方吃得已经所剩无几。

苏德芒莱自己在家。他在手机上跟网友下喜塔尔。

这盘棋，他下输了。玩得太投入，都没感觉到冷，下输了才感到手指肚冰凉冰凉。这才搓着双手吹了吹手指，往快熄灭的图拉嘎里面添了点火。

他呷了一大口浓酽的红茶，刚一抬头就被惊呆了。

窗外飘落着梅花瓣。

连忙打开窗子看过去，却被自己逗笑了。

怎么可能是梅花，是在下雪呀。

他昨晚梦见门前的那棵梅花树满树盛开。于是笑自己有多糊涂，这是把梦和现实混淆了。

他坐在打开的窗口，欣赏起飘落的雪花。

雪花飘着。

飘雪的情景多么秀美。

　　　　每当刮起西北风时

被鹰抓的鸟的羽毛

如飞落的雪花般漫天飘散

听到了孛端察儿①的消息……

千万片亮晶晶的雪花飘散在空中照亮了天空。

飘落的雪花显得那么高贵，却又让人感到忧伤。一片片雪花仿佛撒娇似的低语着、叹息着、叮叮当当地歌唱着。

他看到了林冲。林冲将酒葫芦挂在丈八蛇矛上，迎着飞雪行走在雪地上要去喝酒。他好像尝到了古人的酒香，情不自禁地咽了几口吐沫。

于是起身去烫了一杯酒，捋了捋鬓角上的头发，跟缓缓飘落的雪花聊了起来。

七仙女从这里经过时，是不是将花篮里的花瓣随手撒了几把，在凡世就变成了飘落的雪花。

每片雪花都有一双蓝色的大眼睛。那些结霜的睫毛、清澈的蓝眼睛啊。

"只有你知道我们有生命。"

"你在诗中写过，从花草到星星、日月，甚至到石头和土壤都有生命。"

"下辈子我想变成一片雪花。"

"下辈子我们想变成人。"

人是最珍贵的动物。

传来了雪的哽咽声。

雪花在嘤嘤地哭泣。

"我们想变成人。只想变成人。"

鸟儿也在啾鸣。它们也穿着用雪花织成的袍子，说是围着太阳过冬呢。

鸟儿们也纷纷议论着。

———————————

① 孛端察儿：蒙古孛儿只斤氏的始祖，成吉思汗的十世祖。

"是啊。我们羡慕人类。我们下辈子也想变成人。只想变成人。"

鸟儿的声音凝住了，只听得见雪花飘落的声音。

无数枝花草的灵魂从他身边说着悄悄话经过。它们也穿着用雪花织成的袍子。从身边经过时，袍子的前襟沙沙地响，掉落着一颗颗冰粒。

为了托生成人，它们在祈祷。这辈子绝对没有违反过佛祖的命令，直到临终都在做善事。还议论着是如何变成了其他动物的食物。

从未见过的奇特动物从他眼前依次走过，议论着下辈子如何才能够托生成人的话题。

苏德芒莱深深地呷了一口酒，说："是啊，能托生成人是最神奇的事情。人是最珍贵的动物。能够托生成人，是生命中最神奇的事情。"

突然苏德莫日根笑着走了进来。

苏德芒莱忽地跳起来，紧紧地握住了弟弟的双手。

"不是，你不是溺水身亡了吗？"

"我从遥远的大海乘雪而来。"弟弟笑着说。

苏德芒莱把手放在他的肩头，紧紧地摇晃着他，想放声大哭，但是喉咙里仿佛哽着什么，没能哭出声。

苏德莫日根也穿着用雪花织成的衣服，浑身散发着凉气，说不上是海水的味道，还是雪的清凉味儿。满屋都是这种清凉的味道。当他摇晃他的肩膀时，洁白如羽的雪花纷纷落在了地板上。

苏德莫日根缓缓向上飘了起来，与飞落的雪花在半空中飞舞。

他说："苏德毕力格……苏德毕力格出事了。"

"苏德莫日根，等一会儿。"

苏德芒莱被自己的喊声惊到了。

苏德莫日根不见了。

雪。

打开的窗子。

摆在桌子上的棋盘。

放在眼前的酒杯。

所有的一切没有任何变化。

难道是打盹了吗？

苏德莫日根，不是，苏德毕力格，苏德毕力格……

他跑了出去。

大地上覆盖着洁白的雪。

苏德毕力格，苏德毕力格。

披头散发的苏德芒莱踩着刚下的雪，来到院门时遇见了浑身火红的一条"鬼"。他吓得魂都快没了，分不清自己到底是做梦还是在现实之中。

原来是萨仁图雅。

苏德芒莱认出是她之后，从她身边一溜小跑着呜嗷喊叫道："快点，快点，苏德毕力格出事了。"

他来到了苏德毕力格家。每间屋都搜遍了，没有找到苏德毕力格。乌日柴呼端着一盆水，好像在说着什么，他并没有听清楚，只看见了她的嘴在动。

苏德芒莱大喊大叫着跑进了牛棚。

看见了。看见苏德毕力格了。他吊在一棵老榆树上，耷拉着脑袋，舌头都伸出来了。

第 七 章

十九

"妈妈，妈妈，都九点了，还不起床呀？"

两个小孩在砌着红砖墙的院里推着小自行车玩。大一点的那个冲着窗子喊，小的也跟着哥哥奶声奶气地喊了一声。

小车子的后轱辘是瘪的。他俩推着这辆轱辘撒气的小车子玩，鼻子尖上都冒汗了。

大孩子喊完之后，继续往前推车子。小孩子发出咻咻、咻咻的声音，奋力帮哥哥往前推。

"饿不饿？"

十多岁模样的哥哥吸溜着清鼻涕问弟弟。

"饿。"

三四岁模样的红脸蛋弟弟回答。

"妈妈，快起来吧。我们饿了。"

"给车子打上气，咱俩就去二伯家，他那儿有吃的。"

两个孩子又捣鼓起了那辆小自行车。

这时院外开来了一辆黑色的夏利。把头发梳得光光亮亮的男子下车后，啪地关上了车门。

俩孩子听到关车门的声音同时向院外望了过去。

"爸爸。"弟弟喊了一声就迎了上去。哥哥没有动弹，站在原地默默地看了一眼。

被叫做爸爸的这个人蹬着一双擦得锃亮的旧皮靴。院门前横着三具死猫尸体，他好像怕它们会跳起来咬掉靴头似的，小心翼翼地抬高脚，踩在红色绿色的破暖瓶碎片、被扔掉的破衣服烂裤子、饮料瓶、旧鞋破袜子、废纸、蜘蛛网似的缠在一起的捆草用的蓝塑料绳等垃圾上面，来到满是牛屎狗屎草料碎屑的门口，抱起在冻牛粪上绊倒后哭哭唧唧的小儿子走进了院里。

"给，格根诺姆，你俩还没吃早饭吧？领弟弟去小卖部，愿意吃啥就买点啥吃吧。"他从兜里掏出一张五十的票子递给了正在气愤地踢踹着破车轱辘撒气的大儿子。

"爸爸，我们饿了。"大儿子眯眼笑着把钱接了过来。

"去吧，跟哥哥去小卖部吧。"他把小儿子放在了地上。

门槛跟前不知是洒过水，还是孩子小便过，冻出了一块冰。他差点滑倒，骂骂咧咧地推开了里屋的门。

好几天没着家的苏德毕力格回家了。

他没有死，又回到了这个想丢下不管的日子当中。他这样"死"过好几回了。不但服过一次毒，还割过两次手腕呢。

这次是二哥苏德芒莱把他救下来的。脖子上的勒痕还没褪，老父亲就领着他去寺庙磕头，还把那个榆树桩砍掉烧了。

邻里乡亲们像传说似的互相传着苏德芒莱的梦有多准，上了年纪的老一辈人却都在骂苏德毕力格："坏小子，赌博赌得，把小命都快搭上了。"

苏德毕力格一进屋就看到了后炕上躺着一个人。因为是夫妻，他才认出这个躺在后炕上盖着七层绸缎被子的人是乌日柴呼。

放在地中央的圆桌上摆满了没洗刷的碗盘。昨晚看样子是吃方便面了，洒在桌上的红油跟瓜子皮凝在了一起。泡了满满一碗的炒米上面，扔着小孩的一只袜子。落满灰尘的雪花膏瓶掺杂其中乱糟糟一片。

苏德毕力格胡乱抹着洗了把脸，看不见擦脸的毛巾，便找了起来。他从窗台、凳子腿下面找到了硬得能割破手、脏得辣眼睛的乱麻团似的几块毛巾，选了块认为最干净的擦了擦脸。他想喝点热水，拿起茶锈斑斑的水杯，提了暖壶一滴水都没有倒出来。

他把杯子蹾在桌角上，甩掉脚上的靴子上炕了。

唉，说什么是好呀。他好像看见了披头散发的妻子拉着一张臭脸在看他，喉咙被什么东西哽住了似的想说点什么却啥也没说出来。心想，还是换上衣服去侍弄牲畜吧。

于是脱下棉裤向炕角甩去，棉裤的两条腿很自然地盘成了一圈。

"瞧你这鬼德行。"

他听到了苍蝇在瓶子里嗡嗡似的声音。绸缎被子像春天里的鼢鼠拱土那般动了动。

她应该是从被缝里看到了他那条盘成一圈的棉裤。

"上吊都不怕，还不戒……"

从脏兮兮的绸缎被子的被头里面最先露出了一头打结的乱发，继而出现了一张高颧骨的脸，然后是圆滚的肩头。

"你快起来吧。孩子们都饿了，全艾里的人都听到他俩叫唤饿呢。你这个当妈的难道就听不见，不心疼孩子？"苏德毕力格边换衣服边说。

"哎哟，你还教训起我来了？那你怎么不管管他们呢？就知道玩。你是他们的亲爹，他们又不是我跟别人生的野孩子。"

"我没有玩。我不是跟你说过，以后不玩了吗？我去玩，你蒙头躺着不起来，孩子们满院子叫唤着饿。唉，这日子……"

"你这是突然开窍了吗？你管过孩子吗？管过咱们的日子吗？就凭你那生锈的脑袋瓜要钱能赢吗？我早就给你说过这句话吧？哼，没玩，谁信呀。就算你现在不玩了，又能咋样？一屁股赌债……"

"我出去躲了那帮赌友几天，也想法找地方借钱了。再不还钱就快要我的命了。"

"哼，找你那几个哥哥借去呀。他们几家富得都快赶上开银行的了。不是说求他人不如求家人吗？他们为什么不帮你还？一提起钱来，个个吓得都躲得远远的不是吗？"

"我没有去玩。你们怎么就不相信我呢？我再也不玩了！知道了吧。我早就跟你说过，我没有他们那样的哥哥……"苏德毕力格哼哧哼哧地喘着不再吱声了。

妻子刚提哥哥这俩字，苏德毕力格的气就冒上来了。他对妻子说的都是实话。这次他没有去玩，出去躲了几天那些找他玩的赌友。刚好在回来的路上，碰见了大哥巴尔齐德贵。看见大哥骑着马在收牛群，想告诉他在翁根山口附近看见了他家的几只羊离群了。当他把车开过去时，大哥却故意快马加鞭躲走了。肯定是认为自己玩了一宿，一大早开车回家吧。

哥哥们早就对他不抱有任何希望了。怨谁呀？分家的时候，他可是分到了四十多头牛、近六十匹马、二百多头羊呀。自从他沉迷于赌博，这些家产如今已所剩无几。

他刚开始玩麻将的时候还是有赢头的，每次都能赢点钱回家。那时妻子的脸色也没有这么难看，满脸喜悦地点数着丈夫赢回来的钞票。后来可就没这么幸运了，一输再输，他家的门槛都快被讨债的人踏平了。妻子的笑脸变成了谩骂，有时他夜里玩完回家都不让进屋。他就问牌友借上几张百元钞票，贴在门玻璃上，用手电筒照亮后说："我没有输钱。"才勉强能进屋。后来这个法子也不顶用了，她识破了他的把戏。

大儿子到了上学的年龄，乌日柴呼去陪读，在苏木租房住下了。苏德毕力格更加自由自在，呼朋唤友引来各方赌友在家里玩得不亦乐乎。屋里不分昼夜地聚集着赌友，棚里的牲畜却一天比一天少。现如今家里能卖上价的牲畜也没几头了。

乌日柴呼在苏木陪读三年，心思也不在过日子上头了。她刚去苏木那会儿，苏德毕力格觉得没有老婆孩子牵绊的日子是多么舒坦，出去玩多少天回来都没人在耳畔瞎叨叨。

"快把媳妇弄回来吧。年纪轻轻的不回来持家整天在苏木等于是白白浪费时间啊。她把孩子送到学校之后，除了看电视就是逛街呗，比吃工资的城里人过得都舒坦。人家城里人工作之余还想法赚外快呢呀。吃喝用度所有东西都给她从家里送去，她不操心过日子，比吃工资的人过得都有派头呀。"

大嫂哈布尔玛给苏德毕力格这样说过好几回。哈布尔玛的那张嘴天生就是为了说别人而生的。苏德毕力格怎能听得进去她的话呀。

乌日柴呼渐渐地不怎么回来了。一到周末就找各种借口不回家，不是孩子感冒，就是说下雨。寒暑假的时候，也不怎么在家待着，领着孩子几乎都住在娘家。家里的活儿，别说是给牲畜扔草料、起冻牛粪，就连随手可干的小活儿她都不干，一大早起来就开始骂人。苏德毕力格实在招架不住，就说："你不愿意回来就别回来了。让我耳根子清净一会儿吧。"愈发助长了乌日柴呼不愿回家的念头。

媳妇长期住在苏木，苏德毕力格整天不着家。家里的牛群无人照管，该饮水的时候都跑到围栏口上挤在一起。有时还会从围栏里跑出来，不是去人家的井口，就是撞坏人家的院墙，闹过好几次呢。羊群更是，十只二十只地丢着，渐渐合在别人家的群里，就再也找不回来了。

今年秋天，哈布尔玛和萨仁图雅费了好大的劲，才把乌日柴呼从苏木"请"了回来。格根诺姆依旧在苏木上学，陪读的工作接下来由他姥姥负责。两个嫂子总算把乌日柴呼从"城里人的悠闲生活"当中拽回来了。

苏德毕力格家的炕中央就这样出现了一个"睡仙"。

铁青的脸、乱糟糟的房屋、院落……苏德毕力格更不愿意回家了。

"就让她去苏木陪孩子吧。整天拉着一张臭脸，我还有啥心情过日子。"苏德毕力格去萨仁图雅那儿诉苦。

萨仁图雅连连摇头摆手。她说："这是什么话？妻子不持家，丈夫贪赌，再这样继续下去你们的日子可就没的救了。人家那些陪读的小媳妇，一到周末都忙着回家做家务。乌日柴呼干啥呢？回家之后就知道守着电视看。看看你家那窗玻璃，都脏成啥样了？哪像是人住的屋子。你呢，整天不着家，就知道玩，你俩这是真的不想过日子了？"三嫂萨仁图雅没给他好脸色看。要是大嫂哈布尔玛这样说他，他哪能听得进去。可是现在三嫂萨仁图雅也没向着他，他只好闭上嘴不说话了。

"二伯，二伯……"

从外面传来了孩子们的欢快叫声。苏德毕力格往外看了一眼，只见两个孩子比赛似的奔着院门跑去。

"二伯……"

"我领着他俩去小卖部了啊。"

苏德毕力格听到二哥苏德芒莱的声音应了声："知道了。"

苏德毕力格看到两个孩子奔着二伯那么欢快地跑去，心里很是沮丧。我回来的时候，他俩也没这么高兴。小的向我跑了过来，大的连动都没动。他深刻地感受到，在孩子们的心里，他这个当亲爹的都没有他们二伯的分量重。

"狗改不了吃屎。还知道回来。"七层绸缎被面蠕蛹了几下，骂声就开始了。

苏德毕力格知道这个时候她说啥自己都不能吱声。只要开口回应，俩人就会吵起来。一吵起来，乌日柴呼就能不吃不喝蒙头躺三天，接着再甩三天臭脸，再骂三天"狗改不了吃屎"等难听得不能再难听的话，这才有"天气转晴"的样子。只要把头三天挺过去就没啥大事了。乌日柴呼从孩子到电视上的各种动物，从屋里的碗盘到外面吠叫的狗都给骂上一遍，好像才能解气。

她终于起来了。梳了梳乱蓬蓬的头发，也不分正反就把鞋给套上了。

"该死的……"又开始了新的一轮谩骂。

她穿着一件袖口起毛边的薄衫，打开衣柜想找件衣服套在外面，可是刚开柜门，里面的衣物就涌了出来。她把这些乱成一团的衣物统统扔到了旁边的沙发上。

沙发的边角处露着海绵，掉帮的45码的男士皮鞋躺在沙发下面，还有一只女士高跟鞋不甘示弱似的也在下面躺着……落满灰尘的电视机、几乎能割破手指的硬毛巾……褥子卷曲在炕中央。缸口盖着一块红裤衩。她家的抹布不是孩子穿不下去的旧裤子，就是他们穿过的衣服。真是一个人一个性格。乌日柴呼这个人好像对裤衩，而且对红裤衩尤其感兴趣，柜子和桌子上面哪哪儿都是用红裤衩做的抹布。

苏德毕力格换好衣服坐在炕沿边上。

我没有去玩！我再也不玩了！他真想这样大声喊出来。

他拿起了充满电的手机。刚一打开，微信消息就叮叮当当地响了起来。他跟好几个朋友说过借钱的事，便急着点开微信界面，想看看是不是借到钱了。

"刚才还说不玩了呢。你那是嘴吗？除了赌友还能有谁给你来语音，赌徒们都找你呢。"乌日柴呼站在他身后又是一通骂。

微信里的一个声音格外响亮，在嘈杂的背景中刺耳地说："苏德毕力格，行啊你，好几天不接电话。不想跟这帮哥们儿混了呗？没尿性的屁蛋，为啥要上吊？玩几个晚上不就赚回来了吗？出来吧。快点。我保证你今晚肯定能赢。听说布和哈达拿上买新车的钱已经从家出来了，即将到手的肥肉呀，咱们就劫他，不劫白不劫。一大块肥肉，保你大赚。"

他连续听了好几条语音，除了二哥苏德芒莱问他"在哪儿呢？"的一条不冷不热的消息，其他的都是些不中听的废话。

苏德毕力格没有兴趣再听下去了。

"鬼才相信你。谁知道你们又想祸害谁。苏德毕力格就这德行，兄弟几个当中最完蛋的一个……"苏德毕力格听到妻子的又一轮挖苦又气又急，抬起手来刚要摔手机，却被一只强劲的手拦住了。

是二哥苏德芒莱。

"在外面玩了好几天，回来还要什么威风？快照照镜子，看看自己的德行。"哥哥用眼睛白了白他，从窗台拿上孩子的帽子出去了。孩子的针织帽冻在结霜的窗子上，苏德芒莱使劲一拽，早就快掉的帽带留在了窗玻璃上面。

苏德毕力格看着哥哥的背影喊道："不是，我没玩。以后也不玩了。你们怎么就不相信我呀。"

乌日柴呼嘴不合拢地一边骂，一边叮叮当当地像是要做饭。有几头牛回到院里了，用犄角互相顶着，撞得饮水槽砰砰直响。

苏德毕力格想去牧场上饮饮牛看看羊群，便来到院外开上那辆破夏利直奔牧场而去。车里脏乱不堪，散落着炒米粒、奶豆腐碎屑、粘在座子上的雪糕棍、小孩子的一只鞋、头尾不相连的毛绒玩具。

羊群一小部分在亚希拉图山上，像一颗颗白色的镶嵌；大部分都进林子里了。他站在山脚喊了几声，羊群顺着岩石缓缓往下走来。

他把羊群赶到浇绕河边，在未结冰处饮完，圈在河套上准备点数。盯着从眼前缓缓而过的羊群，抟挈着手指，嘴里嘟囔着数字，没一会儿工夫就数完了。对他来说，才六十多头羊还不好数嘛。

身为野人家的孩子，他最拿手的就是数羊。开着摩托从一千多头羊群中间走一趟，就能把头数和毛色弄明白。一次以二十头为单位。十个手指都动起来，就是在二十二十地数呢。苏德毕力格从小就能干。他的敛草，远近闻名。一般的木叉承受不了，一定会折断。他用钐刀抡割后形成的草趄子，厚得让人惊讶。一步跨过去，会很吃力。据说，他在草茬上踩破了脚底，叫一声"哼"，就满不在乎地继续敛草去了。

可他现在却蜷缩着身子站在为数不多的羊群跟前点着头数。

一共六十八头。另外还有二十来头没在群里。

他想起早晨在翁根山口看见的那几只离群的羊。许不是越过苏德芒莱和苏德巴特尔家的围栏向着翁根山口，也就是大哥巴尔齐德贵家的牧场方向去了。

他就给大哥巴尔齐德贵拨了电话。

拨了两次大哥都没接听。

"又怕我借钱呗。"他骂骂咧咧地嘟囔了一声。栎树的叶子沙沙响着飘落了几片。

前几天他被追债追得实在没办法，还是硬着头皮去求大哥和三哥了。

"我们哪有给你还赌债的钱。"大哥没好气地说了声就把目光投向了天空。

三哥苏德巴特尔说："我们可以负责两个孩子的学费和生活费。至于你欠的赌债嘛，我们早就说过不会帮你还的。"

三嫂萨仁图雅送他出来时说："我要是能把借出去的钱要回来，就想法给你凑点。"

"就认钱。"苏德毕力格站在河套上戳着冰面，狠狠地吐了几口吐沫，又打给了奥齐尔巴图。

电话打通了。

大侄子奥齐尔巴图说："翁根山口附近的那些羊是我舅家的。你们的羊，在我家门前有十一只，嘎嘎叔叔门前有七八只。"

放下电话后他嘟囔道："少也少不了多少，也就四五只吧。"便把羊群赶到亚希拉图方向，然后开车回家了。

乌日柴呼已经把饭做好了。

牛肉炖干豆角。

她其实挺会做饭的。这几家人都知道，她蒸的面食很好吃。蒸面食的技术是跟在呼和浩特的妹妹学的。"现在我姐做的比我做的好吃多了。"她妹总这样夸她。刚结婚那阵子，她也没这么懒，串门子看见谁家的被褥垛垒得又整齐又好看，回家之后也模仿着去叠被褥，一遍不行就两遍，直到满意为止。

现在倒好，整天拉着一张臭脸，一点笑模样都没有。

"不叫孩子们吗？"拿碗筷的苏德毕力格说。

声音仿佛钻进了旱獭窝，没有得到任何回应。

苏德毕力格拨通了苏德芒莱的电话。

苏德芒莱领着两个孩子去他们的嘎嘎伯伯家了。

"我们吃羊肉呢。爸爸，你也来吃吧。"小儿子格根呼在电话那头嚼着嘴里的羊肉告诉他。嫩声嫩气的童音真让人心疼。

苏德毕力格连菜带饭狼吞虎咽地吃了好几碗。把肚子填饱后，感到非常困倦。他这才想起，已经很长时间没有吃过媳妇做得这么好吃的热饭热菜了。

他很想跟媳妇好好说几句话，却不知从何开口。

那就好好睡一觉吧。可是刚躺下就忽地坐起来了，怎么睡得着呀，赌债仿佛一根根针刺，从身底下在刺他。早就打算不赌了，赌友们却整天来电话叫他。手机号换过好几次，他们却总能搞到他的新号。他现在只盼望有人能借给他钱，微信一响，就拿起来看看。每次都没有看到盼望得到的消息，心脏仿佛要从嘴里跳出来了似的，扫兴至极，备受煎熬。

现在给他来电话的人，除了讨债的就是叫他去赌的。

这种生活真是苦不堪言。被讨债的痛苦，低三下四地求人借钱的痛苦，谎话连篇地应付追债人和躲避他们找上门来的痛苦……哎呀，他的生活已经变成了被各种痛苦包围起来的世界。

手机又响了。他忽地拿起了手机，是阿努琪琪格打来的。

"叔，爷爷让你给他去电话呢，说是找你有事。"

"孩子啊，好几天没看见你了。在家吗？我手里有点存头，好像有六七万，具体记不太清楚了。巴尔齐德贵拿着我的存折呢。我给他说了，你去拿吧。要是还不够，就从我的和苏德莫日根的畜群里挑几头牛拿去卖了吧。牲畜这玩意繁殖得快，过两年苏德莫日根回来之前，就又长起来了。千万别动你们自己的牲畜啊，得供孩子们的生活呀。"

老父亲的声音非常清晰。

苏德毕力格一句话都说不出来，放下电话也不管媳妇会不会嘲笑自己，趴在炕上低声呜咽着哭了起来。

他这次无论如何都不想再从父亲那儿拿钱了。父亲已经给过他好几次了。一次拿过七万，后来四万四万地还拿过两次，更别说一千一千地不知拿过多少回了。他想，这次说啥也不能要了。

这些天，他一边躲着那些赌友，一边也在想方设法地找地方借钱。

外面刮着大风，山林里传来了咻咻、咻咻的呼啸声。

大姨子领着孩子来家里串门，热火朝天地聊着漂亮轿车、城里的楼房、貂皮大衣、送孩子去自治区首府重点中学上学等话题。苏德毕力格知道大姨子家的生活殷实富裕，可这次他比以往任何一次都觉得烦。只要有人聊起安稳过日子的嗑，他就会感到不舒服，就想好好骂人家一通。这次是忍了又忍，才没有骂这个大姨子。忍也是有原因的，毕竟人家借给他好几万，还没还呢。就在前不久，大姨子来家里还要过呢。只是他"上吊"之后，没再提这事而已。

苏德毕力格不想听她的炫耀，不想待在家里，就到哥哥们的家瞎转悠去了。

到了哥哥们的家，他却不好意思张口说借钱的事。晚饭刚好赶在了大哥家，他挑着大块的肉就着米饭吃了好几碗。

吃完饭在沙发上坐着就打起了盹。忽然有个人举着明晃晃的大刀向他走来，他一激灵就坐起来了。

大嫂哈布尔玛拿着菜刀站在他面前说："看把你困得。又玩了一宿？给我磨磨刀。"

大哥没好眼地看了他一眼，侄子奥齐尔巴图瞅他笑了笑。

他磨完刀，又看了会儿电视才出来。月亮已经升起来了，清亮的月光洒在地上，沿着围栏生长的榆树和杨树的阴影斑驳一片，让他感到心里凉飕飕的。已到了山林最寒冷的日子。他立起领口，缩缩着身子，无精打采地走在回家的路上，自然而然地想起了上吊的事情。想起这件事，他就会情不自禁地打个寒战。在睡梦中也惊醒过无数次。死算什么呀，死了就死了呗。可是这么年轻，还有孩子……

来到家门口，他没有马上进屋。屋里没有亮灯，拉着窗帘。除了院里的牛羊发出的声音，周遭沉寂无声。他坐在台阶上点着了一根烟，抽完之后又点了一根，然后才进屋。

他在黑暗当中听到了老婆孩子温热的呼吸声。他没有上炕，也没有脱衣服，拿着手机，在沙发上躺下了。

早晨起来时，老婆吊着眼睛问他："又上哪儿浪了一宿？长在你脑袋上的不是嘴吧？"接着又说，"我姐想领上我一起去呼和浩特、五台山玩几天。苏德毕力格的老婆哪有那个福气啊。"

苏德毕力格站在外屋接听电话。乌日柴呼从他身边经过时也不忘奚落他："被追债的滋味是不是很爽？"

苏德毕力格的头都快要炸了。他来到了院里。

院门口净是些冻在地上的牛粪，连个落脚的地方都没有。前几天门上的玻璃被大风吹碎了，玻璃碴还在地上。

"又要上哪儿浪去？"他听到了老婆的挖苦声。

他回头看她时，脸上的肌肉在抽搐。

于是向破口大骂的老婆说：

"爷要玩去了。你回娘家吧。离吧。你啥时候回娘家，我啥时候再回来。"说完头也不回地向院外走去。

第 八 章

二十

"嗷——嗷——嗷——"

盖着薄被躺在沙发上的萨仁图雅忽地坐了起来。

"谁……谁？是谁……"她结结巴巴着不知在说什么。

灯光很亮。头发乱蓬蓬的萨仁图雅出现在墙上的每一块大镜子和瓷砖上。

屋里的人都被她惊到了。

玛努琪琪格拿着手里的遥控器、阿努琪琪格攥着丝绸睡衣、刚洗完澡的苏德巴特尔擦着湿头发，每个人都张着大嘴盯着萨仁图雅看。

是电视里的哭声，把打盹的萨仁图雅给吓醒了。

玛努琪琪格打开电视的时候，音量刚好在最高档上，哇哇的声音一开电视就响亮地跳出来了。

萨仁图雅知道是怎么回事之后非常生气，光着脚丫跑到玛努琪琪格身边，抢过遥控器扔在了地上。

"你们这是闹什么呀！想安静地躺一会儿都不让。吓得我心脏都快跳出来了。还以为谁又出事了呢……"

玛努琪琪格吓哭了。

自从那天跟着苏德芒莱从树上把苏德毕力格救下来之后，萨仁图雅就落下了心跳慌慌的毛病，一到晚上都不敢出门。她头一次看见上吊的人。那天去找苏德芒莱，看见他边跑边喊"苏德毕力格出事了"，也不知发生了什么事情，跟着他就跑到了苏德毕力格家。

苏德毕力格果真出事了。

当时萨仁图雅被吓得浑身发木，不知如何是好，后来在苏德芒莱的指令下，从下面托着苏德毕力格的两条腿，苏德芒莱才从树上慢慢地去解那个绳扣。

"不能松手，用力往上托。"萨仁图雅听到圣旨似的，毫不含糊地执行着苏德芒莱的指令，即使手脚在哆嗦，也紧紧地抱住他的小腿往上托。

乌日柴呼也来了。她呜嗷喊叫着就要扑向挂在树上的丈夫。苏德芒莱连骂带喊地制止了她，告诉她要跟萨仁图雅一起抱住他的小腿往上托。

他们三个好不容易把苏德毕力格从树上弄下来，他却没有呼吸，死人似的躺在粪土地上一动不动。

苏德芒莱抖他的肩膀，喊他的名字。两个女人好像刚知道可以哭似的，大声哭了起来。苏德毕力格长长地"哎"了一声，这才缓缓地喘起气来了。

她这一惊一乍的毛病是打那落下的。母亲领她去寺庙磕过几次头，她自己也去医院抓来安神的药吃呢。本来已经见好了，可是……可是今晚躺在沙发上刚要眯瞪着就被电视声给吓醒了。

看着被自己吓哭的小女儿玛努琪琪格，她稳了稳情绪，将女儿叫到跟前抱着她说："孩子，对不起啊。妈妈做噩梦了。我的乖丫头不哭了啊。"

她起来了。本想洗脸的人却拿着拖布拖起地板来了。她往后退着拖客厅的地板，拖到屋门口的时候忽然觉得有什么东西在敲她的腿弯儿，又吓出了一身汗。回头一看才知道是被风吹起来的门帘。

萨仁图雅捂着胸口让自己安静下来，然后抖搂着拖布，等地板彻底干透之后才离开了门口。

她的手机在响。连忙回屋拿起手机，看到来电号码，脸色唰的一下就白了。

她看了看挂钟，刚好是八点整。她来到另一个房间摸索着要开灯，却摸到了一个支棱的东西，又吓了一跳。打开灯才知道是花盆。

她在灯光下警惕地看了看门窗，还是不放心，便拿着手机来到了院里。

屋外，月光清澈。但是，天气很冷。她想进车里打电话。刚打开车门就看见车座上爬满了小虫子，又吓了一跳。弯下身子仔细一看，原来是月光下的树影落在了车里。萨仁图雅感到冷飕飕的。她没有上车，啪的一声关上了车门。然后回到屋里，去洗漱间拨起了电话……

"不能吃那个孤兵……"

"你这是什么规矩？难道要让帅强行闯过去不成？"一听就是鄂尔多斯口音。几个人在玩喜塔尔。

"我们这儿的规矩就这样。"

"什么规矩呀？你这是在耍无赖。"

"哎，哎，你把棋子放在马步上了，等着被吃吗？"操着乌珠穆沁口音的人在说。

"哎呀……这，这……动不了了，四面楚歌了。"鄂尔多斯口音的人在说。

紧接着哄堂大笑起来。

苏德芒莱家来了好多客人。有鄂尔多斯的，也有锡林郭勒和阿鲁科尔沁的。他们在他家热闹好些天了，地上和炕上坐满了下棋的人，大嚷小叫，玩得可热闹了。

炉子呼隆呼隆地烧着。屋里弥漫着烟雾。地上除了烟头就是脱下来的靴子和鞋子。桌子上面净是些啤酒瓶，有打开的、有喝了半瓶的，还放着几块烤得发黄的奶豆腐。

"这是刚学会抓捕吧。是一条小狗崽吧？牙齿也太毒了。把我的阵脚都打乱了。"一个人刚说完，另一个拿起笔和纸就说："有句谚语说得好，刚会抓捕的狗崽，牙齿最毒。你这么一说，我突然想起来了，得马上记下来。这个形容挺到位的哈。"

"好了，好了。你在构思小说吗？"

"我觉得狗崽这个词不准确。"

"幼崽才准确。"

"说狗崽也不是不行啊，贬义词呗。年轻人的气盛，小狗崽的牙尖。也有这样的谚语啊。"几个人争论了起来。

苏德芒莱的电话正是在这个时候响起来的。

他看到了萨仁图雅的号码。

苏德芒莱犹豫了一下，接听了。

电话那头没有任何声音。

"喂，喂，在吗？"苏德芒莱叫了几声。

"你过来，到底谁说得对。过来给我们评评理。"双方产生了争执。有人拽着苏德芒莱的胳膊把他拉到了摆着棋盘的桌子跟前。

苏德芒莱听不清萨仁图雅的声音，耳边都是朋友们的笑声和叫喊声。

棋盘上的争论告一段落之后，苏德芒莱赶紧来到了院里。

灯光照在窗外的一小片空地上，院里飘荡着从屋里传出来的笑闹声。

天气很冷。星星仿佛都冻碎了。孤鸟的叫声好像也被冻住了似的偶尔才会叫上那么一两声。风儿冻得也失去了活力，有气无力地在地面上吹着。

苏德芒莱走到离屋子稍远一点的地方，给萨仁图雅打电话。他刚才好像听到她在电话那头吸溜鼻涕，她难道是在哭吗？

萨仁图雅没接电话。

"发生什么事情了？"

苏德芒莱透过夜色向苏德巴特尔家的方向望过去，除了黑黝黝的树影没有看到其他东西。从山那边传来了猫头鹰的笑声。苏德芒莱感到寒冷无比，缩了缩身子，缅了缅衣襟就向屋里走去。

第二天，萨仁图雅来到苏德芒莱家，刚一进屋就说："我被人耍了。"

二十一

山林迎来了最寒冷的日子。

苏德芒莱一大早就接到了乌日柴呼的电话，说是她家的马被围栏上的铁丝缠住腿出不来了。

苏德毕力格不在家。苏德芒莱跟乌日柴呼的弟弟费了好大的劲才把缠在马腿上的铁丝解开。

牛嘴、牛鼻子、牛尾巴上都结了白白的一层霜，连冻牛粪上都打着厚厚的霜。格根呼喊着："看啊，二伯，冻牛粪长白胡子了。"他没戴帽子也没戴围脖，小脸蛋冻得通红通红。

"不能这么早就出来玩。太冷了。好孩子，快进屋吧。"苏德芒莱把他哄进屋里，向家走去。

苏德巴特尔家的羊群从院里出来了。一个年轻人跨着一头长着弯犄角的种绵羊，迎着羊群站着。

"还是还给你们吧。这家伙嫌我家的羊少，看到大群就要往外溜。我昨天啥也没干就看它了。要是弄丢了，就麻烦了。还是把这头种绵羊还给你们吧。"艾里的这个年轻人跟苏德巴特尔家的老羊倌聊天。他俩的声音在早晨的寂静中传得很远。

苏德芒莱到家后，抱来一抱粗柴点着了炉子。天气很冷，窗玻璃上的霜到晌午都不化。火炉轰隆隆地烧着，屋里也感觉不到有多热。

朋友们找他来玩，大家又吃又喝，着实热闹了好几天。今天早晨他们都走了，屋里变得冷冷清清，苏德芒莱觉得没着没落。天气又不好，阴沉沉的。他连看书的心情都没有，拿起四胡拉了几声，依旧觉得没意思，刚躺在炉子旁边的躺椅上，萨仁图雅就来了。

萨仁图雅带着寒冬的一股冷气进屋后边摘口罩边说："我被人要了。"

萨仁图雅的忽然造访，让苏德芒莱感到有些措手不及。她很少来他家。只是在冬天准备冬储肉，或是过年时，要么领着两个女儿，要么跟哈布尔玛和乌日柴呼她们一起来帮忙干点什么。

苏德芒莱这才想起她昨晚来过电话，还想起那天在院门口也遇见过她。但是苏德毕力格出事后，他就忘到耳后了。

苏德芒莱连忙走到炕沿边把脱了好几天都没洗的臭袜子藏起来，然后才给萨仁图雅让座。就在他转过身来给她让座的时候，看到了她的脸上都是泪水。

苏德芒莱张了张嘴，竟然想不起刚才要说什么了。

他首先想到他们两口子是不是吵架了，心里就七上八下起来，可是又在心里安慰自己，两口子吵架不算事，哪有不拌嘴的夫妻，我着啥急呀。自从苏德毕力格弄出那档子事之后，他也是听到一点动静就会心跳慌慌。

"他被抓了。

"我被他耍了。

"他骗了十多个女人。"

苏德芒莱给她让了一把椅子，她没有坐，拿着口罩说着没头没尾的话，像陀螺似的在地上转来转去。

苏德芒莱知道他们两口子没有吵架，这件事跟家里的任何人都没有关系，也就放心了。

于是就把看上去有些恍惚的萨仁图雅安顿在竹椅上，又拿来一把椅子坐在离她稍远一点的对面，点着了一根烟。

"都是微信惹的祸。"

萨仁图雅没头没尾地说了起来，眼泪像断了线的珍珠一样不停地流。

这件事的确跟苏德巴特尔没有任何关系，是她跟另一个男人之间发生的事情。

大概在两个月之前，在那个人的邀请下，他俩成为了微信好友。萨仁图雅并没有当回事，因为加她好友的人，不是让她做蒙古袍，就是买奶食品。喜欢唱歌的也有加她好友的，也就是说认识不认识的只要邀请她，她都会加好友。这个人刚加上微信就跟她打招呼："你还唱歌吗？车开得很熟练了吧？"她却怎么也想不起貌似非常熟悉自己的这个人是谁。于是就问了他的姓名，也看了他的照片，可还是想不起他到底是谁。

他就告诉她，几年前考驾照的时候，他俩曾经在一起学过车。她这才想起来的确有这么一个人。她不识字，不会电脑，考科一的时候，是他在电脑上帮她通过的。考其他科目时，也是在他的帮助下给教官塞了钱，才把驾照拿到手。还有一次，她中暑呕吐，是他找医生给她开来了药。为了表示感谢，萨仁图雅还给他送过一千多块的男士皮包。

没想到的是，几年之后通过微信又联系上了。

每天早晨一打开微信，她就会收到他发来的有配乐的鲜花图片；每晚也会收到他送上的火红的心形图片。没过多久，他就说想跟她见面。她犹豫着一直没答应。他一直邀请她。她往后拖着见面的时间。在一个多月的时间里，萨仁图雅每天早晨醒来，最先做的就是拿起手机看微信。晚上睡觉时好像也在等着他的消息。

一来二往中，互相发送的图片从鲜花变成了火红的嘴唇。

那个人偶尔也会消失一两天，萨仁图雅就坐不住了，急得就像热锅上的蚂蚁。有一次他一个多星期没给她来任何消息。她着急了，主动给他打了电话。

痛苦，失望无助……她深陷其中……

忽然听到对方的声音，她竟然浑身颤抖起来。

"我想你……"

对方一开口就说出了这句话。萨仁图雅激动得简直要化了。

故事就这样开始了。

他说："我想你。"

他也要求萨仁图雅对自己说"我想你"，但是她怎么也说不出这么腻歪的话。像初升的太阳那般年轻时，她也没有说过这么露骨的情话。让她感到惊讶的是，成为两个孩子的母亲、年过四十之后，这句话对她来说依旧崭新。她只要听到他对自己说"想你了，你想我了吗？"就会前所未有地激动不已。

她为什么会偏偏对这个人如此心驰神往？

"想你了。"

"你想我了吗？"

他和她每天早晨在微信上这样问候起来，每天晚上再这样说着入睡。除了他还有谁对萨仁图雅说过这句话？她活到四十，从来没有听到过这句话。再简单不过的一句话，却拥有让无数人神魂颠倒，为爱痴狂的魔力。这是一句就算听了一万次，却依旧有一万次新生命的话。刚开始的时候，萨仁图雅也在心里告诫自己，不能这样继续下去。可是跟他约会过两三次之后，自己都不知道生活当中要是没有他会是什么样子。

干柴遇烈火的日子让萨仁图雅过上了跟之前完全不一样的生活。她的生活好像突然变得那么有声有色、那么有情有调、那么充满意义。这辈子她头一回尝到了被男人亲吻的滋味。她可是生过两个孩子的母亲呀。因而也开始了充满激动、向往、撒娇，还有恐惧不安和焦虑的日日夜夜。他告诉她，爱就是表达。说得多么正确啊。他不停地给她飞送连汽车都拉不完，连骆驼都驮不过来的让她耳根发热、浑身颤抖、身体发酥的各种情话。她渐渐地抛开了自责心和负罪感，心里的感觉除了幸福还是幸福。她沉浸在从未体会过的幸福当中，每天哼着歌，像成熟的果子感受大自然的美好一样，感受着被"他"滋润起来的浪漫而抒情的生活。有时甚至会幻想，要是在十七岁的时候认识他该多好，要是把初夜给他该多好，他要是我的初恋该多好，甚至神魂颠倒到都会觉得小女儿不是她跟丈夫生的，而是跟他生的。

早晨醒来一睁眼就拿起手机，开始说幸福的悄悄话。说也说不完的情话，唠也唠不完的闲嗑。

"我今天看见一个人特别像你。那个激动呀，心都要从嗓子眼里跳出来了。想你想得，中午切土豆都把手指给切了。那天我自己都不知道拿着簸箕去南山包要干什么。呵呵呵，我好像魔怔了。竟然用你的名字叫了好几声女儿……"萨仁图雅几乎每天都给他说自己的这些事情。

把手指划破了，把眉毛画斜了。发生这些小事的时候，她都会拍张照片给他发去。他说想要亲嘴，她就把嘴唇拍上照片给他发去。他说想亲她的奶子，她就把乳房拍上照片给他发去。他说想看大腿，她就躲到卫生间拍几张露点的照片给他发去。

只想见面。只想在一起。他俩每周约会两次，做也做不完的爱，说也说不完的情话……

"我的崽崽，我的狗崽，我的猫咪……"他亲昵地叫她，爱抚她。

认识他之前，萨仁图雅一直以为过夫妻生活就是在尽彼此的义务。跟他来往之后才知道，男女之间的事情并不是互相之间必须要尽的义务，而是一种生理需求，就像人不能没有五脏六腑一样，男欢女爱是成年人该有的、给他们带来快乐的、在欲望中疯狂的发泄。

跟他在一起总是那么快乐。听到他在电话那头喘息、说话、咳嗽、打喷嚏，她都会觉得无比幸福。但是再看苏德巴特尔，就不免要感叹命运了，心里一下子就变得空空落落起来。

手指头被烫伤起泡的萨仁图雅哭个不停。"这苏德巴特尔的媳妇。人家只说了一句娇里娇气，就哭得没完没了，也太娇气了吧！"哈布尔玛说。哈布尔玛刚结婚那阵，向萨仁图雅炫耀过脖子上的吻痕。"赶紧找对象结婚吧。被男人疼爱的感觉可好了。"梗着脖子让她看吻痕的哈布尔玛说过这样的话。还跟她说过，结婚那晚她男人不会解胸罩，上来就给扯撕了，她男人如何给她穿胸罩等等。萨仁图雅婚后，一直等丈夫的亲吻，可他一次都没有吻过她。刚开始她以为他也许是不好意思吧。直到有了孩子他还是没有吻过她。有一次她就向他主动提出："亲亲我吧。"他却一把推开她说："你疯了吧。"萨仁图雅后来心想：夫妻俩才不亲吻呢。哈布尔玛肯定是瞎说的。再后来电视在农村牧区逐渐普及，她在电视剧里看到了夫妻亲吻的桥段，才相信生活当中的确有这样的事情，哈布尔玛跟电视里的人一样过着幸福生活。萨仁图雅偶尔也会让丈夫为自己穿衣服脱衣服。苏德巴特尔给她脱过几次，硬生生地扯拽着她的衣服，把她弄得很疼。至于穿衣服，一次都没有过，他反过来还会说："我还想找人帮我穿呢。"

她偶尔也会跟他撒娇："把那双鞋给我拿来吧。"他就说："想都别想，你就知道要奸，就知道想尽一切办法支使人是吧？真麻烦。"偶尔小别几天再相聚，萨仁图雅问他："想我了吗？"他的回答却是："嘻嘻，上一边去。"穿上新买的胸罩站在他面前，用纤细的手指来回抚摸着双峰和小腹问他："好看不？"他却说："我怎么知道好不好看。满屋都是镜子，你自己不会看吗？"话音刚落就呼呼睡着了。过夫妻生活的时候，他才会钻进她的被窝，完事之后立马就钻出去了。他几乎都没有好好端详过自己的女人。而且这都是他们刚结婚那阵子的事情。至于现在，他们之间早就没了那种对话和那样的需求。

那个人却截然不同，跟苏德巴特尔截然不同。"抹药膏吧。我知道一种治烫伤最管用的药膏。"微信上立刻就会发来药膏的名字。"在烫伤的地方赶紧抹点大酱也解毒。我的崽崽呀，真不会照顾自己。""疼吗？现在就去把药膏买回来吧。"就这样不停地问，不停地关心她。

睡前用热水泡泡脚，有利于血液循环。早晚将乳房按摩十分钟，能预防各种乳腺疾病……诸如此类的提醒与关怀，萨仁图雅每天都能从他嘴里听到。

每次约会，他都夸萨仁图雅。说她胸罩上的环扣好看，内裤上的花纹更好看。

"你走起路来真婀娜。不是每个女人都能像你这样把腰肢扭起来走呀。"

"你的乳房长得好看。一点不像奶过两个孩子的乳房，跟少女的一样，硬挺挺的。"

"从哪儿选的这件内裤？太性感了。太撩人了。我真是欲罢不能呀。"

他吻她的全身，连她的阴毛都要夸上几句，说是比其他女人的长得都好，还有香味儿。

萨仁图雅生气了。

"为什么说跟其他女人的不一样？你是不是有很多女人？"

他就笑起来，像抱孩子似的抱起她，在空中转上几圈才肯放下来。

"那是老早之前的事情。"

"你跟几个女人睡过？告诉我。"萨仁图雅气哼哼地说。

"四个。不是，算上你五个。"

萨仁图雅忽地就跳了起来。他老鹰抓小鸡似的将她压在身下，含着她的唇、她的乳房，说："那是很早之前的事情。现在只有你一个，我以后跟谁都不来往了。跟你睡过的男人都会失去喜欢其他女人的能力。你是女妖精。"

她忽然发现，他是那么贪婪、那么多情、那么疯狂、那么大胆、那么不知羞耻。这个男人、这个雄鹰似的男人唤醒了她那沉睡在内心深处的本性。哇，多么幸福啊！生活当中原来还有能让人感到如此惬意的快乐。

为什么没让我俩成为夫妻？为什么在我生了两个孩子之后才让我遇见他？

萨仁图雅每天沉浸在这种欲望当中，内心深处交替出现痛苦、空虚、亢奋等各种情绪，整个人都快要崩溃了。

可那一切都是虚假的，那个人也是虚假的。相爱这件事难道从一开始就是一个可怕的陷阱吗？

他被抓了。听说他跟十几个女人发生过这种关系。

两天前她接到了一个陌生女人的电话。

她还以为是他的妻子，吓得浑身发抖内心发慌不知该说什么。可是越听越不对，这个女人不是他的妻子，是他的另一个情人。

萨仁图雅被她气得跳了起来。

"他只爱我。你快滚蛋吧，他只是跟你玩玩而已。"

两个女人在电话上吵起来了。

萨仁图雅无比气愤，把跟这个女人聊天的内容截图发给了他。

"那天我喝多了才跟她发生了那种事情。现在被她缠得我也痛苦啊。她给我老婆也发信息了，我老婆现在整天闹着要离婚。亲爱的，现在只有你相信我。她现在向我讹钱，说是不给钱就去死。"他可怜巴巴地向萨仁图雅解释。

萨仁图雅擦着眼泪说："唉，亲爱的，你以后再也别招惹这样的女人了。赶紧把钱给她，快点让她从你身边消失吧。"之后从银行支了两万块钱就给他转去了。

"我只爱你。真心爱你。"那个男人说。

萨仁图雅哭了。

那个女人连着两天给萨仁图雅疯狂地来电话，骂她是"妓女，不要脸的女人"，威胁她赶紧从她情人身边消失，还把跟他聊天的语音发给了萨仁图雅。

这些语音的确是他说的。"我跟她来往是为了满足欲望。你不相信我也没办法，我又不能把这颗心挖出来给你看。"这些话他跟萨仁图雅也说过呀。

让萨仁图雅更加气愤的是，他竟然把萨仁图雅发在微信上的图片都给她转发过，还说是为她写了诗，附上那些情诗朗诵给她听。那个女人说："他每天都会给我写诗。还以我的名字'桂花'给我写过诗呢。"萨仁图雅怎么会不记得他也给自己念过这首诗呀。用萨仁图雅给他的图片，给别的女人发情诗，这也太欺负不识字的人了吧。萨仁图雅听说过生活中有这样的诈骗手段，可做梦都没想到，如此可笑的诈骗竟然发生在了自己身上。

她跟那个女人最后一次吵架的晚上，开上车就去盟里找他。

他却在电话那头说："我有事来北京了。亲爱的，别折磨我了，求你了。那个女人死缠硬磨就是不肯放过我呀。"

那个女人不断来电话，要跟萨仁图雅见面。那个男人却消失了。

萨仁图雅简直快要疯了。就在这时，那个女人的电话打进来，哭哭啼啼地说："他被抓了。他为了骗钱，跟十几个女人发生过不正当关系。咱俩都是受害者，现在可怎么办呀！"

萨仁图雅在盟里的楼房整整躺了两天，第三天上才有力气回家。

回家之后，她就去找苏德芒莱，却碰巧赶上了苏德毕力格闹幺蛾子，她就没好意思跟他说。

这两天，公安局的一直给她来电话，说她跟一起诈骗案有关。通过嫌疑人的交代，十几个女人跟这个案件有关，他们将分别取证，让萨仁图雅去公安局录口供作证。

那个女人也给她来电话了："我已经报案了。你也快去报案吧。咱们要让他尝尝，玩弄女人会遭什么样的报应。"

萨仁图雅把这一切都告诉给了苏德芒莱。越是说到跟那个男人如何亲密就越是伤心，哭得也越厉害。

苏德芒莱一句话都没说，只是不停地抽烟。

萨仁图雅把所有经过都倾诉完后，他才不慌不忙地弹了弹烟灰，看着哭成泪人的萨仁图雅说："这就是社会。"

萨仁图雅抬起头用红肿的眼睛愣愣地盯着苏德芒莱，低声重复着："社会……"

于是又哭了起来。

苏德芒莱说："咱们首先得想法解决公安局那边的事。"

"所以我今天才来找你呀。如何是好？那个女人昨天晚上也来电话了，让我一定要去报案。她天天来电话，被苏德巴特尔发现可就麻烦了。我真害怕呀。"泪眼中闪着恐惧之色，但很快就消失了。

"他们干吗要叫我？我……我怎么去呀……"萨仁图雅支支吾吾地看着苏德芒莱的表情。

是啊，这才是首先要解决的问题。萨仁图雅该不该去？这个案子严不严重？萨仁图雅到底被卷入多深？这个事情如果已经弄得满城风雨，那可就不好办了。

"你有意无意地参与过他的诈骗行为吗？"

萨仁图雅摇了摇头："我们只是交往而已，其他……没什么。"沉默了片刻，拿起苏德芒莱的茶杯咕咚咕咚地喝了几口茶。

"茶凉了，我给你倒点热的。"苏德芒莱拿起了暖壶。

他按照萨仁图雅手机上的来电记录，给公安局打过去，想了解具体情况。

公安局的确定了苏德芒莱是萨仁图雅的哥哥这个身份之后，对他说："我们抓到了这几年专门诈骗妇女的犯罪嫌疑人。涉案的每个女人都被骗了不少钱。我们已经立案了，希望你们配合我们的工作。"让萨仁图雅去公安局，就嫌疑人哪年哪月哪日以什么方式要过多少钱等方面提供相关证据，还说，"证人萨仁图雅的权利与名誉将会受到法律保护。"

"怎么办？"萨仁图雅问。

"去吧。还是去吧。必须要让这种人接受法律制裁。"苏德芒莱说。

萨仁图雅点头答应的时候眼泪又流了起来。她抿着发干的嘴唇，又喝了一杯茶水，低下头说："我……我不敢去。"

苏德芒莱说："你不能一个人去，我陪你去。"

萨仁图雅抬起头来用眼神表达着感谢，却什么也没能说出来，擦着眼泪站起身，戴上口罩走出屋门迈了两步，又回过头来从口罩里面说了一声："谢谢。"

苏德芒莱没有动弹，目送着身穿宽松款蓝色棉服的萨仁图雅那摇曳的身影走出院子跨入车门。

他仿佛看见了乌兰牧骑的那个可爱的姑娘——挎着一个绣花包，用粉头绳编着两根小辫子的姑娘。

她唱歌苏德芒莱伴奏……

多美好来着。

当时苏德芒莱低头瞅着鞋尖，结结巴巴地告诉爷爷，自己想娶媳妇。

爷爷看了他好半天之后说："我见过盖德卜的那几个丫头拉过柴火，都挺有力气的。你说的是哪个？"

"老四。唱歌的那个。"

苏德芒莱的额头上已经渗出汗来了。他悄悄地用袖口擦了擦。

"我看看那丫头跟你合不合。"爷爷从哈那头上取下被包裹起来的经书，没等打开就犹豫起来了。

他说："还是让活佛给看看吧。盖德卜家小子少丫头多，就一个小子吧？几个丫头来着？"

"六个丫头。"

"我知道他家的老大和老二嫁人后都生了几个女孩儿。盖德卜那家伙为了要彩礼没少折腾，说是非要六十斤腰子油不可。跟醉鬼盖德卜攀亲家，以后咱家的门槛可要受罪了。"爷爷用胡子夹拔下一根胡子吹了吹胡子夹。

爷爷说好先去寺院让活佛看，然后就打发媒人去盖德卜家说亲定日子。可是一推再推就过去了一个多月。这时苏德芒莱被旗乌兰牧骑选去上班。等他再回来时，萨仁图雅已是他的弟媳妇。这两人终归是没有在一起的缘分。

苏德芒莱从此再也没看到过萨仁图雅的温柔眼神。她的眼神仿佛每时每刻都在看着怀里的孩子。

他给她送去了一枚戒指。不是普通的戒指，是母亲的遗物。母亲过世时，爷爷从她手上摘下来给他的。"这是你妈临死都没摘过的首饰。孩子，收起来，以后给你媳妇戴吧。"苏德芒莱哭着把戒指接了过来。萨仁图雅却并不知道那枚戒指的价值和意义。

打那之后苏德芒莱在生活当中再也没见过眼睛那么好看的人。

苏德芒莱每次听到从苏德巴特尔家的东屋传出来的缝纫机嗒嗒的声音，心里就不好受。那个声音听起来特别忧伤。即使萨仁图雅什么也没跟他说，他凭着曾跟她心心相依过的那种微妙感觉，就能察觉到她过得并不幸福。所以有时也想，她要是跟了我，我绝不会让她忧伤。每当看见苏德巴特尔和萨仁图雅并排坐在一起，显得那么不般配，也向天空哀叹地吼过，"既生瑜何生亮"。但是看见萨仁图雅开着漂亮车穿着高档衣服潇洒地走在路上，又觉得她跟苏德巴特尔跟对了。跟自己过日子的话，只有坐自行车后座的份儿。他可不想当苏德巴特尔那样的人。

苏德芒莱站在窗前愣愣地看着远方。

透过化霜的一小块窗玻璃，他看到了掉光叶子的树木和山顶银白的山峦。

他无比地心疼着萨仁图雅。没有爱的生活，就是在遭受着生命的折磨呀。他最能体会这种感觉了……

第二天苏德芒莱陪萨仁图雅向盟里出发了。

萨仁图雅开车，他坐在她旁边却不敢看她一眼。

萨仁图雅也不是昨天那个哭成泪人的萨仁图雅了，又恢复了精神抖擞的样子。

"这就是社会。"苏德芒莱的这句话，好像把萨仁图雅从乌云笼罩的日子当中一下子拽到了洒满阳光的生活里。

"他跟那么多女人来往，究竟是为了什么？"

萨仁图雅稳稳地握着方向盘，在车流不息的公路上稳稳当当地开着车。

苏德芒莱其实不打算再聊这个话题。心想还不如聊一聊，昨天的大风之后，今早黎明时分从霍日格图山上传来了特别清晰的拉风箱的声音、苏德毕力格家的母狗下了好几个小崽等无关紧要的嗑呢。

萨仁图雅却把这个话题打开了。

"贪欲吧，当他认为那么多女人都喜欢他的时候心里肯定是满足的。要么就是好色，还有就是……"苏德芒莱没有把话说完，看了一眼萨仁图雅手上的钻戒。

萨仁图雅通过他的目光知道了他刚才为什么只说了半截话。她其实在那个男人的身上没少砸钱。她这个人算起经济账来，比谁都明白。比如借出去的钱，哪笔是收利息的，哪笔是不收的，哪笔是该收回来的等等，心里都非常清楚。可是对这个男人完全失去了防备，先是几千几千地给，后来是几万几万地给。究竟有多少次，他到底还了多少，自己也记不清楚了。

"他们要是问起钱财方面的问题，我说还是不说？"

"手里有借条吗？"

"有几张，不全。昨晚从包里和柜子里翻出了几张。我不想去，你能替我去吗？"

"别人不能替，必须是本人吧。他们要录口供取证，还让你签字呢。"苏德芒莱清了清嗓子。

"可不是呗。我这个文盲不懂啊。"萨仁图雅为自己想得太简单而感到不好意思伸了伸舌头。

苏德芒莱想了想说："要不咱们先去找个律师咨询一下？"

"律师？"

"嗯，咨询咨询。"

于是刚到盟里他俩就去了一家律师事务所。这家律师事务所的办公室在十多层高楼里的三楼。玻璃门上写着律师的名字和电话号。他俩找了个蒙古族律师。

走进去才发现这个律师是个挺着大肚子的女人。

女律师慢吞吞地说："诈骗案。女方是受害者。你手里要是有往来收据就最好了。没有收据口头作证也行，但是没有书面证据可靠。"

"她有家庭。能不能不参与这个案子？"苏德芒莱问。

"可以提出要求，保护受害者。也可以做自愿不追究责任并已谅解的弃权。"

来到公安局门口，萨仁图雅把车停下，抬头看了看那座高楼，握着方向盘坐了很久，然后看了看苏德芒莱。苏德芒莱点了点头，用目光鼓励她：勇敢点，去吧。

又过了一会儿，萨仁图雅才下车。

她无精打采地向那边走去。

在门口，她遇见了那个女人。这两个女人一眼就认出了对方，毕竟在微信上吵过几天架嘛。那个女人跟萨仁图雅错身而过时，眼神忧伤地看着她，同时也露出了微微的笑意。好像在说，勇敢地往前走吧。又好像在说，咱们都被骗了，多可怜。萨仁图雅仿佛又听到了跟她吵架时嚷嚷过的那句话："他只爱我，只爱我一个人。"她挺起胸膛往前走去。我俩都是可怜的女人啊。你玩弄我们的爱，玩弄我们的信任，你要付出代价。萨仁图雅昂首来到了那座高楼的大门口。

她在门口站了很久。

最终还是没有迈过那道门槛，顺着原路回到了车跟前。

苏德芒莱没有说话，为她打开了车门。

萨仁图雅趴在方向盘上肝肠寸断地哭了起来。

二十二

芒哈尔死了。

依乃扎布老头早晨从屋里出来时只看见了斑哈尔，它在桩上低声叫唤着。老爷子走到狗窝跟前，才看到躺在窝里的芒哈尔。

每天早晨两条狗只要看见他从屋里出来，就会在狗窝门口竖起耳朵撒着欢地迎他。

"芒哈尔，芒哈尔……"老人叫了好几声，没有听到任何反应。伸手摸了摸，才发现它已经僵硬了。

老头愣住了，一屁股就坐在了狗窝旁边。

他抚摸着爱犬的耳朵和头部说："死了吗？说死就死了？要是知道你今天会死，昨晚好好喂你一顿多好啊……"

刚把这两条狗抱回家的时候特别小，衣兜里都能装得下，只有皮手套那么大。自从被抱回来，这两条狗就像侬乃扎布的影子一样，无论去哪儿都跟着他。

有一次他背手走着，抓在手里的牛牵绳脱手掉落，他并没有察觉到。转身的时候才发现芒哈尔还是斑哈尔，摇着尾巴叼着那根牵绳跟在身后走着呢。

还有一次，过年串门很晚才到家。第二天起来发现芒哈尔不见了。顺着昨天的路线回去找它，老远就看见它在路边卧着，看到主人就迎着跑来了。

为什么会在野外过夜？难道是生病了吗？他仔细端详了一会儿没发现有什么异常，刚要领着它往回走，它却吠叫着不肯回去，还把他领到刚才卧着的那个地方。他低头看过去，才知道那里有一个冻肚儿①。这是艾里的一个嫂子昨天给他的，他装在褡裢里驮在马背上被颠掉了。芒哈尔就这样在寒冷的野外守了一整夜主人的东西。

芒哈尔还是小狗崽的时候，他有一次差点把它给打死。

当时正在接春羔。那年春天灾情严重，折损了很多牲畜。他们没工夫处理那些死去的绵羊羔和山羊羔，只能囫囵个地扔给狗让它们吃。这下可好，芒哈尔大概是吃上瘾了，有一次竟然去拽了只刚出生的山羊羔。于是就打它，吓唬它，让它知道不能这样。可它还是改不了追着羊群跑的坏毛病，那天眼看着就叼上一只咩咩叫的山羊羔跑进了灌木丛。他骑上马追了过去，芒哈尔叼着羊羔的脖颈正要吃，侬乃扎布举起藤鞭就是一顿抽打。狗毛四处纷飞，狗哀嚎不止，哀嚎的声音越来越弱逐渐就没了动静。小狗崽芒哈尔没扛得住侬乃扎布的一团闷气，死在了他的藤鞭下面。"唉……"侬乃扎布仰天长啸着将鞭子扔出去老远。

---

① 冻肚儿：冬季宰畜后装入肚儿内的血肠和心肝肺等下水。

接着下了三天三夜的雨。奇怪的是，这场雨让已经"死"了的小狗崽复活了。第四天上皮毛蓬乱的芒哈尔回到了家。依乃扎布从屋里出来时，它拖着两条后腿爬到了主人的鞋尖跟前闻了闻，孱弱地哼哼了几声，就托着下巴躺在了他的脚下。依乃扎布抱孩子似的，将它抱在怀里，狗嚎似的哭着说："嗨呀，你没死呀，没死。为什么要回来找我这个恶毒的主人呀。"

还有一次，依乃扎布被坐骑甩在野外昏过去了。芒哈尔和斑哈尔比赛似的跑回来报信儿。它俩到家之后用爪子不停地挠门，还吠叫不止。要是在平时，它俩从野外回到家，除了喝水就是找东西吃。苏德巴特尔和苏德毕力格觉得有些不对劲，想到父亲还没有回来，骑上摩托就去找。在它俩的引领下找到父亲时，鞴着马鞍的坐骑也在父亲身边站着呢。

好狗能为主人拼命。芒哈尔和斑哈尔让大家看到了什么是好狗。

芒哈尔跟了他十四年。后来牙都掉光了，但是耳不聋眼不花，体力依旧很好。在依乃扎布的心里，它永远是一条年轻的狗。

斑哈尔仿佛知道了什么，忧伤地转动着眼睛，舔着老主人的脸，比以往任何时候都黏他。

老人将芒哈尔的头部放在膝盖上，不停地重复着刚才的话："你这是说死就死了吗？嗨呀，这么快就死掉了。要是知道你今天会死，昨晚好好喂你一顿多好……"

昨晚老爷子一个人在家。

孩子们都去盟里了，是他喂的狗。一共四条狗，剩泔水有点不够吃。他心想，就一顿饭，凑合着吃一顿吧。唉，谁知道这最后一顿饭还没让它吃饱吃好。

他叫来奥齐尔巴图让他切断狗尾巴，往狗嘴里放了一把白米，才让他去埋。

苏德巴特尔和萨仁图雅从盟里回来了。这两口子只去了两天，脸盘却瘦了一圈。

几天之前玛努琪琪格的后脑勺上长了个酒盅那么大的流黄水的脓包。带她去苏木医院看了，医生给开了外用药膏，他们回来就给孩子抹上了。可是那天夜里玛努琪琪格却疼得哭醒了。黄水一直流，那个脓包一夜之间就长到了杯口那么大。

第二天一早，萨仁图雅就领上女儿去盟里看医生。

快到中午的时候，萨仁图雅给苏德巴特尔来电话说："你快来吧。她这个东西好像有点麻烦。"哭哭啼啼的话都快说不出来了。苏德巴特尔也急坏了，把家里的事交代给牛倌和羊倌，就往盟里奔去了。

医生说："这个东西长在皮肉之间，病毒有可能往脑子里钻。给你们开点药，先拿回去用着，观察几天再说。"

头上缠着白纱布的玛努琪琪格回到家刚一下车就往狗窝跑去。她在微信上看到了奥齐尔巴图哥哥发的照片。

她在城里输了两天液，头疼已经得到缓解。但是看到"爷爷的芒哈尔死了"的图片，又哭哭啼啼地闹了一阵。

"就在这儿死的吗？"玛努琪琪格指着狗窝问。

她还说："没给它打针吗？为什么不给它喂牛奶？给它喂牛奶，它就不会死了。小羊羔没精神的时候，我爸我妈一给它们喂牛奶，它们就精神了。"小脸蛋上滚着大颗大颗的泪珠。

"它怎么死的？"

"老死了呗。"

"老了就会死吗？"

"是啊。"

"斑哈尔也会死吗？拉布嘎尔和勒格斯格尔呢？爷爷你也老了，也会死吗？"

"那可不。"

"为什么要往它嘴里放白米？还要切断它的尾巴？"

"下辈子能托生成人。"

爷孙俩围绕着跟狗有关的话题聊了好一阵子。

老爷子吃过晚饭直到睡觉，还在嘟囔："没让它吃饱吃好啊。谁知道它说死就死了呢。"

第二天早晨刚起来他就来到了院里："可怜的斑哈尔，就剩你自己了。可怜啊可怜。"又追着苏德巴特尔说了好几遍："斑哈尔的脖圈系得太紧了，勒脖子呀。"

苏德巴特尔这两天睡也睡不好，吃也吃不下，担心着女儿头上的那个脓包，心情很不好。老父亲跟在屁股后头，没完没了地嘟囔，开口闭口除了狗还是狗，他听得实在不耐烦，就说："死一条狗是小事。一条老狗，死就死了呗。你孙女的脑袋上长东西了，我着急呢呀。你就安静地待一会儿吧，行不行？"将一直围着狗窝转悠的老父亲连拉带推地弄进了屋里。

"那怎么不去寺院啊？我那次请他们给念《白伞盖经》了，可是没说消除疾病的愿望。还得去一趟，得给活佛好好说说。"

苏德巴特尔实在不想听父亲的唠叨，就说："你就进屋老实待一会儿吧。求你了。天天给你洗衣服也不见你干净，邋邋遢遢的……沙发、餐桌、床和炕哪哪儿都是从你身上掉下来的灰土。告诉你不要往灰坑里倒水，你就是不听。这下倒好，弄得满屋子都是潮虫。想往哪儿吐痰，就往哪儿吐。哈布尔玛嫂子能不生气吗？给你说过多少遍了，你怎么就听不进去呢。以后注意点，行不行？没让你饿着，没让你冻着，家里的事情不用你操心，你就老实待着，没啥事往寺院瞎跑啥。"他扫着地上的潮虫扔到了外面。

"你这孩子说什么呢？你们几个没病没灾，日子才过得有模有样，还不是托了你老爸我这辈子常去寺院上香拜佛的福？寺院怎么着你了？你们几个能过上这么好的日子，是佛祖在保佑啊。无缘无故对寺院发什么火？不能啊，作孽呀，把福气都弄跑了呀。"老人合着双手，连连祈祷着回到了自己的屋。

他下午就搭上苏德毕力格岳父岳母的车，向根不庙出发了。

最近依乃扎布老人去寺院去得都快在家和寺院之间跑出来一条路了。苏德毕力格弄出的那档子事，差点要了老头的老命，可把他愁坏了。出事之后，孩子们都瞒着他没说。玛努琪琪格这个小喇叭却把四叔上吊的经过一五一十地学给了爷爷："四叔上吊了，舌头伸这么老长。"使劲往外伸着舌头模仿。

"你们这是要钻进钱眼里找死吗？大家都伸手拿几个钱帮帮他不就行了吗？把我的牲畜都拿去卖了，苏德莫日根的也别给他留了，他复员回来咋也能养活自己。不就是输了几个钱嘛，还上不就完了吗？多少钱？还上。至于去死吗？"老人戳着拐杖把几个儿子好个骂。

"钱能解决就不是什么问题了。"苏德芒莱说。

哈布尔玛也责骂道："我也是这么想的。咱们现在已经帮衬不上他们两口子的日子。他们都赶不上牲畜，抬一头瘦弱的瘠乳牛，它还知道往上使劲呢。苏德毕力格和乌日柴呼现在就好像是给别人活着。嗵的一声倒在你脚下，就啥也不管了。主要是乌日柴呼，日子过得一点精气神都没有，整天拉着一张臭脸，就知道跟苏德毕力格较劲。那个孽就别提了。谁喜欢那么冷的老婆，那么冷的家。苏德毕力格整天不着家，一天到晚在外面混，玩麻将，寻找安慰，跟她有很大关系。"吐沫星子四处飞溅。

老爷子没太听明白苏德芒莱和哈布尔玛说的这些话。明明输了钱却为什么不能用钱去解决？那怎么办？于是就想到了去寺院拜佛。

苏德芒莱和萨仁图雅又……佛祖啊，作孽啊作孽，这都是怎么了？也许只有佛祖的咒文才能镇得住这些不好的事情。肯定是因为给寺院的供品少了。都怪这些孩子不重视这些事情。他就跟亲家老两口合计了合计，认为解决问题的唯一办法就是去寺院磕头上香，于是就出发了。其实这三个人动不动就去寺院，啥时候想去就啥时候去。

路上的雪很大，但是被来来往往的车辆已经碾出了一条黑路。

"这次得给我女婿破解破解，让他彻底戒赌。自杀的时候他的魂都走了，好不容易才给叫回来的。这次得想想法子不能让他再赌了。这次得跟活佛……"

黄色的QQ车在公路上行驶着。

戴着墨镜的叫巴日哈的瘦高个老头握着方向盘，顶着皱巴巴的毡帽的依乃扎布坐在副驾驶座上。亲家婆都黛头上裹着一条蓝头巾坐在后排，一路上嘴不着闲地说着。

大集体的时候巴日哈同志开过开荒的拖拉机，所以车开得很溜。黑的、白的，家里有好几辆孩子们开剩下的旧车。孩子们过得都挺好，就这个乌日柴呼不让他们老两口省心。

"我这个丫头不知托生在什么星座上了，从小就爱闹毛病。因为她身体不好，这几个孩子里面我们最疼她，被娇生惯养着长大的。她在家那会儿，有时候跟我们生气，一整天不吃不喝就在炕上躺着。春天天长她不吃不喝也能挺一天。当时也没人说她，现在你看看，说不起床就不起床。"巴日哈说。

"不都是因为女婿赌博赌得吗？她呀，确实有点倔，女婿要是不染赌瘾，她过起日子来也不比别人差。"都黛说。

"你这个人就知道护犊子。她整天碗也不刷，饭也不做。这个难道也怪女婿？"

老两口因为孩子你一嘴我一嘴地争论着，三个老人你一颗我一颗地抽着烟，一路向寺院而去。

寺院的紫红色大高门敞开着，传来了念经声、敲铃铛等法器的声音。依乃扎布老人听到后马上就精神起来了。

他在人群中心无旁骛地祈祷着，逐一完成了拜佛、净化手和脸、祈求孩子的病早日康复等环节。

说是苏德毕力格和乌日柴呼今年入了同一个座。夫妻俩为了争这个座，家里才发生了那么不好的事情。活佛给他一块白布说："把这个拿回去，让他俩晚上铺在身下睡觉，早晨起来后从中间剪开扔掉。这样他俩就不会再争同一个座了。"

他又问如何才能让儿子苏德毕力格戒掉赌瘾。

活佛笑着说："把债欠够了，就不玩了。过了三十七岁之后，他的生命就平稳了，不会再出现自杀等问题。"

"佛祖啊。来了好几次都没有这样告诉过我呀。像我们这样的普通百姓，人家不给说的话，怎么能知道呀，这孩子，就是有些不对劲嘛。"依乃扎布老头跟亲家两口子连连祈祷磕头。

他接着又问了儿子苏德巴特尔和儿媳妇萨仁图雅。活佛说："注意行为，不注意的话容易被卷入口舌是非之中。"还给念了《白伞盖经》。

依乃扎布老人心想：跟上次的一样哈。这个《白伞盖经》一般情况下是不会给念的。这些孩子，佛祖啊！又是跟口舌是非有关的事情。都怪苏德芒莱呀。得好好给他念念经，让他消停消停。今天跟亲家两口子来，我不好意思开口，下次自己来，再好好问道问道。说啥也不能让苏德芒莱老往苏德巴特尔家跑了。真是作孽啊。

他也问了玛努琪琪格头上长的那个包是怎么回事，活佛给了熏香。

老爷子总算松了一口气。

又问了孙子奥齐尔巴图的婚事。活佛说，喜缘在西方。三个月之内就能牵上姻缘。

俯视众生的佛祖雕像，老爷子仰头看一眼的勇气都没有，哆哆嗦嗦地连连祈祷着，在每座佛像前面上了供品磕了头。

他闭着眼睛，在嘴里不住地嘟囔着"白伞盖、白伞盖"，往前走着却跟一个人撞上了。睁眼一看，是个胖乎乎的黄白净子脸的老太婆。他觉得好像在哪儿见过这个人。亲家婆却跟她问候起来了："嗨呀，鲁叶玛，在这儿遇见了。你都好吧？"

这个人原来就是一年前要跟他搭伙过，却被他的孩子横加阻挠而没有过到一起的那个老太婆。

鲁叶玛跟依乃扎布没成，跟了个汉族人，没过多久好像也散了。所以才来寺院，在食堂打工糊口过日子。

三个老人本打算当天就回去，鲁叶玛却想把都黛留下，跟这个一起长大的老闺蜜好好唠一宿，所以就没让他们当天回去。

二十三

"艾里的一个老爹说过，翻来覆去想来想去，那人就是个坏人。我也是想来想去，怎么都觉得那个姑娘不合适。怎么说也不能给儿子娶回来一个带拖油瓶的吧。"

躺在炕上让巴尔齐德贵按摩后背的哈布尔玛这样说着坐了起来。

"唉，说是有个儿子，还不如是个女儿呢。怎么想都觉得带着孩子的女人……"

铁木尔巴图说："看来不练习练习英语是不行了。"笑着把耳机塞进耳朵远远地躲了过去。

"我出去解手喽。"钢巴图匆匆忙忙地就要往外走。

"狗崽子们,我一说话你们就不愿意听,都找理由往外跑。都给我过来。给我洗洗毛巾,扔得哪儿哪儿都是。看人家阿努琪琪格,放假回来把屋子收拾得多干净。萨仁图雅除了缝东西,屋里的活儿几乎不干。蒙古袍、蒙古靴子,一卖就是好几万呀。咱家的孩子一回来,这屋子就乱得不成样了。就知道吃喝,就知道天天从商店买那些垃圾食品回来。"

钢巴图从外屋喊道:"让你装一个洗澡间你就不装。这屋子有啥好收拾的?妈妈,那你怎么不学学人家嘎嘎婶子做蒙古袍呢。你要是做蒙古袍,我就帮你穿针引线。"嘴里沙沙地嚼着东西吃。

"这些破孩子,你们不是父母所生,难道是从沙窝子里钻出来的吗?我俩再不济也把你们养这么大了。你们现在翅膀硬了,我说啥你们都反驳。"

哈布尔玛气哼哼地说着,那两个儿子已经跑出去了。屋里只剩下了巴尔齐德贵和奥齐尔巴图。

"本来打算从城里给他买一套小区环境好的电梯楼,现在又说是要八万块钱。唉……我这个儿子娶个媳妇咋就这么难呢。看人家爷爷都把晚老伴娶进门了。爷孙俩比着赛地找媳妇,还是爷爷抢在前头了。唉……咱爸也挺怪的,自己挣的自己花多好,就愿意养一个老伴。找一个身体健康的,能伺候他的也行,偏偏找回来一个大把大把吃药的病病殃殃的老太婆。"

奥齐尔巴图又找了一个新对象。

这个对象是离异的,有一个儿子,也有楼房。房子是跟前夫的共有财产,离婚后得给对方八万。还说是要让奥齐尔巴图掏这八万。

"你要是实在不愿意就让他们散了呗。"巴尔齐德贵嘀咕了一声。

"我不愿意能管用吗?谈了好几个对象都没成。这次你儿子那么愿意,我不能从中间把他们拆开吧。要是连个带拖油瓶的都找不见,咱儿子的这辈子不就完了吗?"哈布尔玛说着说着眼泪都出来了。

奥齐尔巴图眼睛一瞪一瞪的,什么也不说。

巴尔齐德贵站起身走到妻子身旁,轻轻地拍着她的肩膀坐下来说："行了，老婆，不要把所有事情都往坏了想。不就是八万块钱吗？咱们给掏不就完了吗？"

哈布尔玛哭得更厉害了。她说："我不是心疼钱。给孩子花钱我有什么好心疼的？别说八万了，让咱们掏八十万，也立马就能给拿出来呀。咱们的奥齐尔巴图太老实，那个姑娘又挺厉害的。我只是担心他们以后过日子，奥齐尔巴图事事顺着她，都听人家的摆布不是吗？我这个当妈的没给过儿子多少自由，他要是以后再天天看着媳妇的脸色过日子可怎么办呀。"

巴尔齐德贵面带伤感地笑着说："你这个当妈的可真是瞎操心呀。你不就是出了名的厉害人吗？那也没把老头和孩子们折磨死吧？"

哈布尔玛破涕为笑了："唉，谁知这些孩子知不知道咱俩有多操心呀。刚才看到那俩狗崽子了吧，我一说话他们就顶我。还没娶媳妇呢，就这样对待老妈，娶了媳妇各过各的之后，谁知是什么样？我呀，逢人就炫耀这三个儿子，在萨仁图雅面前更是故意地显摆。现在倒好，为了给他娶媳妇都快着急死了。天天为这三个秃小子着急上火，觉都睡不好。有两个女儿的萨仁图雅反倒没什么可担心的。前几天我去她家，阿努琪琪格给她焗完头发，两个人像姐妹似的有说有笑的可热闹了。养女儿的人家反倒不会操这么多心。"哈布尔玛情不自禁地靠向了丈夫的肩头。

她看到了钢巴图从仓房提着一塑料桶汽油往外走去。

"干什么去呢？"

哈布尔玛已经出现在门口。

"嘎嘎叔叔的车，我用了几天，给加点油。"钢巴图用下巴努了努停在那边的黄色推土机。

"这点油咱们自己用吧。下次去苏木再给你嘎嘎叔叔加呗。"

"妈妈，你就别管了。阿努琪琪格我们晚上要在苏木的饭店聚餐。我顺便洗个澡，买点油。"说着就往外走去。

哈布尔玛追上去就抓住了钢巴图的手。钢巴图提着桶要往前走，哈布尔玛攥着他的手不让走。这时铁木尔巴图给钢巴图来电话了。告诉他在屋后藏了一桶，开车出来就行。也不知他是哪会儿溜出去的。

钢巴图笑嘻嘻地把油桶又放回去了。

"别在饭馆吃了。看把你惯的，跟玛努琪琪格一样，说叫外卖就叫外卖，说下饭馆就下饭馆。哪能这么惯孩子？他爸，听着了吗？不能给他们钱，这几个狗崽子刚才在群里头说要去苏木的饭店来着。没管没教的可不行。"

"嗨，听见了吗？以后咱们在群里不能说英语了，咱家的特务会用翻译功能了。"钢巴图笑嘻嘻地往群里留语音。

铁木尔巴图在笑。

阿努琪琪格也在笑。

这几个孩子在家族群里经常用英语交流。这次去饭店吃饭的消息就是用英语写的，可是被哈布尔玛发现了。她找到了那个翻译键。

"咋就不能聚餐呀？妈妈，你怎么啥都管呢。嘎嘎婶子已经把吃饭的钱给阿努琪琪格了，把车也给她了，让我们好好去玩呢。"

钢巴图进屋后站在镜子前面说："我怎么就随妈妈的小个子了呢。"

"没把你生成瞎子瘸子就不错了。我不喜欢萨仁图雅那样惯孩子。阿努琪琪格还上学呢，就允许她谈恋爱。当妈的可不能由着孩子的性情惯她。到底还是被人给甩了吧。现在又说是女儿被甩了心情不好，更不怎么说她了。要是我的话，非得好好训她一顿。不说可不行。这么小就找男人，太不成体统了。难怪苏德巴特尔那么生气呢。"哈布尔玛看着巴尔齐德贵说。

"你跟乌音嘎联系吧。我没事，五点准时到。"钢巴图在群里喊道。

"乌音嘎是哈斯巴根和温都茹娜的儿子吧？阿努琪琪格跟他也有交往？可不能小瞧那个小子，虽说家里的条件一般但人家的脑子可好使。他跟阿努琪琪格套近乎肯定有目的。阿努琪琪格毕竟是富户人家的千金。"

钢巴图向母亲撇了撇嘴说："噫嘻，不要把所有事情都跟钱联系在一起，好不好？他相中阿努琪琪格了吗？谁知道了！他从高中开始从家里分文没要过。当英汉翻译、给蒙古国的商人当向导、假期办英语补习班等等，他挣得不比咱们少。你以为只有嘎嘎婶子你俩的钱就那么值钱？有能耐的话，你现在就让我长到姚明那么高、乌音嘎那么有脑子，学习好。行吗？不行吧。除了钱啥都不知道。"

晚上快五点的时候，钢巴图打扮一新坐上阿努琪琪格的车走了。

他想让奥齐尔巴图哥哥一起去，说了好几次，可是哥哥都说："妈妈会生气。"没跟他出去。

铁木尔巴图搂着妈妈的肩膀笑着撒娇说："铁木尔巴图最懂事，不像钢巴图那样净惹老妈生气。"他还说，"哥哥结婚之后，把一部分牛羊给卖了吧，不能再这么操心劳累了。我毕业后就不跟你们伸手要钱了，不要担心我。现在你把鞋脱了，赶紧上炕休息睡觉。外面的活就由我们来做吧。"不由分说把妈妈抱到了炕上。

哈布尔玛高兴得嘎嘎直笑。

铁木尔巴图说："爸爸，我去看看羊群，顺便再看看马群。你就不用去了，休息吧。"骑上摩托向牧场走远了。

…………

洪水……洪水……发洪水了，霍林河发洪水了。快……快跑……骑马的人群乱成了一团。

向哪儿望去都是洪水，水流上漂浮着好多好多粉红色的人民币。哈布尔玛划拉着水面，拼着命地要去捡这些钱。

哈布尔玛在自己的哭喊声中醒了。

她坐了起来，看到奥齐尔巴图坐在沙发上打鞋油。

"你在啊，为什么不叫醒我？妈妈做噩梦，都快吓死了。"

哈布尔玛拿起枕巾擦了擦额头上的汗。

"哦，做噩梦了？我看见你的手脚一抽一抽地在动。"奥齐尔巴图笑着说。

"钢巴图和铁木尔巴图在身边，早把我叫醒了。"哈布尔玛把这句顶到嘴边的话，还是咽了回去。

霍林河发大水了？唉，这是很早之前的事情，那时还过迁徙游牧的生活呢。那年夏天他们家在霍林河岸边游牧。大雨之后霍林河发大水了。爷爷从牧场回来，从马背上往下拿马鞍的时候，马鞍子都滴答水呢。

"孩子们，赶紧拆蒙古包，咱们这就迁徙。霍林河发洪水了。"

爷爷交代了一嘴，就撒骑着马去赶拉车的牛了。哈布尔玛当时觉得没必要搬家，发洪水也不是多么可怕的事情。但是爷爷下命令了，就得按照他说的赶紧把东西收拾起来。

她和巴尔齐德贵第二天回来拿留在营地上的几块青砖，才发现蒙古包的地基都没了，被洪水冲得无影无踪。河岸塌陷了几丈高，周围的绿地裂出了好几道深深的裂痕。他俩看到眼前的一切真是吓得够呛。

巴尔齐德贵后来问爷爷是怎么知道这次的洪水这么凶猛。爷爷没有说太多，只说了一句："我的马知道的。"

二十多年前的那场可怕的经历忽然来到了她的梦里。

"唉……"哈布尔玛趿拉着拖鞋来到了厨房。

天色向晚时铁木尔巴图从敖特尔饭店打着饱嗝出来，去牧场把羊群赶回圈里了。

哈布尔玛没有看到这一切，嘴里叨叨着："还是铁木尔巴图靠谱，最会哄妈妈开心了。钢巴图这个破孩子，你给我等着……"

二十四

太阳升起来了。清晨的阳光和煦而温柔。

侬乃扎布老人满是褶皱的脸，在阳光的照耀下泛着微微的红光。

他从前总是坐在炕东头。初升的阳光就会落在他的半拉脸和肩膀后背上。现在他挪到了炕西头，把东头让给了胖哒哒的黄白净子脸的老太婆。这个老太婆就是鲁叶玛。

"咱爸往寺院跑着跑着就从那儿领回来一个老伴。"

"咱爸也挺能耐的哈。"

孩子们议论纷纷地笑着。

把他俩再次撮合到一起的人，是跟侬乃扎布一起去过好几次寺院的亲家巴日哈。他说："我看鲁叶玛你俩一起搭伙过日子就挺好。"

"不知孩子们怎么想啊？"侬乃扎布说。

巴日哈同志仗义地说:"这事就交给我吧。"

依乃扎布的顾虑其实显得有点多余了。

哈布尔玛说:"老太太人挺好,身体也行。他俩一起过,互相也有个照应,说话也有伴,咱爸跟咱们也说不到一起,每天挺孤独的……"

苏德巴特尔说:"咱爸的房子扔一冬了,得赶紧去烧点火暖暖屋子。"

"秋天那阵子要是按我说的办了,现在哪有这些麻缠事。今天在这个孩子家将就几天,明天在那个孩子家糊弄几天,根本不是常法。"都黛老太婆刚挑起话头,老伴巴日哈就给她使眼色让她把嘴闭上了。

最有意思的是玛努琪琪格。听说爷爷要结婚了,她跟格根呼高兴了好几天。

"新娘在哪儿啊?原来是个奶奶呀。"她盯着老太婆的满脸皱纹惊讶地说。

一屋子人都被她逗笑了。

"真想把这丫头的嘴给缝上。"萨仁图雅着急了。

"说就说呗,童言无忌嘛。"孩子的爷爷高兴地笑着,脸上洋溢着幸福的光彩,每条皱纹里都充满了笑意,整个人显得年轻了好几岁。

玛努琪琪格从爷爷的手里接过包着玻璃纸的糖说:"这个糖真像结婚的喜糖。"

大家又笑了起来。

依乃扎布和鲁叶玛跟孩子们(鲁叶玛的孩子里边只来了一个叫宝龙的儿子,也是他把母亲送来的)高高兴兴地吃了一顿饭,就算是开始了新的生活。

一冬没住人的屋子的确不太暖和,苏德巴特尔拿来好几抱粗大的树根轰隆隆地烧了好一阵子,又把门窗透风的地方给封好了,屋里就暖和起来了。

闻到柴火味儿,老爷子感到心满意足,又能在明火上烤东西吃喽。斑哈尔在地上威风地蹲坐着,两只猫靠着他的膝盖……别说是依乃扎布，猫和狗回到自己的家都高兴得不得了。刚回来的那几天，斑哈尔尽情地甩着秃尾巴，在院里跑也跑不够，闻也闻不够。

以前跟老爷子做伴的只有猫和狗，现在他的屋里多了个一步三晃的胖哒哒的老太婆，心里和屋里都满满当当的。

灰坑里的灰被清理得干干净净还安上了门；擦得几乎能照脸的茶壶飘着奶茶的香味儿；地上也洒水打扫过了；炕上的被褥整齐地垛着，那些坐垫也缝的缝洗的洗了；铺了多少年的炕毡被换成了用大花布做的棉垫子。这个屋子总算有过日子的样子了。

原来那个磨了边的旧枕套被换成了绸布枕套，掉了扣的腋下开线的露棉花的旧棉衣也被缝补一新了。

阳光落在老人的脸上，跳进他的茶碗里玩耍。

盘里盛着炸果子，还有奶豆腐。

"你尝尝，可软和了。像我这样没牙的人都能吃。"老太婆早晨起来露手艺炸果子了。

老头从她手里接过炸果子说："我没吃过这些东西。还以为只能买着吃，不知道自己还能做。"咬了一口，的确很软和。

他伸手要去盛茶，老太婆接过他的碗给盛上了。

他眯缝着眼睛看着老太婆笑了："我自己盛茶喝惯了。儿媳妇们给盛，我都不习惯。"又说，"坐在炕上喝茶多舒服。坐在沙发上喝茶窝得慌，一点也不舒服，吃啥喝啥都不香。"瞅着她笑了。

"牛肚儿不好嚼，你还是尝尝这个血肠吧。过两天让孩子们宰只羊，咱俩喝点新鲜羊肉汤。"

"可不用。外屋还有一缸肉呢，咱俩这一冬都吃不完。"

"孩子们的爷爷和母亲走了之后，这几个孩子陆续成家各过各的。我自己过好些年了，猫和狗给我做伴。有两条狗来着，前不久死了一条，跟了我十几年呀。有四只猫，那两个年轻的，在苏德巴特尔家待惯了，这次回来没待几天又跑回去了。"老头给狗扔了块髋骨，给两只猫扔了几块肋条骨。

他看着眯缝着眼睛瘪着嘴抽烟的老太婆说："过几天咱俩去旗里，给你镶假牙。有一嘴整齐的牙齿多好看，你也享受享受。"

鲁叶玛连忙说："可算了吧。我都想不起来有满口牙是什么感觉了。从三十六岁我就掉牙，早就习惯用牙床吃饭了。忽然之间满口是牙，说不准都不会嚼东西。别再像个小孩似的，学着嚼东西吃。那就成笑话了。"

"那倒不至于吧。那就染染头发吧。"他看着她那满头白发说。

"可不行，不行，孩子们会笑话我的。"老太婆连连摇头，又说，"你的头发几乎没白，就鬓角那儿有点白。是不是跟吃喝有关系？"

"谁知道呀。你看见了没有，孩子们的头发都比我先白了。"老头抽了一口烟，烟雾从嘴和鼻孔往外冒。

依乃扎布喝了好几碗老太婆熬的奶茶。他说："还是牛粪火上熬的奶茶好喝。孩子们就愿意用那个电锅。快倒是快，不一会儿饭就做好了，但是一点也不好吃。"

老太婆说："咳，孩子们的妈妈年纪轻轻就走了哈。搁现在的话，得的也不是绝症。她也是个受苦的人啊。"又说，"你年轻时候，是不是也跟我老头似的，喝酒回家就折磨老婆孩子？"

据巴日哈和都黛讲，鲁叶玛这辈子吃了不少苦。都黛常说："鲁叶玛的身上从脖子往下都是伤，都是被她老头打的。她老头叫冬日布，外号叫鞭子冬日布，临到死都没改掉那个坏毛病。"

他们两家原来是邻居。鲁叶玛挨打的时候，就喊："巴日哈，救命啊。他要打死我了。"听到喊声巴日哈就会跑去拉架。有一次听到喊声，巴日哈赶紧往她家跑，刚拐到院角就遇见了手里拿着笼头的冬日布。冬日布张口就说："别去了，哥们儿，已经打完了。"还嘿嘿笑呢。还有一次听到他在打孩子，巴日哈心想："收拾调皮的孩子是让他们长记性呢。"慢悠悠地到了她家。冬日布却说："嘿呀，我每次打老婆你都匆匆忙忙地来拉架，今天打孩子，你却不慌不忙，还抽着烟来拉架。肯定跟我老婆有一腿。"疯了似的把鲁叶玛驮在马背上就要去离婚。可是没一会儿又在巴日哈家的马桩上下了马，说："赶紧煮肉。你姐我俩没离婚，你们难道不高兴吗？我把你姐扔在半路上，让她捡牛粪去了，一会儿还不得回来呀。"所以都黛经常说："冬日布死了，鲁叶玛才过上了正常日子。哪怕就几天也行啊。"

老头说:"没有,我可没有。我老伴一辈子病魔缠身,受了不少苦。我这辈子就喝醉过一次。"

依乃扎布这辈子的确只喝过一次酒,只参加过一次快马比赛。虽说都是仅此一回,却留下了光辉的历史。他那次喝得烂醉如泥,把艾里的所有人家都逛了一遍,一只鞋还被狗叼走了,闹出了很大的笑话。那次的快马比赛中,他跑了个倒数第一。比赛都过去三天了,他还头晕得不行呢。人们就给他编了个段子:依乃扎布比赛之后头晕得不行,回到家都下不了马了,还说"这不是我家"。看到老婆从屋里出来,还说"她不是我老婆"。

"我还参加过摔跤比赛呢。艾里的人们给我编段子,说我刚上去就被腿上的套裤给绊倒了。那倒不至于,他们都愿意拿我开心,我只是败给了一个不知名的选手呗。"他吊斜着眼睛笑着说。

依乃扎布的话匣子被打开了。

鲁叶玛听着他说的这些陈年往事,一会儿瘪着没牙的嘴笑笑,一会儿摇着头叹息一声,一会儿又用衣袖擦擦眼睛。

依乃扎布老头以前只能跟狗和猫唠唠,现在有老太婆陪伴,心里别提有多欢喜。

她那不经意的笑容,眯缝着眼睛问东问西的样子,使老头越说越来劲。

"年轻时我还打过猎呢。"老头呵呵笑了两声。

"那天我们艾里的几个老人想练练狗,就领上十几条狗出发了。到了野外,大家坐在一起抽烟,这时从灌木丛钻出来一只兔子。我爸的枪刚好在我手里来着,大家就向我喊,开枪啊,快啊,快。我从来没打过枪,倒是扔过几次布鲁,听到大家的喊声我着急了,向那只兔子就开了一枪。射中了。我听到了老人们在喊。顺着喊声看过去,那只兔子瘸着腿往前跑呢,几条狗紧跟着就追上去了。

"没一会儿工夫,我爸的猎犬德勒图·呼和就把那只兔子叼回来了。艾里的老人们纷纷表扬我,抽一袋烟的工夫就拿下了一只兔子。好兆头,今天肯定能满载而归。他们就把猎物分给我了。"

"你们回家喝兔肉汤了?"老太婆连忙追问。

"喝了。我爸让我剥兔子皮。那是我第一次剥兔子皮。兔子的右腿上果然有一颗铁砂。"

老太婆呵呵地笑了，全身的肉都在颤抖。

老头和老太婆，聊起了过世的老伴，一会儿伤心一会儿又激动不已。

"孩子他妈经常用袖口擦汗。两匹马都不够她骑一天的。唉，她走得早，没看到孩子们的好日子呀。"

在炕上摆了好多年的那个箱子，老爷子今天也打开了。

这些年没人关注过这个箱子里都装着什么。只是依乃扎布老人偶尔打开箱子晾晒晾晒罢了。其实放在里面的都是些过世的妻子曾经用过或收藏的物件。今天刚打开箱子就闻到了浓浓的麝香味儿。

箱子里放着好几包裹着白布、青布、花布包袱皮的东西。每打开一个包袱皮，老头就说："这样的大绒是那时候去北京出门的人给我们带回来的。现在上哪儿去找这么厚、质量这么好的东西？这是孩子他妈绣靴子面剩下的。她还用这样的绿大绒给自己缝过一件上衣穿呢。要说那会儿做靴子面都弄不着，她还缝了件上衣穿，也算是享受过了哈。这麝香也是稀罕物呀，我爸从去西藏拉脚的人那儿要的。是真正的麝香，这味儿现在闻起来还这么冲呢。孩子他妈一有空就扒麻，搓麻绳。搓麻绳的声音呀，直到睡着都听得见。"

"是啊。在那个时候做针线活儿、碾米、挤奶、拉水是女人们干也干不完的活儿。现在的这些小媳妇们多有福气呀，啥都买着了，那时候有钱都买不着。"

鲁叶玛顺着依乃扎布的话，一边听一边盯着陆续打开的包袱皮。

"过去的日子跟现在没法比呀。孩子他妈肚里怀着孩子，都上大月份了，还赶着牛车迁徙呢。苏德毕力格就是在迁徙的路上出生的。那会儿正赶上了秋天的连雨天，迁徙的队伍被雨耽误得一天也走不了多少路呀。就在这个时候孩子他妈生了。小孩儿长到七八岁，有点能耐了，才让他们骑马，他们就跟着队伍在马背上打着盹往前走。把其他的孩子都圈在篷车里面，小婴儿在摇篮里，大一点的挤在一起在里面瞎闹腾。一路上都能听到他们的叫喊声：杀人了，打人了，爸……

妈……可是热闹了。也不知孩子们在里面都闹什么呢。"老头呵呵笑着说。

"裁靴样子的时候，为了找这样的纸可费劲了。说是牛皮纸，真是用牛皮做的吗？"他拿出几张发黄的靴样子给她看。

老太婆笑出了声说："不是用牛皮做的吧。应该是打比方呢。"老头半信半疑地拿起靴样子仔细地看了看。

"人这一辈子，谁都不知道自己什么时候死。"老太婆叹息道。

"巴尔齐德贵小时候身体弱。我爸为了给他弄这个辟邪的费了不少劲呢。后来不知从哪儿弄回来，给他挂在了摇篮上。"老头手拿穿着线的辟邪扣给她看。

"对了，这个给你戴。让流动的银匠给打的。"

鲁叶玛看着从褪色的旧哈达里拿出来的一对银手镯，连连摆着手说："孩子他妈的遗物，孩子们会不高兴的。"

老头呼噜着嗓子说："儿媳妇们没啥可怨的，都有份了。给苏德莫日根留了金佛，给他媳妇也留了好几个簪子，还有几颗大珊瑚。本来还有个额箍，上面的珊瑚被儿媳妇们都给捋走了。"

老太婆把银手镯拿在手里放在眼前看了又看，露出没牙的牙床笑了。

"老东西，纯银子。在我年轻时候，跟我同龄的差不多都有这么一对手镯，就我没有。年轻时候没戴过，老了倒有福气戴了。真不好意思。"笑着把手镯戴在了两只手上，看了又看。

"有点锈，在毡子上蹭蹭就好了。孩子他妈经常那样蹭。"

"我听孩子们说过，好像抹点啥东西就发亮了。"

"是吗？现在的这些东西我可弄不明白。"老头又说，"明天咱俩坐孩子的车去苏木。你把头发染了吧。"

"多不好意思，孩子们……"

戴在老太婆手腕上的银镯子，在阳光下反着光。

第二天，老两口真去苏木了。坐着萨仁图雅的车去的。

鲁叶玛老人从理发店出来时，满头白发变成了一头黑发。

"显年轻了，精神多了。收拾和不收拾就是不一样哈。"萨仁图雅说着请老两口上车。

老头也理发了。这是他第一次在理发馆理发。

"镜子有那么大，凳子还能升降。"老爷子坐上车之后，赞不绝口地说呀说。

玛努琪琪格买了把枪，在车里突突、突突地扫射着玩。

"家里快有一车枪了。一个女孩子就愿意玩枪，真没办法。"萨仁图雅唠叨着。

玛努琪琪格玩得可欢实了。

"哈，这丫头真厉害。你看，把我的牙齿都打没了。"鲁叶玛向她露出牙床让她看。

玛努琪琪格吓哭了。

萨仁图雅说："告诉你别调皮，你就是不听。现在怎么办？咱们要不也给奶奶买姥姥戴的那样的牙齿吧。"

玛努琪琪格用手背擦着眼泪说："姥姥的牙齿可好了，摘下来洗完之后还能戴。"

"这孩子的后脑勺上长蜂窝了吗？"坐在玛努琪琪格身后的鲁叶玛惊讶地说。

萨仁图雅听到后放慢车速转过头来问："姨，那是什么东西？"

"都说是蜂窝。有个土办法能治好，把蜂窝烧了之后，用那热灰敷几次就好了。要不就秃了。"

萨仁图雅把车停在路边，几个人仔细看着玛努琪琪格的后脑勺。

长在她后脑上的这个包，不说不知道，一说还真像蜂窝，密密麻麻地有许多小孔。

"姨呀，我都快着急死了。最近什么也没干，就忙活她头上的这个东西了。去了好几家医院，看了又看，都没啥效果。缠纱布缠得都有味儿了，我就给她把纱布取下来了。用药水洗过、抹过药膏，也吃过口服药，怎么治都不见效。用药水洗的时候，这丫头嗷嗷哭。还想着过几天去北京检查检查，脓包里的黄水扑拉得快一脑袋了。"

"我没发现呀，就看见她整天缠个纱布。今天要不是坐这么近，我也注意不到。就得用土办法治，要不治不好。"

"蜂窝？我第一次听说还有这样的病。"侬乃扎布说。

萨仁图雅一路上都在心里祈祷，但愿这种土办法能治愈女儿的病。

她刚到家就让苏德巴特尔，还有家里的牛倌和羊倌去找蜂窝。

他们没费多大工夫就找到了。从屋檐下的窗框上，附近的树上，找到了好几个蜂窝，拿回来烧着之后就变成了黏着性较强的一团灰。然后把这灰趁热抹在了玛努琪琪格的后脑勺上。

刚抹了两次，后脑上的包就不再流脓水，密密麻麻的小孔开始结痂然后脱落，最后长出了粉红色的新皮肤。

这天老两口正在家数香、捻佛灯芯，萨仁图雅来了。她给鲁叶玛送来了一件绵羊皮马甲。

萨仁图雅喜笑颜开地说："抹三次就彻底好了。现在都没法形容我们当时是怎么着急的呀。那些医生还吓唬我们，一会儿说做手术，一会儿又说是脑部重病。姨，是你救了我们呀。"

第 九 章

二十五

在宾馆。昏暗的灯光、歪斜的破门、脏兮兮的被褥、落满灰尘的电视柜。

弥漫的烟雾之中，几个男人围桌而坐，大嚷小叫着正在赌博。

"跟吗？"

"跟。"

"不跟。"

拍桌子和洗牌的声音中偶尔夹杂着笑声。

有个人忽然脸红脖子粗地站起来，拽着另一个的领口叫嚷起来：

"王八种玩意，捞了点就要溜呀。下次谁也别跟这个狗崽子玩。"

穿蓝背心的大胖子把背心往上撩到脖子底下，露出圆滚滚的大肚子粗声粗气地骂着。

"没德行的玩意。像咱们苏德毕力格一样实诚的人有几个？嗨，这家伙今晚起牌了，赢三千了吧。"

"苏德毕力格？犟种玩意。以后可不能感冒了。"

"是啊，是啊。你以后可不能感冒了。听说是你哥把你救过来的？我还听说这家伙连口水带鼻涕地喷了一口，嘿哟了一声就醒过来了，然后看着把自己围成一圈的家人和正在给他输液的医生说，我这次感冒真厉害呀爸，都不知道你们和医生是啥时候来的。"

一屋子人哄堂大笑起来。

"这时他爸急了，就骂他，你个倒霉蛋给我闭嘴。"

大家又笑了。

苏德毕力格也跟着笑了，说："保不准你们也有着急的时候……"

"你怎么动不动就上吊呢？没尿性的种，你那两个哥哥那么有钱，去要啊。"

后肩膀上文着一条龙的大汉没工夫点烟，叼着烟卷洗着牌。

苏德毕力格拿着打火机连忙帮他点着了烟。

苏德毕力格在赌博圈里的外号是"犟种"。赢也好，输也罢，从头玩到尾，从来不打退堂鼓。

赌博告一段落，大家提溜着裤子纷纷去上厕所。然后又围桌坐下，数堆在桌上的钱。

"他妈的，你是不是偷了？"大胖肚子将坐在钱堆跟前的文身男压在身下搜他的身子。

"我没拿，这次真的没拿。"文身男挣扎着说。大胖肚子凭借着力气把他压在身下，翻完了他的衣兜裤兜，又搜他的裤裆和腋下。

"这是啥玩意？你奶奶的。"将几张五十和百元钞票扔在他面前拍桌子问。原来是从他座位底下搜出来的。

"是我自己的。"文身男刚要站起来，坐在他身边的那两个却摁着他的肩膀不让他动弹。

"又玩老把戏啊你！有能耐的话，亮几招新的让大家开开眼。知道不？你个王八种。早就告诉你们了，一进屋就把兜里的钱全都掏出来。活该你！"

"你们这帮土匪！"

"土匪比小偷有血性，知道不？偷牌、偷看人家手里的牌、偷钱……这些阴招你啥不会？跟外人合伙连亲兄弟都敢做掉。再让我逮着，你看着，非剁掉你的手指不可。"

"×你妈，不都是向你学的吗？"文身男没了刚才的硬气，哈哈笑了两声又说，"刚开始玩的时候，谁都不知道有这些把戏，都跟犟种苏德毕力格一样实诚啊。除了看自己手里的，啥也不会。

哈哈……"

苏德毕力格也跟着笑了。与其说是笑，还不如说是在龇牙咧嘴，脸上的肉抽搐了几下而已。他在这儿已经三天了。现在又饿又累又困，脑子都不正常工作了，两只眼睛却依旧紧紧地盯着桌上的那堆钱。

他其实已经下定决心不再沾染赌博。

他在佛像面前发过誓。为了离开赌桌，几年前他还留下过割断小拇指的光辉历史。但这次他真的在佛像面前发誓了。

"孩子，爸爸给你钱，把苏德莫日根名下的牲畜也都卖了吧。说啥也不能卖你们自己的牲畜，得养活两个儿子啊。"老父亲的这番话，让他激动得泪如雨下，发誓说再也不玩。

然而他如今又坐在了赌桌上。

几天前他把大哥巴尔齐德贵家的窗玻璃打碎，把老婆撵回娘家，现在又操起了"老本行"。

那天跟老婆吵架时说的"爷玩去了"，其实是在跟她赌气。他老婆总是嘲笑他，就连在佛像面前发誓的事，都拿出来嘲笑。

他老婆平时有点笨舌笨嘴，干活也不是特别麻利，但是跟苏德毕力格吵起架来，嘴快得像把刀子，脑子比机器转得还快，什么难听的话都说得出来。

他父亲偷过牛，两个哥哥只顾自己的日子不管他们，就连小弟弟早逝这件事她都搬出来了。

"你们家没一个好东西。"说着就把脖子上的珍珠项链扯下来扔进了火里。这个项链是阿努琪琪格给她的。

又把放在电视上的全家福拿起来，把自己抠出来后扔了过去。还从微信家族群里退出来了。她经常这样退群。

苏德毕力格不想跟她吵，也不想跟她说话，去别的几个嘎查瞎晃荡了几天回来了。

家里空空荡荡，冰冰冷冷。老婆领上孩子早已回娘家了。暖气冻了，水缸和用完没洗的碗筷、剩饭也冻了。地上和炕上到处都是鸟和老鼠的毛，两只猫已不知去向，应该是饿得不行，"打猎"去了。

他坐在沙发上发了一会儿呆，一颗接一颗地抽了几颗烟。然后果断地踩灭还没抽完的烟卷，来到院里骑上摩托奔着巴尔齐德贵家去了。

"不玩"两字根本不能解决所有事情，讨债的人怎能让他安生地待着。

现在最让他头疼的就是，那晚输掉的那一大笔欠债。其他的还好说，可以往后推一推再还。这笔债的债主只给他三天时间。他心里知道，还不上的后果是什么。肾脏被打坏的、两条腿被打残的，这样的事情一直都在发生着。如今这种可怕的事情时刻尾随着他，让他坐立难安。夜里连个囫囵觉都不敢睡，想起来就害怕。

只有三天。这次他连上吊的勇气都没有了。

于是又来到了大哥巴尔齐德贵家，想从他手里弄点先救救急。

大哥家的棚院看上去又高又夯实。屋子也显得很气派。

瘦高个的铁木尔巴图和矮胖的钢巴图兄弟俩在饮马。从上面飞过去一架飞机。苏德毕力格摘下帽子挥舞着喊道："嘿呀，飞机，飞机。"他其实根本没有欣赏飞机的心情，只是为了讨好那两个侄子而已。

钢巴图说了嘴"真是惊叹文明了哈"，两兄弟就嘿嘿笑了起来。

苏德毕力格没听见他俩在说什么，但是从他们的神情上猜到是在嘲笑自己。心里更加不好意思，就没再吱声。

奥齐尔巴图开着大推土机，清理牛圈里面压实的积雪。

巴尔齐德贵驾驶着三轮，从围栏那边拉过来秋天堆在那儿的羊粪土往牛圈里卸。他说："下雪了，牲畜也冻得慌，给它们再铺一层羊粪土。这已经是第三次给它们暖卧处了。"

大哥和奥齐尔巴图没戴帽子也没戴手套，满头大汗地干着活儿。苏德毕力格拿起靠墙放着的铁锹，跟大哥一起铺刚卸下的羊粪土。刚扔了几锹，身体就热乎起来了。但他并没有继续干活的兴致，想起三天这俩字心里就发毛。

他希望大哥快些进屋。虽然知道大哥做不了主，但还是希望他能在场，因为他非常打怵哈布尔玛嫂子的那张黑脸。

终于帮大哥铺完了羊粪土，他心想这下该进屋了吧。大哥又拿来了干树根劈了起来。说是烧火用，能省不少煤。

苏德毕力格等不及了，还是先进屋了。

背朝门坐在屋里的大嫂正在数钱。她数着厚厚一沓百元钞票，他从墙上的大镜子里看到了。

看见苏德毕力格进屋，她连忙把手里的钱掖进炕席底下。说是没看见他来，也没见他在院里帮忙干活。

大嫂给他热了剩饭。葱炒羊肉、肉末豆腐酱，还有馒头。他饱饱地吃了一顿。这时铁木尔巴图和钢巴图有说有笑地进屋了。

"这些孩子念书念得都傻了。早晨让铁木尔巴图把牛群赶出去，这一走就没影了。打电话才给叫回来。要不的话都不知道他把牲畜弄哪儿去了，还以为赶到地球的那端了呢。"

"钢巴图就更别说了。人家从圈里往外撵，他就堵着门口站着。那些牛不知该出来还是不该出来。说他，他还不高兴。"

铁木尔巴图说："我那是拍雪景。妈妈你要是不叫我，我还得拍一会儿呢。"

钢巴图说："我怎么知道啊。咱们家的牲畜可奇怪了，根本不听我的指令，就听我哥的。他怎么指挥它们就怎么配合。那几匹马只要看见我哥就会低声嘶鸣。"

铁木尔巴图让四叔看手机上的雪景："叔，我拍的雪景好看吧。"

苏德毕力格哪有心情欣赏雪景，没怎么把那些照片当回事。

"还是得给二叔看。二叔有艺术细胞，你们没意思。"铁木尔巴图把手机要了回去。

"你俩把冻牛粪起完了吗？都起完了再进来啊。"

"我俩进来看看手机。"他俩笑呵呵地说着，把帽子摘下来扔在屋里，说着"热了"就又出去了。

巴尔齐德贵从门缝探进脑袋说："聊得挺好啊。还以为你俩吵架了呢。"没进屋就走了。

哈布尔玛说："快看看那俩东西那是闹什么呢。"

沉默无语、无精打采的苏德毕力格顺着嫂子指的方向望过去，铁木尔巴图和钢巴图在牛圈里起冻牛粪，两个人都背个背筐，一个用叉子把牛粪铲起来往背筐里扔，却总是没准扔不进去。俩人哈哈笑着，背着背筐互相给对方照相。

"几点了？他俩干一上午了，还没起完呢。幸亏天冷，要不牛粪都化了。"

大哥总算进屋了，把手机贴在耳边听着什么就进来了。

原来是在微信上听摔跤比赛。

"阿鲁科尔沁的谁谁……"

另外一个声音说："既然是解说，为什么不大点声？等死的人似的，嗡嗡啥呀……"

哈布尔玛哈哈大笑了起来。

"爱看摔跤的人真没办法。说人家声音低了，就发火。人家好心好意给你解说，你还骂人家。"

大哥也笑了。

苏德毕力格看见他的笑容，赶紧鼓足勇气张嘴借钱。

"你也不想想，谁愿意替你还这些赌债？"大嫂哈布尔玛抢在大哥的前头要堵他的嘴。

"我早就给你说清楚了不是吗？照镜子看看自己那德行。精气神都哪去了？你不愿意过日子也就算了，不要连累别人。"大哥呼应着大嫂的腔调说。苏德毕力格早就知道会是这样的结果，但还是感到了委屈，还非常生气。

"要是没有你们，我还能借着钱了。就是因为你们，上哪去借人家都说，咋不从你哥哥们借呀，你的哥哥们都是有钱人呀。他们咋知道我的哥哥们是铁石心肠的钻进钱眼里的人啊。你们就认钱。"

哈布尔玛不让了。她说："你疯了吗？我们就认钱？这是你该说的话吗？究竟是谁昼夜不分，钻进钱眼里，天天在要钱？以前借给你的那三万呢？还啊。"向他伸出了手掌。

"你们就是钻进钱眼里的人。你们把咱爸和苏德莫日根的草场霸占了这么多年，我们谁都没说过什么。对你们有益，你们才肯替他们经营不是吗？要不的话，你俩怎么会有那样的好心肠。把咱爸的草场还给我。"

苏德毕力格边喊边摔门而去，心想这辈子再也不迈大哥家的门槛。眼前却忽然浮现起了两个侄子刚才嘲笑自己的表情，于是又转身回去，踢蹬了几下屋门，没人给开门，就顺手拎起一块砖头向门玻璃砸了过去。

他气得呼呼喘着来到了苏德巴特尔家。钱……钱……

进屋时看见萨仁图雅嫂子在沙发上趴着。苏德巴特尔指了她一下，就起身笑着出去了。

萨仁图雅坐起来了，好像是哭过，眼睑和脸颊都发红了。

她笑盈盈地给苏德毕力格盛来了茶。

热乎乎的奶茶，还漂着几块奶皮子。

苏德毕力格喝着茶心想，这么好看的老婆，干吗惹她哭呀。我哥真傻。

他曾经想过，以后就娶像嘎嘎嫂子一样的媳妇。第一次见乌日柴呼，就觉得她长得像嘎嘎嫂子。那双细眼睛，从侧面看非常相似。

唉……

"看电视剧看难受了。"萨仁图雅说着就笑了。

从门前过去了一辆蓝色的轿车。

"咱爸回来了。"萨仁图雅从窗户往外看着说。

"咱爸去哪儿了？"

"跟老太太，还有你岳父岳母去寺院参加法会。你不知道吗？"

苏德毕力格没有吱声。

"从我这儿借出去的钱倒是有不少。可是催了好几个人，都没要回来。到期了可以再延长……"

苏德毕力格正愁怎么张嘴，萨仁图雅嫂子却把话题先挑起来了。

这时苏德巴特尔进屋了，他在门口跺着脚嘟囔着："竟然把自己的摩托扔在山脚，骑着我的来回跑。"显然是对大哥很生气。

"准备五块奶皮子，后艾里的人一会儿来取。"说完又出去了。

萨仁图雅连忙起身从另外一个房间拿来奶皮子装在了塑料袋里。

"我刚才说啥来着？哦，对了，欠款。最近来做蒙古袍的人都少了。大家手里都没钱。实在着急的话，要不先从银行借点贷款，明年秋天把牛犊卖了不就还上了吗？到那时大家都帮你一把，怎么也能还上吧。你欠多少了？"

"……"

苏德毕力格没有吱声。这个嫂子总是以"你先将就着，我们慢慢给你想办法"来应付自己。怨谁也没用，从她借的那好几万还没还呢呀。听阿努琪琪格说，那好几万也是她背着苏德巴特尔给他的。

"家家有本难念的经啊。你哥他净跟哈布尔玛嫂子闹别扭，真烦人。为了这几辆车总是口舌不断。大哥和大嫂趁他不在，就把他的车或是摩托开走了。他在的时候，他们也不来，偏偏瞅他不在的时候来。前几天说是要去砍做背筐用的山榆树，借走镰刀用了几天用豁了才给送回来，悄悄立在墙边就走了。我没看见，要是看见了就藏起来了不是吗？苏德巴特尔看见了，就给他们送回去了。大嫂笑着说，要给买个新的。他们才没那么讲究呢，不可能给买新的。好好的家伙什就这样不能使了。你哥最爱惜干活的家伙什了，骂骂咧咧地又闹腾了好几天。大嫂他们从来不买草叉。我秋天从旗里买草叉的时候，她就在我旁边站着，好像这个家伙什跟她没有任何关系。现在倒好，我家的草叉快成她家的了。那个短把儿的，我说就给你们吧。大嫂说，不要，家里买了就不用你们的了。到现在也没见他们买呀。苏德巴特尔也是，一点小事就去找大嫂吵架，我劝他他也不听。人这个东西，天生长啥样就是啥样，后天怎么改造都不可能改好。刚才我俩还……生气了。"萨仁图雅的脸色微微发红，又说，"你哥他天天惹我生气。我俩就算离了又能咋呀？孩子受罪不是吗？刚才也是为了钱发生口角……"

苏德毕力格听了好一通嘎嘎嫂子的埋怨才从她家出来。沮丧至极的他在气头上打通了老丈人的电话。"耍钱耍输了，还好意思张嘴啊你。"又听了一通责备的话。老丈人最后说，"我手里有五千，唉，纵然蛤蟆唾液，对海也有补益吧。你这孩子也真是的。"

他觉得除了死已经没有其他路可走了。

最后还是一个赌友帮他解决了燃眉之急。他说："我背着老婆给你的。你别说出去，我也不要利息了。你啥时候宽裕啥时候还上就行。"

这哥们儿有钱。他们艾里的所有人家都搬迁到城里，每家每户都分到了楼房，还得到了一笔补偿款，可以说多得几辈子都用不完。可是人家有钱要是不给你借，你也没办法。亲哥哥们有钱，又怎样了？整整九万块钱呀。苏德毕力格激动不已，在心里默默下定决心，将以犬马之力回报这个兄弟。

将燃眉之急解决之后苏德毕力格回到了家。但是老婆孩子都不在，屋里冷得坐不住，他就跟着这个哥们儿又来赌了。

文身男跟大胖肚子吵吵嚷嚷着离去了。每次在一起玩他们都会吵架，有几次都动刀子了。他俩之间究竟谁欠了谁的，大家也不知道。前不久把合伙骗来的钱没分利索，现在又借着由子闹起来了。

到半夜时这几个人准备转场。听说一个有钱人要从霍林来这边玩，他们就串通好了想去给这个人"扒扒皮"。

苏德毕力格哪都不想去了。他已经在这儿战斗了三天，现在连眼睛都快睁不开了。

"你下次必须把今晚输的钱给我堵上。要不就把漂亮媳妇让给我一宿。"

"再不济也不能把媳妇让给你呀。婆家叔叔辈的人，竟敢打侄媳妇的主意。"

肆无忌惮的笑闹声中忽然从楼梯上传来了密集的脚步声。戴大檐帽的几个警察破门而入，喊着"别动，别动"，晃动着一闪一闪的警棍，将屋里的所有人都给控制住了。

二十六

苏德毕力格耷拉着脑袋走在小路上。他好像将飘浮着几团灰色云彩的冬日天空驮在背上似的艰难地走着。被关了两天，把罚金交完之后才从看守所里出来。

他在里面睡了两天，虽然恢复了一些精神，但依旧低头抱胸无精打采。忽然抬头时看见了晾衣绳上挂满了衣物，原来是来到了苏德巴特尔家的院外。孩子的、大人的、枕巾、毛巾、被褥罩等洗得干干净净的衣物在晾衣绳上整整齐齐地晾晒着。苏德毕力格把手插进衣兜里，好像在数这些衣物似的站了好半天。

他想抽烟，从衣兜里掏出了烟盒。风很大，头发被吹得乱舞起来。他没有点烟向屋里走去。

屋里很暖和。玛努琪琪格模仿着动画片里的动物，跟着电视上的画面甩着毛巾在跳舞。

看见苏德毕力格进屋，把毛巾扔下就跑过来黏他。

"叔叔，谁把你抓走的？是警察吗？你哭了吗？他们有枪吗？他们用枪打你了吗？"

苏德毕力格很是尴尬，屋里的人都笑了。

阿努琪琪格戴着一头支棱的发夹，往一件绸缎马甲上钉纽襻。

她说要把这个马甲当做新年礼物送给姥姥。

"这丫头听啥学啥。上那边玩去，别在这儿黏你叔叔了。"萨仁图雅凶着小女儿，把熏好的鹿眼睇放在大女儿阿努琪琪格前面。说是阿努琪琪格犯鼻炎了。

"我也有枪，就是没有子弹。"玛努琪琪格跑到姐姐身边闻了闻熏烟，阿努琪琪格挠她的痒痒肉，她就咯咯笑了起来。

萨仁图雅戴着薄手套坐在凳子上擦鞋打油。从门口到鞋柜大概摆着十几双已经打过油的锃亮皮鞋。

"三斤红枣、一盒白糖、一块砖茶、祭火用的五彩绸、五袋冰糖。今年咱家过十二岁本命年的小孩有七个，得准备七份礼物。过三十六岁本命年的弟弟和弟媳妇有五个，先记下来吧。该给红包的给红包，该给礼物的给礼物……"

这是准备采购年货呀。嫂子拉清单，哥哥记录。哥哥坐在餐桌旁非常认真地记录着，那认真的样子仿佛是在抄录佛经。

苏德毕力格情不自禁地想起了小时候过年的情景。每到过年别提有多欢喜。铺上有蒙古盘纹图案的新毡垫，佛龛上换好新哈达，放供品的器皿也要换新的。屋里飘着炸果子的油烟味儿。把包好的饺子拿到外面的支架或空车上去冻，还怕被狗给叼走，不一会儿就得出去看看。孩子们能穿上新帽新靴新衣服。从蒙古包搬进平房之后，又多了糊墙糊顶棚这项工作，总是把有最好看图片的那几张选出来糊在最显眼处。

苏德毕力格说："今天是你擦鞋的日子吗？给我也擦擦呗。"

"让你媳妇给你擦。"萨仁图雅虽然这么说，还是给他把鞋擦得油光锃亮。

苏德巴特尔撇着嘴说："她有毛病，就愿意洗洗刷刷。"

"这个毛病比不愿意洗刷要好上好几倍不是吗？"苏德毕力格说。

苏德毕力格吃完萨仁图雅给拌的奶油拌饭，又喝了两碗茶。

"我想离婚。"他跟萨仁图雅嫂子来到了缝纫间。

萨仁图雅拿着手里的东西惊讶地转过头看着他说："又——吵架了？又回娘家了？把她从娘家接回来才几天啊？"

"没有。没回娘家。我不让哈布尔玛嫂子你俩去接她，你俩就是不听。我现在连一眼都不想看她。烦死了。"

"哎哟，你这是什么话？真想离？两个孩子怎么办？别胡说八道了……"

苏德毕力格没有吱声，点着烟一口接一口地抽着。

"你总是出去要钱，人家还有什么心情过日子呀？

"输钱咋地了？我自作自受，一次都没让她出去张罗过钱。这十几年里，我一次都没让她在钱上作过瘪子。有钱的时候，让她随便去逛超市商店参加婚礼宴席，没钱的时候我就出去赊米赊面。她有啥好埋怨的？就算我要钱输了，输的也是我祖上的家产。她从娘家带来的，我连一只山羊羔都没卖过，都给她留着呢。哑巴吃饺子心里有数。我再不济，心里也有数。你以为她带来的那些牲畜繁殖得好呀？都在我的草场上呢，她连个指甲盖大的草场都没有。她从娘家带来的那些牲畜也不能卖，不能宰，不分冬夏都得好好喂养着，因为都是挂神符的牲畜。

"这次吵架翻出十几年的旧账我都快气炸了，她一不顺心就往娘家跑，为什么不把牲畜也都赶回去呢？草场户口还在娘家呢。她那么厉害，为什么不把补贴要回来呀。对嫂子连屁都不敢放，就知道天天给我使厉害。

"嘎嘎嫂子，你就评评理吧。没工作没工资收入的普通牧民妇女，整天不做饭、不收拾屋子，也不洗洗刷刷缝缝补补，就知道赖在炕上睡懒觉。她到底要干什么？我娶她回家难道就是为了让她生孩子、陪我睡觉？身上臭烘烘的，也不知道洗澡，我都懒得跟她一起睡。张口闭口除了说我要钱不会说别的。我赢钱那会儿，她咋不说我呢，跟我一起花钱花得也挺乐和的呀。现在倒好，啥都是我不对，啥都是我不好。她为我们家的日子操过心吗？动不动就回娘家了。跟婆家这边的亲戚也没有点来往，除了娘家她啥都不知道。"

萨仁图雅没有吱声，从镜子里看了一眼坐在烟雾中愁眉苦脸的苏德毕力格。

"身上臭烘烘的，也不知道洗澡。"她想着这句话，猜到这对夫妻的日子已经到了什么地步。

"你说的这些有的对，有的也不对。玩输的都是我祖上的家产，这是什么话？让人听着多生气。你们俩一起过了十几年了，还分你的和我的吗？挣也好赔也罢不都是这个家的吗？

"唉……不是说清官难断家务事吗？两口子过日子只有两口子知道其中的滋味。想必也遇到了很多坎儿。要让我说，这个婚不能离，还有两个孩子呢呀。想想办法，把这道坎迈过去，孩子们大了，就该享福了。"

"人无完人，是不是有这么一句话？大概意思就是只要是人，谁都有优点，但是也有缺点。我不像哈布尔玛嫂子那样会说，但是我觉得乌日柴呼虽然有点懒，不愿意收拾家，爱跟你作对耍脾气，但人家从来不搬弄是非，也不乱买衣服，更没有东家转西家逛的毛病。这不就挺好的吗？人家也管牛羊牲畜呢，再说啥事也不掺和，就过自己的。多好呀。

"还是想办法先把债务还上吧。离婚这事以后就不要再想了。乌日柴呼愿意在娘家待着就让她先待一阵子。你岳父他们常去寺院，还不是为了你俩。

"要说啊，这乌日柴呼也是被你给惯的。从结婚到现在人家自由自在惯了。你也不想想，陪孩子在苏木住了好几年的人，愿意回来吗？早就不关心过日子了。你好好哄哄她，有些话别直说，拣她爱听的哄哄。我也劝劝她，她也不是那种不进盐酱的人。懒和赌，这两个毛病一家占一个就够了，你家倒好，两个都占上了。慢慢就好了，往好了想，往好了过吧。"

萨仁图雅如此这般地劝着苏德毕力格，一直聊到晚上。

苏德毕力格从她家出来，冻得蜷缩着身子一溜小跑回到了家。

老婆钻在被窝里看电视，两个孩子边吃零食边玩闹。

炉火快灭了。孩子们好像在火上烤奶豆腐吃了，散落着焦煳的碎渣。暖气冻裂后，他们在屋里支起了炉子，烧牛粪堆里的牛粪取暖。

"爸爸，我要尿尿。"小儿子蹿到爸爸身边搂住了他的脖子。玩得挺热乎，小脸蛋像成熟的苹果一样通红通红。苏德毕力格把他搂在棉服里面往外走去。

"爸爸，过年的时候你给我哥俩多买点炮仗行不行？"

听到儿子的请求，苏德毕力格的心里很不是滋味儿。他没有说话，紧紧抱了抱孩子。

"外面冷吧，没有把小鸡鸡冻掉吧。"苏德毕力格稀罕地拍了拍小儿子的屁股，把他放进了他妈的被窝里。

屋里没有牛粪了，他出去拿回来几簸箕。

炉火旺了。孩子们睡着了。

苏德毕力格坐在炉子旁边发呆，老婆不停地换着电视频道。

苏德毕力格的眼前又出现了在晾衣绳上挂满的衣物，还有哥哥认真地记录年货清单的样子。

"咱们也该洗洗被罩啥的了吧？"

老婆没有吱声。

"萨仁图雅嫂子他们都洗完了，把屋子收拾得干干净净，可像个过日子的家了，已经有过年的气氛了。"

乌日柴呼的脸色立马就不好看了："那你就跟你那个好嫂子过

去呗。"

"哎呀，你这个人张嘴就要打架。全世界都忙着过年，就咱们家哪有过日子的样子。别的不管，你最起码得给两个孩子搞搞卫生吧？"

"你就不能给他们洗吗？你整天打扮得像个花喜鹊似的，我也没看你好到哪去呀。欠下一屁股债，整天不着家。讨债的人都快踏平门槛了，还过年，过个屁吧。能过消停吗？"

苏德毕力格哼哼了两声说："又不是头一次被追债，你着哪门子急？再说了，我欠的我想法还，跟你没关系。作为这个家的女主人，你看看自己的样子吧。我都嫌弃你。说实话，不是为了俩孩子，我早就……"

"嫌弃就离呗。离呗。我早就后悔了，早就……"乌日柴呼关掉电视，用被子蒙住了脑袋。

"离还不容易。不容易的是怎么过下去，知道不？我说的是怎么跟你过下去，怎么过这个年。不要时刻准备着跟我打仗，也听听我都说什么了。我们家今年都有谁过本命年，你知道吗？娘家亲戚连小孩子过十二岁本命年都当成大事，婆家亲戚呢，过七十二大寿的你都不管。"

"我愿意打仗吗？今天晚上是谁先挑起来的？本来好好地看电视来着，不知是谁嘴欠。"乌日柴呼坐起来说，"一说就是这个债跟你无关。能无关吗？今天那个女的都快把手指戳到我眼睛里了，你知道吗？就因为是你的媳妇，我才被人家这样欺负呢。我也不想跟你吵架，我还天天难受呢，如果有地方去，我早就想逃离这种生活了。唉……为什么要生这两个孩子呀。"乌日柴呼长长地叹了一口气。

"萨仁图雅，萨仁图雅……天天就知道夸别人的媳妇。谁愿意听？那你怎么就不跟你苏德巴特尔哥哥比比呢？人家不抽烟不喝酒不逛门，不沾染赌博，就知道给老婆挣钱花。唉，萨仁图雅嫂子多有福气啊，我可知道她爸，喝醉了哪都敢去。我爸那时可是拖拉机能手，生产队积极分子，获得过手绢、茶缸等奖品。萨仁图雅他们家连温饱都不保的时候，我们家可是天天吃细粮，吃得都烧心反胃呢……"

"说着说着就跑偏了。他们家穷，跟你有什么关系？顶多就是你有个会过的爸爸，她有个醉鬼爸爸呗。那样的积极分子专家能手咋就生了这样一个懒惰的女儿？"

"一样啊。我看你也没随你爸的勤劳啊。人们都说巴尔齐德贵大哥是野种，让我看的话保不准你才是呢。"

苏德毕力格气得嘴唇直哆嗦。他说："照镜子好好看看你那德行吧。你没资格说人家巴尔齐德贵和哈布尔玛。哈布尔玛放个屁都能把你崩老远，知道不？你算什么东西啊……"

乌日柴呼冷笑了两声说："就哈布尔玛？她男人就知道省吃俭用，从地里刨黄金似的下苦力干活，他要是像你似的不过日子就知道赌博，她也不会这么张罗着过日子吧？"

苏德毕力格撇了撇嘴没再作声。盯着落满尘土的箱子柜子，还有屋里的摆设，老婆的臭脸，坐了一会儿就出去了。

"再也别回来……"骂声从他身后传来。

去哪儿啊，大家都在忙年，热闹着呢。他在门前转悠了一会儿，就奔着苏德芒莱哥哥的家去了。

哥哥还没睡，躺在炕上看书呢。

见他进屋很是高兴，从炕上下来打开柜门拿出了半瓶酒晃了晃说："咱俩喝点。这可是好酒啊。"闻了闻瓶子撇着胡子笑了。

兄弟俩就着兔肉酱喝了几杯，又下了几盘喜塔尔。苏德芒莱常抽的廉价香烟哈德门的烟头，在两兄弟面前堆成小山的时候，苏德毕力格说："哥，你一个人过日子有多舒坦。乌日柴呼我俩的日子就像这盘喜塔尔总是在较量。不是你攻击我，就是我攻击你。这样过了十几年，我实在招架不住了，累啊。"

"你像我一样自己能过一辈子？独身生活不是谁想过就能过得了的。你体会过那种一个人在家时的空落和孤独吗？我给你说过多少遍了，女人得哄、夸、戴高帽子，你净挑人家的缺点说，谁会高兴？你俩呀，到现在都没弄明白应该怎么过日子。还以为结了婚就是在过日子，对不对？根本不知道两个人怎么配合着共建这个家。你不跟她主动沟通，你俩也不交换意见，两个人往两处想，那怎么能行。你俩可是过了十几年的夫妻了，按理说，不应该有你你我我的争吵才对。过下去吧，谁都不在过日子上下功夫；不过吧，都有俩孩儿了。你是男人，一家之主，怎么就不会好好照顾老婆孩子呢？"

在苏德芒莱的反复开导下，苏德毕力格终于有了笑模样。他俩越说越起劲，情不自禁地回忆起了几乎都快被忘掉的那些童年往事。如何驯马来着；如何挖那种叫小根蒜的药材吃来着；如何掏鸡窝里的鸡蛋来着；为了睡在哈布尔玛嫂子身边，两个人每个晚上都抢来抢去地闹……他俩就这样边说边哈哈，说到半夜才准备睡觉。

"你先睡一会儿。我去煮手把肉，咱俩好好喝一顿早茶。"苏德芒莱给弟弟铺好了被褥。

去煮肉之前，他摸着弟弟那头露在被子外面的蓬乱头发说："剪剪头发吧。人精神了，运气也就起来了。"

两行热泪顺着苏德毕力格的眼角滚落到耳朵里。未等擦干脸上的泪水，他就想起了小时候母亲把他放入摇篮，去干活的时候，总是往他耳朵里塞两团棉花。母亲过世的时候他还小，对母亲的记忆不是很清晰，这些事情都是听哥哥们说的。他现在才明白，母亲为什么要往他耳朵里塞棉花。是担心眼泪会流进耳朵里吧。据说母亲出去干活时，会往睡觉的孩子们的脸上抹一层薄薄的黄油，这样不招苍蝇。这些可都是母亲养育孩子的独家秘笈呀。

苏德毕力格没等手把肉煮熟，就决定回家了。

哥哥把新买的帽子给他戴上，说："理理发，精神起来。"又说，"家里的顶梁柱，不能整天无精打采的。虽说是家家有本难念的经吧，但是你们的日子很快就会好起来的。十多头牛、一百多只羊，孩子们还小。你只要不去赌博，乌日柴呼只要稍微努力努力，这日子还有啥过不下去的。有那么可爱的两个小家伙呢，乐乐呵呵地把日子搞起来，多好。"叮嘱了又叮嘱。

苏德毕力格到家时电视还开着，老婆已经睡着了。

倾听着老婆孩子的呼吸声，苏德毕力格心里很难过。

刚要脱衣服睡觉，院里的狗吠叫起来了，紧接着就有人敲窗户。

过了一会儿，那人骂骂咧咧地说："你个王八蛋，不是你玩得好，是我把牌扔错了才会输。嘿呀……嘿呀，我刚发现是怎么回事。王八蛋你个，赚着了就睡得香吗？你等着我下次怎么收拾你。不是你赢的我，是我扔错牌了。"当当地敲了好几声窗玻璃才没了动静。

苏德毕力格听声音没认出是谁。深更半夜来骂人的是谁，鬼才知道，可能是玩输的人喝醉后认错门了。

乌日柴呼怎么会相信苏德毕力格的话，咬定他晚上又出去玩了，于是又骂了起来。两口子就这样又打起来了，天亮时家里的锅碗瓢盆已所剩无几，都被他俩给打碎了。

第二天早晨，苏德毕力格就把离婚起诉书送到了法院。几家人听说后都来劝他，可他谁的话都听不进去了。

开庭那天哈布尔玛把苏德毕力格叫到家里没再让他出门。

"你疯了？说离就离？谁也管不住你了呗。休想吧，你。

"你把我家的窗玻璃打碎了，我还没跟你算账呢，找你赔钱你天天躲着我们。难道这辈子都不想再迈你大哥家的门槛了？生活可不是由着你胡来的。哪来的骨气？又闹起离婚来了，我看你是过腻了。"

哈布尔玛把苏德毕力格圈在屋里好一通骂。

"哪有这样颠倒的事情。整天赌博不着家，人家乌日柴呼都没说跟你离。你反倒厉害了。你现在明白了？早干吗去了？你们刚结婚那阵子，我说你新娘的枕头脏兮兮的，她是不是不爱干净的人，你还护着她跟我吵吵。乌日柴呼不只是娇弱，最主要的是懒，还有犟，过日子也没有攀比心。我们装修房子时，乌日柴呼你俩来家里看装修，她仰头看吊灯的时候，我看见她脖子上都是黑皴。现在都啥时代了，还有不洗脖子的人吗？那可是你媳妇啊。我当时就毫不客气地把她拽到镜子前面让她自己看了。我不像你萨仁图雅嫂子似的会说好听的话，从来都是有啥说啥直截了当，所以乌日柴呼不待见我。你也是，就知道出去要钱。也不说说媳妇，让她改改不好的习惯。我听说她在娘家的时候也挺能干的，就是有点倔呗。还不是因为你啊，顺着她的性子惯了这么多年，现在人家坐到你头上了吧？早晨不起，孩子们不脱鞋就上炕在被褥上蹦跶，她也不管。我那时给你说过吧？不能这么惯着，你听了吗？还说我这是看不起弟媳妇，让我别管你们的事情。你过你的，我过我的。这不都是你亲口说过的话吗？

"你看看这盛馒头的盘子，还是咱们分家的时候，你从苏木的商店给买回来的呢。都三十年了，当时我还给你哥说，咱们的苏德毕力格以后肯定会过日子，要不还没成家的小孩子怎么会往家里买碗买盘？你可是爱过日子的人呀。你们刚结婚那阵子，你家的那些漂亮的碗盘不都是你买回来的吗？多好看啊，只是乌日柴呼不当回事呗。结婚时候买的那些东西都哪去了？电饭锅就换四个了吧？冰箱呢？洗衣机也换过两台了吧？没见你们怎么洗东西，洗衣机还挺费的。真是了，家用电器买一台不得使很长时间吗？一点都不节省着使。有些人家一辈子也就用一台。你们倒好。人家给你们孩子买来多贵多好看的衣服，穿那么一两次就不穿了。懒得洗嘛，穿脏了脱下来扔进衣柜就不管了。再想穿也穿不上了，孩子一天天地长大，衣服能不小嘛。她要是我亲妹妹，我早就去骂她了。不人不鬼地这样过，有啥意思？谁身上没有皱，不洗的话不都一样吗。日子过得一点没有朝气。不爱管孩子，还愿意生。你们要老二的时候，我说过吧？别要了。你们不听啊。现在有两个孩子了，又闹起离婚来了。快算了吧。都九点了还不起床，孩子在院里喊妈妈起床的声音，全艾里的人都听得见。就你听不见，赌啊，整天不着家啊。现在知道有啥用？要让我说，你这辈子都不知道反悔才好呢。

"我原来经常给你哥说，你们兄弟几个里边就数苏德毕力格最会照料自己。你也不是不知道你哥是啥人，大大咧咧、啥也不管，吃饱这顿根本不考虑下顿吃什么。所以说，这日子不还是多亏有我这么个黑瘦的老太婆在支撑吗？要是跟乌日柴呼似的，好几年住在苏木不回家，这日子还过啥呀。要是没我这个老婆，你哥他呀，不像你，现在不知在哪儿喝西北风呢。乌日柴呼嫁给你这么一个好男人，却不知道珍惜。男人是需要女人来调教的。你们刚结婚那阵子，我从你家门前经过，经常看你赶着牲畜往牧场去。你们家静悄悄的，烟囱里连一丝儿烟都不冒。往往是你回来之后才做早饭对吧？你还跟我嘴硬，说是都新社会了，也没有婆婆监督，愿意睡就睡会儿懒觉呗。现在大儿子都十二岁了，你怎么忽然开眼了？

"俩儿子不得娶媳妇啊。那还不快吗？你整天就知道赌博，心思根本不在过日子上面。玩也玩差不多了，该好好过过日子了。离婚？你想都别想。知道不？

"要说啊，乌日柴呼有时比你强多了。那年你被那个女的敲诈，卷进一起强奸案被关进去……"哈布尔玛说到这儿，忍不住笑了，又接着说，"你呀，咋就有那么多故事呢。还沾上强奸罪了。那次乌日柴呼始终站在你这边替你说话。她说'他的确要钱赌博，但绝不可能强奸妇女。肯定是被人陷害了，要钱的啥人都有，流氓、小偷、撒谎的、抢劫的。苏德毕力格可不是这样的人，他是被陷害的'。你不能忘记人家的好呀。"

哈布尔玛的这番话，既像是在夸他老婆，又像是在夸他，仔细听听，又像是把这两口子一起骂了一通。她想啥说啥，真是好一通说啊。

晚上点灯时分，她才让苏德毕力格回家。把他放走之前，还让他用山榆树枝条编了两个筐，就算是赔偿打碎的窗玻璃了。

"你要是再损坏我家的东西，不会这么轻易让你溜走。得给我们看一冬羊群，知道不？现在回去离婚吧。法院的今天等你等得花都蔫了。这人怎么还不来离婚呀。真是笑话。回家跟你老婆打仗去吧。"哈布尔玛往他屁股上踢了一脚把他放走了。

编了两个筐，饱餐三顿饭的苏德毕力格被大嫂狠狠地骂了一整天之后回到了家。

"不是离了吗？为什么还回来？"一进屋就听到了老婆的挖苦。

苏德毕力格瞪着眼珠转身看她时她却在笑。

"离婚。你回娘家吧。"连续几天苏德毕力格这样撵她，可是这次经常往娘家跑趟趟的乌日柴呼却没有回去，盖着被子没事人似的躺在炕上看电视呢。

这个犟女子其实根本就没把法院的传票看在眼里呀。

第 十 章

二十七

雪花纷纷飘落。

白色。被纯洁的白色包裹着的大地安详地打着盹。

虽然是数九寒天,这场雪却并不凛冽,柔软中透着那么一股温柔的气氛。这就是山的秉性。从数九寒天里隐约嗅闻到了春的气息;从每一片绵软的雪花,预先感受到了蕴藏着的暖意。湿润的空气扑鼻而来,调皮的青草仿佛已等不及季节变换,即将从脚下破土而出。

乘冬雪而来的山地里的春天总是这么着急,这么任性。

临近晌午时分,雪停了,太阳出来了。侬乃扎布老人握着大扫帚扫着院子里的雪。

随着竹扫帚的唰唰、唰唰响声,蓬松的白雪被扫到一边,下面湿润的黑土地露了出来。

侬乃扎布自己都不知道究竟有多少年没有这样扫过雪了。每次下雪都是孩子们来给他扫院子。从屋门到院门、井边、牛粪堆、厕所各扫出一条小路。他只是坐在屋里从窗户看着他们。这次为了扫雪,他一大早就去商店把这把竹扫帚买回来了。

老头非常兴奋,甚至都产生了堆雪人的心思。他的脸上露着笑容,掂量着这把沉甸甸的扫帚,往手掌吐了口唾沫。

几只麻雀落在刚扫出来的空地上,晃动着小脑袋好奇地看着周围，在潮湿的地面上跳来跳去。老头杵着扫帚叉着腰，盯着它们那黑溜溜的眼珠看了一会儿，迈着老年人惯有的慢悠悠的步子进屋，攥了把小米出来刚撒到空地上，麻雀们就扑啦啦地飞到了旁边的杨树枝上。

他把院子西边的雪扫完后放下扫帚拿起铁锹，将扫好的雪堆成了好几个小雪堆。

头上裹着绿头巾的老太婆端着蓝塑料盆来到晾衣绳跟前，把洗好的衣物晾上了。从湿衣物滴下来的水使下面的雪地瞬间变得斑驳起来。刚把晾衣绳挂满，那些湿衣物就冻得硬邦邦的了。

"老头子，饭好了。"老太婆用衣襟擦着湿漉漉的手说。

两个人一起进了屋。

炉子里的火着得很旺。

炕中央的炕桌上整齐地摆放着两个人的碗筷。

羊肉炖土豆和大米焖饭。

佛龛前燃着佛灯，烧牛粪的炉火散发着热气，屋里很温暖。

饭后，老头边给老伴削苹果边嘴不着闲地说着闲嗑。

"洗衣机那玩意好像挺好使的。听孩子们说把衣服放进去就不用管了，那些衣物洗完了自己叠着就出来了。"老头看着老伴说。老伴拧了拧挂在炉子跟前滴水的衣服，往火里添了些牛粪。

老头的厚衣服都在屋里挂着呢。

老太婆裹着牙床笑着说："那些玩意像我这样的呆脑瓜可不会用呀。买回来不会摆弄就可惜了，白瞎钱啊。"

老头说："我在苏德巴特尔家，看他们用过。瞅他媳妇不在的工夫还偷着捣鼓了捣鼓。好使，摁下按钮就轰隆着自动工作起来了。没啥麻烦的。"老太婆眯缝着眼睛半信半疑地看了眼老头，很是当回事地跟他讲了第一次用电饭锅焖米饭的经过。

"我儿子巴尔齐德贵总是给他老婆哈布尔玛削苹果吃。我看着就生气，心想又不是孩子，自己又不是没手，吃个苹果还用人家给削皮……现在我也成了那个削皮的人了。别说我了，国家主席都给夫人喂好吃的东西，替夫人拎包呢呀。"老头使出割手把肉吃的本领来为老太婆削苹果皮。

　　萨仁图雅来了。她把炒好的葵花籽送来了。阿努琪琪格前几天来的时候，老太婆在炉火上忙活着正要炒瓜子。她就说："奶奶您不用炒了，我拿回去让我妈炒好了送来吧。"这不，人家炒好了给送来了。

　　这间屋跟以前比起来变得既亮堂又温暖。上了年纪的人也会因为爱情而变得灿烂。萨仁图雅的心里产生了既像是在感叹，又像是在嫉妒的复杂心情，很是不舒服。

　　她刚走老太婆的儿子宝龙就来了。宝龙长着一头自来卷，四十来岁，身体健壮。他租下了苏德毕力格家的牧场，为期三个月，放牧着三百多只羊、十几头牛。

　　他拿来了一个叫抽风扇的东西。说是装在烟囱口上，爱倒烟的烟囱就不会再往里倒烟了，炕也热得好。他爬上屋顶，把这个东西给装上了。

　　他把老两口的剩菜剩饭打扫完就要走，老太婆却说："我煮牛骨头呢。你等会儿，吃完了再走吧。今天知道你来，专门给你煮的。煮冻肉就是费时间，一大早就煮上了，还没有烂糊呢。"

　　宝龙听母亲的，留了下来。他没有闲着，往门合页上滴了油，屋门就不再吱嘎作响了；削了块小木板垫在饭桌的一脚，饭桌就稳当了；不太牢靠的叉子把儿，他也给安稳当了。

　　"这边的牧场就是好，大冬天的还像秋天似的。走在林中就像走在气垫上似的，落叶可真厚。我的那几头牲畜每天吃得饱饱的，膘情恢复得可好了，真是享福呢。刚来的时候，爬山都费劲，现在动不动就往山上跑，我都快跟不上了。"

　　老太婆将煮好的肩胛骨、髋骨等盛上了桌。又在牛眼珠大的酒盅里倒满了酒放在了桌角说："是你那天喝剩下的。"

　　哈布尔玛来了。

　　"这大冷天洗那么多衣服呀？从外面看这窗帘可真漂亮呀。听说买沙发了，是这个颜色的呀。挺好看的。"边说边跟宝龙问候了一声。

　　她送肉馅来了。进城时老爷子让她捎了些用绞馅机绞的牛肉馅。

"你的羊总往我们的围栏里钻呀，整天撵得都快累死了。要是再进去我们抓住就不放了，宰了喝羊肉汤。"哈布尔玛笑着给宝龙说。

"我再好好修修围栏。这两天起冻牛粪，没把羊看好。"宝龙有些不好意思地说。

"我不吃肉。你们把肉储存在缸里吗？看着咋那么红呢？是不是着热了？茶也不喝了，爸。喝的话，我自己盛就行。"哈布尔玛从老公公手里接过暖壶，给宝龙续满了茶碗。她心想，老爷子比以前看着年轻了，容光焕发精神抖擞，有老伴伺候就是不一样。

艾里的一个小青年进屋了。说是要竞争嘎查达，希望老爷子能支持他。

"什么时候呀？孩子。"老头咬着嘴里的硬奶豆腐问他。

"春末吧，早着呢。不过呀，我们听说我们的竞争对手已经开始拉票了。"他拿出三百元钱放在了桌角。

"孩子，拿走吧。这次啊，我不能选你。乌力吉敖如希呼的儿子前几天请我吃了奶油拌饭，求我给他投票，我答应了。吃了人家的不能说话不算数吧。"

"阿爸，一张选票远不止一碗奶油拌饭啊。他骗你呢。现在一张选票值三百。"

"孩子，怎么说我也答应了人家。这次就这样了，下次再选你吧。"老头没有被他说动。

那个年轻人走后，哈布尔玛笑得满脸通红。她说："白给的钱都不要。三百块呀，收下再说呗。到时候想选谁就选谁呗。"

"那可不行！作孽呀。"

宝龙和哈布尔玛都笑了。

几个月之后选举开始了。请老头吃奶油拌饭的年轻人最终当选为嘎查达。艾里的人们就都叫他"我们的奶油拌饭领导"。

"姨，这炕能烧热乎吗？"哈布尔玛转过头问老太婆。

"这灶火分风向。刮北风和西风的时候就顺，刮东风就不行。"

"早就说让你儿子过来给看看烟囱，总是忘。我一会儿回家就让他来。"哈布尔玛说。

宝龙说："我刚才安抽风扇了。到现在还没倒烟，应该是管事了。"

哈布尔玛走了。宝龙把瓶里的福根喝完后也走了。

老头把奶豆腐咬成一小块一小块，放到老伴的茶碗里泡上了。

"假牙做好了没有？打电话问问你姑娘。"

"没做好呢吧。让七天之后去取，这不才五天吗？要是做好了还不给来信儿。做这牙就花了六千多呢。总是向孩子们伸手，真是不好意思。"

"既然做了，就做个好的呗。没花孩子们的，是我自己的。我这几年几乎没怎么动过卖牛犊、羊羔的钱，就是给过几次苏德毕力格。"

"你的牙除了有些磨损，也没有松动哈。真有福气，看这一口牙整整齐齐的多好。你刚才在孩子们面前给我削苹果，我都不好意思了。儿媳妇萨仁图雅可是神秘地看了一眼啊。"老太婆接着又说，"人家保不准在心里笑话咱俩呢，老爷子这么老了还喜欢女的。年轻时候没女人，过得也挺好的呀。"老头呵呵笑了。他说："老婆走了之后，我也不是没沾过女人。"回忆起了一段往事。

他那年也就五十来岁。他们那会儿还游牧迁徙呢。叫南贵的那个矿业城市在他们的夏营地上刚兴建不久。

这座城市的出现，给这些过游牧生活的人带来了一些不一样的生活气氛。他们不再像从前那样，把生活用品拉在牛车上来回奔波了。因为很容易就能从这个城市买到米面粮油茶糖等生活用品。大家纷纷往南贵城里跑，有骑马的、骑摩托的，也有赶着牛车进城的。这个城市忽然之间就成为了牧民们看世界的一扇窗口。他们透过这个窗口看到了跟以往完全不一样的五彩缤纷的生活。就这样一切都被改变了。毡房、拴牛桩、井口附近经常出现踩着高跟鞋的把头发烫得像个进口种绵羊似的大姑娘小媳妇。叫录音机的那个玩意整夜整夜地响，穿喇叭裤的年轻人随着舞曲整夜整夜地跳那个叫迪斯科的舞。

依乃扎布进了一趟南贵城之后，头一次见识了"一群人在一间屋里裸着身子一起洗澡"，还亲身体验了一把。在这之前，他只在湖水和河水里洗过澡。

艾里的一个兄弟领他进城，说是让他开开眼。

他让侬乃扎布把衣服都脱光了，侬乃扎布难为情地不知如何是好。可是人家已经脱完衣服向里面的门走去了，他只好脱光衣服紧随而上。让他没想到的是，里面竟然有那么多人，而且都是光腚子。侬乃扎布都快臊死了，用双手捂住裆部站在门后不肯动弹。那些光腚子看着他的样子都笑。他急中生智，连忙用人家给他的那块白毛巾裹住了私处。光腚子们笑得更欢了，澡也不洗了，齐刷刷地盯着他，说着他一句也听不懂的话，指指点点地笑话他。

艾里的兄弟扯下他的遮羞布就把他推到了花洒下面。他跟屋里的人一样成了光腚子，反而没人笑话他了。侬乃扎布简直惊呆了。知羞耻，被人耻笑；不知羞耻，反倒没人理他了。真是个颠倒的世界啊。

他就这样被大家笑话着在澡堂里洗了一次澡。

在那之后，艾里的这个兄弟又领他去了另一个地方。他说："哥，你掏钱，我领你去个好地方。"侬乃扎布心想，不就是光着身子洗澡吗，有啥可怕的，就跟着去了。他想得太简单了。原来在这个城里还有比洗澡更刺激的事情，而且那个地方跟上次洗澡的地方就一墙之隔。

那就是跟女人睡觉。光天化日之下要做那种事情，侬乃扎布拔腿就要跑，艾里的兄弟却握着他的手腕说："咱们把钱都交了。"

佛祖啊！

从那里出来之后，他都不敢正眼看这个兄弟。

回家的路上，这个兄弟问侬乃扎布在里面都做什么了，侬乃扎布把身子缩在马背上啥也不告诉他。后来被逼得实在没办法就说："埋汰是什么意思？"

"汉语，脏的意思。"那个兄弟差点笑抽了。

就这样，"埋汰"这个新名词很快就在艾里流行起来，野人又一次成为人们的笑柄和话题。

打那之后，他想忘掉这件事，但总是忘不掉那次的经历，即使在佛前上香祈祷都忘不掉，那朦朦胧胧的印象总是忽近忽远地出现在他的梦里。每次去南贵，那里成了他非常向往的地方。只可惜没记住那个地方究竟在哪儿。有一次，他在大街上转悠着找那个地方，竟然还遇见了艾里的熟人。依乃扎布长时间处在这种状态里不能自拔，后来还是被父亲发现了。他父亲就打了一卦，卦上说："魂不附体。"于是念了七天的经才把他的魂给叫回来。那个神奇的世界果真神奇啊，竟然把野人的魂魄都给勾走了。幸亏他父亲是个明白人，要不谁知会发生什么事情呢？

老太婆听完之后简直笑坏了，两只眼睛都笑成了一条缝。

"不能小瞧这个老头子呀。"老太婆尽力瞪着细线似的眼睛看老头时脸上露出了会意的笑容。

老太婆又拧了拧挂在炉边的湿衣服，往炉子里添了一把火，跟老头一起出屋去倒雪。

成堆的雪在渐渐融化。他俩把雪拉到推车上，一个在前面拉，另一个从后面推。斑哈尔跟着小推车一会儿在这边，一会儿又在那边跑来跑去，脚印落在雪地上犹如一片片花瓣。

茫茫白雪在阳光的照射下非常晃眼。牲畜走出来的一条小径在雪地中向远处延伸。从林中传来了孩子们的笑闹声，他们在打雪仗玩吧。老两口勉勉强强推着小推车边去倒雪边叽里咕噜地唠个不停。

倒了几车之后，他俩在门口的树墩上，紧挨着坐下来休息。老太婆的鬓发在偶尔飘来的清风下轻轻舞动着。

老头忙着点烟。他把烟叼在嘴里，用双手摁住打火机，怎么摁都点不着。"拿来。"老太婆拿过打火机只摁了一下就着了。

"我就是不会用这个东西，不知用坏多少个打火机了。"老头吐出一口烟雾笑了，脸上的褶子好像都平展了。

"老了，不中用了。原来，拉满东西的牛车陷入泥潭里，我都能拉出来。那个力气不知都哪去了。"

老太婆接过话茬说："大雪可以封盖山岭，年龄能够压倒青春。现在都七十多岁的人了，怎能跟年轻那会儿比呀。"

从远处传来了小孩子们的稚嫩歌声。

春天来了。

春天来了。

来到哪儿了？

来到了山里。

来到了村里。

来到了艾里。

小鸟在鸣叫。

小鸟在鸣叫。

在哪儿鸣叫？

在山里鸣叫。

在村里鸣叫。

在艾里鸣叫。

花儿开了。

花儿开了……

林中响彻着孩子们清澈的声音。

第十一章

二十八

有一只白蜘蛛从顶棚缓缓往下落。

格根诺姆和格根呼捧着小手做出欲接的样子在炕上蹦蹦跳跳着喊："上去，上去。"然后又喊，"妈妈，我们看见蜘蛛了，有客人要来吧，姥姥是不是要来呀。"

院外果真开来了一辆轿车停下了。

"妈妈，妈妈，来人了。"两个孩子同时喊了起来。

乌日柴呼为了做羊油杂拌正在熬油。听到他俩的喊声，端着锅就从厨房出来了。

两个孩子把笔、纸、玩具等东西抱在怀里在炕上来回跑动乱成了一团。

"大妈和嘎嘎大妈来了。你俩不出去迎，在炕上闹腾什么？"在电脑上玩游戏的苏德毕力格边说边起身。

"把这些东西藏哪儿呀？妈妈，快给我们藏好了。"

乌日柴呼也把新买的毛衣和围巾从晾衣绳上赶紧拿下来披到了床铺后边。

向门口走去的苏德毕力格说："藏什么呀？有啥可藏的。"

格根诺姆说："妈妈藏，咱们也得藏。"

母子三人乱作一团时，哈布尔玛和萨仁图雅已经进来了。

"大老远就看见屋里有人，为什么不出门迎迎我们啊？"哈布尔玛一进屋就叮叮当当地说，"看这孩子，穿着鞋就在炕上跑呀？"

白猫喵喵叫着在饭桌附近溜达，大概是闻到了熬羊油的香味了。

乌日柴呼的脖子上长东西了。萨仁图雅嫂子刚才来过电话，说是要来看看。没想到她俩这么快就到了。

"坐吧，坐吧。"沙发上乱糟糟地扔着孩子们的衣服和鞋，苏德毕力格赶紧推到一边给她俩让座。

"刚才看见蜘蛛了。正说着要来客人呢，你们就到了。"两个孩子兴奋地说着。

"蜘蛛来报信儿呗。"萨仁图雅又说，"青贮的这个味真呛。跟烧油蒿的味儿似的，真呛鼻子。我们家的牛倌和羊倌身上都是这股味儿。也没有多少营养，牛就是愿意吃。不掺其他草料喂给它们，跟夏天那会儿一样总是窜稀，还不容易长膘。跟腌的菜似的，喂了也不扛饿。"说着翘起鼻子坐到了苏德毕力格给腾的沙发上。

乌日柴呼到后屋磨蹭了好半天才端着两个茶碗和盛着几块奶豆腐的盘子出来。

"有一个刚当公公的人，人家问他，你家儿媳妇懂事不？他说，懂不懂事我倒不清楚，反正知道她能把小碗摞在大碗里。你可真像他说的那样，把小碗摞在大碗里拿来了。"哈布尔玛看着乌日柴呼说。

乌日柴呼被她说得，大脸蛋子一下就红了。

萨仁图雅把格根呼拉到身边问："早晨吃什么了？"

"我妈蒸馒头呢。嘎嘎大妈我想吃好吃的。"格根呼搂着她的脖子，拽着她的长耳环撒娇。

"跟着哥哥好好学习呢吗？你好好学习，我就给你好吃的。"

"好好学呢呀。我都得过好多朵小红花了。"又接着说，"我总是分不清 7 这个数字和 a 这个蒙古文字母①。"

哈布尔玛把带包装的牛奶、糖果、苹果等孩子们爱吃的零食拿出来给了他俩。看到他俩用红红绿绿的粉笔在墙面上画的牛马羊，还有

---

① 对小孩子来说 7 这个数字和 a 这个蒙古文字母容易混淆。

小人等涂鸦，就说："以后不许在墙上乱画了。这都是谁画的？"见她一脸严肃，两个孩子谁都不承认是自己画的。

"画得挺好啊。以后说不准能当画家呢。"哈布尔玛又眯缝着眼睛夸了起来。

"我画的，我画的。我画了我爸，我妈，还有我们家的牛羊。"两个孩子争着说。

"大妈，嘎嘎大妈，你俩真好。给我们带来了这么多好吃的。"他俩欢快得像两只小鸟，叽叽喳喳地说着"我爱吃这个，不爱吃这个"，抢着最爱吃的往身边划拉。

哈布尔玛被让了好半天，才从堆在门口的一摞凳子里选了一把相对干净一点的坐下了。

三个女人唠起了家长里短的嗑，苏德毕力格坐在一旁玩电脑。

"叔叔，别再赌了。从古至今哪有人通过要钱要成富翁的呀。没事干就上网溜达溜达，看看世界各地的新闻解解闷。"铁木尔巴图把自己的电脑送给了叔叔，还为他们家接上了宽带。

苏德毕力格的手指在键盘上跳跃着，白猫目不转睛地看着他的手指，忽而也伸出爪子拍拍键盘。

"从爷爷家抱来的那两只猫崽呢？"萨仁图雅问两个孩子。

两个孩子同时回答道："药死了。"

"没看见灰堆上的死猫吗？你们喂着猫还放什么耗子药啊。作孽呀。不是说杀死一只猫就等于杀死七个尼姑吗？这么说的话，你们手里有多少条人命了？也不把那些死猫埋一埋，人来人往地看着了多不舒服。"哈布尔玛说。

"灰堆上的那些死猫不都是我们家的，也有别人家的。"苏德毕力格伸了伸懒腰说，"该饮牲畜了，我得去把它们从围栏里放出来。"

"那个宝龙把你们的围栏都修好了哈。十来年都没修过的围栏，人家宝龙一来就给你们修好了。三百多只羊，也不少了，多亏你们的牧场好。要不是为了一万块钱的租金，好好的牧场给人家用多可惜。他们的羊动不动就往我们的围栏里钻。还有一个月租期就到了吧？到那时我们就省心了。"哈布尔玛说。

"租给他的时候就说好了他负责修围栏。"苏德毕力格说。

萨仁图雅说:"他们的羊前几天进我们的围栏里了。苏德巴特尔刚到围栏附近,宝龙都没顾得套一条衣袖就跑去了。还说,你们都挺好的吧,哥们儿呀,我的这几头玩意就愿意钻围栏。"乌日柴呼和哈布尔玛都笑了。

"说是咱爸家的灶火总是倒烟,宝龙那天爬上屋顶给他们捅烟囱来着。他人挺好。我们在牧场看牲畜的那个小屋多冷啊。人家一点不说冷,抱来暖壶那么粗的大木头锯断了呼隆呼隆地烧着,再喝几杯草原白取取暖。啥也不耽误。"苏德毕力格边说边往外走,"我跟你们这些女人也唠不到一起,你们三个好好唠吧。"

哈布尔玛说:"宝龙给咱爸他们安了抽风扇。老太婆看着挺胖,其实挺虚的,不断药啊。前天早晨还没出太阳,我就听到有人在井边打水。以为是我们的马从圈里出来了,还在心里埋怨奥齐尔巴图头天晚上为啥没饮。走到跟前才看见是咱爸,说是老太婆用三口井的无根水喝符呢。"

萨仁图雅也笑着说:"可不是呗,苏德巴特尔也跟我说了。他那天一大早就看见咱爸在井边打水,刚要去说话,咱爸却背过身子不想搭理他。已经三个早晨了。苏德巴特尔总是忘了不能跟打无根水的人说话。"

"我那天在商店碰见咱爸了,手里拿了个香皂盒,说是就买那样的香皂。"乌日柴呼给她俩添茶时笑着说。

"咱爸给那个老太婆连苹果皮都削呢。"哈布尔玛哈哈笑了起来。

萨仁图雅没有笑,仿佛想起了什么,那一瞬忽然产生了一种说不出的忧伤。

乌日柴呼说:"一天往商店跑好几趟呢。对咱爸来说,黑拉嘎图山嘴儿已经不算啥了,说跨就跨。我前些天在商店还遇见咱爸了。拿个烟盒说是就要那样的,四块五一盒的烟。"

奥齐尔巴图开着车扬着尘土从门前过去了。哈布尔玛赶紧给他打电话问他要去哪儿。他说是去选种绵羊。哈布尔玛就说,回来的时候路过这儿,一起回家。

"我们跟那家说好了，两家换着用种绵羊。他爸也不去，这孩子自己去也不知能不能选个好的回来。"哈布尔玛说。

"还让他来一趟干吗呀？一起来的一起回去呗。"萨仁图雅说。

"不行。他这次就把种绵羊拉回来了。我得回去看看，不放心。"哈布尔玛接着说，"最近咱爸家的院外停的不是现代就是起亚。老太婆的孩子们来得还挺勤。我碰见好几次了，他们煮了一大锅肉吃呢。她的孩子们那么有钱吗？"

乌日柴呼说："我不了解住在城里的。乡下的这几个有啥钱啊，用贷款买上漂亮的车过瘾呢呗，一屁股债……前几天她的三儿子还把几匹马放在我们围栏里……"

苏德毕力格饮完牲畜从外面进来了："怎么有一股焦煳味儿？你煮什么呢？"

"没煮什么呀。"乌日柴呼连动都没动一下。

"嗨呀，你这个人，都说有一股煳巴味儿呢……"苏德毕力格跺了跺脚又出去了。

"在你们的围栏里放马？我看啊，他们这是蹬鼻子上脸吧？马跟羊可不一样。羊的话，把围栏好好修修就行了。马可不行，谁都管不住它们的腿。哪有像咱们这几家的马一样老实的？他们能给你多少呀？"听到哈布尔玛这样说，乌日柴呼知道自己说漏了嘴，于是不再吱声。

"快看看吧，乌日柴呼。看你这电视上落了多厚的一层灰尘。每天看电视你没有看见吗？范冰冰也好，赵雅芝也好，漂亮的脸蛋上五花三道地都长胡子了。"哈布尔玛边说"拿来"边从晾衣绳上够了块毛巾攥了攥，"你这毛巾像长猫爪了似的都快把我的手划开口子了。"把那块毛巾扔到一边，把自己的手绢沾湿后擦了一遍电视，手绢变得黑乎乎的。

换了三遍水，才把电视擦干净。

"按照苏德芒莱的说法，你这是让生命的光辉蒙尘了。"哈布尔玛警惕地向屋门看了一眼又说，"不知老两口还能不能过那种生活。他俩也真是的，跟年轻人似的整天腻歪在一起可亲了。"

"你这个当儿媳妇的想啥说啥，真是口无遮拦。"萨仁图雅和乌日柴呼连忙叫她住嘴。

"老太婆愿意嗑瓜子。门牙都掉光了，就用指甲剥着皮吃。"萨仁图雅说。

"妈妈的奶奶掉地上了。"格根诺姆拿着一个蓝色的胸罩跑过来给乌日柴呼，乌日柴呼仰着头笑了起来。

苏德毕力格进来后问："听说奥齐尔巴图处对象呢。处得咋样了？"

"咋说呢？你大侄子自己愿意。前天说那姑娘叫他，他还去了呢。我不愿意，找个带拖油瓶的，多麻烦。"哈布尔玛端起茶碗刚要喝，看到了用小孩子的裤衩做的抹布，就把茶碗放下了。

"你弟弟前些日子来了吧？跟一个长得不太高的长发女孩一起走来着，是他对象吗？你们宝鲁德巴特尔多大了？"哈布尔玛问乌日柴呼。

"他今年多大来着，我也想不起来了。我们兄弟姐妹多，都记不清楚了。"

这时奥齐尔巴图来到院外摁喇叭叫妈妈。

哈布尔玛走到门口才忽然想起来："哎哟，你看看我，糊涂不糊涂？都忘记自己是来干什么的了。可说你脖子上的那个东西好点了没有？"

乌日柴呼仰起脖子让她看了看。

锁骨窝处长了个鸡蛋大的包。

"检查结果出来了吗？"两个嫂子从她两边观察着问道。

"说是吃几天药应该就没啥事了。"乌日柴呼又让了让哈布尔玛，"吃了饭再走吧。"

哈布尔玛边往外走边说："昨天夜里还损失了一只羊羔呢。都怪我们大意了。母羊看着挺好，我们就没管，谁知奶水不足啊。早晨起来时羊羔已经死了，四肢都冻僵了。唉，大意了不是嘛。"

送走哈布尔玛之后，乌日柴呼才把萨仁图雅拿来的稀奶油往瓷碗里倒。倒的时候弄得哪哪都是，十个手指、桌角、门把手，甚至鬓角上都沾上了。这才把孩子们叫过来准备吃饭。

桌上端来了胸叉肉炖干豆角，还有一盘馒头。

乌日柴呼又从厨房端来了几盘凉菜，就在这工夫两个孩子把盘里的馒头几乎全戳了一遍，蓬松的大白馒头上净是黑点子。

"这俩孩子，一点也不听话。人来疯似的，越是来客人越是不知深浅。幸亏没让他大妈看见，让她看见了不定又怎么说我呢。"乌日柴呼从下面挑了个没有指头印的给了萨仁图雅。

苏德毕力格满不在乎地吃着被孩子们戳过的馒头。

萨仁图雅尝了几口凉菜就不吃了。

格根呼不爱吃肥肉，用筷子挑着碗里的肥肉块说："破东西，从我碗里出去，快出去。"不小心把碗里的菜洒出来了。乌日柴呼拿起用孩子的裤子做的抹布就擦。一家四口就这样热热闹闹地将这顿饭吃完了。

饭后。

格根呼抱着黑花猫玩照镜子。淘气的小猫拍着镜中的自己，逗得小孩儿咯咯直笑："妈妈，它跟自己打架呢。"

格根诺姆在一旁画画。

"嘎嘎大妈，我把你的衣服借给蝴蝶穿上了。"他用红色的笔涂着蝴蝶的翅膀。

格根呼刚才把嘎嘎大妈的手表拿下来，给猫套在了脖子上。苏德毕力格看见后连忙去抓那只猫。

萨仁图雅从包里拿出一沓钱放在桌角上说："这两千块钱是你哥给你们的。给孩子们买过年的新衣服吧。"

"唉，年年过年都给钱。我们今年还行。格根诺姆过十二岁本命年，咋说也能收些红包吧。"苏德毕力格说。

乌日柴呼焦虑着脖子上的包，直到萨仁图雅出门都在哝唧她，想法给找个好一点的大夫再去看看。

几天之后萨仁图雅领着乌日柴呼去旗里和盟里的医院都看了。有的说不做手术不行，有的说吃药就能好。如此这般地折腾了又折腾，后来吃了几服民间医生给开的蒙药就痊愈了。乌日柴呼双手合十地连连感激，总算没让我挨那一刀……

春节也过去了。要是在以前，过年的时候，大家要么骑马要么步行，拿上几张馅饼一瓶酒挨家挨户地磕头拜年。后来又骑着摩托，开着三轮或四轮，拿上成盒的酒和罐头每家每户地拜年。现在过春节比起以前简直太省事了，那些习俗已经不复存在，几家人开上漂亮的车，去饭店聚个餐就算过了。日子越过越好，每天都像过年似的，想吃啥就吃啥，想穿啥就穿啥，人们对过年已经没啥新鲜感，年味儿也是一年比一年淡薄。

春节之后的三八妇女节倒比较隆重了。在这一天艾里的女人们几乎都要出动。

今年也是，有二十多辆车向苏木驶去。近几年以来，三八节的活动主要是以嘎查委员会的名义来组织，有唱歌、跳舞、做女红、拔河、搓麻绳等娱乐内容。

这一天，从艾里的南头到北头，分散而居的每户人家的门前都有轿车停下来接上人去苏木参加活动。

哈布尔玛这次不打算坐别人的车，决定自己开车去。因为嘎查委员会给参加活动的每个人都报销油钱。这个便宜她怎能不占呀。

听说在今天全世界的女人都在庆祝属于自己的节日。艾里的女人们换上最好看的衣服，大张旗鼓地拥进了世界妇女的行列。她们将喂牛喂狗、洗尿布、洗锅刷碗、拖地扫地等活儿留给了家里的男人，自由的小鸟一样放飞自我去了。

乌日柴呼却被落下了。接人的车往年是在十点左右路过她家，今年不到八点就在门外摁喇叭。

乌日柴呼着急了。刚洗的头发还滴着水，衣服也没换。打开衣柜找衣服，却不知穿啥……她记得有一件挺好的薄毛衫来着，是萨仁图雅嫂子给的，手忙脚乱地好不容易从衣柜里翻出来，袖子却被耗子嗑了。

乌日柴呼嘟嘟囔囔着继续翻找，急得鼻子尖冒汗颧骨发红。没有一件能穿的，不是像羊肠子似的打褶就是脏得没法穿。无奈之下看了眼放在地上的几个水盆，那里面应该有能穿的，但是泡了好几天没洗，都快臭了呀。

车喇叭声一声比一声响。乌日柴呼随便穿了一件，捋着头发就跑了出去。那辆车已经顺着门前的小路，在尘土飞扬中消失了。

"等一会儿。"乌日柴呼想喊却被扬起的尘土呛得没有喊出来。渐行渐远的那辆车仿佛在说："生活的快车是不会等你的。"

"赶紧进屋把头发好好梳梳。我送你，别着急，赶趟。"苏德毕力格卷着蓝尼龙绳来到她跟前这样轻声说。他刚给那几头圈养的牲畜扔完草料。

眼里含着泪水的乌日柴呼好像是怕被丈夫看见，低着头勉强地"嗯"了一声。

这次活动是由嘎查委员会举办，相关费用均由嘎查来付。大家先说是去旗里庆祝，但是除了萨仁图雅等少数几个人有驾照，其他人都没有，所以就定在了苏木。

哈布尔玛竟然开着自己的车来了。大家都觉得好奇。但是更好奇的是，萨仁图雅今年没喝酒，也没有唱歌。

今年组织了纫针线、绣刺绣等比赛，奖品有洗衣粉洗衣皂等。

被丈夫开车送来的乌日柴呼跟大家一起参加比赛，时不时地捂着嘴笑笑，显得挺开心。用假娃娃示范着包裹孩子，给假娃娃换衣服等比赛中，她还获得了奖品，得到了翻盖小镜、立着两只耳朵的小兔子闹钟。"格根诺姆早就想要这么一个闹钟了。"她跟身边的女人说着，脸上露出了开心的笑容。那个女的给她看弥勒佛图案的打火机，不无惋惜地说："我家那口子也不抽烟，拿回去也没啥用。"乌日柴呼就用翻盖小镜把打火机换来了。

这次活动还设立了好妈妈奖、孝媳妇奖等等。

乌日柴呼给孩子和丈夫都赢得了礼物，回家时很是开心。

二十九

哈布尔玛早晨起来洗脸，从镜子里最先看到了几根耀眼的白发。她的头发一夜之间就白了呀。

妇女节那天，她穿梭在人群当中比谁都兴奋，不但获得了勤劳奖，还在搓麻绳、拔河、跳绳等比赛中得到了暖壶、吉祥结对杯、印有小鸟展翅飞翔的手提包等奖品。

可她万万没想到乐极生悲这句话竟然会发生在自己身上。比赛结束后聚餐也接近尾声，有个女的来到她身边说："你回去把这个转交给巴尔齐德贵哥哥吧。"递给了她一个小盒子。

哈布尔玛没认出这个女的是谁，但很快又认出来了，心里不免咯噔一下，因为她就是那个丢珊瑚簪子的女人。这个女人跟她丈夫早就感情不和，哈布尔玛把那个簪子送到她男人手里之后，无疑是往他俩中间又投了一枚原子弹。

哈布尔玛稳了稳情绪，很自然地笑着说："妹妹，听说你离婚了。把头发烫成这样，我都没认出来。你瘦多了呀！没以前好看了。"把女人送的小盒子放在手掌上好奇地端详着。

那个女的微笑着说："巴尔齐德贵哥哥让我烫的，这个发型是他选的……"她表现得非常自傲，"是香水。巴尔齐德贵哥哥最喜欢的味道。本来说好他今天早点来，但是没来。"又逼近哈布尔玛的耳根说，"你放心吧。巴尔齐德贵哥哥跟我说过，不跟你离婚。他说不爱你，却心疼你。不是因为你给他生了三个儿子，而是因为你这些年稠的给他吃，稀的自己喝，念这个情，也不能离。生三个儿子算什么呀。他要是愿意，我现在就能给他生一对双胞胎。"女人眯缝着眼睛放出了狠话。哈布尔玛浑身颤抖，脑袋嗡嗡直响，眼前好像有无数个针尖在闪闪发光。

但是哈布尔玛就是哈布尔玛，她克制住了身体上的反应，干笑了两声后说："你巴尔齐德贵哥哥说来着，没想到因为捡到了一个珊瑚簪子，竟然把人家的生活给毁了。好歹也得哄哄人家才是，人家要是来咱家寻死觅活地闹，对三个儿子的名声也不好。看来呀，巴尔齐德贵我俩的这个计划是正确的。"

两个人坐在人群中用刀子似的语言互相刺着彼此的心，却没有被人发现。大家伙依旧有说有笑地热闹着。

这个打扮得漂漂亮亮的年轻女子听到哈布尔玛的这段话，皱了皱眉头却没有躲闪，故意跷起二郎腿，抚摸着穿在脚上的崭新的棕色长靴说："这靴子好看不？"瞅着哈布尔玛笑了笑，"巴尔齐德贵哥哥说，我穿什么都好看。"

"对巴尔齐德贵我俩来说，拔根牛毛就能买这么一双靴子。不算啥。"

哈布尔玛从屋里出来时头晕目眩得不得了，回家时都开不了车了。她想不起早晨都拉着谁谁一起来的，竟然落下了一起来的那两个，跟另外三个女的一起回的家。

她真想把那个香水扔到巴尔齐德贵的脸上，跟他你死我活地打那么一仗。但是她没有做出这样的举动，因为她知道不能这样。

痛苦与伤心仿佛毒水一样在她身体里迅速蔓延使她神志不清，再从她的汗毛孔往外溢出来时，乌黑的头发一夜之间就染上了白霜。

她想把那一丝丝白发给拔掉，但是一点力气都没有。拿起手机想找个人说话，却不知打给谁。给谁说呀，说什么好呀。"将来啊，谁都不缺钱财，缺什么？缺人与人之间的坦诚。"她想起了苏德芒莱曾经说过的这句话苦涩地笑了。

她看着镜子里面的自己发起了呆。

浓黑的文眉，口袋似的一双眼睛，她觉得自己现在的样子比以往任何时候都要丑，不由得好奇起来：自己是从何时起变成了这么一个"假人"？老得也太快了吧？从何时起变成了这么一个黑瘦的老太婆？从何时起变成了每天早晨忍着浑身疼痛而爬起来继续忙生活的老太婆？那个黑胖的小姑娘哪去了？是谁夺走了那个小姑娘的青春年华，还有那可爱的面容？她对着镜子试着笑了笑，那笑容在这张苦涩的脸上显得毫无生气。是啊，笑容都死去了。

她把手伸向镜子想抚摸自己，指尖触到镜子的那一瞬间却感到了冰凉至极。唉，前不久还想去做阴道紧缩术来着。她对着镜子苦笑了一下。生过三个儿子的人阴道口是撕裂的。接生的医生曾经问过她要不要缝一缝，刚从生产的疼痛里解脱出来的人怎么会考虑那么多。接生的医生当时还提醒她，以后会影响夫妻生活。她没有在乎，后来把这句话当成笑话给丈夫说了，两个人还好个笑呢。最近，丈夫不碰自己了。她主动要求，他就把她推开说："不行了。做不动了。"老了？不中用了？刚四十五六的人就不行了？不可能吧。她于是想起了医生说过的"会影响夫妻生活"那句话。心想，这种可能也不是没有，所以不久前在心里暗自下定决心：得悄悄去把那个手术给做了。这样就好了。

可是让她没想到的是，人家却在外面有人了。

她知道这个靴子。她从巴尔齐德贵的衣兜里发现了买靴子的发票。她当时就问了。他的回答是："跟乌日柴呼和苏德毕力格一起进城，乌日柴呼相中了一双靴子却付不了款，她忘了银行卡的密码，输了好几遍都不对，被锁住了。我就替她垫付了。"

哈布尔玛丝毫没有怀疑自己的男人，当时还笑话乌日柴呼的脑袋瓜有多笨。

巴尔齐德贵最近每天晚上手机不离手，还以进城看楼房的名义，领着儿子们说进城就进城。苏德毕力格被抓的事情上，他也没少往城里跑。昨天的妇女节上也张罗着要去送哈布尔玛，说是顺便把狗脖套给买回来。

"狗脖套我顺便买就行。车上不拉别人的话，嘎查不给报销油钱。"哈布尔玛说。

"你跟她们好好热闹热闹。没啥必要为了买个狗脖套专门逛商店浪费时间。再说了，嘎查能给多少钱？顶多也就一百块。"巴尔齐德贵如此这般地说了好几遍，哈布尔玛都没答应让他送。现在水落石出了。原来是那边有人勾他的魂，他最近才会疏远我，才变得如此奇怪。

哈布尔玛没出去干活，回到炕上又躺下了。她从十九岁迈进这家门槛，除了三次坐月子还是头一回早晨不起赖在炕上睡懒觉。

巴尔齐德贵喂完牲畜起完冻牛粪进屋了。干活干冒汗的他眨巴着大双眼皮，低下头来看着躺在炕上的哈布尔玛说："身子骨不舒服？"

哈布尔玛看陌生人似的盯着丈夫看了好半天。苏德芒莱他们兄弟几个都随父亲，长得又黑又壮，唯独巴尔齐德贵长得白里透红眉眼清秀。谁看了他那长长的耳垂都会说："有福相，长着一副活佛的面容。"

"嗨,嗨,跟你说话呢。咋了?发什么呆?"巴尔齐德贵用散发着青贮饲料味儿的手在她眼前晃了几下。

"没事。昨天喝了几杯,喝不舒服了,一整夜没合眼。我躺一会儿。早饭你们自己解决吧。"哈布尔玛用被头蒙住了脑袋。

巴尔齐德贵掀开她的被头说:"你咋了?别吓唬我。"

哈布尔玛笑了。

"想着儿子处对象的事失眠了。从今天开始早晨我就不出去干活了。为你们父子四个忙活到了四十多岁,现在不想干了,该为自己想想了。你出去吧,干活去吧。我再睡一会儿,别打扰我了。"

"唉,你这个人就爱折磨自己。咱儿子才多大,着啥急呀。"巴尔齐德贵边说边往外走。他如果接着说下去哈布尔玛的眼泪也许就掉下来了。

听到他的脚步声越来越远,哈布尔玛才掀开被头长舒了一口气。

她的确经常猜忌自己的男人,但那只是玩笑而已,是以这种表现形式向丈夫撒娇,就跟小孩玩"狼来了"的游戏没啥区别。现在那个"狼"真的就来了。怎么办?

她想再睡一会儿,却翻来覆去怎么也睡不着。于是从炕上下来,到三个儿子的房间转悠了转悠。

奥齐尔巴图的屋里,从床单被罩、壁纸、台灯、衣柜等,无论款式还是颜色都是妈妈最喜欢的。

墙上挂着一把吉他,塑料包装还没拆呢。

每年挠羊绒的时候,一些羊绒脱浮得不太好的山羊,还有两岁山羊的脖子或大腿根处会被大人们忽略。孩子们就会去挠已经被挠过的山羊趁机"捡漏"。奥齐尔巴图那年十六岁,是他刚辍学回家的时候。他拿着捡漏挣来的外快,跟二叔去盟府所在地高高兴兴地把这把吉他买回来。哈布尔玛却把他的吉他给收起来了,摸都没让他摸一下。她不想让这个儿子变成第二个"浪荡子苏德芒莱"。奥齐尔巴图从小就老实,即使现在也没有主见,人家说啥就是啥。哈布尔玛最担心这个儿子,就怕他找个厉害媳妇,被欺负不说还抬不起头来。"他

【276】

这种性格难道跟你无关？你从小就不让他跟别的孩子随便玩。"苏德芒莱经常这样说哈布尔玛。哈布尔玛也有自己的说法："你这是不了解你这个侄子。现在还行呢，他以前都不敢一个人在家待着。我们要是不在家，他就把屋里的所有灯都打开。要说三个儿子都是我生的，那俩的性格却跟他截然相反。你说，他那种性格与我有关，他从小就老实巴交的，没有办法，女同学都敢挠他的脸。包、笔、作业本说抢就被抢去了。我这个当妈的看不下去呀。"

苏德芒莱就说："每个人的认知能力和接受能力都不一样。第一次被挠不知道，第二次被挠还可以不知道，但是第三次的时候他肯定就有对付的办法了。再说了，铁木尔巴图和钢巴图他俩在外面读书，接触的人多，也不怎么受你的影响。奥齐尔巴图就不同了，整天看着你的脸色，在你的落后思想下生活，跟他俩能一样吗？"又说，"你这不是母爱，是愚爱。"

她现在觉得苏德芒莱的有些话还是有点道理的。因为过于爱他，就怕他吃亏受气，才把他变成了现在的这个样子吧？就怕孩子被冤枉，为了护孩子哈布尔玛可是没少往他的学校跑。艾里的小青年们还编了段子笑话过奥齐尔巴图。有个姑娘说："我喜欢你戴的戒指，送给我吧。"奥齐尔巴图的回答是："等我回家问问我妈。"唉……

奥齐尔巴图谁都怕。看见有人往他家的围栏里放羊，也不敢上前去制止，而是跑回来告诉母亲："妈妈，你快去吧。往咱家围栏里放羊呢。我说了好几遍都不听。"

唉……哈布尔玛长叹一口气，从塑料袋里把吉他拿出来，将落在上面的灰尘擦干净之后，用粗糙的黑手抚摸了又抚摸，换上了新塑料袋。奥齐尔巴图再没动过这把吉他，在墙上挂了好多年。后来钢巴图说是要学吉他，拿去玩了几天，奥齐尔巴图虽然不说什么，但是见他到处乱放，就会拿起来挂好。后来钢巴图的兴致消退，就物归原主了。

哈布尔玛现在觉得，儿子当时买这把吉他回来是想为自己的爱好做主。从那以后，他无论什么事都听从母亲的决定。

"你这个当妈的把孩子的翅膀给剪断了。"哈布尔玛没收奥齐尔巴图的吉他时，苏德芒莱这样骂过她。

巴尔齐德贵也说过："这些孩子就跟他那个二叔亲，就愿意在不务正业的事上下功夫。"

仿佛就在昨天啊。

大儿子奥齐尔巴图从来不跟她顶嘴，实在不高兴了也就用被头蒙着脑袋躺一会儿呗。二儿子和三儿子却完全不一样。哈布尔玛知道，他俩虽然摆出一副服从她的样子，可实际上她的话向来都是左耳朵进右耳朵出。

她走进了铁木尔巴图的房间。除了书还是书。书橱里搁不下，从地上摞到了屋顶那么高。从桌椅到床单被罩都是他自己从网上买的风格独特的款式。母亲给买的台灯、笔筒、水杯，他一概没用，包装都没拆，在一边放着呢。墙上贴着普京、奥巴马、曹操、成吉思汗……还有她不知道名字的一些商业巨头和政治家的画像。他喜欢书法。各种各样长短粗细不一的毛笔犹如古代英雄的剑一样在书桌上摆着。

三个儿子三种性格。好像不是同父同母生的一窝孩子。

奥齐尔巴图每次出门都会给爸妈带礼物回来。这个行吗？那个喜欢吗？不停地来电话问好几遍才敢买。铁木尔巴图从来不问，突然从包里把东西掏出来："我买的礼物你们必须喜欢，不能嫌弃。我想给你们一个惊喜。"钢巴图到现在一口吃的都没往家买过，还说什么"我才不会用你们的钱给你们买东西，以后自己挣钱了再给你们买"。吃东西上也是。家里有什么稀罕东西，如果不让奥齐尔巴图，奥齐尔巴图碰都不会去碰一下。铁木尔巴图会分成好几份，只吃属于自己的那份。钢巴图则不然，只要有好吃的，问都不带问的，吃光了再说。要是问他："为什么没给哥哥们留一点？"他就说："谁让他们不赶紧来吃。吃不着活该。"

钢巴图的屋里，母亲买的东西一概看不见。他说过："我才不会用老太婆的眼睛看世界呢。"满柜子都是羽毛球、足球、乒乓球。他参加过学校的各类球赛，往家捧过各种奖状。玩篮球身高不够，是让他最郁闷的事。墙上横七竖八地贴着阿黛尔、迈克尔·杰克逊等男女明星的海报。"我的个子随我妈了，长得幸亏没随她，跟我爸一样帅。要真长成我妈那样，还不如跳楼一死了之。我爸也是，怎么就娶了这么一个要身材没身材，要长相没长相的老婆。影响我们家族的基因啊。"这孩子口无遮拦，想啥说啥，却听不得大人的话，刚说他几句，他就去二叔家，在那儿住上一宿直接就返校了。将来许不是会随他爹那个一生气就消失几天的怪毛病吧？"现在的孩子不能骂，不能说，不能打，都是戴着神符来的宝贝。"这句话大概最适合钢巴图。也有人说："这孩子的这张嘴和不留情面的脾气铁随他妈。"

哈布尔玛又回到了自己的屋。窗帘还没打开。

她掀开了窗帘，阳光非常晃眼。

墙上挂着全家福。一家五口人的黑白照片。她抱着小儿子，照片上的她非常年轻，围着柞丝绸围巾，脸上洋溢着幸福的笑容。三个儿子戴着一模一样的小兔帽，是孩子的姥姥给做的。哈布尔玛忽然特别想念母亲，也想起了娘家亲戚。因为草牧场的事情，她跟娘家人吵得早就不走动了。她母亲没看见这亲情破裂的场面也算是有福之人了吧。这些年她跟同学朋友也鲜少来往。有些人家遇到为难的事来找她帮忙，她别说答应躲都来不及。她总觉得，跟他们来往有什么用？我们过日子不需要别人，不需要看别人的脸色。自己过自己的日子不就得了吗？艾里的红白喜事上他们从来不去。最近两年，为了让儿子奥齐尔巴图方便找对象，才让他去吃婚席。她呀，就怕花钱，就怕做赔本买卖。现在回想起来，她得到什么了？不但没有得到，还失去了亲情、友情，就连一心一意对待的丈夫都背叛她了。

哈布尔玛来到客厅拿起丈夫的打火机摩挲着，眼泪情不自禁地掉了下来。这时奥齐尔巴图进屋了。看到妈妈在流泪，拿着耗子夹的他又惊慌又惊讶，站在门口不知所措地看着她。

哈布尔玛擦着眼泪说："儿子，你过来。"坐到靠背椅上，握住了站在面前的儿子的手说，"儿子，你打心眼里喜欢那个姑娘是吗？"

奥齐尔巴图打怵地看着妈妈没有回答。

"别怕，儿子。要是真心喜欢，妈妈就成全你们。"

"妈，你别着急，我……我不跟那个女人结婚。不跟她处了。"奥齐尔巴图懦弱地低下了头。

"人家是姑娘，别说人家是女人。虽然结过婚，生过孩子，但人家还比你小三岁呢。还是小姑娘呀。你愿意的话就跟她过吧。妈妈不干预了。你也是男子汉了，该为自己的生活做主了。妈妈过去太……太对你们放不下心，每件事情都想按照自己的想法去办。也许给你们，给这个家起到了相反的作用。"哈布尔玛用微弱的声音说。

"儿子，别哭了。就快娶媳妇了。娶了媳妇就是一家之主了。收拾收拾头发，现在就找她去吧。跟她一起逛逛街，开开心心地去玩吧。给人家买个手机，再买几件人家喜欢的首饰。妈妈不是不喜欢她，只是觉得带孩子的人麻烦。老妈不就是为了我大儿子过得幸福吗？为了让你们过幸福的生活，我才每天这样张罗不是吗？跟人家好好商量商量。她有一处楼房吧？是旧楼吧？你们要是想买新的，妈妈也舍得。还得买车呢。买个好一点的，五六十万的。你爸我俩早就商量好了。"

哈布尔玛边说边给儿子擦干眼泪，从炕席底下拿出了厚厚一摞人民币，拍打着上面的灰尘说："给你这些，拿去花吧。换上衣服找她去吧。给人家父母买点像样的好酒啥的啊。"

奥齐尔巴图也精神起来了。他说："妈，仓房里有耗子印……"哈布尔玛没让他说下去，打断了他的话，"那不是你操心的事，你爸会解决的。别忘了给人家孩子也买点像样的东西。问问她，孩子都需要啥，知道不？我儿子擦鞋擦得就是好。随你爸了，看这擦得都能照脸了。以后娶了媳妇不但要给人家擦鞋，还要跟你爸似的给人家洗头呢。"哈布尔玛笑了。

奥齐尔巴图也憨憨地笑了。简直跟他爸笑得一模一样啊。

哈布尔玛从背后看着儿子的宽肩膀，嘟囔了一声："我的儿子们都长成壮汉了。"跟儿子来到房间打开衣柜说："以后就由你媳妇来照顾你了。妈妈也放心了。"站在窗前把手伸向窗框，问道，"好像钻风呢，夜里睡觉冷不冷？要不要厚被子？"

"我今天去你小舅家串门。"

奥齐尔巴图听到妈妈这样说，拿着手里的洗发膏转过头来看她。

"你小时候你小舅为了教你骑马，不知让你哭过多少回，也不知让我骂过多少回。前几天在山上放羊从远处看见他了，都驼背了，老得真快啊。"哈布尔玛自顾自地嘟囔着。

哈布尔玛把儿子送出去之后，洗完脸梳完头也出门了。

太阳阴沉沉的，春天的天气真是说变就变啊。

院里满是牛羊。他们一冬天都在接冬羔真是累坏了。现在又从其他群里接春羔饲养，打算跟往年一样养大后拿去卖。

几只喂养的羊羔听到哈布尔玛的咳嗽声，从羊圈里咩咩地叫了起来。它们谁都不理，只有看见哈布尔玛才会比着赛地跑来找她。她接电话的时候它们也围住她磨蹭着她的膝盖撒娇。晚上出去起夜，听到她的动静也会咩咩地叫上几声。

"先把它们给喂了吧。昨晚喂得早，现在可能都饿了。"哈布尔玛朝着墙里的巴尔齐德贵喊。有只二岁子牛犊叼着一块塑料布咬嚼，巴尔齐德贵从它嘴里扯下后回应道："知道了。"

"我去孩子的小舅舅家。"哈布尔玛从车棚里一边倒车一边说。

"去谁家？"巴尔齐德贵的脑袋从墙头上探了出来。

"乌日图纳斯图家。"哈布尔玛摇下车窗说。

"哟？怎么突然想起回娘家了？"

没等巴尔齐德贵的话音落下，车已经从院里开出去了。

哈布尔玛在小弟家待了半天，下午才回家，还拿回来好几瓶腌咸菜。

"我三年没迈过他家的门槛。乌日图纳斯图看我进屋可高兴了，他也许以为我这辈子都不会去他家了吧。那是我娘家，我能不回娘家吗？有句老话说，不能让女儿伤心，女儿是娘家的宝。咱们的铁木尔巴图和钢巴图真懂事，竟然背着我常去小舅家，送去的酒在他们家的架子上摆着呢。我看见了各种各样的酒瓶。吃饭时小弟开了一瓶，说是外甥们孝敬的，可高兴了。我这几个孩子都挺好的，懂事。乌日图纳斯图非要让我吃肉，亲自煮了手把肉。我说，再怎么嫌臭也不能把鼻子割掉扔了吧。把小弟和小弟媳妇都逗笑了。"哈布尔玛又说，"接下来该给奥齐尔巴图张罗着办婚礼了，接完春羔咱们就办吧。"

"既然要去，为什么没叫我一起去？"

"你自己不会去啊。我可是听说了，有人从他们后院墙把羊头扔进去就跑没影了。"

巴尔齐德贵哈哈笑了起来："乌日图纳斯图高兴得都找不着北了吧，连我都敢出卖。"

"我就说嘛，怎么少了三只羊头。问你，你还说是被狗叼走了。原来是你们父子几个联合起来对付我一个来着。"哈布尔玛笑了。

晚上她从丈夫的手机里看到了那个女人的照片，她穿着那双棕色的高筒新靴面带笑容地站着。这个女的到底还是出手还击了。我那次有点太过分了。谁知道他俩说离就离了。年轻人做事就是欠考虑，婚姻可不是轻易就能离的。唉，巴尔齐德贵当时为什么没有拦我？妻子是风筝，丈夫是线啊。我的确太莽撞了，把人家给害了不是吗？哈布尔玛越想心里越不是滋味。

睡觉前，她把窗帘抬起来放在窗台上，从儿子和丈夫的鞋里拿出鞋垫晾在地上。

从身后看着她的巴尔齐德贵感到了那么一丝愧疚。在这个家，只有她才会做这些事。每晚都会给他们晾鞋垫；每晚都不忘把窗帘抬到窗台上，避免拖地的流苏被暖气烤褪色。

巴尔齐德贵从身后轻轻抱住了妻子。

以后也许没机会再让他这样抱我了。哈布尔玛放松身体依偎着他说："抱紧我。"

巴尔齐德贵发现妻子今天有些不正常。有句老话说得好，"做贼心虚"。他觉察到了，妻子的异常表现跟妇女节有直接关系，甚至可以说跟自己有直接关系。

灭灯后，他俩躺在炕上谁也没说什么。躺在一床被子里面，却从来没有像今天这样感到彼此之间如此疏远。谁都没动弹，只是静静地躺着。知道对方没睡，也知道对方瞪着眼珠在黑暗中发呆。

含泪的眼睛。

在黑暗中盯着巴尔齐德贵。

巴尔齐德贵其实并不爱那个女人，只是觉得对那个女人有所亏欠。就因为捡了那么个簪子，才致使她家庭破裂啊。

"不只是因为簪子的事情，我俩早就感情不和了。"那个女的说。

"不管怎么说，我已经背上了这个坏名声。你说我凭什么呀？既然坏名声都传出去了，还不如来一把真的呢。你难道就不喜欢我吗？"

就一次啊。

巴尔齐德贵不知如何安慰盯着自己的这双含泪的眼睛。是的，他给那个女的买过靴子，也买过包。那个女的却说："靴子和包我都不稀罕，跟你这个英俊的男人一起逛街才是最美好的感受。"

那个女的说，不再见面，不再联系，不再来找他。她说话算话，的确没再来找过自己。

但是，哈布尔玛却变得好奇怪……

啪！

后肩膀上挨了一皮鞭。

"你没资格打活佛的儿子。"

头上裹着绿绸巾的母亲跑了出去……

巴尔齐德贵忽的一下惊醒了。哈布尔玛也吓了一跳。

"做梦了。"巴尔齐德贵翻了个身……

刚做好的一盆热奶皮子放在图拉嘎上面，巴尔齐德贵用竹管吸奶皮子下面的牛奶，弟弟们也想喝，围过来又哭又闹。母亲看到后说："你作为大哥不给弟弟们当好榜样，还领着他们净胡闹。"母亲的皮鞭刚落到他身上，从外面进来的爷爷就把她的皮鞭抢了过去。

"你没有资格打活佛的儿子。"

母亲默不作声地站了片刻，甩着绿绸巾的巾角推门跑了出去。

打那之后，母亲只打骂弟弟们，却从不打骂他。这样让巴尔齐德贵反而感到不舒服。直到现在他都记得那句话："你没有资格打活佛的儿子。"他越来越觉得自己长得跟弟弟们不一样。这个家族的人长得又黑又瘦，只有自己长得白白净净，耳垂长如佛耳。"这家伙长得多像喇嘛，多像活佛。"每当同龄的伙伴这样说他，他就急得要死，简直想把这双耳朵给割掉扔了。

这个调皮的小捣蛋就这样长大了。他小时候还发生过一次"事故"。依稀记得，好像是苏德巴特尔还是苏德毕力格满月了，家里摆了满月席。大人们往婴儿的额头上抹上黄油，围着摇篮里的婴儿唠嗑，不知是谁把他领进来让他给大家磕头。他看见外面的案板上放着白糖状的粉末，以为是白糖，趁大家在屋里热闹，狠狠地含了一大口。屋里的人紧接着就听到了他的叫声，纷纷跑出来看，只见巴尔齐德贵嘴角流水，呜啊喊叫。大家以为他吃到什么有毒的东西了，过来一看原来是把碱面儿当成白糖给吃进去了。拿来水让他把嘴里的碱面漱干净才算没事。

上绊的马在河套上，他故意去给人家解开马绊；拔掉人家拴马的橛子；人家挤奶，他把牛犊给放开；故意把弟弟们推向泥坑；剪断别人家的马尾巴；阉割死了的羊羔或山羊羔等种种调皮捣蛋的怪事他都干过。有人给他爷爷、妈妈来告状。但没人训他，也没人打他。他的胆子越来越大，干起坏事来都不背着爷爷、爸爸和妈妈，就在他们的眼皮子底下给他们戳大窟窿。小孩子最怕的大概就是被父母训斥和挨打，巴尔齐德贵却从来没有"享受"过这些，就知道变着法地乱作。爷爷和爸爸妈妈仿佛没看见似的，谁都不说他。尤其是爷爷，不但不说，疼爱还来不及，经常说他是"我的小调皮蛋"。

为了捡地梢瓜，他就围绕着沙地放牧牛犊。有一次被艾里的一个额吉看见了。她说："你整天让牛犊围着沙地转，它们也吃不着什么东西啊。"他却这样唱了起来：

"不让在沙地上放，难道要在你额头上放吗?"

那个额吉气够呛，用细枝条儿好个"管教"他。

他给母亲拽牛犊的时候，只有母亲才会轻声轻语地劝他几句："不能那样，不能这样。"但是母亲却没有听到儿子的内心深处在喊：

"妈妈，打我。使劲打我！就像打苏德芒莱和苏德巴特尔那样，打我吧！"

巴尔齐德贵每次闹出这样奇奇怪怪的事情，母亲听到后既生气又着急，却只能憋在心里，面部抽搐着，一声接一声地咳嗽着喘不上气来。母亲去世后，他后悔自己总是跟母亲故意作对，在野外放羊时痛哭不止。好几次跑到母亲坟前，一边诉说一边哭着就睡着了。

霍林河发大水，家里就要断粮了，巴尔齐德贵拽着马尾游到南贵城，把粮食弄回了家。马入水之后轻飘飘地浮在水面上，四条腿仿佛从身体上分离了似的划着水，十分轻盈地游着泳。巴尔齐德贵觉得特别好玩，每次发大水都会拽着马尾巴在水里游玩。就是在那个时候，他犯了一个不该犯的错误，偷了人家的一头牛。

这件事情已经过去好多年了，他却依旧不敢仔细回想那些细节。

丢牛的人家不停地找牛，说是就在附近发现了牛蹄印，黎明时分从远处看见了有个人牵着牛在附近出现过。巴尔齐德贵听到这些议论，心惊胆战地在野外昏睡了两天之后，还是把事情的原委向爷爷和盘托出了。

那是一个下雨天。围着图拉嘎坐在一起的父亲和自己的膝盖上冒着一股白色的蒸汽，爷爷的声音弥漫在这样的雾气当中：

"你是他爸，你应该替儿子扛下来。"

是啊，巴尔齐德贵记得特别清楚，就是在秋雨弥漫的那天。

父亲在连绵细雨中屡骑上马，奔着嘎查委员会就去了。"找到盗牛贼了。"大家聚在一起，有拿皮鞭的，有握笼头的，纷纷喊着："得好好教训教训这个盗牛贼。"当他们看到这个人竟然是侬乃扎布，谁都不敢相信，都瞪大了眼珠。面面相觑的人们嘈杂了片刻之后，屋里忽然变得鸦雀无声。围上来的人群三三两两地渐渐散开，只剩下了嘎查达和侬乃扎布。嘎查达使劲拍了拍侬乃扎布的肩膀说："把人家的牛还回去吧。"没继续追究就让他回家了。

艾里的人们只要说起这件事都觉得可笑。说他要么是犯糊涂了，要么就是鬼附体了，还有一种可能就是这老头忽然想"调皮调皮"给大家看看。谁都没有把这个野人当成是盗牛贼。

那天爷爷把巴尔齐德贵圈在屋里没让他出门。他虽然没去现场，也能想象得到老实巴交的父亲是如何开口承认，如何在大家面前低头认罪的样子。

后来父亲来家里跟他们一起生活。这对巴尔齐德贵来说，也算了却了多年以来的一个心愿。不能再让年迈的老父亲一个人孤独地过日子了。他今天能够挺直腰杆，还不是多亏了老父亲。要不的话，盗牛贼这个名声会让他在众人面前永远抬不起头来呀。那天苏德巴特尔从他家把父亲接走时，他在羊群旁边，远远地目送着在雪野中渐渐消失的那辆车，泪水止不住地流，捧了把雪才将脸上的泪水洗净。母亲刚去世之后的那段日子，他也是这样在野外常常流泪哭泣。要么用河水要么捧起一把雪，将满是泪水的脸洗得又疼又痒才会回家，才会回到弟弟们中间。可现在……唉，生活啊。

哈布尔玛骂他、打他；向他甩套马杆、甩叉子、扔枕头。母牛把犄角顶断了，她怪巴尔齐德贵；牛把食槽里的饲料撞翻了，她怪巴尔齐德贵；山羊不要羊羔了，她怪巴尔齐德贵；母牛不怀胎，她也怪巴尔齐德贵；刮风了，怪巴尔齐德贵；草垛没压实刮走了上面的草，怪巴尔齐德贵；下雪了，怪巴尔齐德贵；绵羊羔的耳朵冻坏了，怪巴尔齐德贵；绵羊在野外下羔了，也怪巴尔齐德贵。

大家都说他懦弱。几个孩子也这么说他。说他整天被老婆骂得头都抬不起来。可是又有谁知道巴尔齐德贵的痛苦？除了哈布尔玛谁敢骂他？除了哈布尔玛谁敢毫不留情面地指出他的错误？越是这样他越是想念母亲。在这个世界上只有两个人敢直截了当地说他。刚结婚那几年巴尔齐德贵的老毛病一不小心还会犯呢。

他们在霍林河岸边游牧的那个夏天，有几个汉族人来湖里捞青蛙。停在岸边的几辆摩托车在阳光下闪闪发光。都是新摩托呀。巴尔齐德贵围着摩托转悠了几圈，看见摩托车的主人脱光衣服在水里玩得挺欢。

他于是就下马了。第一次这么近距离看摩托，真是好个欣赏。动手捣鼓了几下，就把一辆摩托的汽油给放了。他闻到了一股呛鼻的怪味。接着把第二辆的也给放了，正在放第三辆的时候被发现了。水里的人朝他喊着，两个光腚爬上岸向他跑来。巴尔齐德贵骑上马往家狂奔。到了门口回头一看，一辆摩托已经追上来了，突突的响声在草原上回荡着。巴尔齐德贵连忙进屋。

"研究湖边的摩托研究出事来了，他们追上来了。"

哈布尔玛也着急了。低着头从蒙古包的门缝看到了那辆摩托已经快到门口了。她连忙让巴尔齐德贵挨着西哈那躺下，往他身上盖了一层薄被。两只脚还露在外面，赶紧把他的鞋拽下来把自己的高跟鞋给他套上之后，坐在图拉嘎的左侧纳起了鞋底。

那个人从外面进来了，指着外面的马叽里咕噜地说着什么，好像是在问："这匹马的主人在哪儿？"

哈布尔玛摇了摇头。她不会汉语，但是"不知道"和"没来这儿"两句话还是会说。那个人听明白了。他们无可奈何，一个女人在纳鞋底，一个女人在睡觉。门外虽然有匹马，刚才那个人却钻进地缝了似的消失得无影无踪。他气哼哼地叽里呱啦地说着什么，骑上摩托走了。

巴尔齐德贵每当惹出这样的事来，哈布尔玛都会发一顿大脾气。巴尔齐德贵在哈布尔玛这儿，一直实现着跟弟弟们一样被妈妈打骂的特殊心愿。

巴尔齐德贵胡思乱想着睡着了。早晨醒来时，发现跟哈布尔玛紧紧地抱在一起。究竟是谁先抱了对方，谁都不记得。

但是几天以来哈布尔玛的身体一直不好。

听到狗叫声就仿佛听到了钻心的哀嚎；看见烟囱里的炊烟在风中舞动，就觉得是一条毒蛇向她房间悄悄地爬行，浑身寒战不止；就连挂在衣绳上的棉袄，她都觉得像个吊死鬼，心里非常难受。

她趴炕了。不吃不喝不睡，浑身直冒冷汗，舌苔都变黑了。

几家人都往她家跑。娘家亲戚也频繁来看她。就连乌日柴呼都起早贪黑地来到家里端茶倒水地伺候她。奥齐尔巴图的对象也来了。

哈布尔玛不去医院，也不吃药，就在炕上一天一天地躺着。

越是这样躺，身体越不见好。这时苏德芒莱来看她。苏德芒莱看见眼眶凹陷两腮塌陷的哈布尔玛着实被惊到了。

"怎么了？你这是怎么了？"他低头看着哈布尔玛说。

他喝酒了。

哈布尔玛看到了苏德芒莱大哭起来。

苏德芒莱用戴着手套的手指轻轻点戳着大嫂的额头说："你是不是特别想死？我可不想让你死。咱俩的仗还没打够呢。"没等说完嗓音就颤抖了，"可怜的，为了我们家你这辈子没少吃苦，现在老了难道要被病魔缠身？不行。我不答应。我要带你去医院看病。"

哈布尔玛的眼泪顺着眼角流进了耳朵里面。她微笑着说：

"狗嘴里吐不出象牙。除了死难道就不知道别的了？去，把门关上。"

苏德芒莱去把门关上了。

"你拿把凳子坐过来。我有话跟你说。"

苏德芒莱拿了把凳子面对着她坐下了。

"你哥在外面跟别的女人好上了。"

"他要跟你离婚？"

"没有。"

"那女的找上来了？"

"没有。"

"就是因为这事你急出病了？"苏德芒莱双手合十，举到额头上说，"唉，佛祖啊，知晓天下事的明白人哈布尔玛竟然如此糊涂。四十多岁的男人，好就好去呗。就算他怎么折腾，也跑不出你的掌心呀。"

"站着说话腰不疼。没爱过的人怎么会理解这种痛？这辈子我一切都为了他，临到老却得到了这种回报。"

"什么回报？你男人顶多就是跟别的女人睡了几回。你要是为了这事寻死的话就太不值得了。现在你就让他走，他走吗？他能去哪儿？谁要黑脸哈布尔玛的男人呀？你的心眼原来就这么大点呀？生活中谁都不可能成为你的支柱你的救星，只有你自己才能够支撑自己救自己。你有三个儿子，他们不是你的私有财产；你的男人也不是你的私有财产。哎呀，你真是太幼稚了。

"行了。你可把我吓够呛，还以为你得什么重病了。要说啊，哈布尔玛可不是这么早就能死的人。再说了，也不能让你这么坏的人这么早就死呀。你要是害怕失去自己的男人，就想办法别让你男人跟她见面。别给他们机会，慢慢就不来往了。只有一辈子的夫妻，没有一辈子的情人。与其这样折磨自己，不如赶紧给儿子张罗婚礼呢。"

哈布尔玛的脸上露出了一点笑意："不管多复杂的事，到你嘴里就不是什么事。听你这一通胡言乱语，我这心呀，也豁亮起来了，可不是呗，哈布尔玛的糟老头子，谁稀罕。"

哈布尔玛敞亮地笑了起来。

"感觉有点饿了，想吃点东西。"

在苏德芒莱的劝说下，哈布尔玛第二天就去医院看病了。

"你也学着享享福，学着为自己活活。"

哈布尔玛坐进车里还在嘟囔苏德芒莱给她说的这句话。

医生说，哈布尔玛的这种情况是更年期正常现象，只是因为心里受到突然打击出现了这样的特殊症状而已。

哈布尔玛住了七天院之后回家了。

宽敞的院落、满棚的牛羊、整洁干净的房屋在迎接她回家。

这就是巴尔齐德贵我俩努力奋斗得来的一切。一针一线当思来之不易，都是我们两口子用劳动换来的呀。有那么好的三个大儿子，我还得享受那儿孙绕膝的幸福晚年啊。生活其实是美好的。

让哈布尔玛最高兴的人就是儿子奥齐尔巴图谈的这个对象。老两口不在家的这些日子，全靠她了。她把这个家打理得井井有条，七天之内，从墙脚到顶棚都擦了一遍，熏黑的锅底都被她擦得锃亮锃亮，跟奥齐尔巴图有说有笑地迎他们回家。

第十二章

三十

早晨刚一睁眼，萨仁图雅就看到了放在墙角的那盆花开出了一朵粉红的花朵。

她看着初开的鲜花缓缓起床。

这盆花被几只饲养的羊羔早就啃光了枝叶，只剩下了一根主干。去年冬天搬到屋里，又被小猫把根给刨出来了。大家都以为这盆花已经死了，被扔在墙角，很久没浇水也没搬到窗台上晒太阳。可它却奇迹般地活过来了，长出了枝叶，还开出了这朵粉粉嫩嫩的花朵。

这朵花是在夜里开的。不是，应该是在黎明时分盛开的。

纯洁的花朵好像正在媚媚地看着自己，那新鲜的呼吸又好像直抵心灵深处。萨仁图雅的内心就在这一刻忽然豁然开朗起来。

她痛苦过。鲜活的内心被生活用钝刀狠狠地捅了一刀。没人发现这颗受伤的心直到现在仍旧滴着鲜红的血滴。她陷在痛苦的深渊中，以为自己永远都不会站起来了。玛努琪琪格的后脑勺上长了东西，阿努琪琪格也被对象抛弃失恋。虽然这些事情使身为母亲的她时而忘记自己的痛苦，但是内心深处的伤疤一直未能愈合。

今天看到这朵欣欣向荣的花朵，她的心情顿然开朗起来了。

"起来，嗨，起来。都啥时候了还不掀窗帘？"苏德巴特尔叫喊着从外面走了进来。

"又不是赶牲口，大嚷小喊地叫什么。你就不能小点声吗？"萨仁图雅用剪刀修剪着花盆里的黄叶轻声说着没有回头看他。

"灰白毛母马产犊了。产下了特别漂亮的鼻子上有月亮的马驹。"

"爸爸，爸爸，等我一会儿，我要去看马驹。"玛努琪琪格也醒了，用手背揉着眼睛一骨碌爬起来披着被子跪在炕上。

"爸爸，爸爸，快给我穿衣服。"

苏德巴特尔把窗帘唰唰地掀开后说："阳光明媚的好天气啊。"给女儿穿着衣服说，"宝贝，爸爸带你去看小马驹。不给你妈妈看，咱们不给睡懒觉的人看。"背上女儿向屋外走去。

萨仁图雅弯下腰频频去闻那朵盛开的花儿，披肩黑发如瀑布般倾泻着。

闻了又闻之后，她把花盆端到了窗台上。另外还有好几朵即将要开放的花苞，似乎一碰就要盛开了。她用湿毛巾缓缓地擦着盆沿和落在花叶上面的浮尘。那些叶子，手一碰就回到绿光闪闪的原本状态。她用喷壶浇透了水，饱饮水珠的花儿晶莹得仿佛在唱花季之歌。

她来到镜子前面端详了一阵自己。脸庞明显小了一圈，下巴也尖了。自打那个事之后，她再也不玩微信了。听说跟那个男的来往的都是一些四十来岁的女人。那个男的在供词里说："这个岁数的女人最容易上钩。她们的感情生活已经没有结婚头几年那样奔放热烈，孩子也逐渐长大，不用整天围着孩子忙活，经济方面也有所独立。平淡无奇的生活让她们感到孤独。换句话说，因为生活平凡无味，她们承受不起其中的孤独，变得容易动心。"真是被他说中了。我怎么那么轻易就被他打动了？萨仁图雅在自己酿就的痛苦之中，不断质问着自己，不断咀嚼着苦果，将这一切渐渐消化了进去。周遭的人们热热闹闹地一如既往地过着日子，生活继续着，谁都没有发现她是多么痛苦，多么挣扎。

她的每一天都是在痛苦中度过的，所以才会瘦成这样。唉，没死就不错了。也许人的生命和对生活的向往，就如同这株被羊羔啃秃了的盆栽一样，有一种不服输的倔强吧。

如今已是春光明媚的好天气。

崭新的太阳从山头上升起，雾霭在山谷中弥漫，艾里的上空飘荡着袅袅炊烟。

羊羔的咩咩叫声在棚圈里此起彼伏，早春的羔子已经长大，从墙豁钻出来，爬到牛粪堆、推车和背篓上嬉戏。从院门看进去，小腿纤细的马驹子紧贴着母马撒娇，白花牛犊懒洋洋地卧在草垛下、篱笆圈之前。

羊倌往外赶羊。羊群从圈口拥挤着往外走，他横在圈口举着一个棍子数着头数。

牛倌将牛群赶到牧场回来了。他从屡骑的马背上下来，在马桩上边拴马边跟儿子叽里咕噜地说着什么。

他儿子举着手机追着一对双胞胎牛犊在拍照。这个个头高挑的孩子在城里上学。萨仁图雅家的两头母牛过年那会儿产下了双胞胎牛犊。艾里的人们稀奇得不得了，都纷纷来拍照片呢。

一只毛色苍灰的母山羊站在铁栅栏里面奶羊羔。头上扎着两只小犄角辫的玛努琪琪格蹲在栅栏外边，从栅栏缝把手伸进去要抓那只小山羊频频翘摆的尾巴。后脑勺上长东西之后，萨仁图雅把她的头发给剪短了。现在头发长起来了，就给她扎了两个小犄角。被叫做蜂巢的那个脓包已经好多了，虽然还没有彻底愈合，但是杯口大的发红的头皮上，已经长出了稀稀拉拉的又细又黄的绒毛。

萨仁图雅悄悄走到女儿身后，调皮地喊了一声"嗨"。女儿惊讶地转过头来，站起身笑着向妈妈跑过来。

"刚出生的小马驹，额头上有一枚月亮。爸爸说，是因为它妈妈把月亮含在嘴里了，才会生这样的马驹。"

"我的乖女儿进屋穿件厚衣服再出来吧。小手冰凉冰凉的，耳朵也冻红了。别感冒了。"

萨仁图雅来到墙根，将放在那儿的落满尘土的地毯卷了起来。向屋子看过去时，阳光下的窗玻璃灰蒙蒙的。过年的时候阿努琪琪格擦过一次窗户，打那之后再没擦。自从成家以来，萨仁图雅还从来没有像现在这样邋遢过。

她开始大扫除。

擦完了窗玻璃、镜子、电视、灯罩、手工艺品，又给那个干涸多日的祥龙吐水的盆景加了水。清澈冷冽的水咕噜咕噜地从龙口涓涓流淌而出，沉寂的客厅瞬间充满了活力。

窗台上有几只死苍蝇。即使在夏天，屋里只要发现有苍蝇，大家都会动起手来及时打死。如今这几个家伙竟然在窗台上过了冬，死在那里了，都没有被她发现。卫生间更是脏得不成样子了。坐便器的后面，洗衣机的背面落满了灰尘。她打扫干净之后，又挪开沙发和茶几，把积在下面的尘土清扫了一遍。

"我老婆今天干劲十足呀。这一整月你可是懒得除了看电视，什么家务都没干呀。"在一旁熬茶烧水的苏德巴特尔看着老婆笑嘻嘻地说。

"没有女人的日子可不就是这样呗，布满灰尘毫无光彩。"萨仁图雅以只有自己听得见的声音嘀咕了一嘴，换完了床单被罩。

她把两个女儿的床单也换了。飞舞着花蝴蝶的粉红色的绒缎床单。她当时给玛努琪琪格缝床单的时候特意钉了一圈用来装饰的流苏。姐妹俩的喜好各不相同。姐姐喜欢简约的，妹妹则喜欢有各种装饰的。刚把这两个床单缝好，要给换的时候，就发生了"微信事件"。即使赶上过年，她也没有心情给她俩换了。她把床单换好之后，走到门口往里看了一眼。多好看呀，我的两个女儿不定有多高兴呢。姐妹俩昨天去姥姥家了。阿努琪琪格住在那儿没回来。玛努琪琪格快落太阳的时候回来了，说是不高兴了。

她又开始整理自己的缝纫间。年前的那一阵子卖了帽子和蒙古袍。开学的时候又做了不少小孩的帽子。把钱收下后都压在褥子底下了。现在掀开一看，成沓的红色钞票上都是灰尘。

她一张一张地拿起来，抖掉灰尘打着喷嚏数完之后交给了苏德巴特尔。

"哈，六万多呀？我就说嘛，从过年到现在还没去支现金。藏得挺深呀。"苏德巴特尔满脸喜悦地数着手里的钱。

"两个靴子就卖了两万多。手里还有几个绣片没绣完，绣完了还能做几双靴子。丝绸面料也不多了，该进货了。"萨仁图雅从一头整理着码在货柜上的绸缎和丝线。

到小晌午时分，她把所有角落都打扫完了。屋里变得亮亮堂堂。她把洗被褥衣物等任务交给了苏德巴特尔，换了一身橘黄色的衣服，站在大镜子前面，将长发束成一根马尾辫，将丝巾系成蝴蝶结，一边往外走一边说：

"我去爬山。女儿的午饭就交给你了。"

"从饭店订了。玛努琪琪格……"苏德巴特尔的话音从她身后传来。

到处散落着发黑的牛马粪粒，狗尾草白茫茫一片的草原上蜃气闪动着。身穿一袭橘黄色衣衫的女人，欢快地走在小径上。两个骑马的人从她身边经过，"这是谁家的女人啊……"他们故意用她听得见的声音互相说笑着远去。随着哒哒的马蹄声，大地奏出轰轰的美妙声音，万物的大地母亲已经转暖解冻。其实啊，是马蹄声敲打着唤醒了沉睡一冬的大地。远远地望去，河边的卧牛石犹如暖阳下晒太阳的巨兽。她还看见了几块绵羊和山羊的头盖骨。从岸边开始渐渐解冻的浇绕河水像将要奔驰的骏马一样做好了蓄势待发的准备，围着冰层的融水缓缓涌动，闪着耀眼的白光。河岸边缘的土地业已松软，牲畜踩过的地方一片泥泞，蹄坑里积出了小水坑。

春天也来到了山里。随着淡青色雾霭，山似乎要飞起来了。萨仁图雅倾听着有灵气的山峦之心跳，穿梭在枝枝杈杈的树丛中间，抓住锋利的岩石，踩着陡峭的山崖，被棘刺划破了外套下摆，气喘吁吁地向山顶爬去。她好久没有爬山了。林中也春意盎然了。杨树、桦树、鼠李、杏树……水汽润泽，枝杈摇曳，争相吐绿放叶，似乎就在等待着这一刻的到来。

筑巢在树杈上的那几个鸲鹆鸟的窝，好像是被调皮的孩子把父亲的毡袜拿去挂上了。搭在柳树和山榆树矮枝上的一两个鸟窝里只有几片干树叶。过不多久就有鸟儿来这里孵蛋了。过不多久就会从这里传出雏鸟的叫声。成双成对的小鸟在林子上空缓缓飞翔，它们这是早早归来，准备修缮房屋建立新的生活啊。

她听到了咩咩的叫声。顺着声音抬头望去，陡峭的山崖直抵云间，一只雪白的山羊好像山林中的生灵那般，在微风中长须飘然，从上面俯瞰着她。不知是从谁家的羊群里跑出来的啊。在这山崖上，无论冬夏每个季节都能看到落单的几只山羊。山羊好动，总有那么几只喜欢离群，离群之后也最容易走丢。这样走丢的山羊就不会再回去了，逐渐野化成为山林的生灵。主人知道它们已经野化，也不再去找，而是任由它们自由放飞。

总算爬上了亚希拉图山顶。

不是说爬山可以登高望远，爬山可以舒畅气机，爬山可以呼吸天的气息吗。

层峦叠嶂，薄雾弥漫。已经爬上山巅就不要再胡思乱想了。

山是高的，站在高处的人不会寂寞。山是高的，站在山头能眺望到遥远的地方。站在高处眺望远方的人，肯定不会在生活中屈膝倒下。

她的心跳和群峦的心跳已经融在一起，浑身上下仿佛都在咚咚地震动着。在生活的迷宫中走失的人，忽然之间又回到了生活当中。

跟他来往的那段时间你幸福吗？幸福。那就够了。没必要再痛苦下去，悲伤下去。

萨仁图雅从山上往下走时，心里回荡着这样的声音。

林间小径好像在跟她玩捉迷藏游戏。笔直的小路忽而朦胧着，忽而又分出了十几条小岔路。

融化的冰雪顺着山沟往下流淌。岩石上的青苔泛绿了，栎树叶发紫了，黄青色开裂脱落的桦树皮也蓬松了。沟壑里飘出了潮湿的气息、树的气息、草的气息、大地的气息、春天的气息……净化心灵的各种气息。

她听到了喊声。循着声音望过去，上面的山嘴上站着一个人，正在向她招手呢。从远处一看就认出了，是哈布尔玛。

哈布尔玛往下指着向她笑。

萨仁图雅顺着她指的方向看过去，一个男的背着一个女的正在渡山沟里的河流。原来是哈斯巴根和温都茹娜。

萨仁图雅看到哈布尔玛一会儿弯下腰一会儿又直起腰来，猜想她肯定是在哈哈大笑。

萨仁图雅也笑了。

她俩同时向渡河的两个人喊了起来。

他们看见她俩了。让丈夫背着过河的温都茹娜挥舞着手里的红头巾。哈斯巴根坐在岸边弯下身子忙活着，好像是在换湿鞋湿袜。

萨仁图雅哼着歌曲来到了山脚。

"嗨，嗨。"她听到了有人喊她。循着喊声看过去，在稍远一点的地方有个人枕着手，四仰八叉地躺在地上休息。她走近时，那个人却忽地坐起来了。是宝龙。旁边放着捡牛粪的叉子和背篓，还堆着几筐刚捡的牛粪。看样子是在休息。

"你在山顶上我就看见你了，在天际的靓丽身影格外显眼。"宝龙笑容满面地盘腿坐了起来。

"在野外睡啥觉呀。回去睡呗。"

"昨晚跟苏德芒莱喝酒喝多了。刚捡几筐牛粪，就懒得不想动弹了。"

"苏德巴特尔的老婆可真有福气。大春天里每个人都又瘦又黑，就你养得白白胖胖的。擦什么雪花膏呢？我也给我老婆买一瓶。"萨仁图雅走出老远之后宝龙从她身后喊。萨仁图雅回头看到宝龙背着牛粪篓的身影在林中忽隐忽现。

正午的阳光渐渐西斜时，又热又渴的萨仁图雅回到了家。

她嫂子来送阿努琪琪格，正在客厅喝茶呢。

"我就知道你肯定会渴。"阿努琪琪格给妈妈递了一杯温开水，"爬亚希拉图山了？爬到山顶了吗？看见我们垒的石头了吧？中间那座是咱们艾里的敖包，早就有了。右边的是爷爷垒的。铁木尔巴图哥哥我们在左边又垒了一座。"

"在你出生之前，我就把亚希拉图山爬遍了。只是最近几年没怎么爬山。就说嘛，以前只有一座敖包来着。三座敖包上我刚才都添石头了。"咕咚咕咚地一口气把水喝完了，"这丫头，喝水还盯着看啥呀，差点让我呛着。"擦了擦嘴又向着嫂子说，"又到热时候了，可把我渴坏了。我哥穿那个马甲了吗？穿着是不是瘦点了？"

"稍微有点紧，也不咋着。你哥他呀，可愿意穿了。"

"你爸呢？"萨仁图雅又问阿努琪琪格。

"在那屋卖奶食品呢。"

"家里来人了？门口也没车呀。从哪儿来的？"

"我们黑拉嘎图的斯日吉莫德格，坐我的车来的。"嫂子说。

"清明放假，孩子们都回来了。我买点奶食品给他们打打牙祭。"女人拿着买好的奶食品，跟她嫂子一起回去了。

苏德巴特尔装了五百捆干草，打发人给大舅哥送去了。

"给他们那么多，咱们就不宽绰了吧？给两三百捆就行了呗。没必要给那么多。"萨仁图雅说。

"咱家的够了。再有一个月青草就长起来了，还有玉米和青贮呢，放心好了。往车上扔了几捆草，这汗出得，真舒服。"苏德巴特尔脱下了外衣，里面的背心顺着肩膀湿透后都粘在皮肤上了。

"爸爸，就剩一碗凉茶了。刚才都让我妈给喝了。"阿努琪琪格给他递上了一碗凉茶。

"这一碗就够了。"一口气喝完后，边擦嘴边说，"我想洗澡。"

"一会儿再洗吧。爸爸，我去烧水。"阿努琪琪格说。

萨仁图雅说："丫头，不用烧。你爸啥时候洗过热水澡？人家是用冷水洗澡的人。"

苏德巴特尔说："我可不像你妈那样会享福。凉水洗澡多舒服。行了，这次听女儿的，就洗一回热水澡吧。"哈哈笑着准备洗澡。

萨仁图雅看着苏德巴特尔拿着一块旧毛巾和廉价的洗头膏走进洗澡间，心里不由得产生了那么一丝嫉妒。这个人从来就不知道发愁是啥滋味，真有福气啊。我要是像他一样该多好。

苏德巴特尔从洗澡间出来后，在家族微信群里喊道："谁吃羊头羊蹄？想吃的赶紧报名。"群里瞬间就热闹起来了。

"嘎嘎伯伯，我吃羊舌。"

"我吃羊眼。"

"我吃脑髓。"

"我……我……"格根呼结巴了好半天之后，接着说，"我现在就去。鞋……穿鞋。"

苏德巴特尔说:"孩子,明天来吧。还没燎呢,刚从冰箱拿出来解冻。"

"嘎嘎伯伯,玛努琪琪格都给吃光了怎么办?你别让她吃啊。"格根呼的声音稚嫩而可爱。

孩子们在群里七嘴八舌地聊了起来。

苏德巴特尔在厨房清理冰箱。他昨天就从冰箱里把装在塑料袋里的羊头和羊蹄下水拿出来了。

把冰箱敞了一宿,里面厚厚的冰,除起来格外省事。他提着一桶掺血水的冰水正要往外走,萨仁图雅却从他身后喊:"别走客厅,从耳房门出去。"

萨仁图雅从里屋退着身子拖地拖到了客厅。

提着装满脏水的蓝塑料桶的苏德巴特尔听到萨仁图雅的喊声站在原地不知该往哪边迈步。

"行了,行了。从这边出去吧。"萨仁图雅说。

"这边不是还没拖呢吗?净装腔作势,真耽误事。"苏德巴特尔从她身边脚下生风似的走了过去。

孩子们没等叫就从四面八方都来了。

十只羊头,黄昏时分才燎完。院里飘着一股焦煳的味道。

玛努琪琪格、格根诺姆、铁木尔巴图、奥齐尔巴图围着灶火坐成一圈,火光映红了他们的脸庞。萨仁图雅看着他们不由得想起了自己的童年。

那个时候母亲总是炒炒米,每次都会炒到很晚。炒完之后,就在余烬里埋上几个土豆。他们兄弟姐妹就像现在的他们一样,忍不住早早围着灶火坐成一圈,叽叽喳喳地说着等着,真是热闹极了。

唉,生活……萨仁图雅情不自禁地轻轻叹了一口气。

三十一

萨仁图雅站在门口盯着监控说:"白尾巴母牛要下犊了。没人帮忙可能不行吧。"

棚圈、院落，棚圈里面的牛羊和马，清晰地出现在监控里面。花毛的、白毛的小牛犊们在春日暖阳下有躺着晒太阳的，也有嬉戏玩耍的。一头毛色淡黄的母牛在靠墙的背风处用力挣扎就要产犊了。苏德巴特尔站在它跟前，随时准备帮它拽出已经露头露蹄的小牛犊。

"你们家今年接了多少头牛犊？我们家的，加上昨晚上下的那头，正好有三十头了。不管怎么说，已经过半了，再接三十来头也就差不多了。"哈布尔玛坐在沙发上，从盘子里拿着炸果子边吃边端详着手里的果子问，"怎么是两种颜色的？"

"和的面不一样。一块放了红糖，另一块用牛奶和的。和好之后叠在一起擀成一张，再卷起来放进冰箱稍微冻上一会儿，拿出来切成薄片油炸就可以了。一点不费事，可简单了。我们的也有二十五六头了吧。"

哈布尔玛说："简单？再简单我也不会做。这阵子奶食品卖得咋样？"

"挺好的。就是赊账的多，这阵子谁家都不太宽裕。借钱的电话，我一天得接好几通啊。"

苏德芒莱领着格根诺姆和格根呼来了。

格根呼刚进屋就要跟着玛努琪琪格出去玩，却被苏德芒莱叫住了。他对萨仁图雅说："你给这孩子拌一碗奶油拌饭吧。"

萨仁图雅问："昨天给你们送去了肉骨头、奶豆腐和稀奶油，你妈没给你们煮肉吃吗？"格根诺姆摇了摇头。

"他妈跟他爸昨晚回娘家那边吃婚席去了。这俩孩子在我那儿住的。"苏德芒莱站在窗边，用指头沾了沾那个含火球的祥龙吐水摆件里的水说。

萨仁图雅进厨房给孩子去准备奶油拌饭。

哈布尔玛说："过来。我们的格根呼真棒，离开爸爸妈妈自己住了一宿，真乖啊。哎哟，还没洗脸呀？先去洗个脸吧。看这头发。"

"先让他吃点东西吧。早晨一睁眼就嚷嚷着要吃燎羊蹄羊头，给啥都不吃，就啃了两口面包，喝了几口酸奶。"

苏德巴特尔戴着一顶帽檐开线的帽子，来到门口脱下两个泥榔头似的靴子，穿着袜子就进屋了。

"看把他懒得，弯腰从鞋柜里拿双拖鞋都懒。"萨仁图雅十分不悦地嘟囔着，把拖鞋放在坐在沙发上的苏德巴特尔脚下，"快去洗手吧，刚接完牛犊。"

"洗了，在外面的水槽里洗了。"他向两个女人挖挲着手，"一会儿还得出去，接咱爸和老太太去。先喝一碗茶。喔唷，这个牛犊，好不容易才拽出来，差点没去叫兽医。哇喇嘛，它生不出来，我比它还着急，出了一身汗。"边说边拿着毛巾擦着额头和鬓角上晶莹的汗珠。

哈布尔玛说："咱爸家这一冬可没少吃肉。清明那天，老太太煮了猪肉。我问她是不是把羊肉吃完了，她说是冻在冰箱里面，不好往外拿。刚生的是配种的牛犊吧？"

"是孩子的舅舅去年给玛努的那头母牛。他家的牛犊都是配种坐胎的，母牛可遭罪了。"

"要不是配种的牛犊值钱，还是遵循自然规律好。自从时兴配种以来，母牛都不会顺产了，每次都得帮着去拽。要是在野外没人管，母子都危险。我家昨晚有头母牛要下犊，你哥我俩守到天亮才睡。"

"前天有一头三岁母牛下犊没奶，牛倌为了省事，用牛角奶瓶喂了小牛犊。刚才试着让它吃母牦牛的奶，折腾了好半天，它往后退着就是不叼奶头。好像还早产了几天，特别孱弱。"苏德巴特尔喝着茶说。

"一下生就让它喝牛角奶瓶，它就不会叼奶头了。那才麻烦呢。"哈布尔玛吃着炸果子说。

"你们快看看咱们的小格根呼，多像喜塔尔里面的帅呀。小嘴一抿一抿地吃得真香。他们哥俩可出息了，每天早晨都帮父母往外赶牲口呢。那天我看见格根诺姆给弟弟系完衣扣，又系帽带，可有个哥哥的样了。格根呼屁颠颠地紧跟着哥哥一点不落后。我看着他，倒想起了咱们的爷爷，走路姿势跟咱爷爷一模一样。我的乖孩子，长大后肯定是一条好汉呀。"苏德巴特尔稀罕着格根呼又问，"你爸干什么呢？"

"打仗呢。"

从格根呼的嘴里脱口而出的这句话把屋里的人都逗乐了。

哈布尔玛说："快看看这孩子的脖颈，脏得像车轴似的。妯娌之间没法说太多，她要是我亲妹妹，我早就……"

苏德巴特尔说："格根呼，你爸和你妈是不是没用的人？"

格根诺姆从阿努琪琪格姐姐的屋里把小脑袋探出来，拧拧着鼻子笑了。

"嘎嘎伯伯是坏人。不能说我爸和我妈的坏话。"格根呼的吐字非常清晰。

"前几天他扯着哥哥后脑勺上的头发，都把格根诺姆疼哭了，然后挨揍了。我从他们门口经过时，他向我哭喊着说，嘎嘎伯伯，快来救我。小家伙，那天不是嘎嘎伯伯救了你吗？他还挺能耐的，挨揍着急时还知道找人帮忙呢。"苏德巴特尔抚摸着他的小脑袋说，"乖小子，把碗舔干净吧。你爸打你，还是你妈打你？"

格根呼舔着碗说："你妈打我。"

大家又被逗笑了。

苏德巴特尔说："以后不能跟这孩子在人前对话了，真让人没招啊。"又看向萨仁图雅说，"嗨，饭菜准备得咋样了？"

"都好了。就等你去接咱爸呢。"

苏德巴特尔他们家这是趁着清明假期，想请放假回来的孩子们好好吃一顿。

"格根呼现在不咬舌头说话了，吐字多清楚。为了这事，我跟他妈都生过好几次气了。格根诺姆刚学话的时候也是咬着舌头说话，差点变成大舌头。后来住在舅舅家才被扳过来不是吗？长得这么端正的孩子，变成大舌头不就麻烦了吗？"哈布尔玛说。

"在舅舅家好，还是在爸妈家好？"苏德巴特尔问格根呼时，格根诺姆从阿努琪琪格姐姐的屋里出来说："我喜欢住在姥爷家。我妈早晨不起来，家里没意思。"领着弟弟又去姐姐的屋了。

"他们的日子跟一般人家的就是不一样啊。"苏德巴特尔又说，"昨天给苏德毕力格打了好几个电话都不接，不会是又玩上了吧？"

哈布尔玛说："我听说苏德毕力格彻底戒赌了。嗨，给这孩子洗洗脚吧，看那汗渍都把鞋缝给染黑了。小孩子的鞋一天刷好几次都不行呢，咱们的乌日柴呼倒好，一个月都不带给孩子刷鞋的。整天在外面跑的孩子，小脚丫能不出汗吗？"

"那个娘们儿已经无可救药了。苏德毕力格这辈子摊上这么一个媳妇也真够呛啊。真是庄稼不照只一季，娶妻不照是一世啊！"苏德芒莱慢悠悠地说。

"唉，他俩谁也别说谁，天生的一对。苏德毕力格也是，整天就知道赌。其实乌日柴呼也不是不过日子。那年闹盐荒的时候，人家乌日柴呼把囤在家里的一盒盐拿出来都分给大家了。只是现在变得稀里糊涂的。"

"那是发生在他们婚后第二天的事情吧？媳妇啊，永远像婚后第二天那样对我吧。不是有这么一句话吗？"苏德巴特尔笑着说。

"怎么可能呀？格根诺姆都会扶着东西走了。"萨仁图雅说。

"那年可真奇怪，满世界都在抢盐。当时我知道我弟家刚买回来几盒盐，心里可放心了，没跟着大家到处去张罗。在家里跟孩子们说，你舅家有，咱们不愁没盐吃。没承想我弟媳妇却把囤在家里的盐都藏起来了，我去要的时候，她说是都分完了，没有了。我真是伤心了。"哈布尔玛说。

"可不是呗，我妈我们还专门去了一趟苏木都没买着。后来又去了盟里。路上跟一个大卡车错车时，我开玩笑说，会不会是拉了一车盐呀。我妈听到后啊了一声就要欠身而起呀。"萨仁图雅笑着说。

"那个时候只有苏德芒莱不着急。还说，这世界上缺啥也不会缺盐，肯定会有办法。还悠哉游哉地拉着那把破四胡呢。"

"我也去商店排队买那个十块钱一袋的盐来着。有些人让亲戚插队加塞，后面的人就大叫大嚷。轮到我，盐卖光了，我一下子就晕倒了，大家给我掐人中，才把我救过来的。要不的话，我为了一袋盐可能就没命了。"巴尔齐德贵从外面进来，听到大家说那年的事情，也跟着这样说了起来。大家都说他，"你就别胡诌了"。

苏德巴特尔开上车去把老爷子和老太太接过来了。

老爷子从怀里拿出一包炸果子说："奶奶炸的。"递给了玛努琪琪格。

"啪，爷爷，你把果子揣在怀里，都弄脏了。"玛努琪琪格拧拧着鼻子说，"不吃。"往后退了几步，看大家伸手拿着果子吃得挺香，又说，"我也吃，我也吃。"跟大家抢着吃了起来。

大家围着桌子坐下了。萨仁图雅的哥嫂也来了。上羊头羊蹄的时候，给宝龙打电话，把他也叫来了。

"你们先吃着，不用等我们。我们把活儿干完就去了。"温都茹娜发来了一条语音，语音中还有咩咩的羊叫声呢。

"咱们今天喝点。一会儿哈斯巴根就来了，他酒量好。"苏德芒莱给萨仁图雅的哥嫂、巴尔齐德贵、哈布尔玛、宝龙分别倒上了酒。

萨仁图雅说吃药了，今天就不喝了。

苏德芒莱往前坐了坐，把几条羊舌的舌尖削掉，咪咪地叫了一声，蹲在窗台上的小猫就跳下来了。

"吃肥了，闻着肉味都不带馋的。咱爸的那只黄花猫呢？"

"咱爸的两只猫，从我娘家抱来的三只猫，都给圈在仓房里面了。时间长了它们都野了，见人就躲。从外面抓东西吃呢，把仓房弄得，满地都是鹌鹑毛、沙半鸡毛。"萨仁图雅说。

"你们刚吃羊头羊蹄呀。我们早都吃完了。"哈布尔玛说。

"冻在冰柜里面，一直懒得往外拿。牛头年年给我哥他们送去，谁让人家是我妈的好女婿呢。"萨仁图雅又说，"大家快吃吧。还有几只羊头没煮呢。阿努给牛倌的儿子送去了一只。我丫头是越来越懂事，越长越好看。不分贫富，不分高低，跟打工人家的孩子都处成好朋友了。"说着疼爱地向女儿阿努琪琪格看了过去。

苏德芒莱看着萨仁图雅的哥哥，清了清嗓子。

"你这是什么话？跟打工人家的孩子都处成好朋友了？打工的人难道就比你低一等吗？要让我说，孩子越来越懂事，你越来越糊涂。"鼻子长得又高又歪的萨仁图雅的哥哥说完后端起酒杯美滋滋地喝了一口。

"舅舅不知道吧，打工的人就是没钱的穷人，两只手特别特别黑的人。"玛努琪琪格说。

"你可真是你妈的丫头呀。"她舅舅无奈地摇了摇头。

"给我一块羊舌。"巴尔齐德贵还想说点什么,哈布尔玛用手肘杵了杵他,没让他说。

苏德芒莱说:"毒舌如箭的家伙能吃舌头吗?"大家都笑了。

鲁叶玛老太太装上假牙了。这套假牙戴着不舒服,牙花子硌着疼。往做牙的地方来回跑了好几趟,调整了好几次,从最近开始才稍微有些适应,可还是觉得不得劲。她说,毕竟用牙床吃东西吃了好多年,嘴里装上牙齿之后,总觉得这张嘴没以前那样好使。

钢巴图把裹在肥肉里面的羊眼睛吃了,奥齐尔巴图把羊耳朵吃了。"这只羊有几颗牙齿?"格根诺姆抱着羊下巴啃完之后数起了牙齿。

老爷子喝了一碗粥,吧唧吧唧地开始舔碗。格根呼仰脸看着他的下巴说:"爷爷的舌头真长,跟狗的一模一样。"大家都被逗笑了。

酒过三巡,喝酒的那几个人声音越来越高。侬乃扎布和老伴从酒桌挪到了茶几。孙子们也都吃完了,有剔牙的,有喝水喝茶的。侬乃扎布拿着一块上膛分别拍打着格根诺姆、格根呼、玛努琪琪格的手掌,说:"好好学习。好好学习。"

玛努琪琪格说:"也给我妈拍拍吧。她不认字。"

大家又都笑了。

哈斯巴根和温都茹娜两口子也来了。说是儿子替他们照料羊群呢,就坐到了桌上。

"我的三个好小子吃饱喝足了就快点回家,去照料牲畜吧。你爸我俩再坐一会儿。"哈布尔玛把孩子们先打发回去了。

"给,这是你的,就等你了。"苏德芒莱将满满的一杯酒放在了哈斯巴根面前。

哈斯巴根是个黑脸汉子,发际线后退额头显得很大。

"是窝阔台赏给托雷的神水①吗?"哈斯巴根瞅着杯中酒笑了。

---

① 窝阔台与托雷皆为成吉思汗的儿子。关于托雷的死因,史书上有多种推测,其中之一是说窝阔台继承了大汗之位后,借巫师之名,骗托雷喝下咒水,害死了他。

"咱们平民百姓可没能耐弄到可汗们享用的东西。"

听到苏德芒莱的回答，哈斯巴根哝哝着鼻子笑了，往前挪了挪身子，拿起刀子毫不客气地大口吃起了肉，大口喝起了酒。

"你老家是哪儿的？"宝龙向哈斯巴根举着酒杯问。

"我的老……"哈斯巴根刚要回答却被苏德芒莱打断了。

苏德芒莱说："山包那头有七只驴，山包这头有一只驴。加起来一共有几只？"

宝龙说："八只呗。"

巴尔齐德贵忍不住笑了起来。苏德芒莱捋了捋鬓角，眯缝着眼睛看着哈斯巴根也会意地笑了。

"有啥可笑的？圣主格斯尔还变成过驴呢①。"哈斯巴根说。

宝龙也笑了。他说："原来是在逗他呀。我知道言外之意了，这不是故意逗我这个老实人呢吗。你老家是奈曼②的，对吧？"

"我没文化，不懂他俩在说什么。他俩凑到一起就会说些莫名其妙的话。来来，喝吧，继续喝。"巴尔齐德贵向宝龙举起了酒杯。

萨仁图雅的哥嫂也回去了。

"这是豆腐吗？我还以为是鸡肉，吃好几块了。还有这样的菜呀。苏德巴特尔你真有福气。你老婆人长得好看，手也巧，啥饭啥菜都会做，走起路来更是妖娆。不是每个女人都能像她那样一摇一摇地走啊。"

宝龙的声音越来越高，呵呵笑着目不转睛地盯着正在倒茶的萨仁图雅的脸庞。

"孩子们跟前，净乱说……"萨仁图雅红着脸往后退了退。

"行了，行了。这家伙喝多了，盯着人家媳妇看也看不够。别瞎说了，快喝你的酒吧。"哈斯巴根说。

"你让我把眼睛藏哪儿？没地方藏呀，谁让这个好看的人在我眼

---

① 蒙古族史诗《格斯尔》中的情节。在英雄格斯尔降魔除恶的过程中，蟒古思用奸计将他变成了毛驴，在妻子帮助下恢复人形，消灭了蟒古思。

② 奈曼：内蒙古旗名，在通辽市。奈曼一词有八的意思。

前晃来晃去呢。没办法呀。哈哈哈……苏德巴特尔真有福气。"宝龙越来越不像话了。

"看来你过得并不如意对不对？怎么了？嫂子长得不好看？你这辈子过得挺痛苦是不是？"坐在那边看电视的苏德巴特尔笑着说。

"长得这么英俊的男人怎么就没娶上媳妇呢？"宝龙又跟苏德芒莱碰起了酒杯。

"这个人啊，年轻的时候定了九十九道标准来选媳妇，都选花了眼呀。身高必须一米六，一米五的绝对不看，双眼皮卷睫毛，鼻翼轻薄透亮等等数不完的标准。现在啊，那九十九道标准里面就剩一道了，你想知道是什么吗？"哈布尔玛向宝龙眯缝着眼睛说，"只要是女的就行。"宝龙听到最后简直笑翻了，说了一嘴："不至于如此吧。"

巴尔齐德贵和哈斯巴根也笑了。

萨仁图雅和温都茹娜前仰后合地也笑翻了。

阿努琪琪格拿着奶奶的手机，教她怎么用。老爷子让孩子们给老伴买来了能用微信的新手机。

"想看谁，就能跟谁通视频说话。可方便了。我妈就用这样的呢。学着用几次就会了。"萨仁图雅说。

"现在这个社会变化发展得太快了。我听说坐在家里就能买上飞机票。我们落伍了，啥都不会，啥都不懂。去银行的时候，人家都从那个自动吐钱的机器里面取钱。给我教了好几次我都不会。"侬乃扎布老人啧啧地说着。

"现在的社会富足了，也物质了。我们年轻那会儿，收音机都是稀罕物。现在孩子们连电视都不看了，人手拿着一个手机捣鼓来捣鼓去。衣服还半新着，说不穿就不穿了。哇兮，要不是怕丢人，我早就去沙窝子里捡垃圾了，好好的衣裤多了去了。我们那会儿，一年四季除了一身衣裤没有别的穿的。"

"饭后的药吃了吗？别忘了啊。"

老爷子提醒老太婆喝药，老太婆这才想起来，让阿努琪琪格拿来一杯温水把药给喝了。

老爷子从窗户看见了小狗崽叼着自己的一只鞋在玩，于是就出去了。来到院里，狗崽却不见了。他在院里转了几圈，才把那只鞋给找到。拍了拍上面的尘土抱在怀里来到门口，找到了另外一只，将两只对在一起放到了玄关里面的玻璃门里。

"你刚吃药了，嘴里发苦呢吧。"回到屋里之后，他从盘里拿了一块糖剥给了老伴。

"社会越来越好，孩子们也越过越好，我也跟着享福，真是太知足了。等苏德莫日根回来把一切都交给他，我就完成任务了。"老爷子说的时候老太婆把茶水洒到了衣服上面。

从酒桌上传来的哗哗笑声压住了老人的说话声。

"有人想掰这个棒骨吗？"

阿努琪琪格说："我来。"

"掰好的话能做一个顶针，掰不好的话就白费了。"苏德芒莱端详着手里的棒骨没给阿努琪琪格，"等会儿我帮你掰断。"

哈布尔玛稍微向苏德芒莱靠了靠说："想给你弟媳妇显摆显摆？你这二大伯子可真称职。"

苏德芒莱抿挲着胡子笑着说："你都快当婆婆了，也不给儿媳妇准备准备顶针什么的。"

"这一冬你没少捡牛粪吧？"哈斯巴根问宝龙。

宝龙说："捡了两个月。用卖牛粪的钱给我老婆买了一对金耳环。山地里到处都是牛粪，这边的人就是懒，别说捡围栏里面的了，院里的冻牛粪都不愿意起。好多人家看我捡牛粪，就给我打电话，让我替他们把围栏里面的给捡干净喽，说是把草场都给压坏了。对我们沙地人来说，这可是求之不得啊！这一冬光卖牛粪，我就挣不少呢。这个艾里的人又懒又笨，个把月二十天都不带数羊群，少了好几只都不带在乎，还说是在山里，不用去管。老粗犷了，也不会过日子。煮肉时囫囵个地就下锅了，也不按部位分解分解。准备冬储肉的时候，哪家都得宰十多头羊。其实卖一只羊就能买一头猪，难道还不够吃一冬？他们家今年宰了十多头羊，另外还有一头牛，狗头鹫似的。我真是服了。不过比起其他人家，他们还行，还燎羊头羊蹄吃呢。有些人家直接就扔给狗了。在城里一个羊蹄卖十多块呢。"

"羊肉囫囵个下锅才好吃。剁成小块煮熟的肉一点没滋味。"巴尔齐德贵说。

"这边的羊冬天也不落膘，跟秋天的一样，肥颤颤的，根本不用给饲料。在我老家那边，牲畜这会儿没啥吃的，可遭罪了。这边，走在林子里，就像踩在棉花上似的。苏德毕力格老丈人家的草场比我家的好，人家的在戈壁，我家的在沙窝子。"

"你是个不会拐弯的大实在人呀。喝着人家的吃着人家的，还说人家又懒又笨。长相不咋地，人品还算可以吧。就是脸上没长毛，脸上要是有毛，我看你跟北京人没啥区别。"哈布尔玛逗宝龙喝酒，大家也跟着七嘴八舌地笑他是"北京人"。宝龙不懂"北京人"是什么人，看大家都在笑，傻呵呵地也跟着一起笑。

"那天晚上看见围栏里面蹲着一个人，以为有人破坏铁丝网，跑过去一看是这个家伙。他蹲在那儿用火镰刮缠在网上的畜毛呢。"

"嘿呀，我可不是破坏围栏的坏人。羊从铁丝网下面钻来钻去，最下面的铁丝上净是毛茸茸的畜毛。晚上没啥事，就去剪了呗。用火烧的话，是不是清理得又快又干净？"大家连忙七嘴八舌地劝他："千万不能用火。野外失火可不是小事。"

"他那天把帽子捂得严严实实的，在手机上那么大声地外放着巴亚斯古楞的歌，能听着啥呀。我到他跟前，摩托车的灯照到他，他才抬头看我。"

"我不是坏人，跟你们一样，是好人。你们都是好人，可好可好的人了。要不哪能像前几天的那个大晚上似的，去把我接回来呀。"

原来有天晚上宝龙在山里迷路了。苏德芒莱当时接到他的电话就告诉他："我在门口点着二百瓦的电灯，你把车放在原地，顺着林中小径向上步行，千万别往下走。越往下走越容易迷路。抬头看看夜空，找找北斗七星，就知道自己在什么方位上了。"

无论苏德芒莱怎么说，宝龙都找不着回家的路，一直在林中打转。

"我那天爬到高一点的地方就能看着灯亮了。想奔着灯亮走下去，前面又都是大沟不好走，稍微绕过去一点就又迷路了。你们这大山啊，可不是人待的地方。三个月之内，我穿坏了五双鞋；换了两个棉袄，都被干树杈挂烂了。"宝龙直摇头。

"你还是不会放羊呢。山地放羊不用整天跟着，从远处看着就行。"哈斯巴根说。

"我家有一头可好的母牛来着，掉沟里死了。那头母牛跟山羊似的，就愿意离群单独活动，每次放出去都找不回来。后来从山崖上掉进沟里，小命说没就没了。"宝龙惋惜地说。

"可不是呗，死的净是些健壮的牲畜。不健壮的也爬不到那么高。"巴尔齐德贵说。

"前些日子还差点损失一头母牛呢。它领着出生没多久的牛犊掉进挖古墓的坑里面了。周围都是荒草，小牛犊在下面叫唤才被人发现。这头小牛犊有福报，救了母牛的一条性命。"

"你说的是哈拉嘎·哈达布奇附近的那些古墓坑吧？在那附近那样的坑可多了，不小心不行。咱们这儿掉山沟丧命的牲畜哪年都有几头啊。"

"这边的林子里面，能做套马杆的木头可真不少，要是拿到乌珠穆沁去卖，能赚不少啊。"宝龙说。

"春天做的套马杆轻快但不结实。用秋天的木头做的话，手里握着沉甸甸的，还结实耐用。"巴尔齐德贵说。

"有再多也不能随便乱伐。一旦被抓着就完了。"哈布尔玛喝光杯中酒，逗宝龙喝。

宝龙说："我想买一匹马，自己骑。有合适的没有？"

"我有一匹三岁子马，可以给你骑。没啥毛病，就是容易受惊。你要是被它摔下来，可不能怨我啊。"苏德巴特尔又说，"今年不能再让它在野外自由跑了，得收回来管教管教。本来想找一个会侍弄马的人骑来着。"没过一会儿又说，"还是算了吧，不给你了。你不懂它的脾气秉性，一旦被摔下来可就麻烦了。好事做不成，再惹一屁股麻烦，那就不划算了。"

早已回去的温都茹娜来了好几趟叫丈夫回去，可是都没成功。

"儿子替我打理畜群，我放心。"哈斯巴根嘟嘟囔囔着就是不肯离开酒桌。

大家让格根诺姆说好来宝。

> 鼢鼠的土堆上不长草
> 洛桑的头上戴不住帽

格根诺姆说了两句继续看电视。

"乖小子，说别的吧。你刚才说的这段是说书人却吉嘎瓦在十几岁的时候，给自己的父亲编的段子。他父亲就是一个秃顶。"苏德芒莱说。

"嘿呀，竟然把老爹的秃顶都编进去了？"宝龙把杯中酒一口喝了下去。

"说书人可是伶牙俐齿，想讽刺谁就顺口而来。朝亦邦就讲了这么一个故事。他被王爷请去说书，好几个月过去了，王爷也不提让他回家的事。他万般着急，于是就编了一段：龛里的佛像是否被请到了河边？年轻的姑娘是否被领到了寺院？王爷听出他话中有话，笑了笑就让他回家了。咱们这儿还有一个叫旦森尼玛的说书人，有一天他背着胡琴刚从家里出来，他老婆就从他身后骂：身子累垮的两岁驴就知道躲在避风处，背上四胡的丹森尼玛就知道走家串户。"巴尔齐德贵和哈布尔玛你一言我一语地说着跟说书人有关的笑话。

"格根诺姆，乖啊，再给我们好好说一段。"

沉迷于电视剧的格根诺姆不情愿地拿起了胡琴摇晃着身子说了起来：

> 肚子如坛圆鼓鼓
> 后腿如桶肥壮壮
> 荐骨肉也圆滚滚
> 膘肥体壮多带劲
> 肥满胸脯往下坠

身体圆如羊脂球

脱浮绒毛软柔柔

身体像个白丝球……

"这小子说得真好，有天赋。"

"嗓音也不错。"

为此频频举杯的大家都喝醉了。哈布尔玛抱着巴尔齐德贵没完没了地哭着，被丈夫背到车里才回家。

宝龙也醉了。他把玻璃门看成是敞开的屋门就撞了上去，幸亏苏德巴特尔手疾眼快，上前一把将他扶住了。

"苏德巴特尔是个好人呀，只可惜，只可惜……他摊上了一个坏娘们儿。长蛇眼的女人……不就有点臭钱……"哈斯巴根回到家还在不住地叫嚷着。

三十二

争相怒放的杏花仿佛给山的灵魂着上了色彩，极目远眺一片粉白嫩红，大自然呈现出一派热烈欢快的勃勃生机。

孩子们的手里、大姑娘小媳妇们的头上也盛开着朵朵杏花，有些人家放在窗台上的花瓶里也插满了粉白粉白的花枝。

奥齐尔巴图的婚礼将要在这盛开的四月举办。还有七天就是正日子。准备接亲、布置新房、购买被褥新衣等各种事项紧锣密鼓地进行着，几方面的亲戚纷纷赶来帮忙。

院外停着一辆崭新的银色宝马，后视镜和车轱辘上都系着红绳。这是哈布尔玛两口子花了六十多万给儿子置办的新车。

院里，男人们宰羊，女人们收拾下水准备灌血肠。春天的羊还没长膘，他们特意从饲养的群里选了几只肥的来宰。

女人们突然乱成了一团。刚被宰的那只羊忽然站起来，拖着肠子满院子跑呢。女人们用袖口遮住眼睛不忍去看，男人们大嚷小喊地将它抓住又摁在地上了。

"作孽啊作孽。快点，掐断动脉血管啊。"有人着急地喊着。

刚才操刀的小伙儿又把手伸进其胸腔重新操作了一遍，几个男人拽住其四肢举起来在地上摔了又摔。

操刀的小伙儿也就二十来岁，他错愕地说："我再也不宰羊了。"

"你刚才弄得不利落。我大侄子随他爷爷了。我爸就是这样，每次宰羊都出'事故'。"哈布尔玛说。

苏德巴特尔家的院里也热闹非凡。他们今天跟老丈人家一起给羊洗药浴。大水泥池子里兑好药水，将二三十头羊从一头赶进去，再从另一头赶出来。白绵绵的羊从池子出来后身上滴着药水，变成了黑乎乎的家伙。那些老弱的已经冻透了，被赶到背风的篱笆圈下面，用粪土把它们埋上一层取暖。

"苏德巴特尔这个急性子真烦人。没等天亮就起来了，进进出出的，自己不睡，也不让别人睡。年年都这样，一大早就开始洗羊，哪年都有几只冻坏的。"萨仁图雅给两个姐姐不耐烦地说。她们在准备午饭。

鲁叶玛老人在家洗衣服。

老爷子让孩子们买来了洗衣机。把衣服放进去之后，这个机器一直轰隆轰隆地响，也不知里面是啥情况，老两口从两边扶着这个轰隆响的家伙，大眼瞪小眼地看着彼此不安地站着。

这时苏德芒莱进屋了，看到他俩的样子忍不住笑了。

"不用管。等它不响了，掀开盖子把衣服拿出来就行。没啥可怕的。"

"不会爆炸了吧？阿努琪琪格来家里教过好几次了，可是听到这轰隆的声音还是害怕。"

"没事，大家都用这个洗呢。你俩没必要这样守着它，一边喝茶一边洗就行。喝完茶了，衣服也洗出来了。"

苏德芒莱帮着老太太把洗好的衣物拿去挂在晾衣绳上，鲁叶玛老人开心地笑着。

玛努琪琪格来了。又稀又黄的头发上别了一枝杏花，还给金发的洋娃娃也别了一朵。

刚看见二伯她就拉着二伯说："西边的沟里，都长满蝎子草了。咱俩去看看它们是不是在睡觉。"

玛努琪琪格知道蝎子草是扎手的。有一次她好奇地问："大人怎么就不会被扎？"二伯随口说了一句："蝎子草睡觉的时候不扎手。"

玛努琪琪格很想去捡蝎子草，却不会分辨它们是醒了还是在睡。这次拉着二伯的手，非要去看个明白。

就在这个时候，奥齐尔巴图头破血流地回到了家。说是被人砸伤了脑袋。几家人一瞬间都听到了这个消息，乱成了一团。

动手打人的是鲁叶玛的四儿子，也就是宝龙的弟弟，叫宝山。

奥齐尔巴图今天在河里饮完羊，就把羊群赶进了戈壁的围栏里面。他加固拴铁丝网的桩子时，羊群频频受惊。他放下手里的活儿，围着羊群在灌木丛中间转悠了几圈，除了鼹鼠挖出来的一堆一堆的小土包，没发现有什么异常。山羊吃着榆钱，跟人似的爬到树上立着两条后腿站着，也没有什么特殊情况。他继续加固木桩，没等弄完两个桩子，羊群就又散开了。

他这才看见那边的杏树底下有个人披着一件破棉袄故意让羊群受惊。奥齐尔巴图走了过去，那个人却把头埋在衣服里不肯露头。

奥齐尔巴图感到不妙，往后退了几步说："你是什么人？我用石头砸你了啊。"听到威胁后，那个人才把脑袋露出来。

奥齐尔巴图这才认出，他是宝山。

"嗨，兄弟，现在这块地方是我家的牧场。"宝山咧嘴讪笑着，向那边的羊群努了努下巴，"我们的羊就应该在这儿吃草。"指着奥齐尔巴图脚下的土地。

这块地是苏德毕力格家的牧场，现在租给了宝龙，租期为三年。

"你们的羊可是一直在我家的草场上吃草。"

奥齐尔巴图听到这话简直惊呆了。苏德毕力格和巴尔齐德贵两家的草场的确是从这块连在一起的，但是没拉铁丝网。这么多年下来，两家的牲畜在这片草场上随便吃草，一旦合群给分开就得了。

可是现在草场已经租给别人，主人不再是苏德毕力格。

奥齐尔巴图怎能忍受，竟然有人站在叔叔的草场上，以主人的身份叉着腰杆跟自己理论。更可恶的是，这个人接二连三地故意不让春天的绵羊好好吃草。太过分了。奥齐尔巴图不会跟人打仗，却会守住羊群，一直让它们在这块草场上吃草。

宝山过来故意轰羊群，奥齐尔巴图不让他靠近。两个人推搡来推搡去，宝山就举起手里的木头，向着奥齐尔巴图的脑袋砸了下去。

哈布尔玛简直气炸了。

她跟巴尔齐德贵开上车来到草场，指着宝山开口大骂，撵他赶紧滚蛋。

宝山可不是一般的人。他怕过谁呀？哈布尔玛两口子来到苏德毕力格家看牲畜的窝棚时，宝山穿着漏洞的破袜子，仰面朝天地躺在榻上，挓挲着满是黑垢的脚趾，挠着肚皮毫不在乎地盯着他俩看。

到底是从哪儿蹦出了这么一个人？哈布尔玛和巴尔齐德贵也瞪大了眼珠。

“爷从来就没怕过谁。不信就去打听打听爷是干啥的。”

“你这个人怎么这么不要脸？”哈布尔玛向丈夫瞅了一眼，“把这个狗崽子打死算了。”皱着眉头就要往前蹿。

“狗崽子是狗崽子。你要是把我打死了，我可就是人了，你还得偿命。”

巴尔齐德贵拽着哈布尔玛的袖子不让她动。

“我找人来抓你。知道不？”

巴尔齐德贵和哈布尔玛知道跟他没理可说，不如赶紧回家带儿子去医院。这件事不会那么容易就能解决。

哈布尔玛在车里骂了一路，回到家时儿子却不在家。在家里帮忙的几个女人收拾完下水灌好血肠，把羊肉也给冻在冰箱里面了。

奥齐尔巴图被二叔领到苏木医院去缝伤口。

“你留在家里看牲畜吧，我去看看他们。”哈布尔玛奔着苏木去了。

她来到苏木医院，从窗户外面看见了头缠白纱布的儿子，心里很是难受。

奥齐尔巴图在输液。左眼乌青，左侧的额头和鬓角也都肿了。

医生说，皮肉伤，无大碍。

奥齐尔巴图输完两瓶液体之后，他们去派出所报了案，民警做了伤势等相关的记录。

哈布尔玛、苏德芒莱、奥齐尔巴图三个人开着两辆车到家了，侬乃扎布老两口和苏德巴特尔、萨仁图雅两口子已经在他们家里。

"唉，这事给闹的。不几天就结婚了，鼻青眼肿的。咋说是好……"

苏德巴特尔看到奥齐尔巴图就这样说。萨仁图雅拽了拽他的衣襟没让他继续说下去。

"脑袋没啥事就是万幸啊。其他的倒不要紧。"萨仁图雅安慰着奥齐尔巴图。

"得让警察把那个贼种给抓去。"哈布尔玛咕咚咕咚地喝了几口茶。

"要是伤着眼睛可怎么办呀。这个宝山净给我惹事。怎么还让他去放羊了呢？"鲁叶玛老人脸色苍白地说。

"没事的，没事的，会好起来的。多亏是皮肉轻伤。"侬乃扎布老人双手合十地说。

派出所来人把宝山给叫走了。

直到晚上宝龙才一脸风尘地来到了巴尔齐德贵家。他匆匆忙忙地进屋之后，在额头上合着双手向他们频频认错赔不是。

"都是我的错。去旗医院再检查检查吧。我去乌珠穆沁旗卖做套马杆的木头，这么一会儿工夫，他就给我惹出这么一档子事。我走的时候心里就没底，嘱咐了又嘱咐，你说说，偏偏就出事了。"

"真是始料不及啊！还有两天，就是我儿子的婚礼。你说咋办吧？鼻青眼肿着怎么结婚？"

"去医院吧。再输几天液，输输液消肿消得怎么也会快点吧。"宝龙央求着。

"我儿子的脸上要是留疤瘌，你看着，我要彻底跟你们算账。你那个弟弟不是人，是牲口吗？是个没脸没皮的玩意。"

"他净给我们惹事。因为打人被关了四个月，前几天才被放出来。不管在哪儿不惹出点事来就不是他了。对不住了，对不住了，都是我的错，都是我的错。"宝龙不住地点头哈腰。

"苏德毕力格他们这是自己不想好好过，也不让别人好好过呀。把草场租给别人拿上钱，拍着屁股说走就走了。惹出一堆麻缠事，整天让我们打来打去。一对丧门星。"

苏德毕力格和乌日柴呼去呼市打工已经走了一个多月了。其实哥嫂们都不愿意让他们走。在自己的家乡、自己的牧场上都没把日子过好，去人家的地方打工难道就能混出头？呼市那个地方也没堆着金山，也不是谁去都能揣着钞票回来。在哪儿生活，不都得靠自己去努力吗。就苏德毕力格和乌日柴呼？他俩是那样努力上进的人吗？在他俩之前，霍日格艾里又不是没人出去打过工。最先走的那对夫妻，两年后男的回来了，女的跟人家跑了。后来走的那对，把房子卖了，以十年的租期把牧场租出去，买了一辆出租车，以为跑出租能赚不少。最后不还是回来了吗？钱也没有，车也没有，两手空空地回到家乡，连最起码住的地方都没有了。

苏德毕力格根本听不进他们的劝。他说着："你们难道要帮我还债吗？最后不还是我自己还吗？"把内心的委屈都怨在哥嫂们的头上，领上老婆说走就走了。

"唉，租就租呗。他们老家那地方草场退化严重，听说牲畜都吃不上草，吃沙子呢。多可怜呢。两三户人家合起来也就三百多只羊。咱们这几家的草场够用了，就让他们放放吧。就当是做善事了，做点善事吧。"侬乃扎布老爷子点燃了三炷香举在手里挨着净化着每一个房间。

哈布尔玛虽然气得不得了，睡了一宿之后气也消得差不多了。首先是因为宝龙态度好，唧唧哝哝地一直赔不是。另外是因为儿子的婚期将至。这可是儿子一辈子的大事，吵闹下去也不吉利，不能因小失大。所以就没再追究宝山，给派出所捎信说，双方已经和解了。

奥齐尔巴图的婚礼如期举行，办得圆满而体面。

奥齐尔巴图娶了个好媳妇呀。新媳妇一看就是懂事的好姑娘。吃席的乡亲们都啧啧地夸赞新媳妇。

"这都是托了父祖辈的福分啊。"哈布尔玛在婚礼上流下了激动的眼泪。

"还是有儿子好啊，儿媳妇一进门屋里一下子就满了。"

每个人都很高兴。只有侬乃扎布老爷子闷闷不乐。

"谁都没往主桌上请他们的继母。继母也是妈啊。"老爷子嘟囔着。

但谁都没把老爷子的这句话当回事。

第十三章

三十三

潺潺流淌的浇绕河水在阳光下波光粼粼。河水很浅虽然只到脚踝，但是无论多么干旱的年份，这条河水却从来没有干涸过。经年累月一如既往地在草原上、沙地上、山林当中涓涓流淌着，为这片土地上的人和畜输送着最甘醇的饮用水。

河的西北边是一块沙地，形状如同男人秃顶的前额。被当地人叫做木勒合沙地。

今天在木勒合沙山顶上坐着一个人，是苏德芒莱。

他一大早就接到了大哥巴尔齐德贵的电话。大哥把今天放羊的任务交给了他。他们家最近总是让他帮忙放羊。去卖饲养的羊、儿子和儿媳妇回娘家走亲戚等，他们总是有出门的事。

苏德芒莱早晨随便吃了一口就出来了，皮鞋都忘了换。这双皮鞋磨脚磨得厉害。

山里弥漫着碧青色的雾霭，一阵紧似一阵地传来了悦耳的鸟叫声。高耸的山尖、粗糙的岩石、被阳光晒成紫红色的石头……大自然的声音来自于大自然。

近处的蜃景变幻着，偶尔从远处传来人们喊牲畜的叫声。小鸟在空中自由地飞旋着。

"在无限广阔而深邃的蓝天上飞翔，是你们的幸福吧。我不是在放牧羊群，而是在放牧着光，放牧着风。你们懂吗？"

他把手搭在额头上眺望着远处的天空站了一会儿。

右手边的山鼻梁上，雪白的羊群没有吃草，都在躺着休息。

"来到好季节了。羊群吃饱了，一天要休息好几次啊。"他自言自语着。

在他的附近，有一头怀胎的母牛因为肚子太大四肢使不上劲站不起来了。他去把它扶了起来。周围的草坡都被它磨蹭秃了，看样是站不起来折腾好一会儿了。苏德芒莱觉得这头母牛应该是宝龙家的。

从沙窝子里传来了山羊有气无力的叫声。他顺着声音走了过去，是一只落单的就要下羔的苍灰母羊。它难产了，羊羔的头没先出来。苏德芒莱接近时，母羊用水汪汪的眼睛看着他想逃走，苏德芒莱却非常麻利地把它给抓住了。他抓着山羊的两条后腿将它往上提着，用土办法好不容易给它把胎位调整过来了。然后抓着黄绿色的小蹄子小心翼翼地把羊羔拽了出来，对着窒息的小山羊的嘴和耳朵吹了几口气，湿乎乎的小家伙勉强地咩咩叫着踢蹬起来了。

母山羊似乎已经忘了刚刚还在生死边缘挣扎的痛苦，不停地舔着刚下生的孩子，生怕被苏德芒莱夺走似的将它护在身边。

宝龙把摩托停在围栏边上向他走来，帽子挂在脖颈上，从远处看去，好像是拴着料斗子的驴。

宝龙从怀里掏出一只小羊羔说："这个小家伙从昨晚就跟在羊群后面一直不停地叫。也不知它妈在哪儿？我们两家的羊群昨晚又合在一起了，不会是在你们的群里吧？"

"哎，我刚才还看见右耳上有印记的一只母羊不停地叫来着，以为是我哥家的母羊把羊羔给丢了呢。你们两家的印记都一样啊？"苏德芒莱看着小羊羔说。

"跟我妹妹家的一样，都是右耳后有印记。我这着急啊，动不动就合群了，分也分不清。我这个人本来就不太会分辨牲畜的毛色，总是认不准。"宝龙愁眉苦脸地把小羊羔刚放下，它妈妈就跑过来让羊羔吃起奶来了。

宝龙咧嘴笑着把这对母子撵进自己家的羊群之后赶走了。

苏德芒莱放牧的羊群还在那边的山梁上安静地休息着。

他从沙山上下来，来到了河套边的摩托跟前。他早晨骑着苏德毕力格的破摩托车来的。

他脱下袜子在河水里洗干净之后，挂在了摩托车的把手上，光着脚丫子在绿草地上走了起来。

蒲公英开着黄色的花。他从它们身边经过时，那些绒毛却缓缓散开了。他低下头摘了几根绒毛飞走的秃枝闻了闻。

苏德芒莱每次看见蒲公英都会想起母亲。母亲只要看见孩子们吹蒲公英玩，就用别的东西哄着他们，不让他们吹那些绒毛。母亲说，自己小时候也愿意吹蒲公英玩。她吹的绒毛飞得最高也飞得最远。母亲还笑着告诉孩子们，自己小时候跟小伙伴们说，那些绒毛飞到天际，就会变成鸟羽、网状云、太阳和月亮的睫毛。据说小伙伴们谁也说不过他们的母亲。眼睛和心神都无法达到天际的那几个小伙伴对他母亲一定是心服口服吧。追忆着母亲和自己都在这幻化为鸟羽、云彩的美丽奇景里度过了童年时，他情不自禁地感伤起来。

"不要吹。它的生命最脆弱。"母亲经常这样说。母亲知道花草也有生命，因为她对生命有着深刻的理解。"也许是因为摘了太多的蒲公英吹着它的绒毛玩耍的缘故吧？"后来他听说母亲去世的时候这样说过。

苏德芒莱站在盛开的蒲公英花丛中，自己的心脏好像是以母亲的心脏在跳动，于是用右手捂住了胸口。小弟弟牺牲的时候他梦见过母亲，梦见母亲抱着弟弟的头在哭……醒来时枕头都湿了。他那是用在那个世界的母亲的眼泪哭的。他用母亲的眼泪哭过好多次了。今天又以母亲的心站在花丛中感伤着。蒲公英有多么脆弱，刚一触碰就要凋落，就好比生命之镜啊。生命也是脆弱的。那么生命珍贵吗？珍贵。珍贵之处大概就在于存在死亡吧。如果没有死亡只有永生，生命也不会那么珍贵。时间的梦幻里，人的生命跟这轻轻一吹就能凋落的蒲公英的生命有区别吗？其实世间万物都跟生命一词紧紧连在一起。生命是脆弱的，但奇怪的是，它却能跟花朵一样顽强地盛开。也许生命的价值就在于凋谢的蒲公英绒毛变成鸟羽和云彩的过程吧。

苏德芒莱忽然想起了萨仁图雅。他自己都觉得奇怪，为什么会在这个时候想起她。

那天下着毛毛雨。工匠湿淋淋地在雨中给萨仁图雅家垒石墙。

"这大雨天还垒什么墙？他们让你死你难道就去死吗？"苏德芒莱把他给轰走后，气鼓鼓地进了屋。暖乎乎的屋里，萨仁图雅跟她妹妹刚涂完趾甲歪在沙发上说笑着。苏德巴特尔收拾着过期的糕点和饼干，"买这么多，没来得及吃就过期了。"把过期的挑出来要拿去喂狗。

苏德芒莱进屋后，几个人赶紧给他让座。

"雨天还让人家垒墙？你们有点钱了，就张狂得不知道东南西北了吗？不要忘记还有这么一句老话呢，有和无跟清晨的露水一样。因果循环，万事皆有轮回啊。"他撂下这么一句，气呼呼地甩着门就出来了。打那之后看见萨仁图雅心里就不舒服。

一辆奥迪从他身边开了过去却在前面停下了。阿努琪琪格从车窗探出头来喊他。苏德芒莱笑着走过去。

萨仁图雅抱着玛努琪琪格坐在副驾驶座上，阿努琪琪格在开车。

她们过河的时候没有关车窗，衣服和包被溅起的河水弄湿了。

"我丫头还是没经验。要是你爸开车就不会发生这样的事了。"萨仁图雅擦着溅到脸上的水笑着说。

"原来我爸还有优点啊。你一天到晚不是就知道责怪我爸吗？"阿努琪琪格也笑着，从车窗给二伯递了一把熟透的黄杏，开上车走了。

苏德芒莱感觉萨仁图雅的样子好像是对自己很不满。也许是自己想多了。现在的萨仁图雅可不是那个在乌兰牧骑的时候梳着两根辫子的萨仁图雅。人家现在可是苏德巴特尔的媳妇，富户人家的女主人。

苏德芒莱忽然产生了一种莫名其妙的失落感。随手捡了块石子扔了出去，却惊飞了落在地上的一只麻雀。

那边的山包上有个骑摩托的人。他在那儿站了一会儿之后，顺着山梁骑着摩托来到了苏德芒莱跟前。

是巴尔齐德贵。

巴尔齐德贵摘下墨镜看着那边的围栏说："他们家今天谁放羊？"

"宝龙。"

"绵羊都躺下了"

"我早晨来的时候就这样。宝龙刚才来把羊群轰起来了，现在又都躺下了。"

巴尔齐德贵往那边看了看说："你先回去吧。晚上我把羊群赶回去。"

他们以前放羊，根本不用这样整天盯着。自从苏德毕力格把牧场租给宝龙，麻烦事就越来越多，不能像原来那样自由放牧。稍不留意羊群就钻入宝龙的围栏里了。宝龙虽然在两家的牧场中间拉了围栏，但牲畜们才不在乎呢，顺着围栏的空隙随便钻来钻去。它们怎么会知道两家人会为这个而吵起来呀。

羊群一越界，两家人就会吵吵起来。

其实圈养政策在这里几乎没有执行起来。铁围栏从山腰往上拉到林木浓郁的地方就断了。只有像巴尔齐德贵和苏德巴特尔这样的富户，为了区分储草场和打草场才自行拉了围栏，其他多数人家的草场都没有明确的界线，估摸把羊群放出去吃草。他们贿赂了苏木的工作人员，每家每户心里都有数。工作人员偶尔开上几辆车来进行检查，也都是例行公事罢了，看见满山的羊群也假装没看见。旗林草管理局的相对而言比较严。他们兴师动众地从机关大院刚开车出来，艾里的人们就得到消息了。车牌号、什么颜色的车、领导戴什么帽子等等所有细节都掌握得很清楚。牧民们于是来到山脚下，向山上的羊群喊几声，羊群就像在悬崖上流动的白云一样缓缓下山。旗里的工作人员到达时，每家每户的羊群已经在圈里卧着呢。

但是跟草牧场有关的纠纷不是没有发生过。整个艾里的平原地牧场都围绕在浇绕河两岸。开始围平原地牧场的头几年里，争抢牧场的纠纷一直就没有断过。给对方的牲畜扔有毒的玉米、趁着夜晚把牲畜偷偷地放在人家的牧场上，因破坏围栏而有人被砸破脑袋、有人被打断胳膊，苏木医院和派出所没少接待过这样的人。

"这是社会发展的规律。是如何面对从游牧到定居，从定居到城镇化，以及个体所有制和土地所有制，还有如何对待'我'这个概念的实践过程。"苏德芒莱真是说到了点子上。他说，"现在已经来到了如何面对和维护自身权益的时代，对草场和土地的认识也将发生变化。世界观和价值观都将会发生很大的变化。圈养之后，追求质量取代了追求数量，这是可取的。"他参着胡须道出了这番言论，但是大家普遍不赞成圈养，他因此也没少挨骂。

后来这些年跟草牧场有关的纠纷渐渐少了，大家已经习惯了有网围栏的文化和生活。是啊，管那么多有什么用？管好自家的牲畜不就得了。

但是，巴尔齐德贵和宝龙两家晚上又吵起来了。

晚上十点巴尔齐德贵骑着摩托来牧场巡查，在灯亮里看见了宝龙的羊群在他家的牧场上。

他立即把哈布尔玛叫来，往回赶这些牲畜。这时宝龙骑着摩托也来了。

"也就刚进去五分钟吧。"宝龙在黑暗中伸着五个手指给巴尔齐德贵比画着，也不管他看得见还是看不见，"我刚回家，就这么一会儿工夫它们就进去了。"

"你凭什么让我们相信你说的是真的？我们先把你的羊群赶回去。咱们明天再说。"

"你们为什么就不相信我呀？"

"哼，你就别玩这种人家玩剩下的把戏了。今天一整天，你的羊群一直在草场上卧着不起，而且据说是早晨开始就在那儿了。我估摸着就不对劲，一定是夜晚放在我牧场了。怎么着？是不是被我活捉了？"

巴尔齐德贵虽然想把整群羊都赶回去，但这些羊却往后退着不肯听他的。他早就料到会这样，所以出来的时候已经做了两手准备，从后备厢拿出来事先备好的麻袋，抓了两只装进麻袋扔到了车上。

"想要回去，就准备两千块钱，明天来取。要不的话我们就宰着喝汤了，知道了吧？"开上车走了。

第二天早晨巴尔齐德贵一家正在喝早茶，老爷子打来电话让他去一趟。

"难道是因为羊的事吗？"巴尔齐德贵这样寻思着到了老爷子家。

老爷子却说："给我支一万块钱。"

"做什么用？"

"我们要去五台山旅游。"

巴尔齐德贵没说啥就出来了。他到家之后把苏德芒莱和苏德巴特尔叫来了。

"那个老太太来了之后，咱爸已经花八万了。咱们还是给他仔细拢拢账为好吧？他有存头花就花呗，所以咱们谁都没管。现在倒好，又要让我给支一万，说是要去五台山旅游。你们说这钱该给还是不该给？

三个儿子坐下来算起了老父亲的出入账。买沙发、桌子、冰箱、洗衣机，还有给老太婆镶假牙的费用都算下来之后，还有三万块钱不知去向。

虽说他们不怎么去老父亲那儿，但每个人心里都有数。他们是谁呀？都是精打细算过来的野人家的孩子呀。

后来经过询问终于弄清楚了三万块钱的去向，原来是借给了老太婆的老姑娘了。

"有借条吗？"

"都是自己的孩子，要什么借条呀。"

老爷子的回答让他们感到不安。于是又合计起来如何才能让那个女儿把借条给写了。

后来决定让哈布尔玛给她打电话。

"是啊，我买楼房的时候借的。咱爸说不从我要利息。"

哈布尔玛把她说的录下来，大家这才长舒一口气。

"这一万还给咱爸吗？"

"五千就够了。老太婆的老姑娘两口子领他们去五台山其实就是想用咱爸的钱出去逛一趟。咱爸啥也不知道，还高兴得不得了。"哈布尔玛说。

"那些人才不把咱爸当回事呢。"

"听说咱爸的斑哈尔不在了。我怀疑是宝山干的，他是狗贩子。那天流着哈喇子说，这狗养得真肥。说不准就是被他牵走给卖了。"

"以前咱爸那儿，桌子底下这儿那儿都是零钱，现在看不着了。"

"她老姑娘戴的那个银镯子好像就是咱妈的遗物。"

"檀香木桌子和那个铜盆也看不见了。"

几个人议论得正起劲儿，宝龙咧嘴笑着就进来了。

"这个盆是从哪儿买的？"他瞅着正在洗手的哈布尔玛笑着说。

"在你眼里这盆是不是比我这个人还大？进屋也不知道问候一下，张嘴就是这个盆……进来之前就不会叫一声看狗吗？小偷似的，偷偷摸摸地……"哈布尔玛边说边给他盛茶。

"兄弟们，把那两只羊还给我呗。"

"早都给你说清楚了。把两千块拿来，我们就还给你。不是一两次了吧，最可恶的是净在夜里偷着把羊放在我们的牧场上。"

"兄弟，我真的不是故意的，是它们自己钻进去的。"

"他这个人不可能撒谎，也许就是趁他不在的时候钻过来的。"苏德芒莱戴上鸭舌帽往外走去。

他爬上北头的小山包回头看了一眼，只见宝龙在巴尔齐德贵家的大院子里面，来回追着几只羊屁颠屁颠地跑着，应该是想把羊弄回去吧。

他于是拨通了大嫂哈布尔玛的电话说："你们就别难为这个实诚人了。不要让他满头大汗地追着那几只牲畜满院子跑了，赶紧把他的羊分出来圈在小院子里吧。"

第二天晚上，苏德芒莱来到了父亲家。

院外停着几辆漂亮的轿车，月光下清晰可见。

屋里有人吵架。窗户上映着几个高大的人影，叫嚷的声音当中有男也有女。巴尔齐德贵、哈布尔玛——苏德芒莱忽然联想到会不会是他俩，一个箭步就来到了里屋，只见好几个人站在炕上互相撕扯着。

"嗨，别打了，别打了。有话好好说。"苏德芒莱喊道。扯着领子拽着胳膊的那几个人听到喊声住手了。苏德芒莱这才看清楚，不是自己的兄弟，是老太婆的几个孩子在吵架。

他们见有人来，虽然依旧面红耳赤，但还是坐下来了。

"那笔钱是咱妈的，谁都没资格要。"在墙角躲避战乱的宝龙从人群里钻出来，捡起被他们踩在脚下的帽子，弹了弹上面的灰尘笑着说，"这不好洗呀。"

原来老太婆的草场即将被风力发电项目所占用，由此会获得国家发放的一笔补偿款。

"给咱妈？那不等于白白送给人家了吗？"其中的一个儿子并不友善地瞟了一眼苏德芒莱。

依乃扎布老爷子驼着背从抽屉里拿出一盒火柴几炷香，将香点着后插在香炉里，双手合十地站在佛前祈祷起来。

宝龙在地上无所事事地来回走了一会儿之后坐下来把旧暖壶拆开，换了一个新的内胆装好后咧嘴笑了笑说："狗似的，掐吧，掐吧。为了没到手的东西就这样没人性地闹起来了。"摇了摇头接过苏德芒莱递给的烟卷点着了。

刚平息的战火又被拱起来了，膀大腰圆的几个男人捋着胳膊挽着袖子又都站了起来。苏德芒莱没等他们动手就赶紧跑了出来。

走在夜晚的黑暗中，他发现所见的一切都那么飘忽不定。回家后就写了一首诗，题为《夜的幻景》。第二天揣上获奖得来的五万元所剩的钞票，去新疆和青海旅游了。

三十四

长着黄花羽毛的戴胜鸟落在墙头上咕咕、咕咕地叫着，扇形头冠随着叫声缓缓展开，看起来非常漂亮。

"戴胜叫满贯来，麦鸡叫满贯去。又到了富足满贯的季节啊。"依乃扎布老人跟老伴坐在门外喝茶唠闲嗑。

"我有块绿松石，给你老姑娘，让她打个戒指戴吧。"

"那可不行，家里的老物件，还是留给你自己的孩子吧。那对手镯让她拿去了，说是想戴几天。等她再来的时候，我得要回来了。那可是人家母亲的遗物，孩子们看见会不高兴的。"

"没事，我这几个孩子都有份了。她喜欢就让她戴两天，能咋着呀？"

老两口赞叹着天气越来越好，嘴不着闲地回忆着童年和青年时代的种种往事。

老爷子自从跟这个老太婆过日子之后，总是有唠不完的嗑。他的孩子们都感觉到了，纷纷惊讶不已。

玛努琪琪格来了。她说："宝龙叔叔被抓走了。"

这个消息让老两口着实吓了一跳。

宝龙因为砍伐树木被抓去了。他为了卖做套马杆的木头，雇人在山里伐木，伐一棵给两块钱。这活儿不费力气。雇来的那个人第一天干得挺好。第二天发现有野猪出没，撂下手里的活儿，追着野猪喊着，"热乎乎的猪粪呀……"在林中来回穿梭着就跑得无影无踪了。树叶沙沙地响了一会儿，然后是森林一片寂静。宝龙等了好半天，也不见他回来，担心会发生意外就去找那个雇工。在浓密的树林里面，他来回来去地找，带刺的树杈划伤了脸，他也不顾，终于在一棵大树下面看见了那个人四仰八叉地躺着。

"我还以为你被野猪把肠子给挑出来了呢。"宝龙十分生气，走到跟前把他叼在嘴里的烟抢过来踩灭，"一旦失火你就得去坐牢。"

那个人毫不在乎地打着哈欠说："真可惜今天没带猎夹，那家伙龇着弯曲的獠牙，油亮的皮毛闪着青光。今天要是把那家伙给抓着了，我才不会给你卖力挣这点小钱呢。"说着坐了起来。

"你还能耐了。这点小钱也是上天赐给咱们的，知道不？总比你三吹六哨挨家挨户打零工蹭饭强吧？就你这德行，还想去逮野猪发财？"连损带哄好不容易让他回来伐树。

之后宝龙骑上摩托去看羊群，再回来时这家伙为了省事竟然给他伐了几棵桦树和山藤。

"你这是干吗呢？不想活了？还没长成材的树木呀，就给连根砍断了。"宝龙着急得鼻子都发酸了。

"山里边这样的树多了去了，你着啥急。"

"败家的玩意，你这样的人多了，地球都会受不了的。"宝龙向他喊道。

这个人干活懒惰，吵架倒是有一手。刚过去两天，他竟然为了不让喝酒不让抽烟，又跟宝龙吵起来了。

宝龙就吓唬他："你再这样闹下去，我就不给你算工钱。你好好干咱俩就有商量。"

那个人以为宝龙真不打算给自己工钱，就去把宝龙给告了。

宝龙于是就被抓了。不是因为没给人家算工钱，而是因为砍伐树木。

砍伐树木可不是小事。宝龙的老婆着急得不行，给苏德芒莱打了电话求助。在塔里木盆地旅游的苏德芒莱又给萨仁图雅打来了电话。

萨仁图雅几经周折找人帮忙，才算平息了这件事。宝龙交了罚款之后，从拘留所里提前被放出来了。当时在拘留所的时候，宝龙天天在心里祈祷："只要从这里出去就行。"重获自由之后，又连连叫苦，"忙活一春天，卖了几根做套马杆的木头，现在把挣的那点都赔进去了。"

"没被野猪挑出肠子肚子就算万幸了。野猪那玩意可厉害，骑马的人都躲着，它那两颗獠牙瞬间能把马尾巴给截断呀。没有在森林失火，没有被野猪的獠牙刺死，是万幸啊。"巴尔齐德贵和苏德巴特尔替宝龙连连叹息。

哈布尔玛却对萨仁图雅说："我以为有好戏看了，却没事了。正如'诸葛亮安居平五路'，没想到你在这儿遥控指挥了。"

哈布尔玛不待见宝龙，本想在家坐看热闹，萨仁图雅却没能让她如愿，所以在心里对萨仁图雅很是不满。

宝龙拿着礼物到苏德巴特尔家表示了感谢。大人们唠嗑的时候玛努琪琪格断断续续地听到了一些内容，就把知道的都告诉了爷爷。

鲁叶玛给儿子打去电话，得知已经没事了，悬着的心也就放下了。

但是，两家的几个孩子又闹起来了。

那天苏德巴特尔去商店。有几个人堆在一起拿着请柬互相说笑着，见他进来就都散开了。有人抿嘴笑，有人神秘地看着他。

"这老爷子真厉害，还要开饭店呀。"

苏德巴特尔听到了，却不知道他们说的是谁。这时有个人把请柬递给了他，"你自己看看吧。"

请柬上不但写着"开业大吉"，还有老父亲侬乃扎布的名字。

苏德巴特尔二话没说就从商店逃跑似的出来了。回到家弄清楚来龙去脉之后，简直气炸了。

宝山要在黑拉嘎图开饭店，还以他老爸的名义到处发了请柬。

"你们怎么能这样啊？"苏德巴特尔质问宝山。

宝山说："我也想在请柬上写自己的名字，但是你们艾里的人都不认识我呀。"

老父亲倒是挺乐呵的。

"这孩子要开饭店了，不容易呀，以我的名义发出请柬，就是把我当成父亲来尊重呢。人家口口声声地叫着我爸爸，住楼房摆温锅席的时候，也把我跟他妈请到主桌上，可像那么一回事儿。哪像你们，不懂礼节，孙子结婚都不把奶奶往主桌上请。"

"他这是以你的名义收钱敛财呢。"几个孩子都不愿意。老人却说："以我这个父亲的名义请大家来热闹热闹有啥不行？"

开业那天老爷子的几个孩子都没去。老爷子更加伤心了，"人家孩子尊重我，特意让我坐在了主桌上，你们呢？"不管孩子们的反对自顾自地说着自己的。

苏德巴特尔在艾里遇见了宝山。他说："你以我爸的名义摆开业席挣不少吧？份子钱是不是也得给我爸？"

宝山却说："老爷子都没说啥，你们在中间瞎嚷嚷啥呀。"好像手握皇上的谕旨似的得意得不得了，接着说道，"你爸也是我爸呀。"

苏德巴特尔上去就把宝山给推倒了，觉得不解气又使劲踢了几脚。宝山的妹妹当时也在场，心疼哥哥被欺负，护着哥哥也跟他吵吵起来了。他们在艾里吵吵了好一阵子才散。

让苏德巴特尔更加气愤的是晚上发生的事情。苏德巴特尔家每晚要挤三十多头乳牛，得把三十多头牛犊给分出来。他从这头刚把牛犊围过来，牛犊们从那头又跑散了。其实，这倒没什么，每天晚上都如此。

这天晚上父亲的院里摆着一张桌子，聚集着很多人。穿着透明的纱裙和短裤的好几个女人围着桌子吃着西瓜，喝着茶，叼着雪糕说笑着。

她们指点着来来回回跑来跑去的牛犊看热闹，"快看，快看，从这边跑了，哎呀，又从那边跑了……"大声笑着。

苏德巴特尔骑着马来回奔波，她们却故意坐看笑话，让人厌烦。

急着分牛犊的苏德巴特尔自然就想到了中午打仗的事情，又看到那么多不三不四的人在老父亲家玩乐，简直气不打一处来。

于是根本听不进萨仁图雅和温都茹娜的劝，骑上马奔到父亲的院子，用鞭子指着她们就骂起来了。

要不是宝龙及时赶来握住他的缰绳求他劝他，他早就挥鞭子去抽宝龙的妹妹了。他把这帮人从父亲的院里轰走之后才有所消气。

灯蛾、绿豆蝇蜂拥在灯周围的这天晚上，侬乃扎布老两口坐在灯下谁也没说话，只是默默地抽烟。

三十五

三个年轻人在捡韭菜花。
鲜嫩的草汁染绿了他们的裤管和鞋头。

　　在那静谧的远山之中
　　乡野的空气清新迷人

飘荡着女生优美的歌声。

　　多想贡献力量建立家庭
　　让人向往的美好的家园……

紧接着是粗犷的男声和音。

"阿努，老弟替你去教训教训那个小子如何？"

"不麻烦你了。我已经原谅他了。我俩现在啊，依旧是好朋友。"

"钢巴图，快唱你的歌吧。净提些没用的，你这不等于往人家的伤口上撒盐吗？"铁木尔巴图笑着说。

"你这个哥哥是怎么当的？你妹妹被人家欺负，你不但不管，还知道笑。那小子竟然敢甩我姐，早晚有一天我要好好教训教训他。"钢巴图咬牙切齿地说着，摘下顺着帽檐滴着汗水的帽子抒了抒头。

阿努琪琪格将一捧韭花忽地撒了出去，喊道："哇，跟进来一只蜜蜂。"

"没事吧？"铁木尔巴图和钢巴图从她两旁凑过来关心地问道。

"蛇……"阿努琪琪格又喊了一声，将身边的铁木尔巴图推开了。只见一条细长的红花蛇贴着铁木尔巴图的脚跟钻进草丛消失了。

"杀啊。"钢巴图喊了一声。

"杀啊。杀啊。"阿努琪琪格和铁木尔巴图也随着喊了两声。

"为什么遇见蛇非要喊杀？"

钢巴图摘了一棵野韭菜，掐断上面的韭菜花闻了闻扔进了袋子。

"谁知道呀。不是说要是喊别杀，喊话的那个人就会遭到蛇的报应。我觉得就是一种习俗吧。"铁木尔巴图喝了两口粉色的汽水，把汽水瓶递给了钢巴图。

他们三个捡了很多韭菜花，拿来的袋子都被装满了。回去的路上还捡了不少蘑菇。

上了油膘的十几头牛缓缓地往水边走去。

阿努琪琪格喊道："你们快看呀。那头两岁红白花牛的肚子和腿怎么都红了？"

"真的啊。怎么回事？像是被猫挠了？"钢巴图走过去前后左右地端详着那头牛。

背着一口袋韭菜花的铁木尔巴图也惊讶道："不会是狼……"

他们还发现其他几头牛也跟这头一样，肚子和腿都是红的。

铁木尔巴图拍着后脑勺喊道："麻黄草。"

"哎，就是，麻黄草成熟了。这几头牛应该是舅舅家的。我舅家的围栏里有麻黄草，肯定是卧在上面染上草汁了。"三人说着点头。

铁木尔巴图往四周看了看说："咱们只顾追着野韭菜跑了，竟然没发现已经到了我舅家的牧场。你们看，那不就是额日严·脑海图吗？"

"舅舅他们今年肯定也做麻黄草奶豆腐了。咱们要不去尝尝？"钢巴图说。

阿努琪琪格弯下腰摘了一枝地榆，用那紫红色的花穗蹭着脸说："额日严·脑海图是什么意思？"

"说那个山包呢。据说是正山顶上坐着一条曲着前腿的狗。二叔说，那条狗夜里吠叫，白天就消失了。夜晚从这里经过的人总是迷路，所以就把这块地方叫做额日严·脑海图。'额日严'是让人眼花缭乱的意思。"铁木尔巴图说。

"姐，把袋子给我吧，我来背。"钢巴图把阿努的袋子要过来，背着两个袋子往前走。

"阿努琪琪格早晨吃了两碗奶油拌饭呢，背这么一口袋韭花不算什么。给，替哥哥背一会儿吧。"铁木尔巴图笑呵呵地说着想把自己的袋子给阿努琪琪格。

"哥，你是个不懂心疼女人的莽汉呀。要爱护女人，关心女人。女人可是弱势群体呀。阿努，老弟像不像宝玉？"

"你的话我只赞同一半。爱护女人是对的，把女人放在可怜的、需要关心的那么一个位置上是不对的。这种观念其实是在看不起女人。女人既坚强又有韧性，有毅力，这些方面比男人强太多了。就拿抚养孩子来说吧。母亲养大的孩子普遍都坚强、不屈，而且抗压。父亲养大的孩子往往都不独立、不出息、不积极，甚至不成材。钢巴图你挺像咱爸的，以后说不准也跟他一样，老婆的话言听计从呀。"铁木尔巴图笑了。

"嘻嘻，我才不当咱爸那样怕老婆的懦弱男人呢。爱和怕是截然不同的两个概念。"钢巴图摇晃着脑袋嘟嘟着嘴说。

"人家阿努只有一个愿望，就是找个好男人嫁出去过日子。我看她跟男朋友分手之后，好像失去了阳光一样，有一种完全把自己放弃的样子。除了吃就是睡，现在都胖成啥样了。"铁木尔巴图追着蜻蜓跑得气喘吁吁地回来说。

"不是的。"

阿努琪琪格和钢巴图同时喊道。他们那充满活力的喊声穿透淡青色的薄雾，在树林、山谷中回荡着。

"那是爱，知道不？你这个愚笨的男人，连咱爸都不如。你不懂什么是爱。你爱过吗？"钢巴图向哥哥喊道。

"我们班的女生好像对我都有好感，我对她们却没有任何感觉。"铁木尔巴图说。

"这就是典型的吃不着葡萄说葡萄酸的故事，对吧？"阿努琪琪格向钢巴图眨巴着眼睛说。

"唉，你们还没有感受过失恋的痛苦滋味呢。我前段时间真是太痛苦了。吃了睡，睡了吃，什么都不想做，眼瞅着就胖起来了。现在我要减肥，每天早晨都爬山呢。我有新的男朋友了，另一个班的，像铁木尔巴图哥哥一样读过好多书的青年。"阿努琪琪格抿嘴笑了。

"我知道。看见你俩在咖啡馆来着，比原来的那个帅多了。"钢巴图说。

"原来那个也不错呀，只是人家不喜欢我了。我特别喜欢现在的男朋友。他从来不跟我争论，总是耐心地听我说。而且喜欢学习，喜欢钻研。跟前男友分手也是我的福分吧。我俩在一起的时候，好多事情上看法不统一。跟现在的男朋友来往之后才知道什么样的人最适合我。你们知道吗？这个学期我的成绩都上来了。呵呵呵……对我来说真是太好不过了。每天早晨他都打上饭在食堂等我，还说不管胖瘦都喜欢我。不过我还是决定要减肥，得接着去跳好久没跳的舞蹈了。他说我肯定能成为一个艺术家。"阿努琪琪格摇晃着脑袋欢快地说。

"原来如此啊。前阵子听说你闹着休学，现在没动静了，原来是有新情况呀。"铁木尔巴图又说，"我就不明白，只因为那么一个人你的生活就会受到那么大的影响吗？以后要是跟现在的男朋友再分开的话，不会再犯一蹶不振的毛病了吧？"

"不会了。肯定不会。我只会越来越强大，越来越完美。上次的失恋让我懂得了很多。"阿努琪琪格把手搭在额头上，看着在上空鸣叫的一对红雀，用清澈的声音模仿起了它们的叫声唱了一会儿。

"你们在这儿等着。快到舅舅家了，我去趟他们家。"铁木尔巴图向附近的一排瓦房努着下巴，"给他们送点韭花去。"在茅草丛中间跳跃着跑去。"我俩也去。"阿努琪琪格和钢巴图跟他一起跑了起来。

到了门口，屋外的狗吠叫不停。家里没人。

他们刚进屋就看见了一条白花蛇盘曲在地上，足有擀面杖那么粗，而且形成了堆状。这条蛇看见他们晃动着头，三角眼里闪着冷光滑入了桌子底下。

"没关窗户，从窗户进来的。"

钢巴图跑进厨房舀了一勺酸奶要往它头上滴，试了好几次都没有成功。

白花蛇被激怒了，来回攻击了几次，但毕竟在铺瓷砖地板的空屋里，只能啪啪地甩着身子摇摆。三个年轻人噢噢喊着将手里的酸奶终于滴到了它的头上。

铁木尔巴图用火夹子轻轻地夹住它，走到屋外来到附近的树林将它放生。铁木尔巴图只打了一声口哨，这条蛇就钻进石缝里，蛇鳞一闪一闪地就消失了。

等他回来时，钢巴图和阿努琪琪格正在厨房找东西吃。

凉手把肉、奶油拌饭、掺着麻黄草的粉红颜色的奶豆腐，三个年轻人挑着最爱吃的吃了一阵。

"掺麻黄的奶豆腐真香，吃下去之后胃里有一种清爽甘甜的感觉。"钢巴图说。

"红色的奶豆腐？"铁木尔巴图晃着脑袋撇着嘴端详着手里的奶豆腐，"鲁迅笔下的血馒头……"没等他说完钢巴图就向他的膝盖踢了过去。

"呸，呸，呸，吃东西呢，乱说什么呀。读书读傻了吧？"阿努琪琪格走到一边坐下了。

出来时，阿努琪琪格拿了一小块掺麻黄的奶豆腐，用纸包好，说道："给玛努带回去。"

屋门口的窗台上放着一本撕破的书。铁木尔巴图将这本书夹在腋下说："这么好的书都被撕破了。舅舅最爱往家里买书，但他读书跟吃书似的，一本书读完了，也面目全非了。"

"姥爷那时多疼我呀！现在大人们总是闹矛盾，几家人都不怎么走动了。想起这些我的鼻子就发酸。咱们长大了可不能像他们似的这么不懂事。"铁木尔巴图说。

"你们兄弟俩一辈子都要好下去，记住了吗？"阿努琪琪格说。

"这可说不准，以后得问你嫂子。"铁木尔巴图说。

"不会又像大伯那样吧？"阿努琪琪格不屑地撇了撇嘴。

"我不想继续上学了。"钢巴图说。

"那你想干吗？"

"校园里太没意思了。我想去月球或是其他星球看看，告诉人类除了地球其他星球上也可以生活，那样的话我就是了不起的人物了。"钢巴图清了清嗓子刚说完，铁木尔巴图就说："想辍学？咱妈首先就不会答应。想都别想，就当美梦做下去吧。"

"哎呀，你别说扫兴的话了。"钢巴图嚷嚷起来了。

"我可是要去工业大学上学了。以后还想出国留学呢。"

"我要成为超人。这样的……"钢巴图在地上翻了几个空翻示范给他俩看。

"孙悟空？见过啊。"阿努琪琪格撇着嘴说。

"你见过孙悟空？你穿越去过唐朝？"

阿努和铁木尔巴图都乐了。

"你们是说六小龄童吧？他怎么会像我这样空翻呀。不信就打电话问问。我有他的电话号码，你看。"钢巴图在阿努琪琪格的眼前晃了晃手机。

阿努琪琪格躲到一边说："我要当歌手。"清了清嗓子。

"这么胖还……"钢巴图嘎嘎笑了起来，树上的鸟儿被惊飞了。

"胖又咋了？英国的阿黛尔胖不胖？那也不耽误人家有那么多粉

丝呀。我可没她胖吧？"阿努琪琪格模仿着阿黛尔又清了下嗓子唱起来了。

铁木尔巴图和钢巴图一个举着白蘑菇，一个举着韭菜花，在她的两旁弯下腰说："献给国家级功勋歌唱家阿努琪琪格。"

草丛里蹦出来一只兔子跳走了。花脸的獾子蹲在窝边，煞有介事地观察了一会儿周围的动静，以与肥胖的身体完全不符的麻利动作又钻到窝里去了。豆鼠吱吱叫，蚂蚱飞起飞落，蝴蝶围着他们飞舞。

"快来看呀。"钢巴图连着打了好几个空翻，来到离他俩稍远的地方喊道。

那周围都是圆滚滚的小刺猬。

"哇，刺猬，这东西最能下崽了。一个，两个，三个……十五个呀。"

小刺猬们还没长出坚硬的刺，皮肤被燎了似的非常粗糙。它们不知道有危险，更不知道有死亡，在草地上蠕动着胖乎乎的小身子挪动着。它们的妈妈听到脚步声，立马就将圆滚滚的身体机敏地缩成了一个椭圆形的刺球。

他们拿着手机拍了好多照片，跟这些可爱的小家伙玩了好一会儿之后，说说笑笑着来到了柳树林。走在林中，冰凉的水渗透了鞋子。浇绕河在茂密的柳树林子中缓缓流淌着。

"这水真凉。林中不见阳光才会这么凉吧。跟泉水一样，冰凉冰凉。"三个人把袋子放在岸边，拨开树杈用冰凉的河水洗了洗脸拍了拍头，坐在岸边的卧牛石上休息。

"哇，这卧牛石都被太阳烧红了，都气喘吁吁了哈。给，垫着这个坐吧。"钢巴图脱下外衣铺在卧牛石上让阿努琪琪格坐。

"哎呀，真累。开车来就对了。"阿努琪琪格把鞋和袜子都脱了。

"你这还是女孩的脚丫子吗？趾甲也太难看了吧？"钢巴图说。

"被牛犊踩了，趾甲脱落了。你看，新趾甲从下面长出来了。"

"还是步行好。快看呀，柳树那边的蒲公英开得多好。"铁木尔巴图边说边跑过去摘了几朵拿回来给他俩。三个人举着蒲公英吹着，看着满天飞扬的绒毛，欢快的笑声在浇绕河上飘荡着。花鸭、黄鸭，百灵鸟，还有许多不知名的小鸟飞来飞去。花蝴蝶呼扇着翅膀一会儿落在水面上，一会儿围着花丛飞舞。

"去萨乐黑图山顶上玩一会儿吧？那里长了好多百里香，去闻闻那清香的味儿吧。"铁木尔巴图说。

"吃点东西再去。把包给我。"阿努琪琪格向他伸手把包要过来，拿出酸奶、香肠、汉堡吃了起来。

钢巴图说："少吃点吧。刚在我舅家你也没少吃呀。胖得……"

阿努琪琪格故作生气地向他泼了几捧河水。

"打扫完得了，要不还得背回去。"

他们议论了一阵国内外的体育明星和画家，奔着长满百里香的萨乐黑图山顶走去。

两辆车在坑坑洼洼的土路上行驶，看见他们几个从柳树林里出来，就奔着这边开过来了。

"那辆车开过来了。"阿努琪琪格向那边努了努下巴。

一白一黑的两辆车直奔他们而来。

"好像是苏木派出所的，他们以为咱们是在挖药材呢。"阿努琪琪格说。

钢巴图和铁木尔巴图会意地看了一眼彼此，背上袋子顺着沙石路就匆忙地往上走去。

"朝着卧牛石方向，赶紧地。"他俩悄悄说笑着，虽然小跑却放慢速度，故意让后面的车跟上来。

两辆车横在他俩面前，从车上下来了几个人说："把袋子赶紧打开。"

钢巴图说："干吗呀？在路上好好走的人犯什么错了？你们要干吗？"

"把口袋里的赶紧倒出来。"其中的一个男人以训斥的腔调粗声粗气地说。

"不。"他们三个往后退着。

"赶紧地，倒出来。"

铁木尔巴图笑嘻嘻地拿出烟来要给他们四个，他们却根本不理会。阿努琪琪格咯咯笑着将口袋里的韭花倒了一地。

那几个人面面相觑着迟疑了片刻，啥也没说又转身上车了。

"谁家的孩子？"

"好像是那几个富户家的。"

从车窗里传来了他们不耐烦的议论声。

三个年轻人目送着在沙石路上颠簸着走远的两辆车又喊又叫，拍着膝盖简直快笑翻了。

"想不想吃韭花煎血肠？可香了。"钢巴图从他们身后大声喊着。

"人家这是在执法，保护草牧场。谁不知道他们的这些小把戏？净找软柿子捏。用罚款买烟抽，把没收的挖药材的工具拿回去分给亲戚们用。就知道欺负没文化的、老实巴交的群众。"三个人嘲笑着派出所的这几个工作人员，开心得不得了。

他们气喘吁吁地爬上了萨乐黑图山顶。清爽的风缓缓地吹来，百里香的芬芳沁人心脾，使他们感到了心身无比舒畅。于是捡着石块往敖包上添着，每个人都忙出汗了。到了下午，三个人又欢声笑语地在白云飘浮的草地上互相追逐着回到了铁木尔巴图和钢巴图家。

玛努琪琪格和格根诺姆穿着旱冰鞋，说是学滑旱冰在几间屋里滑来滑去地闹腾。巴尔齐德贵坐在沙发上，低着头一颗一颗地摘着沾在裤子上的苍耳。

"摘干净五条裤子了。我要是不处理，这些孩子脱下来就不管了。"

"为什么要摘那玩意？不穿了，扔了算了。"钢巴图从冰箱拿出冰块边嚼边说。

"那当然了，你爹妈有钱你可以随便挥霍。我爹妈没钱，我是穷人家的孩子，怎能跟你们比。"从外面进来的哈布尔玛说。

孩子们听到后哗哗地笑了起来。

哈布尔玛手里拿着一个沙果说："从门口的台阶上捡的。可惜了沙果，就有两个牙印，说扔就扔了。"说着嘎嘣嘎嘣地咬了起来。

在一旁抱着孩子的儿媳妇的脸不经意间红了。

铁木尔巴图说："妈，先别咬着。有两个牙印吧。"从她手里把沙果拿过来，用手机拍了几张照片，"太可爱了，你们快看看这小牙印。"让大家看沙果，"嫂子，把伊特格勒抱过来。小家伙，我们家的小崽崽。"又举着手机给露着两颗小牙朝自己笑的小小子拍了几张照片，写上"我们家的小崽崽"，发到了朋友圈。

哈布尔玛把孩子们捡回来的韭花拿到门口，坐在台阶上择了起来。

"妈妈，一会儿凉快了，我们去石磨上磨，你可别用搅拌机搅啊。"铁木尔巴图说。

"你们要用石磨磨？"

"是啊。"三个孩子齐声喊道。

"现在的这些孩子多幸福。闲得没事，竟然羡慕起驴干的活儿了。"巴尔齐德贵又说，"那么愿意干，把羊饲料也给磨了吧。堆着一仓房呢。"

这样说着，做好饭的奥齐尔巴图进屋了。他说："饭好了。去吃饭吧。"走到媳妇身边，轻轻地捏了捏她怀里的孩子的小脸蛋。媳妇为他把袖管放下来，又给他擦了擦额头上的汗，"给你凉好茶了，喝吧。"向桌子努了努下巴。

"咱哥结婚之后性格都活泼开朗了。"阿努琪琪格用英语刚说完，钢巴图就接过话茬说："爱的力量。我也想找个爱人了。对了，我差点忘了，姐快把你发朋友圈的那个女孩儿的名片发给我。"

"哪个？"

"你们三个人吃汉堡的那张照片里中间的那个女孩儿。"

"到底说谁呢？汉堡？"

"我给中间的那个女神不是送过一颗鲜红的心吗？别废话，快把微信打开。"

"你是说玛丽卡吧？人家有男朋友了。"

"把她的手机号给我。有男朋友算什么？我才不管呢。活在这个世上不就是为了竞争吗？"

"她比你大三岁呢。"

"你就别管了，把她的手机号给我就得了。乌音嘎的那个女朋友简直太漂亮了，从远处看就像一只白天鹅。"

"谁敢跟乌音嘎比呀？人家考上北京大学了。你还想跟他比？再说了，你们班的漂亮女生也不少呀。"

"那当然，可她们总说我是小矬子，我不喜欢。"

铁木尔巴图和阿努琪琪格哈哈笑了起来。

"你们几个好好的蒙古话不说，怎么还说起了人家听不懂的外国话？是不是在说老妈我的坏话呀？铁木尔巴图给我翻译翻译。"哈布尔玛说。

格根诺姆说："他们说鸟语呢。真讨厌，故意欺负咱们呢。"

"不吃饭了？你们在野外跑了大半天，不饿吗？"巴尔齐德贵往桌上摆着饭菜。

"不吃了。吃了一路，现在还没消化呢。"他们三个纷纷说。

阿努琪琪格戴着耳机在听歌。

"格兰特的歌吗？"钢巴图摘下她的一只耳机，放在自己的耳朵里，手舞足蹈地跟着旋律嚷嚷起来。

玛努琪琪格穿着旱冰鞋滑过来说："是不是听疯子唱的歌呢？我也想听。"

"摇滚音乐。"铁木尔巴图告诉她。

"不是，就是疯子在唱。"小丫头坚持着自己的看法。

"失恋的创伤愈合了？不要听这么刺激的音乐好不好？会疯的。"钢巴图大声说。

阿努琪琪格瞥了他一眼伸手把耳机抢了回来。

哈布尔玛说："韭花的味儿太冲了。要不是你爸爱吃，我才不愿收拾呢。"从外面拍拍打打着进来，用香皂洗了手，"得找医生给伊特格勒看看牙，是不是缺什么营养了，都过一周岁了，才长两颗牙齿。不对劲呀。"看着儿媳妇又说，"以前给他看过牙吗？"

"没有。"儿媳妇边给孩子擦鼻涕边摇头。

"过几天为铁木尔巴图摆升学席。"哈布尔玛说。

"快算了吧。摆那玩意没有任何意义。"铁木尔巴图说。

三十六

地板上铺了一层有可爱的动物图案的塑料垫。小孙子在瓷砖地上净摔倒，哈布尔玛就想出了这个办法，在几间屋里都铺上了这样的塑料垫子。

"长脖子的叫长颈鹿。长鼻子的叫大象。对了，这个是大象。"小孙子咿咿呀呀地跟着哈布尔玛，用小手指点着卡片上的动物。老两口陪着孩子在塑料垫上玩看图游戏。

"哎，怎么告诉你都记不住啊。这个是哥哥熊，这个是弟弟熊……"

"不是这样说的，应该是熊哥哥和熊弟弟。"巴尔齐德贵纠正着哈布尔玛的话。

"是吗？那就让爷爷教吧。还是爷爷厉害，知道的比我多。"哈布尔玛给孩子擦了擦鼻涕。

"他要是女孩儿该多好。养大了找个人家嫁出去，咱们就完成任务了。男孩子的麻烦事还在后头呢。"哈布尔玛又说，"你看，上面也冒出了两颗小牙，补了补营养还是起作用了不是？"扒拉着孩子的嘴，端详着他的上牙花子说。

"谁知这个社会等这个小家伙长大时会发展成什么样子，就不要为那么远的事操心了。"巴尔齐德贵说。

"我听到孩子的声音了，你俩看孩子呢吧？"

哈布尔玛边哄孩子边跟萨仁图雅在微信上聊天。

"儿媳妇不是要考驾照吗，他俩今天考科一去了。"

"是啊，自己有驾照就是方便。买了那么高级的车，必须得考驾照。"

"谁说不是呢。儿媳妇刚开始还说奥齐尔巴图会开就行，不想学。我就劝她，自己会开的话多方便，不用看别人的脸色。好说歹说她才去驾校报名。儿媳妇好像对车不太感兴趣。"

"妈，孩子没闹吧？"

儿媳妇来微信了。

"没闹，挺好的。你们就放心吧。好好考吧。"

"我们可能很晚才能到家。太晚的话，也许就住下了。明天是周末，钢巴图也想跟我们一起回去。"儿媳妇说。

"行，行，不就一晚上嘛，你爸我俩咋也能对付。"哈布尔玛跟儿媳妇说完就皱着眉倒在了丈夫的怀里，"老头子，他妈今晚要是不回来，咱俩这一宿可有忙活的了。"

小孙子用小手扒拉着奶奶，好像在告诉她不能躺在我爷爷的怀里，离我爷爷远点。

哈布尔玛和巴尔齐德贵被他逗得乐了好半天。

"小家伙跟你更亲呀。"哈布尔玛这边说着，那边在微信上跟萨仁图雅说，"嗨，听说你下午要去苏木？给我孙子带几包纸尿裤吧。"

"你跟好几个人一起聊天，可别跟上次似的发错了，那就不合适了。"巴尔齐德贵提醒着老婆。

上次哈布尔玛跟姐姐在微信上聊天时，唠到了儿媳妇骑二岁子马的事情。

那是儿子和儿媳妇刚结婚不久的事情。小两口说去捡牛粪，背上背篓拿上叉子就走了。谁知道他们是不是去捡牛粪了。哈布尔玛和巴尔齐德贵他俩随后也去山里看那几头快要产犊的母牛。碰巧的是，他俩看见了儿子和儿媳妇。在杏花盛开的树林中，儿子牵着一匹二岁子马，儿媳妇骑在上面嘎嘎地笑。

老两口很是尴尬，生怕被两个孩子瞅着，顺着沟边爬出去好远才直起身子往回走。

"你说还有这么不懂事的儿媳妇。刚进门的新媳妇竟然骑上了二岁子马。这要是让那些放羊的放牛的看见了，还不被人家笑话死呀？多丢人啊。"哈布尔玛本想跟姐姐说，却摁错了对话框，发给了儿媳妇。

儿媳妇接到了语音，却根本没当回事。

她说："我不希望每个人都喜欢我。婆婆不喜欢儿媳妇也是正常的。再说了年轻人怎能跟上了年纪的长辈争高低，也犯不着为了鸡毛蒜皮的事，弄得不愉快。"

哈布尔玛把儿媳妇的这段话立马就学给了姐姐和萨仁图雅听，还说："我这个儿媳妇人品不错。我是越来越相中啊。"

哈布尔玛说的是实话。就凭儿媳妇的这段话，她真心相中了这个孩子。"我儿子能娶上这样的好媳妇也是佛祖赐给的福分啊。她肯定会提醒他不懂或不明白的事，往正道上提携着他走下去的。"

挠羊绒的时候，儿媳妇根本没用别人，利用早晚的时间就把一百多只山羊给挠完了。可她就是怕蛇，看见蛇脸色就发白。有一次从仓房尖叫着跑了出来，说是肩头上落了一条蛇；有一次在摩托车的把手上看见了一条，蛇头还一动一动的；还有一次，小孩躺在炕上，头顶上方就盘着一条小白蛇。她整天被蛇吓得神经兮兮的，哈布尔玛也是看在眼里疼在心里。怎么说也是刚嫁过来的人，完全融入这个家庭的生活还需时日。儿媳妇不怎么爱做饭，儿子的厨艺倒是越来越有长进了。

哈布尔玛有一次在牛圈里看见儿子背着儿媳妇打情骂俏。她觉得非常尴尬，巴尔齐德贵就说："小两口如胶似漆还不好啊。就你这个婆婆事多。"

小两口有一次还吵架了。吵架的原因是奥齐尔巴图说了一嘴另外一个姑娘长得好看。

小两口拌嘴后奥齐尔巴图抱着枕头去别的屋睡了。

萨仁图雅把他媳妇接回家住了几天，等她消气之后才送回来。

"嘎嘎妈妈教我怎么系盘扣了。我也想学着缝东西。"媳妇高高兴兴地回来了，奥齐尔巴图咧嘴笑着迎了上去。

"还以为我这个大儿子性情温顺是随他爷爷了。咱们艾里的人谁不知道啊，他都八岁了还让爷爷背呢。我还想，真不应该让他净跟爷爷腻歪了。现在看来，还是随他爸了。怎么还说别人家的媳妇好看呢。"哈布尔玛一脸愁容地说。

"纸尿裤吗？穿什么码？那个东西也分大小码。"

"是吗？我不知道呀。当奶奶真不容易，累啊。这孩子一刻都不闲着。你等会儿啊，我这就问他妈。"哈布尔玛又在微信上问儿媳妇。

儿媳妇那边没有任何动静。

"别问了。你看看他穿在身上的是什么号码不就知道了吗？"萨仁图雅在微信上指点着，才好不容易弄清纸尿裤的号码。

巴尔齐德贵给孩子喂苹果汁喝。

"哎呀，又尿了。"

小家伙坐着就尿了，看到积在塑料垫上的尿液，还用小手好奇地拍打呢。巴尔齐德贵连忙去拿抹布。哈布尔玛喊着："哎呀，孩子啊，这是尿啊，脏，不能玩。"又说，"人家说的他都懂，就是不知道拉尿，不知道这东西是脏的。"把他抱起来夹在腋下一溜小跑着去卫生间给他洗手。

"抚养一个孩子成人有多不容易。咱们那仨是怎么养大的？我都记不清了，跟做梦似的。咱们老两口现在还得给他们仨看孩子不是吗？得继续努力呀。现在的年轻人都不用细沙了，咱们那会儿还用细沙呢，多麻烦来着，凉了不行，热了也不行，且折腾呢。往回拉细沙的活儿倒是没让咱们操心，咱爸不是驮在马背上，就是自己背回来，他不让别人插手，都是自己往回弄。"

"说起细沙，我觉得还是去收一袋子吧。拿回来撒在地上让孩子玩呗。我以为自己不会想这个小家伙，可这小东西咋就那么招人疼呢？奥齐尔巴图也是……哎，不能吃……"

小家伙扯了一片花叶已经放嘴里了。哈布尔玛哄着他让他吐出来了。但他非要吃，呜呜地哭着。

巴尔齐德贵和哈布尔玛互相看着彼此笑了。

"你这个小东西还挺犟。"

老两口轮着班地哄着孩子，一宿几乎就没能睡囫囵觉。

翌日一早儿子和儿媳妇就回来了。哈布尔玛从窗子看见儿媳妇顶着一头白发下车了，心里不由得咯噔一下。

儿媳妇满不在乎地告诉她："这是现在最时兴的颜色。"

钢巴图下车后说着"快累死了"，就往屋里跑去。

"把车上的东西搬进来。"老妈的这句话就如同是耳旁风那般从他身边飞过去了。

奥齐尔巴图小两口可高兴了，说是顺利通过了科一。儿媳妇还说，一点也不难考，在电脑上把题做完就成了。

"希尼琪琪格，没忘买鸡肉吧？把拿去的牛肉刨成片了吧？希尼琪琪格，孩子的奶粉放在哪个包里了？希尼琪琪格，希尼琪琪格……"

奥齐尔巴图收拾买回来的东西。他从厨房向屋里的媳妇一边问着什么，一边还戴上了媳妇买的兔耳朵帽子探出脑袋逗爸妈乐。

"我哥结婚之后越来越活泼了。"钢巴图搂着妈妈的肩膀又说，"黄油炒米粉呢，你在微信上不是说给我留着呢吗？在哪儿呢？"

"你像铁木尔巴图那样能考上好学校，我就天天给你吃好的。要不的话你想都别想。两天没清牛圈里面的粪土了，就等你回来干呢。"哈布尔玛说。

希尼琪琪格披散着一头黑发忙忙碌碌地给羊羔扔着饲料。

那一脑袋白头发怎么不见了？

奥齐尔巴图看着妈妈惊讶的眼神说："她刚才戴的是假发。戴着玩呢。"

哈布尔玛不由得放声大笑了起来。

晚上的时候要铺床睡觉了，哈布尔玛说："老头子，没脱衣服之前，你出去把房檐上的蛇给轰走吧。要不这一宿小鸟叫个不停咱们也睡不好。"

在夜里只要听到小鸟的叫声，肯定是有蛇来了。如果不及时把它赶走，它就会吃鸟蛋，所以必须将它轰走。如果它已经把鸟蛋吞进去了，就得想法让它吐出来。据说被蛇吞过的鸟蛋还入药呢。

巴尔齐德贵披上外衣来到仓房用手电筒对着房檐照过去，一只麻雀挓挲着羽毛蜷缩在那里一动不动。蛇的吸力很大，发出攻击的时候麻雀吓得羽毛都炸了，也不能动弹。这条蛇看见强光后顺着墙壁溜走了。

快天亮的时候，院里的狗忽然吠叫起来，紧接着有人来敲窗户。

"我是宝龙，快开门，格根呼，格根呼……"

"格根呼怎么了？"哈布尔玛的话音还没落，巴尔齐德贵摸着黑就到了门口。

巴尔齐德贵很快又回到了屋里。

"格根呼怎么了？"哈布尔玛连忙问。

"不是格根呼，是狗成，宝龙的儿子。吃羊蹄草药着了。"

"哟，吓死我了，还以为格根呼怎么了呢？"哈布尔玛又钻进被窝躺下了，"没啥事吧？吐了吗？"

巴尔齐德贵赶紧穿衣服说："吐了，说是把籽儿都吐出来了。应该是给孩子喝酸奶了。不会有啥大事吧。"

哈布尔玛忽然坐了起来说："哎呀！我都糊涂了，他们那儿可能没有酸奶。"下地到厨房找了饮料瓶，里装外洒地装了一瓶酸奶拿来了。

"你家孩子啥都吃。那天吃天门冬都吃吐了，现在又吃上羊蹄草了，可咋整呀。佛祖，那可是毒啊，没吐红沫子就行啊。那也得小心，给他喝点酸奶，赶紧送医院吧。"哈布尔玛跟宝龙说着就去开车棚的门。

被药着的孩子没啥大事。多亏给他喝酸奶了，他吐了一路，到医院的时候把吃下去的都吐出来了，自然而然也就解毒了。

哈布尔玛听到儿媳妇给娘家妈打电话，告诉她孩子会走路了。

小家伙会走路了。在家里的地板上蹒跚着迈出了人生的第一步。家里人谁都没注意到，谁都没发现，只有孩子的母亲注意到了。她没有找到分享的人，就跟远方的妈妈在电话上分享了这一喜讯。哈布尔玛意识到了自己的失误，心想儿媳妇是带着孩子嫁进门的，心里肯定有许多说不出口的难处。身为婆婆的我应该像疼自己的孩子那般疼她才对。虽说小家伙不是亲生的，但他跟着妈妈来到我们家，就是跟我们有缘分。于是就跟奥齐尔巴图悄悄说："你在苏木饭店张罗一桌，小家伙会走了，把几家的长辈请来热闹热闹，为小家伙摆一桌，让你媳妇也高兴高兴。"

没过几天，几家人就在苏木饭店吃了一顿。

"肯定是哈布尔玛嫂子的主意。奥齐尔巴图才想不这么周全呢。"吃席回来的路上萨仁图雅对苏德巴特尔说。

三十七

发洪水了。山地里发洪水是常有的事，但这次对宝龙来说却成了一场灾难。他的绵羊群被洪水卷走了。

那天下了雨加冰雹。苏德巴特尔捡了几颗水汪汪的冰雹拿回屋让玛努琪琪格吃着玩。就在这时他接到了巴尔齐德贵的电话。

宝龙的羊群被洪水冲了！

苏德巴特尔骑上马直奔山梁而去。只见好几个人骑着马在山坡上转悠，山沟里横七竖八地卧着好多羊尸。宝龙跪在那些裹着泥浆的羊尸旁边哭。

不忍目睹这一惨状的人们聚集在一起，高高低低的声音交织在一起纷纷谈论着。

"明明知道下暴雨，为什么还把羊群往沟里赶？"

"没经验。他这是没有在山地里放牧的经验啊。"

"可惜了这么些羊，损失不小啊。"

"唉，对一个牧民来说，这也太不容易了。"

这里的气候反差很大。下雨也好，不下雨也罢，往往都是前一秒还是艳阳高照的天气，下一秒就有可能发洪水，偶尔也有山裂的情况。有的时候那边的山头刚发白，没等咋着这边的山沟就发大水了。

山地里的羊最清楚怎么对付山洪。刚开始下雨它们就会迅速地往山顶上爬，撵它们下山它们都不会往山下走。山洪顺着山脚越往下流，形成的漩涡也越厉害。是啊，好好的天气，忽然就会下起瓢泼大雨。

从外地来的人怎么会了解大山的脾气秉性啊。

宝龙当时把羊群往山脚下赶来着，可是还没等下山，山洪就来了。打头的羊被肆虐的山洪卷进去了，想把跟上来的那些往回撵，可是已经来不及了，眼瞅着就被山洪给吞噬了。宝龙就这样眼睁睁地瞅着，自己的羊一拨一拨地被疯狂的洪水给冲走。

这次损失了近百只羊，一大半是他妹妹家的。

领着两个老人去五台山旅游的妹妹，刚回来就听到了这个消息，简直不敢相信自己的耳朵。

宝龙问妹妹借过钱，一直还不上。他俩后来说好，他给妹妹放三年的羊，就算两清了。

哥哥着急上火，妹妹擦眼抹泪。

"没去五台山就好了。让我哥自己一个人放羊，他是忙不过来呀。我要是在家帮帮忙，就不会发生这种事情了。今年做小买卖挣了点，这下可好，都给搭进去了。"妹妹说。

宝龙就说："我把剩下的羊都给你，算是还账吧。"

"你不过了？我怎么忍心把你们往绝路上逼呢？"妹妹没好气地说。

侬乃扎布老爷子也做了自我批评。他说："老姑娘说得对。她没领着我们去五台山的话……还是我来赔吧，按着头数赔给她吧。"

老爷子的几个孩子听到这话都笑了。

"他还想干吗？那是他自己没经验造成的。咱爸也是，老糊涂了。"

老爷子却说："他们跟你们一样，都是我的孩子。去五台山的这一路上，多亏有这个老姑娘照顾。照顾得可仔细了。"

"她用你的钱去旅游，能不好好伺候你吗？"

孩子们怎么劝，老爷子都听不进去，非要赔这次的损失。

"肯定是那老婆子的主意。咱爸以前可不这样，现在除了老婆子，谁的话都听不进去。"苏德巴特尔说。

"不小心的话，咱爸那点存款也危险。"巴尔齐德贵说。

哈布尔玛喊道："快让他们死心吧。咱爸也不是没儿没女没人管的孤家寡人。"

"咱爸跟这个老婆子过日子之后，花钱可是越来越猛。以前可不是这样的。一辈子省吃俭用，老了老了这是要干吗？咱们不能不管。"

"那老婆子也不怎么照顾咱爸。咱爸倒是把她照顾得挺好。我不怎么去，但每次去都看见老婆子在嗑瓜子，咱爸一筐一筐地往屋里弄牛粪。老婆子坐在炕上摆着扑克打着卦，还不忘支使咱爸，烧炕了吗？暖壶里灌满水了吗？给他们备了满满一大缸的冬储肉，刚到清明就吃光了，还说是冻在冰柜里不好往外拿。那老婆子鬼着呢。"哈布尔玛说。

"可不，酽茶不离手，顿顿四碗饭。"苏德巴特尔说。

几天之后，巴尔齐德贵和宝龙两家又闹掰了。

这次是为了一只三岁子羊吵起来的。

那天宝龙的妹妹去放羊。哈布尔玛她俩为了抢一只三岁子羊，吵得不可开交，谁都不肯让步。

哈布尔玛后来叫来了巴尔齐德贵，两口子把那只羊夹在中间骑上摩托就走了。

"巴尔齐德贵你还算是个男人吗？老婆的奴隶，窝囊踹。"宝龙的妹妹瞪着眼珠从他们身后叫骂不停，还把巴尔齐德贵跟别的女人好过的事情抖搂了出来。

巴尔齐德贵两口子把羊拉回家立马就宰了，把几家人叫来喝了汤吃了肉。

宝龙的妹妹怎能就此罢休呀。把当时的对话录下来当做证据，将巴尔齐德贵两口子告到了派出所。

派出所的也为难了。打在羊耳朵上的印记一样，两家人各说各的理，听起来都有道理。派出所的以相关的法律法规调解了一番之后，告诉这两家人今后不能吵架，有事可以好好商量，如果再吵架就要罚款。

这不等于啥事也没解决吗？两家人回来之后吵得更厉害了。

"红眼病。"

"白眼狼。"

"亲爹都不管，一群不孝子。"

"让自己的老妈在寺院里打杂，什么玩意儿？"

"舔泔水的狗似的吃着我老爸的喝着我老爸的，现在又冲着我们吠叫起来了？"

第二天，鲁叶玛老太婆见屋檐滴水，一边挪着放在下面的老爷子的鞋一边嘟囔："老头子净往这放鞋，都弄湿了。"这时老姑娘开着漂亮车已经来到了院外。

苏德巴特尔也接到了哈布尔玛的电话："老婆子的孩子这就要把她接回去呢。"

"愿意接就接回去呗。咱们又没撺她。"苏德巴特尔刚说完，那边还有声音说："还是去看看吧。欺负老爸，把东西都给拉走了怎么办？"

依乃扎布的几个孩子纷纷赶来的时候，鲁叶玛的老姑娘和三个儿子已经在屋里黑着脸坐着呢。

老姑娘要把剩下的几只羊拉走，不想放在哥哥这儿了，顺便也想把妈妈接回去。她说妈妈在这儿净受气了，在这儿给人家孩子当奴隶，不如回去给自己的孩子当皇上。

宝龙却不答应。他说："你回你的。咱妈没必要跟你走。每次都是你，硬把妈妈从搭伙过的人家弄走。不讲理，太霸道了。"

"谁不知道你是个自私自利的人啊？咱妈在这儿，对你肯定有利。你就在这儿好好给人家当狼食吧！"

巴尔齐德贵兄弟几个谁也没吱声。

宝龙的妹妹翻箱倒柜地收拾着母亲的东西。

鲁叶玛老人仿佛没听见他们兄妹的对话，好像也没看见所发生的一切，自顾自地拿着一条破毛巾一遍又一遍地擦拭着炕沿边。

依乃扎布老人也不吱声。用勺子背不停地揣着刚做好的一锅阿木苏①。

"走之前还是把手上的一对银镯子留下吧。"苏德巴特尔说。

萨仁图雅缓缓起身来到了后屋。地上铺着一层塑料布，上面整整齐齐地晾晒着剪好的豆角丝。她回到里屋时，只见宝龙的妹妹边摘手镯边说："哟，我给忘了。有羊尾尖的人，才不稀罕你们的破网油呢。"傲气十足地把手镯摘下来放在桌角，"爸，从您借的三万块钱，我一分不落，三天后还给您。"

此时，巴尔齐德贵看了一眼苏德巴特尔。

"我们也记着呢，今天能还上就最好不过了。三天之后的话，还

---

① 阿木苏：加进黄油或肉的什锦稠粥。

是立个字据吧。"

"老爷子我俩的账，跟别人无关。"宝龙的妹妹没好气地瞥了一眼他俩。

"我爸上年纪了，他糊涂，我们没糊涂。三天就三天。我手里有你借钱的证据。"哈布尔玛十分有把握地说。她手机里存着上次她俩在微信上说过的有关借钱的语音。

鲁叶玛的老姑娘冷笑了两声。巴尔齐德贵站起身，翻了翻老父亲的破柜子说："爸，你的单眼望远镜呢？"

"早都送人了。"老爷子沙哑着嗓音勉强地回了一嘴。

"给谁了？"

"……"

"谁拿了？还是说清楚为好吧。"

鲁叶玛的几个孩子纷纷摇头，都说没拿。

"给亲家了，好几年之前就送给苏德毕力格的老丈人了。"老爷子嘟囔道。

老太婆的行李被装上了车，车要启动了。

"来的时候啥也没有的人现在划拉了好几大包东西，还镶了一口洁白的牙齿啊。"哈布尔玛扯着萨仁图雅的衣袖悄悄嘀咕。

"饭，吃了饭……"老爷子说不下去了。

老姑娘转过头来说："爸，您是好人。以后有机会的话，可以去我家住。我会好好伺候您的。"勉强地笑了笑。

巴尔齐德贵和苏德巴特尔从她身后冷漠地"哼……"了一声。

被老姑娘领到门外的鲁叶玛老人刚迈过门槛就回过头说："老头子，烟在铺盖后面呢，一会儿别再找不着。"

萨仁图雅的眼眶湿润了。当她回头时，看到了希尼琪琪格的眼里也攒着泪珠。她竟然分不清这泪花是在自己的眼里，还是在希尼琪琪格的眼里。

"奶奶，您要走了吗？留下爷爷一个人，爷爷要是哭的话，谁来哄呀。"玛努琪琪格不知何时也来了，钻在母亲的腋下露出半拉脸从大人们身后喊道。

乌日柴呼哼着小曲用喷壶给窗台上的几盆花浇水。这些花是她从呼和浩特带回来的。

"我妹妹把家收拾得像个花园似的，屋里开满了色彩斑斓的鲜花，太好看了。"

乌日柴呼从呼和浩特回来之后把两句话一遍又一遍地说了好多回。

一句是："我妹妹的家像花园一样美。"

还有一句是："咱们这地方简直就是神仙住的圣地呀。"

苏德毕力格夫妇为了还债挣大钱去呼和浩特打工，但就这样不到两个月就回来了。

他俩当时决定去呼和浩特打工另有原因。

那天，蓬松的云儿在蓝蓝的天上一动也不动，东边的杨树林里传来了阵阵的鸟叫声。乌日柴呼在院里给牲畜扔草料。

家里只剩了一捆草。她把这捆草打开，喂那几头在院里饲养的牲畜。

两个儿子喝着酸奶吃着面包跟着她满院跑。

"唉，乳牛身上都长虱子了，怪不得它们总是蹭痒痒呢。得喷药了。不过现在的兽药也不怎么管事了。"乌日柴呼从牛胯上薅了几根毛端详着看。

"咱家没草了，以后用啥来喂牛？"格根呼问。

乌日柴呼不由得发起了愁。

她吃完婚席回来时儿子大老远就迎上来哭哭啼啼地说："咱家的镜子从墙上掉下来摔碎了。又要花钱买了。"

家里的镜子的确是从隔墙上掉下来，摔碎了一个边。

他才这么小就担心没草料的问题。乌日柴呼紧紧地抱着孩子没说话，指着儿子小小的脚下冒着小芽的嫩草，就说："你看，新草长出来。它们该吃新鲜的嫩草了。"两个孩子也说着"在这儿呢，在那儿呢"，互相撞着小脑袋数起了冒嫩芽的新绿。

就在那一瞬间，乌日柴呼的心里忽然涌动起一股热流，心想，我的孩子都这么关心我们的生活，不能不努力不能不上进了。

于是跟呼和浩特的妹妹通电话时说出了自己的现状。妹妹说："只要你们肯下力气，出来打工也是不错的选择。咬紧牙关好好干几年，还欠债不是什么问题。"

苏德毕力格回家后，她把这个想法说给他听。苏德毕力格也很赞同，并且觉得老婆第一次提出了这么有建设性的想法。

家里到底有多少欠债，或许只有苏德毕力格知道。苏德毕力格虽然不出去赌了，追债的人依旧从四面八方来家里讨债，使他们无法过安宁的日子。

"把牲畜都卖了，先还上要紧的债。其余的在城里打工挣多少还多少。行不行？"乌日柴呼说。

"不行。牲畜不能卖，还是谨慎点为好。先去打工，看情况，然后再说。"苏德毕力格的这个决定现在看来是再正确不过的了。

于是夫妻俩就去了呼和浩特，但是没能忍受城里打工的艰苦，也没挣到什么钱。

"苏德毕力格进城打两个月工，最大的收获就是没把媳妇给丢了回来。"哈布尔玛做了这样的总结。

"在乡下过日子既惬意又幸福。城里人就像拉磨的驴一样，整天不着闲地忙碌。工作以分秒来计算，晚到一分钟就要挨罚。怎么解释都不听，除了罚款没别的。忙得都快累死了，那也说不准不会不挨责罚。就像使唤奴隶似的……城里人不是人，城市那地方不是人待的地方。"乌日柴呼不住声地感叹着。

"咱们乡下多好，过起日子来多豁亮。"

"咱们的房子再不济也是自己的窝，住着就是踏实。"乌日柴呼屋里屋外忙忙活活地洗涮着。

"你俩走了一趟啥也没挣着，我们早就料到会是这个结果，你们当时就是不听呀。"苏德毕力格的老丈人和丈母娘又说，"我们手里还有点，你们着急的话，拿去周转吧。"

"不用了。我们不能总是靠别人接济，必须得自己努力起来了。"苏德毕力格说。

"肯定有办法渡过这个难关。咱们还年轻，乡下的这些活儿咱们又不是不会干，都是打小干过来的。实在不行给别人放羊也能挣点，挣多少还多少。孩子他爸，不用着急。咱俩辛苦几年，心往一处想，劲往一处使，就没有过不去的坎。等孩子大了，债也还清了。咋也不能让孩子替咱们背这个债呀。城里整天站在外面做买卖的那些人多辛苦，吆喝着卖一天，忙活一辈子连自己的房子都没有的不是多了去了吗？跟他们比起来，咱有房还有草场有土地，怕啥呀。"乌日柴呼回来之后常对苏德毕力格这样说。

哈布尔玛跟奥齐尔巴图走在羊群后头压后阵。不注意的话，落单的羊很可能就成为狐狸的食物了。

哈布尔玛当婆婆之后，几乎不再插手屋里的活儿。"你要学着为自己而活。"她仿佛真正领会到了苏德芒莱劝过自己的这句话。她仿佛变了一个人，穿名牌衣服，用名牌手机，戴名贵的首饰，还吃起了各种保健品。

她为了松快松快筋骨，今天才跟儿子出来干活。母子俩在回家的路上看见了一具婴儿的尸体。

"怎么放在咱们家的牧场上了……"奥齐尔巴图皱着眉说。

哈布尔玛点头说道："是呢。据说小孩儿的灵魂是会跟着牲畜的脚步托生的。也许是好心人想让咱家儿孙满堂，故意放在这儿了。但是，包裹得这么严实，牲畜才不会碰呢。"哈布尔玛用树杈将孩子身上的包裹挑开了。

"你害怕的话就去那边吧。"捂着鼻子和嘴的哈布尔玛跟儿子说，"不能随便动尸体。但是妈妈不怕，死人呗，没啥可怕的。"她用树杈挑开尸体上的衣服，让尸体面朝下卧着。

"赶紧托生吧。"嘴里嘟囔了三遍，将包裹的衣物等用树杈挑在了树枝上面，"再来的时候给烧了。这次没带打火机，只能这样处理了。"说着就坐到了儿子的摩托车后座上。

路上看见了斑哈尔的尸体。被老父亲说中了，这条老狗老糊涂了找不着回家的路在野外死了。真是冤枉宝山了。鲁叶玛的老姑娘把那三万块钱也还了。大家都以为如果不打官司，这笔钱是打水漂了，但她说话算话三天真的就给还上了。

哈布尔玛家有个叫毛古勒吉的乳牛也死了。

"老死了。你哥要卖，我没让。卖了又能咋呀？都老得不成样子了，就让它平静地归天吧。早晨起来时，发现它在车之间站着死了。可怜啊，长着一对大仰角的母牛。我那时年轻来着。它啊，不是踢翻奶桶、偷吃奶豆腐，就是吼叫。可会解绊脚索了，把腿别几下就把绊脚索解开了。我挤奶挤了二十来年，也没有把它驯老实了。繁殖能力好，产奶量也高。"哈布尔玛说。

"嫂子老了，越来越敏感了。一头乳牛都能让她泪流满面地说上一下午。"萨仁图雅跟苏德巴特尔说。

苏德巴特尔跟萨仁图雅坐在沙发上说笑着，原来是在教萨仁图雅认字呢。

"活到四十岁才学会写自己的名字。"萨仁图雅咯咯地笑。

"也不知你爸教得对不对。我的名字真这么写吗？"

"对啊，就这么写。"阿努琪琪格说。

"那你爸为什么总是笑呢？笑得好诡异，我有点不相信，是不是拿我开涮呢？"萨仁图雅歪着头看了看刚写下的字，"这个名字真不好写。"苏德巴特尔和女儿们都笑了。

依乃扎布老人坐在河畔，周围全是坚硬而隆起的卧牛石。

苏德芒莱可怜啊，乌兰牧骑不要他了。还得给他娶媳妇，盖房子不是吗？

巴尔齐德贵也该娶媳妇了。五个小子都没成家呢。我容易吗？

芒哈尔，斑哈尔，你们听见了吗？

苏德莫日根，你怎么还不回来？等老爸去接你回来吗？我知道啊，都知道，呵呵呵……

苏德巴特尔的毡袜子漏窟窿了，穿靴子磨脚磨得不行啊。得找人给他补补袜子啊。

补袜子啊，找谁来帮忙补呢？现在就去找人，对，现在就去……

老人拄着拐杖站起来时，浑身都在颤抖。

就在这一瞬，他觉得自己变得越来越小，还看见了一个穿开裆裤的男孩儿蹒跚着向这边走来。

老人眨巴着眼睛再仔细看过去时，格根呼、玛努琪琪格和格根诺姆欢笑着向他跑了过来。

孩子们拿着蒲公英，踩在爷爷的脚印上，一蹦一跳地跟在爷爷身后。

蒲公英的白色绒毛散开了，在空中飘荡着化成了网状云，变成了太阳的睫毛……

（完）

2017 年 12 月 29 日 23：39

原载《潮洛濛》2018 年第 4 期至 2019 年第 4 期

译于 2023 年

图书在版编目（CIP）数据

蒲公英／敖·娜日格勒著；朵日娜译 . -- 北京：作家出版社，2025.7. --（优秀蒙古文文学作品翻译出版工程）.

ISBN 978 - 7 - 5212 - 3510 - 4

Ⅰ. I247.5

中国国家版本馆 CIP 数据核字第 2025Z3P558 号

蒲公英

作　　者：敖·娜日格勒
译　　者：朵日娜
特约编辑：陈晓帆
责任编辑：袁艺方
装帧设计：孙惟静
蒙古文题字：艺如乐图
出版发行：作家出版社有限公司
社　　址：北京农展馆南里 10 号　　　邮　　编：100125
电话传真：86 - 10 - 65067186（发行中心）
　　　　　86 - 10 - 65004079（总编室）
E - mail: zuojia@zuojia. net. cn
http: // www. haozuojia. com
印　　刷：唐山嘉德印刷有限公司
成品尺寸：152 × 230
字　　数：332 千
印　　张：22.75
版　　次：2025 年 7 月第 1 版
印　　次：2025 年 7 月第 1 次印刷
ISBN 978 - 7 - 5212 - 3510 - 4
定　　价：65.00 元